LA BÊTE NOIRE

Collection dirigée par Glenn Tavennec

L'AUTEURE

Danielle Trussoni est une écrivaine américaine dont les romans figurent parmi les best-sellers du *New York Times* : *La Malédiction des anges* et *Angelopolis* (publiés aux Éditions Fleuve Noir), tout comme ses essais : *The Fortress*, et *Falling Through the Earth* (référencé dans la liste des dix meilleurs livres de 2006 du *New York Times*). Elle est diplômée de l'Iowa Writers' Workshop et lauréate du prix Michener-Copernicus de la Copernicus Society of America Fellowship.

Elle est traduite dans plus de trente langues.

Danielle TRUSSONI

LE MAÎTRE DES ÉNIGMES

Traduit de l'anglais (États-Unis)
par Dominique Haas et Stéphanie Leigniel

LA BÊTE NOIRE
Robert Laffont

Titre original : THE PUZZLE MASTER

ISSN 2431-6385
ISBN 978-2-221-26614-4
(éd. originale : 9780593595299, Penguin Random House LLC, New York).
Dépôt légal : juin 2023
Éditions Robert Laffont – 92, avenue de France, 75013 Paris

En mémoire de James Alan McPherson (1943-2016),
qui m'a appris qu'écrire de la fiction est une espèce de jeu.

« L'Être suprême est celui qui a créé
et résolu toutes les énigmes possibles. »

Gottfried Wilhelm Leibniz

Le syndrome du savant acquis ou savantisme est une pathologie mentale rare, mais réelle, constatée chez des individus normaux qui ont acquis des facultés cognitives étonnantes après un traumatisme crânien. On en connaît moins de cinquante cas dans le monde.

1

24 décembre 1909
Paris, France

Quand tu liras ceci, j'aurai causé beaucoup de chagrin, et pour cela, j'implore ton pardon. Comme tu le sais, mon enfant, je suis un homme hanté, et si j'ai payé un lourd tribut, au moins ai-je fait la paix avec mes démons. Je ne l'écris pas pour me faire pardonner ce que j'ai fait. Je sais trop bien que c'est impardonnable – aux yeux de Dieu, comme aux yeux des hommes. Non, si je rédige ce récit de ma découverte, c'est par obligation. C'est ma dernière chance de relater les événements incroyables, les terribles et merveilleux événements qui ont changé ma vie, et qui, si tu t'aventures dans les mystères que je m'apprête à révéler, changeront aussi la tienne.

Tu te demandes ce qui est responsable d'un tel tourment ? Je vais te le dire, mais prends garde : une fois qu'on connaît la vérité, il est difficile de l'oublier. Elle m'a hanté à chaque minute de chaque jour. L'oublier était hors de question. J'ai été happé par son mystère comme un papillon de nuit tournant autour d'une flamme – *In girum imus nocte et consumimur igni*. Et si j'ai eu la chance de survivre pour consigner la vérité, même à présent, alors que je me tiens au bord de l'abysse, je ne puis m'empêcher de frémir à la perspective de te confier un secret aussi dangereux.

J'ai souffert, mais c'était la souffrance d'un homme qui a créé sa propre chambre de torture. J'ai cru que je pourrais connaître ce qui ne devait pas être connu. J'ai voulu voir des choses, des choses secrètes, j'ai soulevé le voile qui sépare l'homme du divin et j'ai regardé Dieu droit dans les yeux. C'est la nature de l'énigme que d'offrir tour à tour douleur et plaisir. Et même si la vérité que je m'apprête à te révéler risque de te choquer, si elle offre ne serait-ce qu'un minuscule refuge à l'espoir, alors par ceci, mon dernier message, tout aura été accompli.

2

9 juin 2022
Ray Brook, New York

Mike Brink s'engagea sur une route de campagne, traversa une épaisse forêt de pins et s'arrêta devant l'énorme portail d'acier de la prison. Connie – le diminutif de Conundrum, un mot latin de cuisine qui signifiait énigme, casse-tête –, sa petite chienne teckel d'un an, dormait sur le plancher du pick-up, camouflée par les ombres. Elle était tellement immobile que quand le garde de sécurité s'approcha et jeta un coup d'œil dans la cabine, il ne la vit même pas. C'est à peine s'il vérifia que le numéro de permis de conduire de Brink figurait sur sa liste avant de lui faire signe d'avancer vers un imposant bâtiment de brique qui aurait semblé plus à sa place dans un film d'horreur que sous le soleil éclatant de ce mois de juin.

Mike Brink avait rendez-vous avec le Dr Thessaly Moses, psychologue en chef du pénitencier de l'État de New York, une prison pour femmes à sécurité minimale située dans le village de Ray Brook. Elle l'avait appelé la semaine précédente pour lui demander de venir la voir. L'une des prisonnières avait dessiné un drôle de casse-tête, et elle voulait qu'il l'aide à y comprendre quelque chose. En tant que créateur d'énigmes, et grâce à la célébrité qu'il devait à *Time Magazine*, qui l'avait consacré meilleur problémiste du monde, Mike Brink, trente-deux ans, croulait sous les jeux et les énigmes. Il les résolvait pour la plupart en quelques instants, mais d'après la description du Dr Moses, celui-ci avait l'air particulier, en tout cas il ne ressemblait à aucun de ceux qu'il lui avait été donné de rencontrer. Quand il lui avait demandé de lui en envoyer une photo par mail, elle avait objecté que c'était trop risqué. Les dossiers des prisonniers étaient confidentiels.

— Je ne devrais même pas en discuter avec vous, avait-elle ajouté. Mais c'est une patiente spéciale, qui a pris une certaine importance pour moi.

C'est pourquoi, bien qu'il ait des délais à respecter et malgré les trois cents kilomètres, Mike Brink avait accepté de faire le déplacement vers le nord de l'État pour voir de quoi il retournait. Les casse-tête étaient sa passion, sa façon de donner un sens au monde, et il ne pouvait pas résister à celui-là.

La prison était une sinistre bâtisse hérissée de sombres clochers et qui paraissait menaçante, même par cette magnifique journée. Il s'était documenté sur l'histoire de l'établissement, et il avait découvert que lors de sa construction, en 1903, c'était un sanatorium consacré au traitement de la tuberculose. L'air pur, l'altitude et les forêts immenses faisaient partie intégrante de la cure. L'établissement avait acquis une certaine notoriété grâce à Sylvia Plath qui le mentionnait dans *La Cloche de détresse*. Elle y avait rendu visite à son petit ami qui se remettait de la tuberculose, et avait réutilisé l'endroit comme décor dans son roman. À présent, il abritait des centaines de prisonnières. Depuis le parking, Brink vit une cour entourée d'une clôture grillagée surmontée de barbelés et, derrière, une construction moderne en parpaings, dont la sévérité tranchait radicalement avec l'exubérance gothique du bâtiment d'origine. Encerclant l'ensemble, une forêt de conifères, profonde, interminable, formait une barrière naturelle entre les détenues et le reste du monde. Il pensa qu'un tel isolement était intentionnel : même si une détenue arrivait à escalader la clôture, même si elle parvenait à s'extirper de l'enchevêtrement des barbelés, elle se retrouverait au milieu de nulle part.

Brink se gara à l'ombre, remplit un bol en plastique d'eau pour Connie, grattouilla l'arrière de ses longues et douces oreilles, puis brancha un ventilateur portable dans l'allume-cigare du pick-up avant d'ouvrir la fenêtre pour qu'elle soit bien. Normalement, il ne l'aurait pas laissée toute seule, mais il n'en avait pas pour très longtemps, et l'air de la montagne était frais. Rien à voir avec la chaleur étouffante de Manhattan.

— Je reviens tout de suite, dit-il, et il se dirigea vers la prison.

À l'entrée principale, il s'arrêta au poste de sécurité, présenta son permis de conduire et son passe vaccinal au garde, déposa dans un bac en plastique la sacoche qu'on l'avait autorisé à apporter – sacoche qui contenait son ordinateur portable, son smartphone, un carnet et un stylo –, et franchit un portique détecteur de métaux.

Une femme vêtue d'une ample robe bleu marine l'attendait. Elle était grande et mince avec des yeux brun foncé, la peau sombre et les cheveux coupés au carré. Elle se présenta comme étant le Dr Thessaly Moses, responsable du service psychologie.

Lui n'avait pas besoin de décliner son identité. Elle l'avait visiblement googlé. Néanmoins, elle le dévisagea un peu trop longtemps, et il comprit qu'elle était surprise par son aspect physique. Un mètre quatre-vingt-cinq, athlétique, mince, fort et séduisant (c'est ce qu'on lui disait), pas vraiment ce que les gens attendaient d'un « dingue des petits jeux », comme le taquinait parfois sa mère. Il portait ses Converse All Stars rouges favorites, un jean Levi's noir et un blouson sur un tee-shirt qui réclamait « Que quelqu'un fasse quelque chose ».

En dehors des photos, une recherche Google sur Mike Brink avait dû renvoyer vers une vidéo tirée de son apparition dans *The Late Show with Stephen Colbert*, une émission enregistrée par Zoom pendant le confinement imposé par la pandémie en 2020. Il avait présenté sa bibliothèque de jeux à Colbert et avait ouvert devant lui une de ses boîtes à secret japonaise, ce qui avait inspiré une blague à base de sushis. Sa fiche Wikipédia avait dû conduire à la page des jeux du *New York Times*, à laquelle il contribuait régulièrement, à la liste des championnats de jeux mathématiques et logiques qu'il avait remportés, et sûrement aussi proposé un lien vers un profil *Vanity Fair* qui relatait toute sa vie : une enfance sans histoire dans le Middle West jusqu'à l'accident tragique qui avait altéré son cerveau, et le don miraculeux qui en avait résulté.

— Merci d'être venu aussi vite, dit la femme. Je serais bien descendue en ville, mais je ne peux pas quitter mes patientes.

— J'avoue que vous avez piqué ma curiosité, répondit-il. D'après votre description, ça paraît vraiment inhabituel.

— Je n'y comprends absolument rien, pour être parfaitement honnête. Et si quelqu'un est capable de faire la lumière, c'est bien vous.

Elle manifestait une confiance en lui et en ses facultés qui l'ennuyait. Au fur et à mesure que sa notoriété de solutionneur de jeux et casse-tête allait croissant, on pensait très souvent qu'il possédait un don surhumain. Pas uniquement celui de pouvoir réciter quinze mille décimales de pi après la virgule ou de créer des grilles de mots croisés vraiment tordues, mais aussi la faculté de deviner l'avenir. Or il n'avait pas de superpouvoirs et il ne pouvait pas accomplir l'impossible. C'était un type normal, doté d'une capacité particulière, un îlot de génie, comme disait son médecin. Enfin, ce qu'il avait de mieux à faire, c'était d'essayer.

— Vous l'avez avec vous ? demanda-t-il en remarquant le dossier coincé sous son bras.

— Si vous voulez bien, nous allons en discuter en privé, suggéra le Dr Moses en l'invitant à la suivre dans l'entrée du bâtiment.

Il avait beau savoir que cette prison était sortie d'un moule différent des autres établissements pénitentiaires modernes, il s'attendait plus ou moins à des cellules de béton et des fenêtres à barreaux, comme il en avait tant vu au cinéma. Au lieu de quoi le Dr Moses lui fit traverser un espace fonctionnel, calme et plutôt agréable – aux fenêtres sécurisées, certes, mais humain. Des arbres en pot flanquaient les détecteurs de métaux, il y avait des tableaux aux murs et de la moquette dans les couloirs. L'architecture du sanatorium avait été adaptée aux incarcérations d'aujourd'hui de la même manière qu'une vieille église aurait pu accueillir un centre de méditation zen : les symboles et le décor avaient changé, mais la structure principale demeurait la même.

Elle le fit entrer dans son bureau : élégant, coquet, lumineux –, et ferma la porte derrière lui. Il se tenait dans un espace méticuleusement organisé : un bureau immaculé, des dossiers à code couleur alignés sur une étagère, un ordinateur Mac, l'ensemble parfaitement inintéressant jusqu'à ce que son regard tombe sur un Rubik's Cube posé sur le rebord de fenêtre. C'était un modèle récent, en plastique moulé et non pas coloré en bleu, vert, jaune, orange, rouge et blanc à l'aide d'autocollants. Il était mélangé de telle sorte qu'on devinait des tentatives répétées autant que vaines de remise en ordre, des semaines, des mois peut-être, passés – par Thessaly Moses, supposait-il – à le tourner et le retourner dans tous les sens pour réorganiser les six couleurs sur les six faces. Il pianota avec ses doigts sur sa cuisse, sentant monter en lui une énergie nerveuse, fébrile. Le seul fait de voir le cube dans cet état l'envahissait du besoin irrépressible de le mettre en ordre.

Remarquant son intérêt, Thessaly prit le cube et le fit tourner sur le bout de ses doigts.

— Je l'ai gagné à la fête de l'institution, l'année dernière. J'aurais préféré la Boule magique 8. J'essaie constamment de le résoudre, mais c'est un combat perdu d'avance. Franchement, je ne sais même pas pourquoi j'insiste. À quoi bon perdre du temps sur un exercice à ce point inutile ?

Brink observa chacun des côtés du cube pendant que Thessaly le faisait tourner devant lui. *Trois mouvements en avant dans le sens des aiguilles d'une montre, deux en arrière dans le sens contraire, un à droite, cinq à gauche*… Il voyait la séquence de mouvements avec une clarté limpide, chacun menant à la reconstitution parfaite des six faces unies.

— En fait, dit-il en arrachant son regard du cube pour croiser celui de Thessaly, il y a plus de quarante-trois trillions de combinaisons possibles, et une seule solution. Vous n'avez pas envie de faire une expérience aussi absolument singulière ? continua-t-il, voyant qu'il avait capté son attention.

— Tenez, dit-elle en lui lançant le cube. Montrez-moi.

Il l'attrapa de la main gauche, jeta un coup d'œil sur chaque face afin que les blocs de couleurs s'alignent dans son cerveau, et résolut le cube en vingt mouvements et, d'après son estimation, quinze secondes. Ce n'était pas un record – le champion du monde de Rubik's Cube, Mats Valk, y arrivait en cinq secondes et demie – mais ce n'était pas mal. Il eut une montée d'adrénaline quand il déposa le cube dans la main de Thessaly. Voilà pourquoi il résolvait des casse-tête, pour *ça*, ce sentiment que, dans l'univers, tout avait un sens. C'était comme marquer un touchdown gagnant, finir un marathon, ou une séance de sexe géniale.

— J'ai un certain don pour les exercices inutiles.

Thessaly le dévisageait en ouvrant de grands yeux étonnés.

— Ça, je vous crois…, dit-elle en passant le doigt sur les faces unies avant de le reposer sur son bureau.

Elle s'apprêtait à lui poser une question, se ravisa, puis céda à la curiosité :

— Je suis sûre qu'on vous le demande tout le temps, et pardon si je me montre indiscrète, mais comment diable venez-vous de faire ça ?

Elle avait raison. On lui avait posé cette question sous toutes ses formes un millier de fois. Comment fonctionnait cette faculté de résoudre des énigmes ? Était-ce un instinct ? De l'intuition ? Était-ce du génie ? De la magie ? Abritait-il dans son crâne une espèce d'ordinateur qui lui crachait les réponses ? Avait-il mémorisé les milliers de solutions de milliers d'énigmes ? Quel était son *truc* ? La pure et simple vérité, c'est qu'il n'avait pas la moindre idée de ce qui se passait. Il ne se l'expliquait pas. Son cerveau opérait indépendamment de sa volonté, exactement comme son cœur pompait le sang ou comme ses poumons alimentaient ses cellules en oxygène. Son cerveau enchaînait les schémas et les séquences sans qu'il aille les chercher, parfois même sans qu'il en ait conscience, et lui emplissait la tête d'un déluge de chiffres et d'images. Pour résoudre une énigme, il lui suffisait de le visualiser afin que la solution lui apparaisse. Quelquefois, quand il récitait les décimales de pi, quand il arrivait aux milliers, une structure émergeait dans sa tête, une trame colorée qui le guidait, exactement comme ce qui venait de se produire avec le Rubik's Cube. D'après certains médecins, ce mélange de perceptions, ou synesthésie, était la réponse de son cerveau à son traumatisme, et la clé de ses facultés. En ce qui le concernait, il n'en était pas si sûr. Pour lui, c'était comme s'il ouvrait une porte et les informations accouraient.

Thessaly se dirigea vers le fond de son bureau, l'invita d'un geste à s'asseoir sur une causeuse et s'installa en face de lui. Cela fait, elle riva sur lui le genre de regard attentif et concerné caractéristique des thérapeutes expérimentés. Il en avait suffisamment consulté après son accident pour savoir à quoi s'attendre : le ton empathique, la volonté d'établir un lien émotionnel. Il détestait leur arrogance, leur manque d'authenticité, mais Thessaly Moses avait l'air sincère. Elle l'avait fait venir pour une raison précise.

Elle prit un papier dans son dossier et le lui tendit.

— C'est le dessin. J'ai hâte de savoir ce que vous en pensez.

3

LE PAPIER ÉTAIT FIN ET LÉGER, presque transparent. Il le déplia et vit un grand cercle à l'encre noire. Des rayons partaient du centre, comme un soleil, et le bord extérieur était entouré des nombres de 1 à 72. Au centre, une série de caractères hébraïques tracés à grands traits. Sans effort, sans même en avoir vraiment conscience, il se mit à décortiquer le cercle, son cerveau recherchant des schémas, en quête du genre d'ordre particulier qui distingue une énigme de n'importe quoi d'autre sur la planète : sa symétrie et son élégance, son trésor caché, son besoin d'être résolue. C'était toujours pareil quand il se trouvait devant un schéma surprenant ou inhabituel : une étincelle jaillissait en lui et l'embrasait d'une flambée de curiosité et de désir à laquelle il ne pouvait résister.

Mais ce casse-tête – si c'était bien un casse-tête – était incomplet, seules dix pour cent des cases étaient remplies de chiffres ou de symboles, et le mystère de ces absences l'appâtait, l'attirait, le narguait. *Qu'est-ce qui lui échappait ? Que signifiaient les cases vides ?* Il posa le papier sur la table basse entre eux.

— C'est la première fois que je vois quelque chose comme ça.

— Mais vous pouvez me dire quand même de quoi il s'agit ?

Il regarda les lettres hébraïques, la roue de nombres. De toute évidence, c'était l'amorce de quelque chose… *mais de quoi ?*

— Il n'y a pas vraiment de point de départ, là-dedans. Pas de schéma apparent, pas de séquences évidentes, rien à quoi se raccrocher.

Le visage du Dr Moses traduisit sa déception. C'était exactement ce qu'il avait pensé : elle s'attendait à ce qu'il brandisse une baguette magique et lui révèle la vérité dissimulée derrière l'illusion.

— Ce n'est pas possible, dit-elle en retournant la feuille, révélant deux mots manuscrits : « Mike Brink ». C'est elle qui m'a demandé de vous contacter. Vous devez pouvoir me dire quelque chose à ce sujet.

— *Qui* vous a demandé de me contacter ?

— Jess Price. Cela vous rappelle-t-il quelqu'un ?

Il s'apprêtait à tirer un trait sur ce nom quand l'image d'un article de journal se présenta à son esprit. Il avait vu une photo en noir et blanc d'une femme menottée, les mains dans le dos, surmontée d'un gros titre : « Jess Price, auteure célèbre, arrêtée pour meurtre ». Oui, il se souvenait de Jess Price. Son histoire s'était étalée partout quelques années auparavant. Elle était accusée d'avoir assassiné un homme dans une somptueuse demeure de l'Âge d'or, dans le nord de l'État. Après son arrestation, elle avait refusé de parler à qui que ce soit, la police, ses avocats ou la presse, et avait été condamnée pour homicide sans avoir prononcé une parole pour sa défense.

— Vous voulez dire, Jess Price, l'écrivaine ?

— En fait, il y a un moment qu'elle n'a plus rien écrit, répondit le Dr Moses. Elle est là depuis près de cinq ans et n'a commencé à communiquer avec moi que la semaine dernière, quand elle a dessiné ce cercle et m'a demandé de vous le donner.

— Pourquoi moi ? demanda-t-il, bien que ce ne soit pas difficile à deviner. Ses casse-tête lui valaient une certaine notoriété depuis une dizaine d'années.

— Jess Price connaît votre don. Et même si je ne comprends pas pourquoi elle a dessiné ce cercle, je pense que ça pourrait être la clé pour établir le contact avec la patiente la plus mystérieuse, la plus frustrante que j'aie jamais rencontrée. Cela fait des années que j'essaie de communiquer avec elle, et dans le processus, j'ai vu des choses qui m'ont fait douter de mes capacités. Je ferais n'importe quoi pour réussir à l'atteindre. Mais c'est vous qu'elle réclame.

Il observa à nouveau le cercle, en proie au besoin impérieux d'entrer dedans, de le déchiffrer comme un rayon lumineux dissipe une ombre. Au lieu de cela, il le repoussa.

— Résoudre une énigme, c'est une chose. Mais m'impliquer dans ce genre de situation ? Merci, mais non merci.

Le Dr Moses soutint son regard un moment, puis elle ouvrit le dossier et le posa devant lui

— C'est le dossier de Jess Price. Regardez-le. Vous y trouverez peut-être la raison qui l'a poussée à faire appel à vous.

Il découvrit une pile de comptes rendus médicaux imprimés, tous signés en bas de page, un paquet de photos et quelques articles de journaux. L'un d'eux s'échappa de la liasse et tomba sur la table. Photocopié dans un quotidien de la vallée de l'Hudson River, l'article s'illustrait d'une photo de Sedge House, une demeure construite près du fleuve, où Noah Cooke, un jeune homme de vingt-cinq ans, avait été sauvagement assassiné. La photo suivante représentait Jess Price après son arrestation, photo qu'il avait vue dans les journaux de l'époque, surmontée de son gros titre en caractères gras. Il la regarda attentivement, la comparant avec celle dont il avait gardé le souvenir. Elles étaient identiques : Jess Price, menottée, escortée vers l'entrée d'un tribunal.

S'ajoutant aux articles des journaux, une photo de Jess Price, probablement celle qui figurait au dos de ses romans, et quelques captures d'écran glanées sur les réseaux sociaux. Elles montraient une femme aux yeux bleus dans un visage fin, encadré par des cheveux courts, décolorés. Un visage d'elfe. Sa première impression fut que cette femme était incapable de blesser qui que ce soit, et encore bien moins de tuer un homme.

— Elle n'a pas l'air… (Il se retint avant de dire « folle ».) Instable.

— De l'avis général, elle ne l'était pas. Avant la nuit du meurtre, c'était une jeune femme équilibrée qui menait une existence normale. Aujourd'hui, elle présente un éventail de pathologies mentales que je n'ai pas vraiment réussi à diagnostiquer. Apparemment, elle souffre d'hallucinations auditives, autrement dit, elle entend des choses qui n'existent pas. Elle souffre d'anxiété aiguë, ce qui la conduit à l'automutilation, refuse de s'alimenter et s'arrache les cheveux. La semaine dernière, elle s'est rongé les ongles jusqu'au sang.

— Et elle refuse absolument de communiquer avec vous ?

Il se demandait comment elle pouvait fonctionner sans exprimer ses besoins d'une façon ou d'une autre.

Le Dr Moses ouvrit une enveloppe kraft contenant un cahier d'écolier.

— Je lui ai donné ça lors de notre première séance ensemble. Je pensais que ça contribuerait à ouvrir une brèche dans la muraille qu'elle a érigée autour d'elle. L'écriture peut être un excellent outil thérapeutique. Son précédent médecin, le Dr Ernest Raythe, a laissé des notes indiquant qu'il avait obtenu quelques résultats en employant cette méthode. Mais je ne m'attendais vraiment pas à ça…

Elle ouvrit le cahier. Les pages étaient couvertes de chiffres et de dessins, de grilles et de listes de mots, des feuilles et des feuilles de jeux divers et variés découpés dans les journaux et collés sur le papier.

— Elle vit dans un casse-tête.

Brink prit le cahier et l'examina de plus près. Il reconnut *ses propres* casse-tête, des centaines de casse-tête, tous entièrement résolus à l'encre bleue.

— Vous voyez, dit le Dr Moses en le regardant, vos jeux sont la seule chose qui l'intéresse.

— *Des casse-tête*, rectifia-t-il, sentant un étau se resserrer sur sa poitrine. Je conçois des casse-tête, pas des jeux.

Elle lui lança un regard amusé, comme si elle ne voulait pas contrarier un enfant.

— Il y a une différence ?

— Les casse-tête sont composés de schémas. Ils sont conçus pour être *solutionnés*. Il existe toujours un ordre prédéterminé, et il y a toujours une réponse précise. Si vous savez vous y prendre, avec de la persévérance, vous réussirez toujours à résoudre un casse-tête. Alors que les jeux, on y gagne souvent par un coup de chance ou des circonstances fortuites. Ils comportent un élément de hasard. On peut avoir le talent et la détermination les plus affirmés du monde et ne jamais gagner à un jeu. Il y a une grosse différence.

Le Dr Moses soutint son regard un instant, puis dit :

— Oui, eh bien, vos *casse-tête* sont devenus une sorte d'obsession chez elle. Jess a résolu tous ceux que vous avez publiés, et notamment toutes vos grilles hebdomadaires dans le *Sunday Times Magazine*. Ils la font sortir de sa bulle. Quand elle cherche à résoudre une de vos énigmes, on dirait presque qu'elle est contente. Il n'est pas exagéré de dire que vos énigmes ont sauvé la vie de Jess Price.

Il n'avait jamais envisagé ses compositions autrement que comme une distraction stimulante, un passe-temps amusant pour un dimanche matin paresseux – un café, des bagels et un casse-tête signé Brink. Certes, il concevait ses énigmes en pensant qu'elles parleraient à quelqu'un, mais ce *quelqu'un* était un être abstrait, sans caractéristiques précises. Et voilà que Jess Price était une personne réelle, il avait sa photo sous les yeux. Le fait que ses casse-tête aient été si importants pour cette femme, au point de lui sauver la vie, lui inspirait un puissant sentiment de responsabilité.

— Je suis heureux d'apprendre qu'ils l'ont aidée, finit-il par lâcher.

— Oui, en effet, ils *l'aident*, affirma le Dr Moses, ses manières s'adoucissant. Son incapacité à s'exprimer était profondément délétère et l'enfermait peut-être plus sûrement en elle-même que les murs de sa cellule. Vos casse-tête lui ont donné quelque chose à quoi se raccrocher. Ils lui ont permis d'interagir avec le monde. Et vous voyez, continua le Dr Moses en refermant le cahier et en le remettant dans l'enveloppe, la première fois qu'elle tente de communiquer, c'est vous qu'elle veut. Ce qui me conduit à la deuxième raison pour laquelle je vous ai demandé de venir ici. J'espérais que vous accepteriez de la rencontrer.

— La rencontrer ? répéta-t-il, pris au dépourvu. Vous voulez dire, *maintenant* ?

— Ce serait une brève entrevue. Mais elle pourrait être très profitable pour sa guérison.

— Écoutez, je comprends que ce soit important pour vous, et j'aimerais vraiment vous aider, cependant je ne peux pas rester. J'ai une longue route à faire pour rentrer à New York. Je dois rendre un casse-tête à mon éditeur demain, et un autre après le week-end. Et mon chien est dans ma voiture.

— Vous pouvez la voir tout de suite. C'est l'affaire d'un quart d'heure tout au plus. En fait, tout est organisé. Vous avez un droit de visite, dit-elle en prenant un badge dans une poche de sa robe et en le lui tendant. Et j'ai réservé un endroit tranquille où vous pourrez discuter. Je vous en prie, réfléchissez-y. Non seulement vous rencontreriez votre plus grande fan, mais vous pourriez aussi en apprendre davantage sur ce dessin.

Le cercle l'intriguait, certes, et il ressentait le besoin impérieux de le résoudre, et pourtant, quelque chose lui intimait de ne pas s'impliquer.

— Je ne sais pas. Je ne vois pas comment ça pourrait lui faire du bien.

— Monsieur Brink, je n'ai jamais invité personne à rencontrer l'une de mes patientes. Mais Jess Price n'est pas une patiente comme les autres. Il y a quelque chose d'étrange dans cette histoire. Je n'arrive pas à l'expliquer. Il y a des moments, quand je suis avec elle, où je suis… Je ne sais pas comment formuler cela précisément. J'ai peur. J'ai plus que peur. Je suis terrifiée. Comme si j'étais en présence d'un phénomène qui me dépasse. Quelque chose de dangereux. Ce dessin pourrait nous dire pourquoi.

Il jeta un coup d'œil au dessin, tiraillé. Il pourrait dire non et regagner son loft à temps pour dîner. Ou il pourrait rester, rencontrer Jess Price et résoudre l'un des casse-tête les plus étranges qu'il lui ait jamais été donné de voir.

Le Dr Moses perçut son hésitation et insista.

— Je comprends. Les chances, déjà, que vous veniez à Ray Brook, et encore plus que vous aidiez une femme que vous n'avez jamais rencontrée, étaient faibles. Mais vous êtes sa dernière chance.

L'évocation du mot « chance » le réduisit au silence. Il était bien placé pour savoir ce que c'était que d'avoir toutes les chances contre soi. La probabilité qu'il survive à l'accident, pour commencer, était d'une sur un million, et celle que sa blessure entraîne le genre de talent qu'il avait développé était d'une sur un milliard. Mais voilà : Mike Brink avait déjoué les pronostics. Comment pourrait-il refuser la même faveur à qui que ce soit ?

Il mit la main dans sa poche et en retira un dollar en argent. Depuis son accident, il l'emmenait partout, et il avait foi en lui – foi dans la nature aléatoire structurelle du tirage à pile ou face, en sa clarté brutale dans les moments d'incertitude. Il y croyait plus qu'en toute autre chose. Science ou religion, faits ou fiction, culture ou nature. Rien n'était aussi purement aléatoire que le résultat obtenu par un lancer de pièce.

Il posa le dollar sur le dessus de son pouce et le fit jouer entre ses doigts.

— Pile, je la rencontre. Face, je rentre chez moi. D'accord ?

Le Dr Moses le regardait, perplexe. C'était une façon assez bizarre d'agir, mais si elle l'avait googlé, elle savait tout, forcément, de ses excentricités. Un jour, il avait lancé son dollar en argent dans les airs au début d'une importante compétition de casse-tête, et au vu du résultat, il avait déclaré forfait et quitté les lieux. Le Dr Moses hocha la tête, acceptant le principe.

La pièce brillait sur sa peau. Il éprouva un frisson d'anticipation, un tremblement d'incertitude. Ce n'était pas de la superstition. Il accordait foi au pouvoir des schémas, à la beauté sublime des chiffres et aux symétries de la raison. Pourtant, cette pièce avait un pouvoir particulier sur son destin. Elle s'était révélée être un canal, un portail qui laissait entrer son avenir, une sorte d'oracle.

Il remit la pièce à l'horizontale et la lança en l'air. Très haut. Elle tourna sur elle-même, une fois, deux fois, trois fois, et retomba dans la paume de sa main. Il la retourna sur le dos de son autre main, plaquant le métal froid sur sa peau, la poitrine serrée par la tension, et regarda.

4

Le Dr Moses prit un trousseau de clés dans sa poche et déverrouilla la porte de la bibliothèque de la prison. Brink la suivit dans un vaste espace meublé de rayonnages de livres et de longues tables en bois. À l'extrémité de la pièce, un mur composé de fenêtres sur trois hauteurs donnait sur un jardin fleuri où les prisonnières désherbaient les plates-bandes. Chaque fenêtre était constituée de vitres carrées et en observant leur nombre – trois par trois par trois – il en admira le schéma : 27 carrés par panneau, un cube parfait. Le Dr Moses le conduisit vers une table près des fenêtres.

— Je vais chercher Jess, annonça-t-elle avec un sourire reconnaissant. Je reviens dans cinq minutes.

Il s'approcha des fenêtres et jeta un coup d'œil dans la cour. Il vit un sentier de terre battue où des femmes en survêtement gris se promenaient, et plus loin, le parking. Son vieux pick-up jurait au milieu des Honda, des Ford et des Chevy qui étincelaient au soleil de la fin de matinée. Son pick-up, un Ford de 1991, rouge tomate bordé de rouille, lui avait tout juste permis d'arriver à Ray Brook. Il tressautait et tirait sur le côté quand il dépassait cent kilomètres-heure, et il émettait un grincement alarmant quand il passait la cinquième. Le véhicule était déjà sur le déclin quand il l'avait ramené de Cleveland à Boston, en 2008, pour la fac, mais il avait appartenu à son père, c'était l'une de ses rares possessions qu'il avait conservées après sa mort, et il ne pouvait pas imaginer de s'en débarrasser. Il tombait tout le temps en panne, mais Brink acceptait les défauts de l'engin comme on accepte la faiblesse d'un vieux chien adoré ; en faisant preuve de tolérance et en ayant conscience de la fin, triste, mais inéluctable, qui se profilait à l'horizon.

Le pick-up avait été le témoin de toutes les étapes de son adolescence : il avait appris à conduire avec, s'était soûlé dans la cabine avec ses potes et s'était envoyé en l'air pour la première fois dans un sac de couchage à l'arrière. Il l'avait conduit le jour où tout avait changé, le 12 octobre 2007, le jour du championnat de football scolaire de l'État. Il l'avait garé sur le parking où l'équipe prenait le bus qui les emmenait au stade, sans s'imaginer qu'il en ressortirait quelques heures plus tard, en ambulance. Les sièges usés en vinyle, l'odeur âcre de poussière et de sueur, même la boîte de vitesses capricieuse – tout le ramenait à celui qu'il avait été un jour : le quarterback et capitaine d'une équipe de football scolaire championne de l'État, beau gosse et sûr de lui, le genre de petit veinard, cool, et qui traversait la vie sans trop avoir à se bagarrer.

C'était toujours difficile de se concentrer avant un match important, mais cette nuit-là, ça l'était encore davantage. Des coachs de différentes facs étaient présents, pour évaluer les joueurs, et son avenir dépendrait de sa prestation. Une victoire, et il croulerait sous les offres de bourses sportives intégrales dans les meilleures universités du pays. Une défaite, et il devrait se rabattre sur les facs de moins bon niveau qui le courtisaient déjà. D'une façon ou d'une autre, à la fin de la soirée, il obtiendrait une bourse universitaire.

Et même s'il ne décrochait rien, ses parents l'aideraient à payer la fac. Ils l'avaient toujours soutenu, même quand il déconnait, comme la fois où il s'était fait arrêter pour excès de vitesse, ou quand il avait foiré un contrôle d'histoire. Il regarda de l'autre côté du terrain et les vit, au deuxième rang des gradins, juste derrière son équipe, une couverture en laine sur les genoux. Sa mère lui fit un signe quand leurs regards se croisèrent, son père l'encouragea d'une inclinaison de tête, et il ressentit une immense fierté. Il tenait l'occasion de les remercier. Après tout ce qu'ils avaient fait pour lui, tous ces matchs à l'extérieur qu'ils s'étaient farcis, les équipements qu'ils lui avaient achetés, les encouragements qu'ils lui avaient dispensés. Ce soir, ils allaient être fiers de lui.

Le vacarme était assourdissant. Le martèlement des pieds, les chants saccadés des pom-pom girls, le rythme primal de la fanfare – il essayait de s'en abstraire pour se focaliser sur le match. Il faisait froid, un temps de fin de saison, brutal, balayait le terrain, et il s'inquiétait d'avoir à lancer le ballon contre un mur de vent. La chance avait voulu que son équipe gagne le tirage au sort. L'équipe adverse avait choisi pile et l'arbitre avait tiré face, accordant à Mike l'avantage de jouer avec le vent dans le dos. Après le dégagement, son équipe était en position de force, aussi avait-il décidé de prendre le contrôle. Il amorça une action de jeu consistant à effectuer une percée par le centre, ce qui lui permettrait de courir avec le ballon jusqu'à la zone d'en-but. C'était une manœuvre inhabituelle, risquée à une telle distance, mais cette avancée de quarterback allait déstabiliser l'équipe adverse tout en lui permettant de montrer son agilité et sa rapidité. Inscrire un touchdown dès la première minute montrerait à tout le monde qui était le patron.

Il s'empara du ballon, feinta, feignant une passe, et se mit à cavaler, donnant tout ce qu'il avait dans le ventre. Dix, vingt, trente yards. Il sentait le ballon calé contre son flanc. Il sentait le vent froid dans son dos. Il voyait la zone d'en-but au loin, grande ouverte, qui l'attendait. Puis on le percuta. Il s'écroula, lourdement, sa tête cogna contre l'intérieur de son casque, et tout devint noir.

Quand il reprit conscience, il était dans une ambulance, sécurisé sur un brancard. Il crut tout d'abord qu'il s'était cassé quelque chose, mais apparemment, en dehors d'une vision un peu floue et d'une bosse de la taille d'un œuf d'oie, il n'avait rien de grave. Après un examen approfondi aux urgences, un médecin conclut à une commotion cérébrale et le renvoya chez lui avec pour instruction de se mettre de la glace sur le crâne et de se reposer.

Les signes que sa blessure était plus sévère qu'il n'y paraissait se manifestèrent quelques jours plus tard. Il était chez lui et se remettait gentiment quand il remarqua que tout ce qui l'environnait avait l'air différent. Plus ordonné, plus cohérent qu'avant. À sa grande stupéfaction, il constata qu'il distinguait des schémas absolument partout. Le sol en marbre de la cuisine – un damier noir et blanc – était une merveille de géométrie, une grille en 3D constituée d'une infinité de passerelles. Un après-midi, il avait passé un quart d'heure sous la douche, rien que pour contempler le déplacement de l'eau, la regarder couler de la pomme de douche dans le receveur où elle s'engouffrait en tourbillonnant dans la bonde. L'eau s'organisait en structures architecturales élaborées – des arcs-en-ciel et des fractales, autant de schémas mathématiques qui s'ouvraient devant lui en vagues de couleur. Il observait le jeu des structures qui s'inscrivaient dans l'eau quand il eut un déclic. Il ne savait pas comment, mais il comprenait ces structures. Il existait un système, le monde obéissait à un ordre essentiel, et il le voyait.

Avec le temps, il découvrit d'autres changements dans sa façon de percevoir le monde. Lorsqu'il pensait à certains chiffres ou certaines lettres, les caractères se présentaient à son esprit sous forme de couleurs vives, brillantes et saturées, presque étincelantes : le chiffre 9 était rouge cerise, le 6 jaune citron, le 3 d'un bleu glacier profond. Les nombres à deux chiffres se présentaient sous forme de couleurs mélangées et donc le 63 était vert, le 93, violet intense, le 69, orange vif. Les sons aussi apportaient des couleurs à sa conscience, de telle sorte qu'une chanson devenait un jaillissement de couleurs vibrantes, un concerto peint à l'arrière-plan de son esprit.

Ces changements dans sa façon de percevoir la réalité étaient si étranges, qu'au début il n'en parla à personne. Tout ce qu'il savait, c'était qu'il expérimentait régulièrement des hallucinations hautement structurées, géométriques, et il avait beau savoir que ce qu'il voyait était réel, il n'était pas certain qu'on le croie s'il essayait de l'expliquer. Il était convaincu que les schémas et les couleurs disparaîtraient avec la bosse sur son crâne. Il décida d'attendre, de se donner un peu de temps et de voir ce qui se produirait.

Mais les hallucinations ne disparurent pas. Quatre mois s'étaient écoulés depuis son accident, et ça n'allait pas mieux. Il ne dormait pas de la nuit et se rattrapait dans la journée. Ses relations amicales s'étaient distendues, et sa petite amie, Kelsey, qu'il soupçonnait de préférer son polo de footballeur à sa personne, cessa d'essayer de le joindre. Il ne pouvait plus aller au lycée sans être pris de panique. Puis, une nuit, c'en fut trop. Les chiffres, les schémas et les couleurs déferlaient dans sa tête avec une puissance hydraulique, tant d'images et de formes qu'il crut qu'il allait se noyer. Il alla dans la cuisine, s'assit à la table et fondit en larmes. Il avait besoin d'aide, mais il ignorait comment décrire ce qui lui arrivait.

Sa mère vint le rejoindre à la table. Elle insista pour qu'il lui dise ce qui se passait. Mike lui expliqua qu'il voyait des schémas dans sa tête depuis des mois, mais qu'il avait eu trop peur d'en parler. Il ajouta qu'il pensait devenir fou, et qu'il envisageait de se suicider pour que ça s'arrête. Sa mère l'écouta lui décrire la grille blanc et noir du carrelage de la cuisine qui s'était ouverte devant lui, comment cette grille avait créé toute une variété de schémas – un échiquier, une grille de mots croisés, puis une grille de chiffres –, une matrice noir et blanc de possibilités infiniment mouvantes. Elle l'écouta lui décrire une grille qui apparaissait constamment dans son cerveau, et disparaissait pour mieux revenir.

Sa mère alla chercher une feuille de papier, un crayon, et les lui tendit.

— Montre-moi ce que tu vois, dit-elle.

Alors il avait dessiné le diagramme, une grille de chiffres dont il devait apprendre plus tard que c'était un classique carré magique ; une grille de neuf chiffres dont le total de chaque colonne et chaque ligne était de 15. Il découvrirait ensuite que ce carré magique, appelé Lo Shu, avait été construit en Chine deux mille trois cents ans environ avant notre ère. Il ignorait tout de l'histoire du carré quand il l'avait tracé pour sa mère, à trois heures du matin, par une froide nuit de février 2008. Elle avait étudié la figure avec soin, et reconnaissant qu'il avait réalisé quelque chose d'extraordinaire, lui avait dit :

— Tu as reçu un don. Tu peux l'ignorer ou tu peux l'utiliser. Mais tu ne peux pas faire comme si ça n'existait pas.

Il avait fallu attendre une IRM pour qu'il comprenne qu'elle avait raison. Il ne redeviendrait jamais celui qu'il était avant son accident. Un neurochirurgien lui expliqua que lorsqu'il avait percuté le sol, une pression de 55 bars s'était brutalement abattue sur son crâne. Son cerveau s'était contracté sous l'effet du contrecoup, et son hémisphère gauche avait été endommagé. Et même s'il n'avait manifesté aucun des symptômes habituels d'un traumatisme crânien – pas de convulsions, de perte de mémoire, de dommages neurologiques ou de douleur –, Mike Brink avait été à jamais transformé.

5

Un gardien conduisit Jess Price à la table près de la fenêtre, défit ses menottes et sortit dans le couloir, où il se posta devant la porte.

— S'il y a le moindre problème…

Le Dr Moses eut un geste en direction du garde, et sur un bref mouvement de tête à l'intention de Brink, elle se retira.

Jess Price était assise à la table, baignée par la lumière qui se déversait des fenêtres. En s'approchant, il lui jeta un rapide coup d'œil et la compara aux photos que Thessaly lui avait montrées. Elles remontaient à cinq ans à peine, mais la prisonnière assise à la table n'avait rien à voir avec ces clichés. La photo de l'éditeur montrait une femme mutine, espiègle, presque étonnée de son assurance. Celle qui se tenait devant lui avait été marquée par un traumatisme, édulcorée, comme une statue dont les contours bien nets auraient été émoussés par les éléments. Elle était trop maigre, ses cheveux étaient maintenant longs et cassants, et les croissants de sang séché au bout de ses ongles témoignaient des automutilations que le Dr Moses avait évoquées.

Et pourtant, elle dégageait une certaine séduction, une présence mystérieuse qui transcendait son aspect physique. C'était une qualité indéfinissable, aussi puissante que la gravité terrestre. Il ne pouvait l'expliquer, mais quelque chose changea dans l'atmosphère quand il la rejoignit. C'était comme se tenir au bord d'un vortex, une force sombre autant qu'irrésistible, aussi excitante qu'effrayante.

Il accrocha la bandoulière de sa sacoche au dossier d'une chaise, ôta son blouson et s'assit en face de Jess. Elle l'observa, le regard empli de curiosité et d'autre chose, moins définissable – un intérêt intense mêlé de méfiance. Il s'était préparé au silence, mais se retrouver en sa présence le plongeait dans une insondable angoisse. Ils étaient séparés par un vide large, profond. Pour l'atteindre, il allait devoir faire le premier pas.

— Le Dr Moses m'a dit que vous aimiez les casse-tête, finit-il par dire, se sentant maladroit.

Le regard de la prisonnière transpirait l'intelligence, une vigilance intense, attentive, qui démentait toute éventualité d'instabilité mentale. C'était même tout le contraire : derrière ses yeux bleus, il devinait une lumière étincelante, piégée comme un diamant suspendu dans un bloc de glace.

— Elle m'a donné ça.

Brink posa le dessin entre eux. Il le regarda encore, bien que ce soit inutile. Il le revoyait avec une précision absolue. C'était un effet collatéral, peut-être le plus grand bénéfice, de son accident : il voyait un schéma ne serait-ce que pendant quelques secondes, et il s'en souvenait pour toujours. Mais il avait beau le regarder, celui-ci le laissait perplexe. Il le renvoyait à ses années au MIT, quand son professeur et mentor, le Dr Vivek Gupta, lui soumettait un problème d'une complexité hallucinante. Il passait alors la nuit à l'étudier sous tous les angles, à l'endroit et à l'envers, le repliait, le tordait et le retournait selon toutes les permutations possibles jusqu'à ce qu'une modification s'opère dans sa pensée – comme si une fenêtre s'ouvrait, laissant la lumière inonder une pièce obscure –, et il trouvait par où entrer. À partir de là, il pouvait se caler à son dossier et regarder le chemin se révéler par lui-même. Il voyait alors les étapes qu'il devait suivre, l'ordre dans lequel il devait procéder. Pour lui, résoudre un casse-tête était une bénédiction, ce que d'aucuns auraient appelé la grâce, mais pour Brink, c'était plus que cela : la résolution était une bouée de sauvetage, son seul moyen de garder la tête hors de l'eau.

Or il avait beau convoquer ce pouvoir, en cet instant précis, le cercle ne lui inspirait que des questions : pourquoi ce chiffre à cette place-là ? Quelle était la signification du nombre 72 ? Il s'éclaircit la voix et retenta sa chance.

— Vous vouliez que je le voie, et j'admets que je suis intrigué. Je meurs d'envie de le résoudre. Mais j'ai besoin de plus d'informations. Pouvez-vous m'aider à comprendre ce que je suis en train de regarder ?

Elle l'observait sans mot dire. C'était déstabilisant, cette façon qu'elle avait de le regarder. Soudain, l'air lui sembla oppressant, suffoquant. Il pesait sur lui, brûlant, écœurant. Il sentit la sueur lui picoter la peau. La proximité de Jess opérait une modification chimique en lui, de la même façon que le sel augmente la température d'ébullition de l'eau.

— Écoutez, reprit-il en se penchant vers elle. Je ne sais pas ce que ce dessin signifie, ou ce qu'il veut dire pour vous, dans votre situation. Le Dr Moses croit qu'il a quelque chose à voir avec ce qui vous est arrivé et je voudrais vous aider, mais il faut que vous me donniez de quoi avancer.

Elle continuait de l'observer.

— Par exemple, continua-t-il, où avez-vous vu ce cercle pour la première fois ? Est-ce un original ? Une copie ?

Silence.

— Le cadran avec les chiffres de 1 à 72, les lettres hébraïques… C'est une configuration inhabituelle. On dirait qu'il manque des chiffres et des lettres. Savez-vous pourquoi ?

Comme elle ne répondait pas, il repoussa le dessin sur le côté. Les questions directes étaient vouées à l'échec. Visiblement, elle voulait communiquer avec lui – sinon pourquoi aurait-elle inscrit son nom au dos du casse-tête ? –, mais quelque chose l'en empêchait. Elle enroula ses bras autour d'elle dans une attitude protectrice, comme si elle était peinée par ses questions. En la regardant, il ressentit une pointe d'empathie. Elle lui rappelait celui qu'il était après son accident : effrayé, perdu, enfermé dans sa propre tête et incapable d'exprimer ce qu'il ressentait. Il avait suffi d'une personne, une seule personne, pour briser son isolement et l'atteindre. Pour le croire quand il avait décrit l'incroyable. Sa mère avait été cette personne, et sa patience l'avait sauvé. Peut-être qu'il pourrait être cette personne pour Jess Price.

— Il m'est arrivé quelque chose, un jour, poursuivit-il en l'observant attentivement. J'expérimentais des choses qui paraissaient, eh bien, totalement *cinglées*. Je voyais des schémas, des nombres et des couleurs partout. J'étais terrifié. J'aurais voulu l'expliquer, mais je savais que personne ne me croirait. On allait penser que j'étais fou. Enfin, merde ! *moi-même* je croyais que j'étais fou. Vous savez ce qui a tout changé pour moi ?

Elle secoua légèrement la tête. C'était une réaction à peine visible, mais suffisante. Il ressentit une pointe de triomphe : *elle lui avait répondu*.

— Ça…, fit-il en fouillant dans son sac bandoulière.

Il en sortit un carnet de poche ainsi que son stylo préféré, un Bic 4 couleurs à pointe rétractable, et il traça le carré qu'il avait dessiné pour sa mère la nuit où il s'était confié à elle.

4	9	2
3	5	7
8	1	6

Elle parcourut les chiffres du regard et releva les yeux sur Brink, l'air interrogateur.

— C'est un diagramme mathématique ancien, le carré de Lo Shu. Il a été construit pour la première fois il y a quatre mille ans, en Chine. Pour une raison mystérieuse, je n'arrêtais pas de le voir après mon accident. Il apparaissait dans mon cerveau, chaque chiffre flamboyant d'une couleur avant de disparaître. Je ne comprenais pas pourquoi, et à vrai dire, je ne comprends toujours pas. Mes médecins ont des hypothèses, mais elles ne m'intéressent pas vraiment. Tout ce qui compte, c'est que, si bizarre que cela puisse être, ce que j'expérimentais était *réel.*

Jess pencha la tête sur le carré de Lo Shu comme si elle l'étudiait.

— Tout le monde fait constamment des expériences terrifiantes, reprit-il. Je ne suis pas le seul. Et vous non plus.

Quand elle croisa à nouveau son regard, elle avait les yeux pleins de larmes.

— Dites-moi ce qui se passe, continua-t-il en glissant le dessin du cercle entre eux. Je vous croirai. Je vous le promets.

Lentement, Jess leva les yeux sur un angle de la pièce. Il suivit son regard vers une caméra de surveillance positionnée au plafond de la bibliothèque, puis il regarda à nouveau Jess. Son expression vacilla, et il crut y voir de la peur.

— Vous craignez qu'on nous observe, avança-t-il d'une voix réduite à un murmure.

Elle opina et tout devint clair. Chaque centimètre carré de la prison était surveillé. Elle avait quelque chose à lui dire, mais elle avait peur qu'on l'entende. Soudain, il eut une idée. De toute évidence, elle pouvait écrire des nombres, des lettres et tracer des graphiques – elle avait résolu presque toutes les énigmes qu'il avait conçues. Il reprit son stylo et écrivit : « Vous n'avez pas besoin de parler pour que je vous entende. »

Il poussa le carnet dans sa direction. Pendant un moment, elle le regarda sans réagir. Puis elle attrapa le stylo et dessina la potence du jeu du pendu. Une excitation s'empara de lui quand il la vit. Le jeu du pendu obéissait au même système que son jeu de lettres favori : LeMOT. Il y jouait tous les matins, et le résolvait généralement avant que son café ait refroidi. La règle était simple : trouver un mot en devinant la position des lettres. On avait droit à six essais, et chaque réponse correcte rapprochait de la solution. Dans le jeu du pendu, à chaque mauvaise réponse, une partie d'un bonhomme en bâtonnets était dessinée sur la potence. Trop de mauvaises réponses, le bonhomme se retrouvait pendu, et on avait perdu.

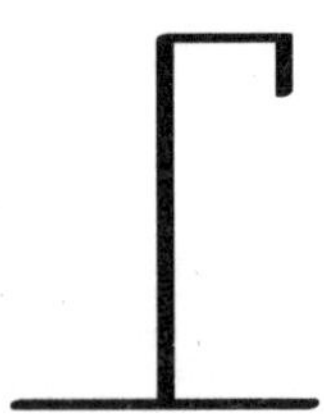

— — — — — —

Jess traça six tirets sous la potence. De par son expérience avec LeMOT, il savait qu'il n'avait besoin que d'une seule lettre bien placée pour résoudre l'énigme. Toutes les permutations possibles des mots comprenant une lettre au même emplacement défilaient dans son cerveau, il les confrontait avec des solutions précédentes – il se souvenait de toutes – et il devinait toujours le bon. C'était simple, trop simple, et quatre-vingts pour cent du temps, il trouvait le mot à la deuxième tentative.

Il baissa les yeux sur l'énigme et commença par une lettre fréquente. Il prit son stylo et inscrivit la lettre N.

Jess secoua imperceptiblement la tête. Non, pas de N. Elle dessina la tête du pendu.

Il tenta ensuite les trois consonnes les plus fréquentes : S, R, T, et Jess dessina le corps du pendu, et ses bras. Il sentait qu'il se crispait. Peut-être que c'était le fait de se trouver avec Jess Price, mais il n'avait jamais rencontré de problème avec une énigme de lettres. En vérité, c'était plus un jeu de devinette qu'un casse-tête, mais quand même. Il jeta un coup d'œil à la potence et vit qu'il ne lui restait que deux tentatives pour réussir. Il choisit deux voyelles, I et A. Jess sourit et les mit en place sous le pendu.

— I A — — —

Il ressentit une vague de triomphe quand un mot explosa dans son crâne. Le voir se former dans sa tête était comme capturer un arc-en-ciel dans une jarre, chaque lettre une explosion de couleur, insaisissable, chatoyante.

FIABLE.

— Vous voulez savoir si vous pouvez vous fier à moi, chuchota-t-il.

Elle croisa son regard, et toute l'intensité qu'il avait perçue plus tôt revint. C'était vrai, elle n'avait pas besoin de lui parler pour qu'il la comprenne. Il ressentait chacune de ses pensées.

— Je ne suis pas bon à grand-chose, continua-t-il sur le même ton. Mais j'ai toujours tenu parole. Si vous me dites ce dont vous avez besoin, je vous promets de faire de mon mieux pour vous aider.

Elle pesa ce qu'il venait de dire, fixant le calepin avec une telle intensité qu'il s'attendait à ce qu'il prenne feu. Puis elle trouva une page blanche et écrivit quelque chose, qu'elle couvrit de sa main. Une fois terminé, elle mordilla un de ses ongles rongés, rouvrant une blessure. Le sang forma une gouttelette écarlate au bout de son doigt, qu'elle pressa plusieurs fois sur la page, comme si elle voulait s'essuyer. Puis elle arracha la feuille du carnet, la froissa et la lui glissa dans la main.

À ce contact, une sorte de paralysie s'empara de lui. C'était électrique, rempli d'une énergie brûlante, pulsatile, une sensation si intense qu'il pouvait à peine respirer. Le temps sembla se figer quand elle se pencha au-dessus de la table et l'embrassa légèrement sur les lèvres. La bibliothèque s'effaça et, soudain, il se retrouva à l'intérieur d'une énigme, les tourbillons de chiffres et de lettres s'organisant en chemins imbriqués tout autour de lui, Jess Price au centre de l'ensemble, une femme piégée dans un labyrinthe. Il l'attira plus près de lui et lui rendit son baiser, se sentant tomber de plus en plus en elle, quand brusquement un gardien de la prison apparut devant eux.

— Pas de contact physique avec les prisonnières, dit-il d'une voix bourrue en tirant Jess en arrière.

Il lui menotta les poignets et l'emmena.

6

UNE FOIS LA PORTE DE LA BIBLIOTHÈQUE REFERMÉE, Brink se retrouva seul. Son corps entier palpitait et, en récupérant sa sacoche, il remarqua que sa main tremblait. *Bon sang, qu'est-ce qui m'arrive ?* Sa rencontre avec Jess Price l'avait laissé étourdi et déstabilisé, le cœur battant fort et la tête pleine de questions. Il se sentait comme après une compétition éreintante – dix heures de problèmes de chiffres ou d'échecs – qui lui mettait le cerveau en ébullition et le carbonisait.

Il parcourut la bibliothèque du regard, cherchant un coin discret. Les étagères avaient été disposées de manière à empêcher toute intimité et procurer à la caméra de surveillance une vue dégagée sur la salle entière. Il passa la bandoulière de sa sacoche sur son épaule, prit son blouson sur le dossier de la chaise, essuya son front en sueur et se dirigea vers le mur de fenêtres. Tournant le dos à la caméra, il déplia le papier que Jess lui avait donné. Il était chiffonné et couvert de taches de sang. Il le lissa autant que possible et vit quatre lignes gribouillées au centre de la feuille. Jess Price avait écrit un message.

Il lut :

Que de belles pommes rouges !
Elstar, Lady Hamilton,
Calville et Santana
Red Delicious, Reinette rouge étoilée !

Et c'était tout. Quatre lignes de… de quoi ? De poésie ? Il relut le message, tâchant d'en déduire une signification. Ça n'avait absolument aucun sens. Cette femme n'avait communiqué avec personne depuis des années, et quand enfin elle le faisait, elle écrivait une sorte de haïku cryptique sur des variétés de pommes ? Il ressentit le besoin urgent de rouler la feuille en boule et de la balancer dans la poubelle, mais il savait que c'était plus que ça. Jess avait peur des oreilles indiscrètes, elle craignait sans doute aussi qu'on intercepte un message écrit. Ce poème pouvait être une sorte de rébus.

D'ordinaire, ce genre d'énigme faisait appel à un corpus de connaissances, des points de référence communs à deux personnes, et compréhensibles par elles. Mais Jess Price et lui n'avaient pas d'histoire en commun, et ils n'avaient absolument jamais parlé de pommes. Il jeta un coup d'œil par la fenêtre, comme s'il pouvait y avoir des pommiers dans la cour ; il n'y avait rien d'autre qu'un sentier de terre battue.

Il plongea la main dans sa poche gauche à la recherche de son dollar en argent. C'était un dollar Morgan, frappé en 1899, une pièce de collection qui valait aujourd'hui quelques centaines de dollars. L'arbitre avait lancé cette même pièce au début du match du championnat national, quelques minutes à peine avant que Brink ne se blesse. La tradition voulait que le vainqueur garde la pièce. Son équipe avait triomphé sans lui et voté à l'unanimité pour qu'elle lui soit remise.

Il avait pris l'habitude de la frotter entre son pouce et son index quand il réfléchissait, et ce tic en avait rendu le contour aussi lisse qu'un galet roulé par une rivière. En général, ça l'aidait à se concentrer. Mais là, non. Il articula à voix haute les syllabes que Jess avait tracées, dans l'espoir de trouver un indice dans le rythme, mais il n'en décela pas de régulier. Il écrivit les mots sur une seule ligne, éliminant les espaces, s'efforçant de voir si un message apparaissait. Ce n'était pas le cas. Ça n'avait pas de sens, même en tant que casse-tête.

Puis il remarqua quelque chose d'inhabituel : les taches de sang étaient placées à des points distincts sur la feuille. Elles n'avaient pas atterri de manière aléatoire, comme il l'avait d'abord cru, mais à des endroits précis, chacune marquant une lettre. Jess avait pressé l'empreinte de son pouce sur quatre lettres de la première ligne, six de la deuxième, et ainsi de suite. Vingt-huit lettres avaient été cochées de cette manière.

Les propriétés mathématiques du nombre 28 lui revinrent instantanément : c'était le deuxième nombre parfait, un nombre à moyenne harmonique entière, et un nombre triangulaire. Un nombre de Stormer, et le quatrième nombre magique en physique. Mais en relisant l'énigme, il vit que le nombre 28 ne signifiait rien dans ce contexte.

Et puis, tout d'un coup, il eut le déclic. Bien sûr, les nombres n'avaient rien à voir dans l'affaire. Jess Price était écrivaine, il était normal qu'elle communique non par des nombres, mais par des mots. Ce n'était pas une énigme, mais un message chiffré, un texte codé, et plutôt simple en l'occurrence. Elle avait marqué les lettres avec son sang, et ces lettres étaient la clé qui révélerait un message :

Que de belles pommes rouges !
Elstar, LadyHamilton,
Calville et Santana
Red Delicious, Reinette rouge étoilée !

Le défi réveilla quelque chose de primal en Mike Brink, un besoin irrépressible, mélange de curiosité et de désir. Il voulait se saisir du mystère et le dompter, le disséquer et en révéler les secrets les uns après les autres, jusqu'à ce que sa nature insaisissable soit défaite, se dissolve entre ses mains. En bref, l'énigme s'était emparée de lui. Il n'avait d'autre choix que de la résoudre.

Il glissa le dollar en argent dans sa poche, prit un stylo et reporta les lettres tachées en bout de ligne :

Que de belles pommes rouges !	**D L E R**
Elstar, Lady Hamilton,	**E T R A Y H**
Calville et Santana	**A V I S TA**
Red Delicious, Reinette rouge étoilée !	**E LI OUS N TTT LÉE**

Il était évident que les lettres étaient mélangées. Il fallait qu'il les remette dans le bon ordre pour qu'elles prennent un sens. Quelques secondes lui suffirent pour les aligner mentalement, les redistribuer jusqu'à ce qu'elles forment des mots. Il les inscrivit dans une troisième colonne, à côté de l'énigme et les observa :

Que de belles pommes rouges !	**D L E R**	**LE DR**
Elstar, Lady Hamilton,	**E T R A Y H**	**RAYTHE**
Calville et Santana	**A VI STA**	**SAVAIT**
Red Delicious, Reinette rouge étoilée !	**ELIOUSNTTTLÉE**	**ET ILS L ONT TUÉ**

Il écrivit la phrase et la lut à haute voix : « Le Dr Raythe savait et ils l'ont tué. »

7

MIKE BRINK FRAPPA DEUX COUPS À LA PORTE du bureau du Dr Thessaly Moses, très fort, plus fort qu'il ne l'aurait voulu. Pas de réponse. Il renouvela son geste, pressé de lui parler. Sa rencontre avec Jess l'avait déstabilisé, comme si son centre de gravité avait été déplacé. Il ne pouvait chasser son visage de son esprit et il continuait de ressentir la sombre attraction qu'il avait éprouvée en sa présence. Au souvenir de leur baiser, tout son corps le picotait encore. Il ne voulait pas l'admettre, et sûrement pas *se* l'admettre, mais il était bouleversé. Profondément. Le Dr Moses lui permettrait peut-être d'y voir plus clair ?

— Monsieur Brink.

La voix venait d'un peu plus loin, dans le couloir. Elle portait une veste blanche sur sa robe bleu marine, à l'épaule un cabas Vuitton d'où dépassaient des dossiers, et elle tenait à la main un lunch bag en tissu. On pouvait raisonnablement penser qu'elle revenait de déjeuner.

— Docteur Moses. Je ne vous dérange pas ?

— Je vous en prie, appelez-moi Thessaly, et non, bien sûr que vous ne me dérangez pas. Entrez, dit-elle en déverrouillant la porte de son bureau, puis elle s'effaça pour le laisser entrer et referma la porte derrière lui. J'ai hâte que vous me racontiez votre entrevue.

Il hésitait sur ce qu'il pouvait lui rapporter de sa conversation avec Jess. Leur rencontre avait duré trente minutes, tout au plus, pourtant il se sentait déjà un devoir de loyauté envers elle, et après ce baiser, le besoin déconcertant de la comprendre. Il voulait l'aider. Mais comment ? Le fait qu'elle ait rédigé un cryptogramme indiquait clairement que ses confidences lui étaient réservées, et devaient être ignorées des autorités pénitentiaires, mais il ne pouvait pas tout faire tout seul. Et s'il y avait une personne au monde qui voulait aider Jess, c'était bien Thessaly Moses. À vrai dire, c'était Jess qui avait entraîné Thessaly dans cette histoire en lui demandant d'entrer en contact avec lui. Cela faisait de la psy une personne de confiance.

Thessaly lâcha son sac sur son bureau et s'octroya une gorgée de café.

— Alors, comment ça s'est passé ?

— Pas comme je m'y m'attendais, c'est le moins que l'on puisse dire.

— Comment cela ? demanda-t-elle, intriguée.

— De toute façon, les gardes vous en informeront, alors autant vous le dire tout de suite : elle m'a embrassé.

— *Elle vous a embrassé ?* répéta Thessaly, stupéfaite.

— Par-dessus la table. Et puis un gardien l'a emmenée.

Elle secoua la tête, incrédule.

— Évidemment. Aucun contact physique n'est autorisé, et s'embrasser est formellement…

— Ce n'est pas la seule chose qui se soit produite.

— Quoi d'autre ? demanda-t-elle en croisant les bras sur sa poitrine, comme si elle appréhendait sa réponse.

— Elle a écrit quelque chose.

Le Dr Moses étrécit les yeux.

— Vous avez communiqué par écrit ?

— On peut dire ça. Elle a tracé une autre énigme. Un message crypté.

Thessaly se pencha en avant sur son bureau.

— Je me doutais qu'elle réagirait bien avec vous, mais je n'imaginais pas qu'elle s'ouvrirait aussi vite.

— Je ne suis pas sûre que vous serez aussi emballée quand vous saurez ce qu'elle a écrit.

— Et pourquoi ça ? demanda Thessaly, perplexe.

— Comment s'appelait son médecin précédent, déjà ?

— Le Dr Raythe ? répondit-elle, surprise. Pourquoi cette question ?

— Vous avez dit que le Dr Raythe avait établi un contact avec elle, avança Brink en pesant ses mots. Que ses méthodes avaient obtenu un résultat.

— C'est ce que je pense, d'après les comptes rendus qu'il a laissés. Mais quoi qu'il ait pu en tirer, ça a été bref.

Il repensa à la solution du cryptogramme de Jess : *Le Dr Raythe savait et ils l'ont tué*. Que savait-il, exactement ?

— Détenait-il des informations particulières, quelles qu'elles soient, à son sujet ?

— Je n'en ai aucune idée, répondit-elle, visiblement troublée.

— Si c'était le cas, il y aurait sûrement eu des comptes rendus ? Des notes sur son cas, des choses comme ça ?

— Évidemment. Ça fait partie du travail, répondit-elle en fronçant les sourcils, et sa voix prit une intonation défensive, comme s'il avait laissé entendre qu'elle aurait pu négliger des éléments importants du cas. Mais j'ai lu le dossier qu'il a laissé. Rien ne suggère qu'il détenait une information inédite ou extraordinaire au sujet de sa patiente.

— Vous pourriez le consulter à nouveau ?

— Pour tout vous dire, je ne vois pas bien ce que ça nous apporterait. J'ai lu et relu tout ce que le Dr Raythe avait rédigé. Il a laissé ses papiers dans un état de désordre épouvantable, et j'ai consacré mes premières semaines à ranger ce fatras. Il n'était pas très organisé, pourtant je doute qu'il ait laissé des informations sur Jess Price qui n'auraient pas été consignées… Mais attendez. Je vais vérifier quelque chose.

Elle passa de l'autre côté de son bureau.

— À peu près à l'époque où je suis arrivée dans cet établissement, une vaste opération de numérisation des dossiers des détenues était en cours. Si le Dr Raythe est mort avant que celui de Jess ait été entièrement entré dans le système, il pourrait se trouver encore aux archives.

Elle pianota sur son clavier, s'arrêta pour lire ce qui s'affichait à l'écran et regarda Brink.

— Ce n'est pas impossible, en effet… Certains dossiers du Dr Raythe ont peut-être été archivés dans l'ancienne zone de stockage. Et si j'y jetais un coup d'œil ? Je vous dirai ce que j'aurai trouvé.

— Ce serait formidable, acquiesça Brink, sentant monter son excitation. (Si elle pouvait déterrer des informations dans les dossiers de l'ancien médecin, il parviendrait peut-être à comprendre ce que Jess Price essayait de lui dire.) Une dernière question : vous avez mentionné le fait que vous remplaciez le Dr Raythe. Pour quelle raison ?

Elle lui lança un regard étrange, comme si elle essayait de deviner où il voulait en venir avec ses questions.

— Ce poste s'est présenté parce que le Dr Raythe est décédé.

— C'est arrivé soudainement ?

— Oui, il est mort brutalement. J'ai passé un entretien et j'ai été embauchée très vite. C'est pour cela que son bureau était dans un tel désordre.

— Je pense que vous devriez regarder ça, dit-il en sortant le cryptogramme de Jess de sa poche pour le montrer à Thessaly. « Le Dr Raythe savait et ils l'ont tué. » Jess croit que son thérapeute a été assassiné.

Il observa la réaction de Thessaly. D'abord dubitative, elle affichait à présent une stupeur sincère.

— Mais c'est absolument, rigoureusement impossible, fit-elle, décontenancée. Sa voiture a dérapé sur une plaque de verglas, sur la route 32, et il est passé par-dessus la glissière de sécurité. C'était un accident. Tout le monde sait ça.

— Tout le monde, sauf Jess Price.

Thessaly relut le papier, puis le plia en deux.

— Je ne comprends pas, finit-elle par lâcher. Pourquoi voudrait-elle communiquer de cette manière ?

— Parce qu'elle a peur de quelqu'un. C'est pour ça qu'elle est passée par vous pour me faire venir. Je vois ce que les autres ne voient pas. Vous ne pensez pas qu'il pourrait y avoir dans les dossiers du Dr Raythe quelque chose qui justifierait les craintes de Jess ?

— Je vais regarder, mais ça risque de prendre un certain temps. Les archives sont entreposées dans une partie désaffectée de la prison, et il va falloir que je demande une accréditation. Si vous pouvez me recontacter demain dans la matinée, je vous en dirai plus.

Brink avait prévu de rentrer directement à New York – il n'avait ni vêtements de rechange, ni même une brosse à dents, et la pâtée de Connie était restée chez lui –, mais il était hors de question qu'il reparte avant d'avoir une idée plus précise de ce que Jess Price essayait de lui communiquer.

— Je vais me chercher un hôtel, dit-il. Mais j'aimerais revoir Jess. Pourriez-vous organiser une nouvelle rencontre ?

Thessaly se mordit pensivement la lèvre.

— Je ne peux rien vous promettre. Il a fallu une bonne dose d'arguments pour arracher le premier rendez-vous, et mon directeur risque de ne pas signer pour une seconde entrevue. Cela dit, ce qui s'est passé aujourd'hui est une énorme percée. Jess Price a communiqué avec vous, ce qui est plus que quiconque avait jamais obtenu d'elle, alors je vais voir ce que je peux faire. Ne vous éloignez pas, monsieur Brink. Je vous appelle dès que j'ai du nouveau.

8

VINTAGE, CRIARDE, grande comme un panneau publicitaire, l'enseigne au néon du Starlite Motel lançait des éclairs rouges et bleus annonçant « Chambres climatisées » et « Complet ». Brink se gara sur le parking et coupa le contact. C'était un taudis, mais quelque chose dans l'enseigne lui rappelait le pays de son enfance – les vieux motels et les drive-in ringards jalonnaient encore la campagne du Middle West. Il n'était pas retourné dans l'Ohio depuis des années, pourtant en entrant au Starlite Motel, il avait l'impression de rentrer chez lui.

Il alla s'enregistrer à la réception, dans le bâtiment principal, où une douzaine de clés accrochées à un tableau révélaient qu'en fait, l'endroit était loin d'être complet. Il s'assura que Connie était la bienvenue et paya le supplément pour départ tardif afin qu'elle puisse rester dans la chambre pendant qu'il retournerait au pénitencier, le lendemain, puis il prit une pomme dans un compotier, dans le coin cafétéria, et se rendit dans sa chambre.

Il occuperait la chambre n° 3 – le plus petit nombre premier, le premier nombre de Mersenne et le deuxième nombre premier de la suite de Fibonacci –, une boîte sombre, basse de plafond, dotée d'un lit king size et d'un vieux climatiseur. Une moquette vert mousse s'étirait jusqu'à la salle de bains des années 1950, avec son carrelage turquoise et son lavabo de poupée qui sentait l'eau de Javel. L'endroit était miteux et le néon l'empêcherait sûrement de dormir, mais c'était sans importance. Il n'allait pas rester longtemps, et le Starlite était tout à côté de la prison.

Il jeta sa sacoche sur la table et se mit à préparer la pâtée qu'il avait achetée pour Connie à la supérette sur l'autoroute : cent grammes de faux-filet haché, fleurons de brocolis et carottes râpées. Connie était carnivore, faite pour la chasse, et donc il lui donnait de la viande aussi souvent que possible. Il s'occupait bien d'elle. Il veillait à ce qu'elle ait tous les jours sa dose de protéines et de lipides, des os pour se faire les dents et une écuelle pleine d'eau filtrée. Les rares amis qui avaient rencontré Connie avaient fait remarquer qu'il s'occupait mieux de sa chienne que de lui-même, et c'était vrai : le régime de Connie était bien plus équilibré que le sien.

Prendre soin d'elle était devenu une partie importante de sa vie. Il l'avait adoptée toute petite, pendant la pandémie, parce qu'il se sentait seul et avait besoin de compagnie. Au cours des mois de confinement, il avait structuré sa vie autour d'elle – il l'emmenait en balade, jouait à la balle avec elle dans le parc, lui apprenait des tours, les plus courants : va chercher, assise, couchée, et d'autres plus inhabituels, rattraper un frisbee et faire la morte (ce qu'il préférait). Il n'aurait jamais imaginé qu'il consacrerait autant de temps à un teckel de dix kilos et demi, mais voilà, Conundrum était sa plus proche compagne.

Pendant qu'elle mangeait, Brink ouvrit son ordinateur et reprit son dernier casse-tête. C'était un Triangulum, un démon géométrique qu'il construisait pour le *New York Times*. Il l'avait élaboré dans le même ordre que d'habitude : en créant d'abord les solutions. Ensuite, quand il savait comment ça se terminait, il procédait à rebours, organisant les défis et les indices de telle manière qu'ils paraissent inévitables et surprenants. D'habitude, ça venait tout seul. C'était intuitif. Mais pour une raison qui lui échappait, il ne réussissait pas à équilibrer parfaitement son Triangulum. Le défi, pour Brink, n'était pas de construire le casse-tête – ça, il aurait pu le faire en dormant –, le défi était de concevoir une super énigme, une énigme qui établirait un équilibre parfait entre tous les éléments. Il devait être ardu, mais pas frustrant, fuyant, mais pas abscons, et, plus que tout, un super casse-tête devait procurer un sentiment de satisfaction à chaque indice découvert. Ce genre d'énigme était de l'art, et Mike Brink était un artiste.

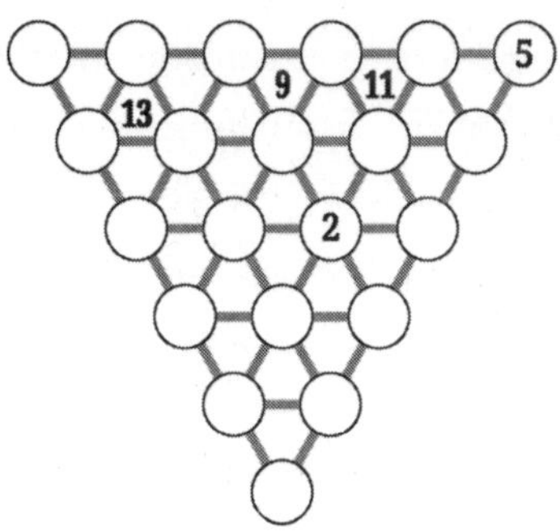

Pour résoudre le Triangulum, il fallait mettre les chiffres de 1 à 6 dans les cercles de telle sorte que chaque chiffre n'apparaisse qu'une fois sur chaque ligne grise. Il inscrivit trois nombres dans trois des triangles définis par trois cercles, ces nombres correspondant à la somme des chiffres à placer dans les trois cercles. C'était élégant et logique. Un défi stimulant, son style d'énigme préféré.

Une fois qu'il l'eut fini, il se connecta au wifi de l'hôtel et l'envoya par mail à son rédacteur en chef. Il ne mentionna pas qu'il avait dissimulé son nom à l'intérieur, mais encore une fois, c'était inutile. Le rédac chef savait que Brink adorait semer des œufs de Pâques dans ses œuvres – ses initiales, son nom, un secret sur lui-même, cachés dans la solution.

Après l'avoir envoyé, il ouvrit un moteur de recherche et tapa les mots : Jess Price, auteure, meurtrière. Les faits étaient assez clairs. Jess Price, vingt-trois ans, faisait du home-sitting à Sedge House. Elle avait été arrêtée le 9 juillet 2017 pour le meurtre de Noah Cooke, vingt-cinq ans, son petit ami. Trois mois plus tard, elle avait été déclarée coupable d'homicide. Et elle venait de passer cinq années en prison sans avoir jamais révélé ce qui s'était passé la nuit du crime. Il chercha des détails plus substantiels concernant le meurtre, mais il n'y avait pas grand-chose.

Il continua à lire tout ce qu'il pouvait découvrir sur Jess Price, cependant rien ne laissait supposer qu'elle soit capable d'un crime aussi effroyable. Née à New York, elle avait fait ses études au lycée Stuyvesant, puis avait obtenu une bourse pour le Barnard College où elle s'était montrée excellente étudiante. À ving-deux ans, elle avait publié un recueil de nouvelles qui avait fait sensation dans le milieu littéraire. Brink afficha la critique qu'il avait trouvée sur le site du *New York Times* : « Les nouvelles de Price sont des mini-traumatismes qui ouvrent le lecteur une côte après l'autre pour exposer le cœur à l'air libre. » Son site Internet était depuis longtemps fermé, mais une fiche Wikipédia détaillait ses nombreux succès. Elle avait été sélectionnée pour les National Book Awards et avait remporté le Young Lions Fiction Award, un prix littéraire annuel créé par la New York Public Library, doté de dix mille dollars et décerné à un écrivain de trente-cinq ans ou moins. Les droits d'une nouvelle du recueil avaient été achetés en vue d'une adaptation au cinéma. Puis, à l'automne 2017, elle avait été déclarée coupable d'homicide et condamnée à trente ans de réclusion à l'établissement pénitentiaire de l'État de New York. Elle avait vingt-trois ans.

Il effectua une recherche croisée avec son nom et les sites de home-sitting, et son ancien profil apparut immédiatement. Il y avait une photo et une courte biographie – « Diplôme de littérature anglaise à l'université Barnard, New-Yorkaise, super avec les animaux » –, des critiques positives, cinq étoiles, et que des louanges à son endroit : « de toute confiance, communicative, amicale, responsable, méticuleuse… ». Quand elle avait accepté ce travail à Sedge House, c'était apparemment, comme l'avait dit Thessaly, une jeune femme équilibrée et talentueuse. Mais les commentaires qu'il lisait ne collaient pas avec ce qu'il avait ressenti en sa présence. Ce danger, cette noirceur. Le sentiment que se trouver près d'elle équivalait à se tenir tout au bord d'une falaise. Il s'étonna de l'incroyable transformation qui avait métamorphosé la personne que Jess avait été en celle qu'elle était devenue.

Au souvenir de l'impression qu'elle lui avait faite, il eut un frisson. Il n'avait jamais rencontré quelqu'un comme elle. Comment le Dr Moses avait-il formulé cela, déjà ? *Elle vit dans un casse-tête*. À vrai dire, il avait l'impression qu'elle l'avait projeté dans un de ses casse-tête à lui. Le temps qu'il avait passé à la prison l'avait davantage tourneboulé qu'il ne l'avait été depuis des années. Il était tendu, tous les muscles noués comme s'il venait de courir le marathon, ou comme s'il était resté tout un après-midi dans les embouteillages de

Manhattan. Il essaya de s'expliquer ce qui le mettait dans un tel état, sans grand succès. Elle avait quelque chose d'à la fois excitant et effrayant, une qualité qu'il reconnaissait grâce aux nombreux concours de résolution d'énigmes de toutes sortes auxquels il avait participé au fil des ans. Il avait l'impression de se retrouver face à une adversaire extraordinaire, une adversaire qui pourrait finir par le battre.

Visiblement, elle provoquait des réponses émotionnelles fortes chez tout le monde. Naviguant grâce au moteur de recherche, il dénicha des milliers d'articles et de clips vidéo sur Jess Price, des groupes de discussion et des chats archivés, des fils de discussion Reddit. Les gens prenaient parti, développaient des théories sur ses motivations, son écriture, et même son aspect physique. Un journaliste l'avait qualifiée de *jolie laide*, une expression française que sa mère utilisait pour décrire les femmes dont la beauté résidait dans une combinaison unique de traits, parfois peu flatteurs. Il lut qu'elle était cinglée, qu'elle avait été piégée, qu'elle était innocente, qu'elle était coupable.

Au début, le monde littéraire défendait l'innocence de Jess : son éditeur, son agent, le porte-parole des National Book Awards avaient publié une déclaration commune de soutien. Quand elle avait refusé de se défendre lors du procès, ses soutiens s'étaient faits plus discrets. Et pourtant, la présence de Jess Price avait persisté. Son recueil de nouvelles était resté sur la liste des best-sellers pendant des mois après son procès, une biographie non autorisée avait été publiée et avait fait l'objet d'une adaptation filmée. Il trouva une page de photos de Jess Price à côté de femmes magnifiques et talentueuses mortes jeunes : Edie Sedgwick et Jean Seberg, auxquelles elle ressemblait. Jess Price était devenue une icône, une figure culte, peut-être une criminelle, peut-être une victime des circonstances, on ne pouvait rien affirmer.

Tombant sur un lien qui menait au site Internet du *New Yorker*, il lut une nouvelle de Jess publiée dans le magazine en 2017, plusieurs mois avant son arrestation. Comme tant d'histoires du *New Yorker*, l'intrigue était plutôt légère, et pourtant, il se sentit attiré par une certaine texture dans la narration et un usage décalé de la langue : « Une enfant acerbe », « une épaule gibbeuse », « une averse titubante. » La nouvelle était intitulée « Le moulin », ce qu'il trouva étrange, car à aucun moment il n'était question de moulin dans l'histoire.

Après une ou deux heures de lecture, il commençait à avoir une assez bonne idée de celle qu'était Jess Price avant le crime. Il avait une liste de faits concernant sa vie, des informations sur sa carrière d'auteure, l'opinion de ses soutiens et les théories de ses détracteurs. Pourtant, malgré les pages et les pages d'informations qu'il avait trouvées sur elle, il savait qu'elle n'était pas la personne qu'il avait découverte en ligne. Ce n'était pas la brillante étudiante, la home-sitteuse amicale, la jeune écrivaine prometteuse ni même la magnifique et tragique figure culte. Non, il avait rencontré quelqu'un d'autre dans la bibliothèque de la prison, une femme piégée dans un étau qui achevait d'extraire de son être tout ce qu'elle avait été, ne laissant qu'une version édulcorée d'elle-même.

Il faisait nuit quand il éteignit son ordinateur. Il n'avait rien mangé depuis le petit déjeuner, et commanda donc une grande pizza pepperoni avec des olives noires. En attendant la livraison, il sortit son couteau Victorinox et pela la pomme qu'il avait prise dans le lobby de l'hôtel. Il avait ce canif depuis la classe de quatrième ; c'est sa mère qui le lui avait offert pour son anniversaire. C'était l'un des objets auxquels il tenait le plus, l'une des choses qui, comme son dollar en argent, le liaient encore à celui qu'il avait été avant son accident. Tenant la pomme dans la main gauche, il glissa son couteau sous la peau rouge et la fit tourner jusqu'à ce qu'il obtienne une spirale d'Archimède parfaite, l'accroissement de la distance entre la pelure et le trognon lui procurant une sensation d'ordre et de bien-être qu'il trouva infiniment apaisante.

Finalement, la pizza arriva. Il ouvrit une bouteille de bière prise dans le mini-frigo, et mangea à même la boîte, assis au bord du lit king size, l'esprit empli de pensées de Jess Price. Il n'arrivait pas à la comprendre. Pourquoi avait-elle demandé à Thessaly de le faire venir ? Était-ce vraiment à propos du diagramme circulaire que Thessaly lui avait montré ? Existait-il quelque chose qu'il ne voyait pas ? Ernest Raythe avait-il vraiment été assassiné ? Elle lui avait demandé de lui faire confiance, mais lui, pouvait-il se fier à elle ? Ou toute cette histoire n'était-elle que le fruit de l'imagination d'une femme instable obsédée par les jeux de logique de Brink ?

Une fois sa pizza avalée, il téléchargea un fichier audio de la radio publique NPR, une interview de Jess Price par Terry Gross datant de 2017, et l'écouta dans son lit. Sa voix était très différente de celle de la femme de la bibliothèque – plus jeune, plus vibrante et pleine d'entrain. Elle s'exprima quelques minutes sur la condition d'auteur dans un monde plus intéressé par Twitter que par Tolstoï et évoqua son dernier livre, un roman dont « elle préférait ne pas parler », plaisantant sur le fait que sa fiction exploserait instantanément à la seconde où elle en révélerait quoi que ce soit. La différence entre la personne drôle, éloquente, de l'entretien et la femme qu'il avait rencontrée à la prison le fit réfléchir. Jess Price avait été, jadis, une tout autre personne.

Il était tard quand il éteignit la lumière et se coucha pour de bon. Il glissa dans le sommeil en écoutant le rythme de la voix de Jess. Ils étaient à des kilomètres de distance, mais il ressentait sa présence aussi fortement que si elle avait été juste là, à côté de lui dans le lit. Une sensation pesante le submergea, cette même attraction gravitationnelle qu'il avait ressentie depuis l'autre bout de la bibliothèque. Qu'attendait-elle de lui ? Pourquoi ne pouvait-il pas cesser de penser à elle ? Son image planait dans son esprit, ses traits délicats, ses cheveux d'une blondeur de miel, son regard bleu étrangement magnétique. Elle l'avait attiré dans la prison avec une énigme à résoudre, attiré plus près avec un cryptogramme, et maintenant, il ressentait le besoin irrépressible de la comprendre. Mais concernant Jess Pride, rien n'avait de sens. Les indices qu'elle livrait étaient obscurs, les schémas disjoints. Peut-être ses contradictions faisaient-elles partie de l'énigme. Elle avait établi les règles du jeu, et si une personne au monde était faite pour y jouer, c'était bien Mike Brink.

9

Cette nuit-là, Jess lui apparut en rêve. Il se trouvait avec elle dans une forêt de conifères denses, odorants, qui s'assombrissait. Envolée la femme qu'il avait rencontrée à la prison, envolés le survêtement gris et l'apparence hagarde, effacée la fragilité. À la place se tenait une créature lumineuse en robe rouge, magnifique et sûre d'elle, qui irradiait la séduction de tout son être.

Elle lui prit la main et le conduisit sur un chemin envahi de racines, à travers des fourrés d'épicéas. Tandis qu'il s'enfonçait plus profondément dans la forêt, toutes ses incertitudes la concernant, la noirceur troublante qu'il ressentait en sa présence, se muèrent en pure attraction. Elle ne lui inspirait aucune méfiance. Il ne remettait pas en question ses motivations, au contraire, il avait conscience que cette femme lui était destinée, elle et personne d'autre. Quand elle lui prit la main, il fut bouleversé de se sentir aussi étroitement connecté à elle. Ils étaient ensemble, intimement liés. Soudain, il ne savait plus où finissait son corps et où commençait le sien.

« Dépêche-toi », lui dit-elle en souriant par-dessus son épaule tout en l'entraînant de plus en plus loin dans la forêt. Sa voix était magnifique, claire et vibrante dans l'air glacé. « Suis-moi. »

Le temps qu'ils sortent des bois et parviennent à une clairière, la nuit était tombée et le ciel était d'un violet d'ecchymose, tumescent. Des candélabres illuminaient une table de banquet où un festin les attendait : des faisans et des rôtis, des soupières fumantes, des coupes débordantes de fruits. Jess prit une grenade, l'ouvrit en deux et lui présenta la chair écarlate, mais il n'en avait pas pris une bouchée que les bougies s'éteignirent et c'est de ses lèvres qu'il goûta la saveur. Dans un baiser électrique, profondément érotique, d'une puissance qu'il n'aurait jamais cru possible. Un baiser qui, dans l'escalier d'Escher de son rêve, se produisait dans le présent, le passé et l'avenir en même temps, un baiser qui déverrouillait un million de possibilités. Elle l'enlaça avec force, l'attirant dans son étreinte, et il ressentit un besoin primaire d'elle, un désir physique aigu, mais aussi une reconnaissance mutuelle : elle le connaissait – avec ses secrets, ses insécurités, ses désirs les plus profonds –, et il la connaissait.

— Je savais que tu viendrais, dit-elle en s'écartant. Ce n'est pas facile d'arriver jusqu'ici. La plupart des gens ne trouvent pas leur chemin. Mais tu n'es pas comme la plupart des gens.

— Où sommes-nous ? demanda-t-il en s'efforçant de reprendre prise sur le monde fluctuant autour de lui.

— Écoute-moi, dit-elle en lui mettant une clé dans la main. Prends-la. Tu en auras besoin pour me faire sortir.

C'était une vieille clé, chaude dans sa paume, dévorée par la rouille.

— Je suis seule depuis tellement, terriblement longtemps. Tu n'imagines pas combien j'ai été seule. Tu es le premier à venir ici depuis des milliers d'années. Mais c'est fini, maintenant. Tu es là. Tu as la clé. Garde-la bien. Tu dois me le promettre.

— Mais je ne sais pas…

— Promets-le-moi, dit-elle en le regardant avec une intensité féroce. Quand tu découvriras la porte, tu sauras quoi faire.

Il rangea la clé dans sa poche.

— Je te le promets, dit-il.

Alors, à cet instant, le paysage changea et ils se retrouvèrent sur un immense lit à baldaquin. Jess le dévêtit entièrement, vêtement par vêtement, et l'attacha aux colonnes, lui liant les poignets et les chevilles à l'aide de draps blancs. Allongé sur le dos, incapable de bouger, il la regarda se déshabiller, faire courir ses mains sur lui, se glisser sur lui et plaquer son corps contre le sien. Le clair de lune traçait des arabesques de lumière et d'ombre sur leur peau, dans un clair-obscur mouvant. Il ferma les yeux, ressentant avec intensité chacune de ses caresses. Elle était violente et charnelle, sensuelle, tous ses gestes opéraient une sorte de sorcellerie. Il n'avait jamais connu une femme comme elle, et pourtant, tout en elle lui était étrangement familier – son parfum, la sensation de son souffle dans son oreille, ses petits murmures de plaisir, sa façon de poser sa tête sur son torse, ses cheveux répandus sur lui. Elle lui fit tout oublier : celui qu'il était, pourquoi il était là, ce qu'il voulait. Dans la dimension du rêve, la question ne se posait pas de savoir pourquoi ils étaient ensemble. Elle l'avait appelé, il était venu à elle. Et maintenant, il lui appartenait.

Alors que le rêve commençait à se dissiper, Jess l'attira plus près d'elle, comme pour le garder encore un peu. Mais tout s'estompait.

Les bougies étaient éteintes, le lit se dissolvait, la forêt s'évanouissait. Il essaya de retenir Jess, mais sa peau se fragilisait sous la pression de ses doigts. Des crevasses s'ouvraient dans sa peau, pareilles aux craquelures d'un miroir, y traçant un motif en nid d'abeille. Ses joues, son cou, ses bras, tout en elle se fractura et disparut.

10

Il se réveilla trempé de sueur, encore englué dans la trame du rêve, le cœur affolé. Il se sentait envahi, vulnérable. Pendant un moment, il sentit planer une présence, toute proche et si terrifiante qu'il avait du mal à respirer. Il se redressa dans le lit et parcourut la pièce du regard, désorienté. *Où était-il, bon sang ?* L'endroit était plongé dans le noir en dehors de la traînée rouge et bleu d'un néon qui palpitait sur un rideau. Il ne reconnaissait pas la moquette crasseuse, les bouteilles de bière vides, l'odeur aigre de la pizza. Puis tout lui revint : il était dans le motel miteux d'une petite ville nichée dans les hauteurs des monts Adirondacks. Il s'était endormi et avait fait un sacré rêve.

Conundrum grognait près du lit. Elle était inquiète, plus perceptive que bien des humains de sa connaissance. Elle décelait quelque chose d'inhabituel dans l'air, et elle faisait le tour du lit en trottinant et en aboyant comme une folle, comme si elle coursait une proie. Il se leva, et lui gratouilla les oreilles pour l'apaiser.

— Tout va bien, ma belle, ce n'était qu'un rêve.

Il jeta un coup d'œil au réveil numérique. Un peu plus de trois heures du matin. Trop tôt pour se lever. Il respira donc profondément, remit la tête sur l'oreiller et tâcha de se rendormir. Les insomnies, il y était habitué. Après son accident, il avait mis au point des stratégies pour se vider l'esprit. Mais il avait beau s'essayer à la méditation, même s'il était épuisé au moment d'éteindre la lumière, son cerveau s'illuminait. Des schémas flottaient derrière ses paupières, un grand réseau de formes géométriques – des grilles, des structures, des fractales cristallines –, et des nombres, d'interminables chaînes de nombres. Au début, il avait essayé de les ignorer, et puis il s'était rendu compte qu'il ne pouvait reprendre le contrôle de son esprit – et s'endormir – qu'après s'être abandonné au torrent de schémas. Il se plongeait dans les formes, calculait des équations, rangeait des lettres en colonnes et en diagonales, construisait des mots et les réarrangeait en anagrammes et en palindromes, créant mentalement des châteaux élaborés jusqu'à ce qu'il en ait épuisé toutes les possibilités, après quoi il s'endormait.

Il n'avait jamais oublié la nuit où il avait parlé à sa mère de son don. Il était perdu, submergé par l'angoisse. Au fond du trou, au point qu'il n'était pas sûr de pouvoir continuer à vivre. Il avait été terrifié de voir son corps se retourner contre lui aussi brutalement. Et puis il avait dessiné le carré de Lo Shu pour sa mère. Il lui avait expliqué ce qui lui arrivait, toutes ces choses ahurissantes qu'il voyait, et elle l'avait cru.

Cette nuit-là avait été le moment charnière. Le lendemain, ils s'étaient mis, sa mère et lui, à chercher de l'aide. Moins d'un mois plus tard, ils avaient trouvé le Dr Trevers, un neurologue réputé, spécialisé dans les traumatismes crâniens. Brink avait passé une batterie de tests et appris que sa lésion cérébrale avait occasionné une pathologie extrêmement rare, le syndrome du savant acquis. On estimait qu'une trentaine d'individus seulement dans le monde étaient concernés, et la plupart d'entre eux se caractérisaient par des niveaux variés de capacités extraordinaires. Les tests de Brink déterminèrent qu'il était atteint de savantisme spatial et mécanique. Il avait acquis une mémoire photographique qui lui permettait de reproduire les images et les structures avec une précision parfaite, et la capacité d'effectuer des calculs numériques instantanés, de calculer un calendrier, de réciter des milliers de décimales du nombre pi et de résoudre en quelques secondes des équations complexes. Son traumatisme avait « libéré » des zones de son cerveau inaccessibles à la plupart des individus.

— Ne vous considérez pas comme lésé, lui avait dit le Dr Trevers. Dites-vous que vous avez un superpouvoir. Quand vous aurez appris à le contrôler, vos compétences pourraient changer le monde.

Avec l'aide du Dr Trevers, Brink avait fini par comprendre qu'il pouvait vivre avec cette nouvelle réalité et s'épanouir. Avec de l'entraînement, lui avait-il assuré, il parviendrait à contrôler les aspects les plus effrayants de ce don, et notamment les insomnies et les pensées défilantes, qui pouvaient être domptées par la méditation. Brink avait lu le récit d'un Britannique atteint du même syndrome qui avait écrit : *Je savais des choses qui précédaient ma propre existence et d'autres que j'ignorais. Je ne me l'explique pas.* Cet homme n'avait pas étudié les mathématiques supérieures ou les cryptogrammes, il n'avait jamais eu une bonne mémoire des dates ou de ce qu'il lisait. Et pourtant, il « recevait » des informations, comme si elles lui parvenaient d'une autre dimension.

Cette description avait trouvé en Brink une résonance profonde. Il ignorait comment il savait ce qu'il savait ; il le savait, et voilà tout. Des formes et des structures se présentaient simplement à son esprit. Sa blessure avait agi comme un coup de pioche qui aurait abattu un mur, libérant des flots de connaissances. Qui l'envahissaient, l'emplissaient d'une somme affolante d'informations. Il n'apprenait pas. Il se contentait de recevoir.

Mike Brink n'avait plus jamais joué au football. Il s'était lancé dans la collection d'ouvrages sur les casse-tête de tous les genres existants : mots croisés, jeux de lettres, jeux mathématiques, casse-tête, labyrinthes, sudokus. Puis il s'était mis à en concevoir lui-même. Construire un casse-tête l'aidait à canaliser la prolifération de schémas en un unique problème et offrait un exutoire à son imagination. Il fabriqua une grille de mots croisés sur le thème de la National Football League et l'envoya à la page des jeux du *Plain Dealer*. Ils la publièrent, lui envoyèrent un chèque de cinquante dollars et cela lui valut sa première signature dans un journal. Il n'essaya pas de se raccrocher à celui qu'il aurait pu être. Il réorienta sa vie comme l'eau détournée par un rocher change de direction, et avança à fond, très vite, trop pris dans le mouvement pour pleurer ce qui était perdu.

Au lieu d'aller en fac avec une bourse de football, il entra au MIT, l'Institut de technologie du Massachusetts, où il mit son don à profit dans une majeure en mathématiques avec une spécialité en topologie, et il découvrit que ses capacités lui offraient un avantage immédiat. Le MIT avait beau être fréquenté par les plus brillants cerveaux du monde, il constata qu'il était plus rapide que les autres étudiants – il ne travaillait pas beaucoup, pourtant il était le premier à rendre ses tests et mémorisait sans effort de longs passages de polycopiés ou de cours magistraux. Ses professeurs s'aperçurent qu'il était extraordinaire, et l'inscrivirent aux programmes d'élite, l'autorisant à suivre des cours de deuxième cycle alors qu'il n'était qu'en licence. Il quitta la fac avec la mention « excellent » – *Summa cum laude* –, le titre honorifique de Phi Beta Kappa, et une invitation à revenir préparer une thèse de doctorat.

Mais si, intellectuellement, il allait sans effort de réussite en réussite, il avait plus de mal à gérer les relations personnelles. Le don qui lui avait offert une mémoire ultrarapide et la faculté de résoudre des équations complexes en quelques secondes entravait sa capacité à établir des liens avec les autres. Par exemple, il avait du mal à interpréter les expressions faciales, et il lui arrivait de passer à côté d'indices corporels simples, se méprenait sur la signification d'un regard, confondait plaisanterie et sarcasme, ou prenait un geste affectueux pour de l'agacement. Il avait une mémoire photographique des schémas, mais d'autres types de souvenirs se brouillaient sur les marges et disparaissaient. Il mémorisait certains détails sur les gens – leur numéro de téléphone, vingt anagrammes de leur nom, remarquait la disposition des taches de rousseur sur une main gauche qui évoquait pour lui la constellation de l'Hydre – mais il avait parfois du mal à reconnaître les émotions. Ce que les autres voulaient exprimer d'eux-mêmes, ce qu'ils attendaient de lui.

C'était un défi subtil, que Mike Brink était seul à connaître, son talon d'Achille, qu'il avait appris à gérer. Il observait attentivement ses camarades de classe et ses professeurs, notait leur façon de formuler leurs pensées et leurs sentiments afin de réussir à les déchiffrer plus facilement : un de ses amis se touchait toujours le menton quand il était nerveux, une fille de sa classe avait les narines qui frémissaient quand elle se sentait défiée ; tel prof de littérature traduisait sa consternation par un claquement de langue. Il en était arrivé à voir les expressions faciales comme des symboles. Il les cataloguait mentalement, se créant une espèce de lexique, consignant les expressions et la gestuelle émotionnelle comme autant d'indices de résolution d'une énigme. Le désir, la peur, l'insécurité – les émotions humaines étaient une langue étrangère à la grammaire complexe et qu'il voulait désespérément parler.

La plupart du temps, personne ne remarquait qu'établir un lien lui demandait un effort. Et quand on s'en rendait compte, on se disait qu'il n'était qu'un fort en thème, typiquement perché. Mais ce sentiment de déconnexion l'irritait et il s'efforçait vraiment de se faire des amis. Il aurait voulu une relation romantique, être proche de quelqu'un qui compterait pour lui et pour qui il compterait. Il était populaire au lycée et n'avait jamais eu de mal à inviter une fille à sortir, mais c'était plus difficile maintenant. Et quand il loupait une occasion de sortie avec une femme qu'il désirait, par exemple, s'il l'invitait à dîner et qu'elle avait une réaction qu'il n'arrivait pas à interpréter, il ne pouvait s'empêcher de se demander s'il finirait sa vie tout seul.

Il avait parlé de ce problème au Dr Trevers. Il continuait de le consulter par téléphone une fois par semaine et allait le voir chaque fois qu'il revenait en Ohio. Le neurologue avait avancé l'hypothèse d'un effet secondaire commun dans les traumatismes crâniens : une perturbation de la capacité à reconnaître et gérer l'expression des émotions. Son cortex frontal avait peut-être subi une lésion qui n'avait pas été décelée sur les premières radios. Il suggéra une nouvelle IRM et l'adressa à un spécialiste à Boston. Les résultats ne montrèrent aucune anomalie du cortex frontal. Pourtant, Brink était hanté par la possibilité de déconnexion, et s'obligeait à être extrêmement attentif à ce que les autres ressentaient, suranalysant souvent leurs émotions.

Brink savait qu'il avait énormément de chance. Sa blessure aurait pu le laisser paralysé, ou pire. D'une manière ou d'une autre, il avait déjoué les pronostics et s'en était tiré avec des dégâts mineurs. Il avait survécu. Mais il voulait plus que survivre. À certains moments, les autres lui paraissaient hors de portée. Il lui arrivait de sortir avec une fille et de ne pas pouvoir dire si elle avait envie de le revoir ou non. Ou de ne pas savoir, après un entretien avec le rédacteur en chef qui publiait ses casse-tête au *New York Times*, si celui-ci était content de son travail. Il essayait d'établir le contact avec des collègues, et n'y parvenait pas. Il aurait pu avoir toutes les petites amies qu'il voulait – sa notoriété, alliée à son charme naturel, lui en donnait amplement les moyens –, mais ça ne collait jamais tout à fait. C'était comme s'il vivait isolé du monde, séparé de celui-ci par une dalle de verre ; il voyait chacun avec netteté, et chacun le voyait aussi, mais c'était comme si sa capacité d'échange avec les autres avait été émoussée, altérée. Limitée. Établir la connexion avec celui ou celle qui se trouvait de l'autre côté de la barrière lui posait toujours un problème. Or ce n'était pas ce qu'il avait ressenti avec Jess Price. Il n'y avait pas eu de barrière. Aucun obstacle entre eux.

11

QUAND IL ÉTAIT DANS L'ÉQUIPE DE JOUR, que les caméras suivaient ses déplacements dans la prison et que ses collègues gardiens chronométraient chacun de ses gestes, Cam Putney dissimulait son intérêt pour Jess Price. Il lui coulait des regards en biais quand il surveillait la cafétéria, se postait devant la salle commune lorsque les prisonnières avaient thérapie de groupe, et mémorisait les emplois du temps afin de savoir exactement à quel moment elle sortirait dans la cour et arpenterait le chemin de terre. Il prenait bien soin de dissimuler ses intentions. Ses ordres étaient clairs. Personne ne devait savoir qu'il l'observait.

Mais la nuit, c'était une autre histoire. Entre deux et cinq heures du matin, quand les détenues dormaient, Cam avait plus de liberté. Il se glissait dans le dortoir – une longue salle ouverte dans la partie récente de la prison, avec ses cinquante-deux lits superposés tous occupés – et observait Jess Price dans l'ombre. En évitant les caméras de surveillance, bien entendu. Il y avait toujours quelqu'un derrière la lumière rouge clignotante. Les gardiens n'étaient pas autorisés à entrer dans le dortoir quand les prisonnières dormaient, sauf en cas d'urgence comme une bagarre, un incendie, une urgence médicale absolue. Il y avait eu trop de cas d'abus signalés ces dernières années – des privilèges accordés aux gardiens par les détenues, de la drogue contre une faveur sexuelle –, et les gardiens étaient aussi surveillés que les détenues elles-mêmes.

Mais Cam ne s'intéressait pas aux autres femmes des lits superposés. On l'avait envoyé à Ray Brook la semaine même où Jess Price y avait été incarcérée, et on le rappellerait à la minute où elle en partirait. Sa mission était simple : la surveiller, la protéger et rapporter tout ce qui la concernait. Ce qu'il faisait méticuleusement depuis près de cinq ans. Quand le Dr Raythe, le psy de Jess, avait réussi à établir le contact avec sa patiente, Cam s'était assuré que le thérapeute comprenne bien qu'il n'avait pas affaire à une détenue ordinaire. Jess Price était une femme de la plus grande importance, la gardienne de quelque chose de rare et de précieux. Personne – ni son médecin, ni ses codétenues, ni sa famille – ne devait apprendre ce qu'elle savait. Il avait averti Raythe de ne pas chercher à l'aider. Mais le type ne l'avait pas écouté.

Cam toucha le tatouage qu'il avait sur le cou, un triangle composé de dix points. Cette figure géométrique était le témoignage d'un rite d'initiation, le signe qu'il avait atteint les plus hauts échelons de l'organisation. Pour la plupart des gens, cela ne signifiait rien – un coup d'œil, et ils ne voyaient que l'envolée créative d'un tatoueur. Depuis toutes les années qu'il travaillait pour l'organisation, ce symbole n'avait été reconnu que deux ou trois fois. Mais alors, ça l'avait empli d'un intense sentiment de satisfaction et de fierté. Il n'était pas seul. Il y en avait d'autres comme lui. Et ensemble, ils bâtissaient un monde nouveau.

Les lumières étaient éteintes depuis des heures quand la détenue commença à parler dans son sommeil. Elle donnait des coups de pied dans ses couvertures et s'agitait, fébrile, comme en proie à un mauvais rêve, ce qui se comprenait – à voir son apparence, ses cheveux filasse et ses ongles rongés au sang, on devinait que sa vie entière était un cauchemar. Il se rapprocha, se pencha afin d'entendre ce qu'elle murmurait. Il noterait tout dans son rapport, en veillant à retranscrire fidèlement les mots qu'elle avait prononcés : « Dépêche-toi, suis-moi, promets-le-moi. »

12

LE LENDEMAIN MATIN, le Dr Thessaly Moses retrouva Brink à l'entrée de la prison.

Il avait laissé Connie au motel avec la clim branchée et assez d'eau et de nourriture pour qu'elle tienne jusqu'au déjeuner. Il l'aurait bien emmenée, mais obtenir une accréditation pour un chien aurait été compliqué, même avec son statut d'animal aidant. Quand il avait parlé de Connie au Dr Trevers un an plus tôt, ce dernier avait considéré comme thérapeutique son attachement pour elle, et l'avait déclarée « animal de support émotionnel ». Au début, cette étiquette avait gêné Brink. Pourquoi ce besoin de tout médicaliser ? Un homme ne pouvait pas avoir d'animal de compagnie sans que ça ait un rapport avec un traumatisme ? Mais quand le Dr Trevers lui avait fait parvenir un certificat médical désignant Conundrum comme animal de soutien émotionnel, lui donnant officiellement le droit d'accompagner son maître partout – en avion, dans les bâtiments officiels, les restaurants et les cinémas –, il avait été ravi. Il n'aimait pas la laisser seule.

Thessaly conduisit Brink dans le corridor central, jusqu'à l'autre bout de la prison, et s'arrêta devant une lourde porte en acier blindé portant la mention « accès réservé ». Sur le côté, un capteur et un pavé numérique.

— J'ai dû remplir une tonne de paperasse afin d'obtenir l'autorisation, dit-elle en sortant un badge plastifié pour le montrer à Brink : un code-barres 39, avec sa série de quarante-trois caractères, mélange de chiffres, de lettres et de symboles – le premier code-barres alphanumérique, et l'un des plus populaires du monde. J'ai obtenu l'accès pour une durée d'une heure, après quoi je devrai rendre le badge à mon supérieur. Le code change toutes les quarante-huit heures, apparemment. La prochaine fois, ils me demanderont mon premier-né. Enfin, bref…, nous avons intérêt à faire vite.

Thessaly passa le badge devant le capteur. Il y eut un bip et la porte se déverrouilla. Brink la poussa et l'ouvrit devant Thessaly.

— J'admire la décision de l'État de conserver ces vieux bâtiments et de les utiliser, dit-elle en le conduisant vers une cage d'escalier à la peinture écaillée et aux dalles de linoleum usées sur le palier. Pouvoir disposer des dossiers des patientes est assurément un avantage. Mais il faudrait vraiment qu'ils allouent des fonds à l'entretien des lieux.

Au-dessus de leur tête, un faux plafond vétuste auquel manquaient quelques plaques révélait le plafond originel de l'ancienne structure en brique, ses voûtes et ses fenêtres créant un volume de lumière et d'ombre.

— Si je devais m'évader d'ici, c'est cette voie que j'emprunterais, remarqua Brink en indiquant les ouvertures dans le plafond.

— Tous les points d'accès à cette zone sont sécurisés, reprit Thessaly, mais il est vrai que si une détenue entrait ici, on aurait du mal à la retrouver. Et regardez, fit-elle en indiquant de l'index un bout de toit délabré, six mètres au-dessus de leurs têtes, par les trous duquel bruinaient des particules de lumière. La toiture est endommagée. L'eau suinte à l'intérieur, ce qui occasionne de la moisissure. L'administration promet de le réparer depuis des années, mais Dieu seul sait quand ça se produira.

Elle lui fit descendre une volée de marches qui menaient au sous-sol. Brink sentait l'odeur de moisissure dans l'air, devinait les décennies d'abandon dans la peinture écaillée et les dalles de lino craquelées. Ils passèrent devant du matériel médical archaïque, les vieux lits métalliques et les fauteuils roulants de l'ancien sanatorium, un mur de livres de bibliothèque moisis et des équipements sportifs disloqués, dont un Stairmaster particulièrement démantibulé sans doute banni de la salle de sport de la prison. Finalement, Thessaly s'arrêta devant une autre porte, la déverrouilla et fit rapidement entrer Brink dans une réserve remplie d'armoires de classement.

— Ce sont tous les dossiers de cette institution antérieurs à l'année 2019, lui expliqua-t-elle en le dirigeant dans un labyrinthe d'armoires marquées par année : 1993, 1999, 2004. Tous les patients traités dans cette institution, qu'ils aient été atteints de tuberculose ou internés pour raisons psychiatriques, ont leur dossier ici, quelque part. C'est vraiment dommage que ces informations ne soient pas dans la base de données des traitements. On devrait réussir à trouver le financement pour scanner et entrer ces fichiers dans le système.

Elle s'arrêta devant l'armoire étiquetée 2018.

— Théoriquement, je devrais effectuer une demande écrite pour vous montrer ces dossiers. Mais comme nous n'avons pas le temps de faire encore de la paperasse, nous ferons comme si vous ne les avez jamais vus.

Elle ouvrit un tiroir, fouilla dedans et en sortit un gros dossier accordéon sur le lequel était inscrit le nom « PRICE Jessica » tapé à la machine. Elle jeta un coup d'œil à l'intérieur.

— On dirait bien qu'il y a quelque chose, en fin de compte.

Elle conduisit Brink vers une table dans un coin, vida le dossier dessus et étala le contenu : des centaines de pages volantes, beaucoup de sous-chemises et quelques enveloppes kraft.

Elle prit une liasse de fiches médicales et les feuilleta.

— Raythe était du genre papier. Méticuleux. Il mettait tout par écrit.

— S'il était si méticuleux que ça, pourquoi n'avez-vous pas eu copie de ce dossier ?

— Bonne question, monsieur Brink, répondit-elle en haussant un sourcil. Bon, si on regardait ce qu'il y a là-dedans ?

Thessaly prit une liasse de fiches et Brink l'imita. L'un des avantages du savantisme spatio-mécanique était la faculté de lire très vite et de se souvenir de chaque page à la lettre près. Ce don était celui qui intéressait le plus les gens, et c'était toujours là-dessus qu'on interrogeait Brink. Il le fascinait, lui aussi, surtout à cause des idées fausses généralement répandues à ce sujet. Par exemple, il adorait les films policiers et d'espionnage dont les héros avaient une mémoire eidétique ou photographique, parce qu'en général, c'était n'importe quoi. Ce n'était pas comme s'il effectuait un scan ou prenait une photo, c'était un processus abstrait, conceptuel, une résolution de conscience qui révélait un souvenir. C'était mystérieux, même pour Brink, mais qu'on lui donne une centaine de pages et il les mémoriserait en quatre-vingt-dix secondes, dans tous leurs détails.

Le Dr Trevers avait mesuré cette faculté et découvert qu'il était capable de lire 18 000 mots à la minute avec cent pour cent de compréhension, et un souvenir parfait de phrases prises au hasard dans le texte. Pas le record de lecture rapide inscrit dans le *Livre Guinness des records* – qui était de 25 000 mots à la minute et détenu par Howard Stephen Berg –, mais pas mal pour quelqu'un qui n'avait aucun désir particulier de lire vite. Cette capacité à reproduire ce qu'il lisait lui avait suffi pour décrocher un score parfait au test d'aptitude standard, et une bourse complète pour le MIT.

Brink tournait rapidement les pages, intégrant instantanément les informations. Pour la plupart, les comptes rendus étaient d'une sécheresse totale et absolue, rédigés en langage clinique, mais Brink reconstitua très rapidement les fondamentaux de l'évaluation initiale de Jess, de son comportement et des traitements qu'on lui avait administrés lors de sa première année passée dans l'établissement. Elle s'opposait à toute communication, refusait de participer aux thérapies de groupe, avait tendance à l'automutilation et ignorait ses codétenues comme les gardiens. Tout cela était conforme à ce que lui avait dit Thessaly. Mais il ne s'attendait pas à l'énorme quantité de documents que Raythe avait accumulés sur Jess Price. Le dossier contenait plus de mille pages de notes.

— Il y a beaucoup de données sur le traitement de Jess, là-dedans, dit-il en poussant sa pile sur le côté avant d'en prendre une autre. Rien, pourtant, qui sorte de l'ordinaire, apparemment.

Thessaly jeta un coup d'œil à la pile, doutant visiblement qu'il ait pu synthétiser autant d'informations aussi vite.

— Il est déjà curieux que ces notes figurent ici, répondit-elle. L'intégralité du dossier constitué par le Dr Raythe aurait dû se trouver dans son bureau. C'est bizarre qu'il ait archivé ici des éléments dont il aurait pu avoir besoin. On dirait qu'il les a volontairement gardés à l'écart du dossier officiel.

— Vous voyez une raison à cela ? demanda Brink en parcourant d'autres documents – des listes d'ordonnances médicales, des notes prises lors d'une session de groupe, le rapport d'un gardien concernant un incident qui avait donné lieu à une mesure disciplinaire.

— Ça n'a pas de sens. Mais leur relation m'a en effet semblé particulière. Comme je vous l'ai dit hier, j'ai intégré l'institution après la mort du Dr Raythe. Quand je suis arrivée, j'ai découvert une Jess très affectée par sa disparition. Elle a pleuré quand je lui en ai parlé. Elle a même eu une crise de panique qui a nécessité une sédation. Ça m'a étonnée, parce que rien dans les notes du Dr Raythe ne permettait de penser qu'il avait beaucoup avancé avec elle. Et par la suite, d'après ma propre expérience, j'ai eu du mal à imaginer qu'elle ait pu développer une vraie connexion avec lui. D'un autre côté, qui sait à quelles méthodes il avait pu recourir pour établir le contact…

Tandis que Thessaly parlait, Brink repéra sous le tas de documents une chemise cartonnée bleue. Il la sortit de la pile, écarta les élastiques des coins et l'ouvrit. Le contenu ne ressemblait pas à celui des autres dossiers. Il n'avait même aucun rapport. L'un des comptes rendus de Raythe était attaché par un trombone à une épaisse enveloppe blanche A5 arborant le logo du département du shérif du comté de Columbia en haut, et en travers, un coup de tampon rouge portant la mention : « CONFIDENTIEL ». Et dans la chemise bleue se trouvait un journal en cuir brun avec un ruban rouge rabattu sur le dos.

— Qu'est-ce que c'est ? demanda Thessaly en indiquant la chemise bleue.

— Aucune idée, répondit Brink.

Il lui tendit la grande enveloppe blanche à laquelle était attaché le compte rendu. Elle se pencha dessus, le détacha et le parcourut.

— C'est vraiment… étrange, dit-elle.

Il tendit la main pour prendre le rapport dans l'intention de le lire, mais Thessaly l'écarta.

— Le Dr Raythe écrit qu'à son arrivée, Jess faisait des cauchemars. Apparemment, on l'aurait déplacée deux fois, du dortoir C1 au dortoir A, parce que ses cris dérangeaient les autres détenues. Et il semblerait que le Dr Raythe ait pu communiquer avec elle sur ses cauchemars. Écoutez ça : « La patiente crie au milieu de la nuit. Elle est terrifiée par une femme sans nom, qui, dit-elle, lui fait du mal. Elle s'est réveillée plusieurs fois en implorant les gardiens de tenir la femme à distance. C'est la seule occasion où elle s'est exprimée depuis son arrivée qui remonte déjà à plusieurs mois et, voyant cela comme une opportunité, j'ai commencé à travailler la nuit de façon à être présent quand elle avait besoin d'aide. C'est ainsi que j'ai réussi à communiquer avec elle. Elle décrit les événements non comme des cauchemars, mais comme des visitations. Pourtant, les gardiens de service certifient qu'aucune autre détenue ne s'est approchée de Jess Price, et la vidéo de surveillance montre qu'elle est seule sur sa couchette chaque nuit. Jugeant sa terreur sincère, j'ai commencé à enquêter sur les circonstances qui l'ont conduite ici. Ce que j'ai découvert m'a choqué. Il y a des individus très puissants à l'œuvre derrière cette affaire, des gens qui refusent que quiconque apprenne la vérité. Je commence à me dire que Jess Price n'est pas seule à être en danger. »

Thessaly croisa le regard de Brink, visiblement impressionnée, et il se rappela ce qu'elle lui avait dit à leur première rencontre. « Il y a des moments, quand je suis avec elle, où je suis… Je ne sais pas comment formuler cela précisément. J'ai peur. J'ai plus que peur. Je suis terrifiée. Comme si j'étais en présence d'un phénomène qui me dépasse. Quelque chose de dangereux. »

— Waouh, fit-il. C'est assez sérieux. Il y a autre chose ?

Thessaly vérifia le verso du rapport de Raythe et montra une page blanche.

— C'est tout ce qu'il a écrit. Mais peut-être que ceci va tout expliquer.

Elle prit l'enveloppe blanche et la décacheta. Voyant qu'elle regardait ailleurs, Brink parcourut rapidement le journal en cuir. Il reconnut immédiatement l'écriture de Jess et retint sa respiration. Il profita de ce que Thessaly ne faisait pas attention à lui pour le glisser dans sa poche arrière.

— Oh bon sang… ! s'exclama Thessaly, manifestement consternée, en examinant le contenu de l'enveloppe blanche, les sourcils froncés.

— Quelque chose d'intéressant ? demanda Brink, en se rapprochant d'elle pour jeter un coup d'œil.

Il aperçut le bord de ce qui s'avéra être un rapport de police, mais avant qu'il ait pu lire quoi que ce soit, Thessaly le remit dans l'enveloppe.

— Je ne suis pas très sûre de ce que c'est, dit-elle avec raideur, mais sa réaction disait le contraire : elle avait trouvé des informations qui l'intéressaient fortement.

Il voulut prendre l'enveloppe.

— Laissez-moi voir. Je pourrais peut-être vous aider.

Mais elle eut un mouvement de recul, rangea l'enveloppe dans le dossier bleu et cala le tout sous son bras.

— Je pense qu'on devrait s'arrêter là, pour l'instant.

— Une petite minute, j'espérais pouvoir regarder le reste du dossier…

— Je crains que ça ne soit pas possible, lâcha-t-elle en ramassant l'ensemble des documents et en les serrant contre elle.

— Allez, Thessaly. Vous pourriez au moins me dire ce qu'il y a dans l'enveloppe ? dit-il sur un ton léger pour masquer sa frustration.

Quoi que renferme le dossier bleu, cela pourrait peut-être l'aider à comprendre ce que Jess Price essayait de lui révéler, mais Thessaly devint glaciale.

— Je vous communiquerai cette information, monsieur Brink, si c'est pertinent. D'abord, je vais emporter ces dossiers dans mon bureau et les examiner avec l'attention qu'ils méritent. J'ai besoin de comprendre ce que je regarde avant de le partager avec une personne extérieure à cette institution.

Brink la dévisagea, stupéfait. Elle l'avait fait venir à la prison pour qu'il l'aide, et maintenant, elle le repoussait. Ces documents étaient une mine d'informations et il avait besoin de les consulter. Il éprouva un pincement de possessivité, justifié ou non, comme si c'était un droit qu'il avait acquis. Parce que Jess lui avait témoigné sa confiance en lui remettant ce cryptogramme, ou à cause de leur intimité dans son rêve, il se sentait profondément lié à elle, et c'était un sentiment qu'il n'éprouvait pas souvent. En moins de vingt-quatre heures, cette femme était devenue importante pour lui.

— D'ailleurs, ajouta Thessaly en regardant sa montre, je vous ai obtenu l'autorisation de revoir Jess Price. Elle sera dans la bibliothèque à midi. C'est-à-dire dans quinze minutes très exactement. Ne soyez pas en retard.

13

BRINK SUIVAIT LE COULOIR du rez-de-chaussée en résistant de toutes ses forces à la tentation de regarder le journal de Jess Price qui formait un petit carré rigide dans la poche arrière de son jean. Seule l'idée que le Dr Moses aurait pu le lui confisquer le retenait. Il ne pouvait pas risquer qu'elle le lui enlève, comme elle venait de le faire avec les dossiers de Raythe. Il avait vu une date en haut de la première page : 7 juillet 2017. Douze jours avant la mort de Noah Cooke, ce qui voulait dire que Jess avait écrit quelque chose alors qu'elle se trouvait à Sedge House. Peut-être le journal expliquait-il tout – les événements dramatiques survenus dans la demeure, et pourquoi pas l'énigme que Jess Price lui avait demandé de résoudre. Une chose était sûre : c'était trop important pour qu'il le perde.

Thessaly le conduisait vers la bibliothèque, mais il ne pouvait pas envisager de rencontrer Jess avant de savoir ce qu'il y avait dans son journal. En passant devant des toilettes, il la pria de l'excuser. Elle n'eut pas l'air ravie, mais elle n'objecta pas.

— Deux minutes, et je vous attends à la bibliothèque.

En la regardant s'éloigner, Brink sentit son pouls s'affoler. Il n'avait que quelques minutes, mais il n'avait pas besoin de davantage – juste deux minutes, et un coin tranquille où les caméras de surveillance ne pourraient pas le voir. Les toilettes semblaient être la solution idéale, mais quand il se faufila à l'intérieur, l'endroit était rempli de gardiens. Il utilisa l'urinoir, se lava les mains et ressortit. Il ne voulait prendre aucun risque.

Une prison n'offrait pas d'intimité, c'était même un lieu conçu pour l'éradiquer. Il y avait des gardiens absolument partout – dans les couloirs, au poste de sécurité de l'entrée, ou qui accompagnaient les détenues dans la cour pour la promenade. Il passa rapidement devant quelques salles qui semblaient prometteuses, près du bureau de Thessaly, mais il n'osa pas y entrer à cause des caméras. Finalement, il se retrouva devant les portes métalliques qui menaient vers l'ancienne partie de la prison.

Il jeta un coup d'œil derrière lui pour s'assurer qu'il était bien seul. Il n'avait pas le badge de Thessaly, certes, mais il se souvenait parfaitement du code – la série de chiffres sous le code-barres. Évidemment, la plupart des gens utilisaient leur badge et n'entraient jamais manuellement une série numérique aussi longue, mais Brink n'était pas comme la plupart des gens. Il composa la séquence de quarante-trois chiffres et symboles sur le pavé numérique et la serrure se déverrouilla.

Il poussa la porte et prit l'escalier. Thessaly l'avait emmené au sous-sol, alors il monterait. En haut des marches, il se retrouva à un étage abandonné du sanatorium, un espace sombre et poussiéreux, envahi par les toiles d'araignées et qui servait d'entrepôt à du matériel médical réformé. Le soleil brillait derrière les vitres crasseuses, et bien qu'on y voie à peine, il prit le journal dans sa poche et se mit à lire.

Un coup d'œil lui confirma qu'il avait eu raison de penser que c'était le journal intime de Jess. Il reconnaissait son écriture, nette et ronde, et les mots « Sedge House, 17 juillet 2017 », écrits en haut de la première page. Il lut le premier paragraphe :

« Sedge House est le genre de demeure à pignons et tourelles qu'on trouve dans les romans du XIXe siècle, pas le genre d'endroit où on s'attend à passer l'été. L'idée d'y habiter et de l'avoir pour moi toute seule me fait un effet incroyable, à la fois absolument merveilleux et rigoureusement terrifiant. »

Avant d'aller plus loin, il feuilleta les pages du carnet et se figea quand un papier plié s'en échappa et tomba par terre comme une feuille morte. Il le ramassa, le déplia et le contempla avec stupéfaction. C'était une construction familière, un casse-tête qu'il avait lui-même conçu, mais tomber dessus à cet instant lui fit l'effet d'une décharge électrique. Il n'aurait jamais cru le revoir, et encore moins ici, dans une prison, dans le journal intime d'une condamnée pour meurtre.

En une fraction de seconde, sa relation avec Jess Price changea. Jusqu'à cet instant, il pensait contrôler la situation, et que c'était elle l'élément vulnérable. Mais ce n'était pas du tout le cas. Cette énigme-ci faisait radicalement basculer l'équilibre des forces. Il vit les solutions apparaître dans les cases blanches et fut assailli par une vague de possessivité inouïe : c'était une chose que Jess Price n'aurait jamais dû voir. Que personne n'aurait dû voir. Il croyait qu'elle était définitivement sortie de sa vie, et voilà qu'elle était là, le confrontant à ses erreurs du passé.

La chose en question était un casse-tête composé de vingt-cinq hexagones, cinq par rangée, certains comportant les opérateurs mathématiques de base – ceux qui permettent d'effectuer les quatre opérations arithmétiques : addition, soustraction, multiplication et division. Les chiffres de 1 à 9 qui figuraient en dessous devaient être inscrits dans les hexagones vides afin de résoudre les équations dont les réponses étaient données par les hexagones placés au pied des colonnes et en remontant le long du côté droit.

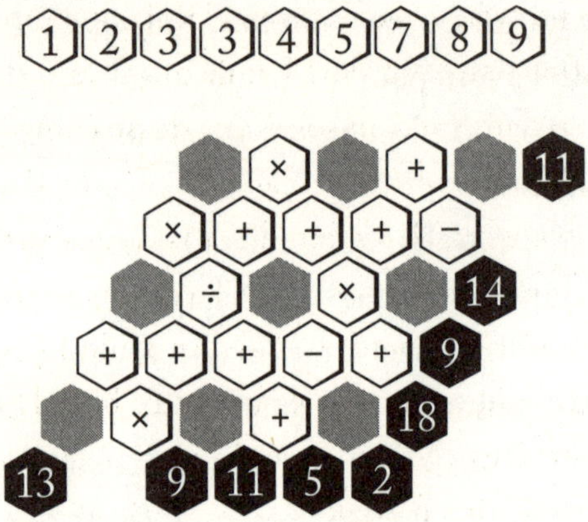

Il l'avait conçu en 2009. Il avait dix-neuf ans et il était en deuxième année au MIT. C'était un casse-tête tout simple, d'un temps où il ne se considérait pas comme un concepteur professionnel, mais plutôt comme un gamin qui s'amusait. Parce que c'était dans cet esprit qu'il l'avait créé, pour s'amuser, et le revoir lui rappela celui qu'il était dix ans plus tôt, un gamin naïf, doté d'un talent indompté qu'il ne comprenait pas complètement. C'était comme s'il était tombé sur une vieille photo de lui : il reconnaissait le personnage, et ressentait même le besoin de protéger cette version plus jeune de lui-même, mais cet ado n'existait plus depuis bien longtemps.

Alors qu'au premier abord ça paraissait être un casse-tête relativement simple, il y en avait un autre caché à l'intérieur, un casse-tête dans un casse-tête. Il l'avait conçu comme une sorte de signature, la carte de visite de Mike Brink, et bien qu'il revête une certaine importance pour lui, c'était le moins connu de tous ses casse-tête. En vérité, rares étaient ceux qui en connaissaient l'existence. Il pensait qu'il était mort et enterré. Apparemment, il se trompait.

Il l'examinait quand un bruit attira son attention. La porte de l'escalier s'ouvrit, se referma en claquant, et un bruit de pas se fit entendre dans son dos. Brink glissa le journal dans sa poche, recula dans un coin sombre, adossé contre une fenêtre sale, juste au moment où un gardien prenait le couloir.

Brink le reconnut. Il l'avait vu, la veille, escorter Jess Price dans la bibliothèque, mais il ne l'avait pas vraiment bien regardé avant ce moment. C'était un gaillard immense, un mètre quatre-vingt-quinze, les cheveux blonds décolorés et les lobes d'oreilles chacun orné d'un gros clou en diamant. Ses muscles saillants tendaient son uniforme, et il portait des rangers, faites pour botter sévèrement des culs. Pas le genre de mec qu'on avait envie de croiser dans un sanatorium sombre et désert, surtout quand on était en possession du journal intime d'une détenue. Le gardien avait l'instinct d'un chien d'attaque. Il longea le couloir dans un sens puis dans l'autre comme s'il avait flairé Brink. L'instant d'après, il se tenait devant lui, le toisait, et lui lançait :

— Qu'est-ce que vous foutez là ?

Brink sortit de l'ombre et brandit son badge d'accréditation comme un bouclier.

— J'ai l'autorisation d'y être.

Le gardien lui arracha le badge et l'examina. Puis le lui rendit assorti d'un regard belliqueux.

— Vous êtes plutôt loin des bureaux des psys.

— Le Dr Moses m'attend dans la bibliothèque, répondit Brink, s'efforçant désespérément de trouver une explication.

Je cherchais les toilettes et je me suis perdu. Si vous pouviez m'indiquer où se situe la bibliothèque, vous me rendriez service.

— Vous êtes bien paumé, mon gars, fit le gardien en poussant Brink vers la porte d'une brève bourrade.

Ce n'était pas vraiment un coup de poing, rapide et agressif, mais cela suffit à le déstabiliser. Il trébucha et lâcha son badge. Quand le gardien se pencha pour le ramasser – en marmonnant une excuse insincère entre ses dents –, Brink remarqua un tatouage sur le côté de son cou, un triangle équilatéral composé de dix points. Il n'y avait jeté qu'un coup d'œil, mais quand il ferma les yeux, le motif flamboyait derrière ses paupières : quatre rangées de cercles, quatre à la base et un au sommet, une configuration triangulaire élégante.

Le gardien le poussa de nouveau vers la porte, et Brink se laissa faire, résistant au réflexe instinctif de se rebiffer. Il marcha rapidement, soulagé que le type ne le fouille pas. S'il avait découvert le journal de Jess, il l'aurait rendu à Thessaly Moses. Et Brink avait besoin de ce journal, et du casse-tête qui figurait à l'intérieur, pour comprendre ce que Jessica Price attendait véritablement de lui.

14

LE GARDIEN LE POUSSAIT PAR L'ÉPAULE pour le faire avancer. C'était un signe mineur d'agression, mais qui l'exaspérait. Brink avait rencontré des types dans ce genre-là quand il jouait au football : des grands mecs baraqués, taillés comme des bulldozers, qui la ramenaient constamment. Des gars pas très compliqués, et qui n'avaient pas besoin de l'être. Ils jouaient les caïds, bloquaient et taclaient, ce qui suffisait à justifier leur présence sur un terrain. Brink avait le chic pour se glisser dans les minuscules trous que ces types laissaient dans une ligne de défense, et s'en sortait généralement grâce à son agilité. La force brutale ne servait pas à grand-chose pour l'arrêter quand il était lancé. Seulement voilà, il arrivait que les muscles aient le dessus sur la cervelle. Brink avait beau être doué, un coup violent avait tout changé.

Thessaly l'attendait à la porte de la bibliothèque, les bras croisés sur sa poitrine, la mine inquiète.

— Que se passe-t-il exactement, monsieur Brink ?

— Je l'ai trouvé au deuxième étage, répondit le gardien.

— On était censés se rejoindre ici, fit Thessaly sur un ton de reproche.

— Je me suis perdu, expliqua-t-il, mais il voyait bien qu'elle était sceptique.

Un homme capable de lire les mille pages d'un rapport en quelques minutes et de résoudre un Rubik's Cube en quinze secondes ne se perdait pas. Elle remercia le gardien, ouvrit la porte de la bibliothèque et laissa entrer Brink. Il vit Jess assise à la même table qu'ils avaient occupée lors de leur première rencontre.

— J'ai réussi à vous obtenir une heure, cette fois, annonça Thessaly. Mais ne vous perdez plus, d'accord ?

Avec son survêtement gris et son teint pâle, ses ongles rongés jusqu'au sang et son silence, Jess Price présentait à peu près la même image que la veille. Et même s'il savait qu'elle ne pouvait évidemment pas être différente, et que les rêves, si chargés d'émotion qu'ils soient, n'avaient pas le pouvoir de changer la réalité, il s'attendait plus ou moins à retrouver la femme qu'il avait rencontrée dans la forêt, la créature magnifique, sensuelle, qui l'avait tellement captivé, avec ses longs cheveux cascadant dans son dos et ses caresses qui lui avaient envoyé des frissons dans tout le corps. Il chassa cette vision de son esprit, mais les sensations intenses, hallucinatoires, du rêve ne se dissipaient pas. Il était encore possédé par la magie, l'attirance, le besoin bouleversant d'être près d'elle, qu'il avait éprouvés dans le rêve. En prenant place en face d'elle, son pouls s'accéléra et sa peau se perla de sueur. Il avait ressenti la même chose dans son rêve. Sa présence, comme le shoot d'une drogue délicieuse.

Il jeta un regard par-dessus son épaule pour s'assurer que le gardien était posté à la porte, se positionna de façon à aveugler la caméra de surveillance, prit le journal dans sa poche et le posa sur la table.

— J'ai trouvé ça dans les dossiers de Raythe, chuchota-t-il.

Elle prit le journal, le tourna et le retourna entre ses mains comme si c'était un artefact d'une ruine ancienne, un trésor rescapé d'une vie antérieure.

— Alors, vous le reconnaissez ? demanda-t-il, en remarquant ses infimes changements d'expression, sa surprise et sa confusion alors qu'elle comprenait que le Dr Raythe avait récupéré un objet qui lui avait appartenu.

Elle examina les pages, pensivement, comme si elle s'efforçait de les associer à quelque chose, puis elle acquiesça d'un petit hochement de tête. C'était bien le sien.

— Et ça ? demanda-t-il en lui indiquant le casse-tête plié à la dernière page. Où l'avez-vous eu ?

Elle regarda le casse-tête sans rien trahir par son expression. Sachant qu'elle ne parlerait pas, il prit un stylo dans sa poche et le fit glisser vers elle sur la table dans l'espoir qu'elle écrirait une réponse.

— J'ai besoin de savoir où vous vous l'êtes procuré, dit-il, conscient de son ton pressant.

Elle étudia le casse-tête, prit le stylo et remplit les cases de chiffres qui donnaient la solution de chaque équation, puis, sous le casse-tête résolu, elle inscrivit les lettres de la substitution alphanumérique qu'il avait utilisée pour coder son nom : MIKE BRINK.

Elle fit glisser le casse-tête vers lui et sourit. C'était la première fois qu'il la voyait vraiment sourire, et cela lui donna un aperçu de celle qu'elle avait été quand elle avait résolu ce casse-tête, bien des années auparavant. Il ne réussit pas à lui rendre son sourire. En le voyant ainsi posé sur la table, sous ses yeux, il avait l'impression de découvrir une partie de son moi le plus intime – son cœur, ses entrailles – révélée, exposée.

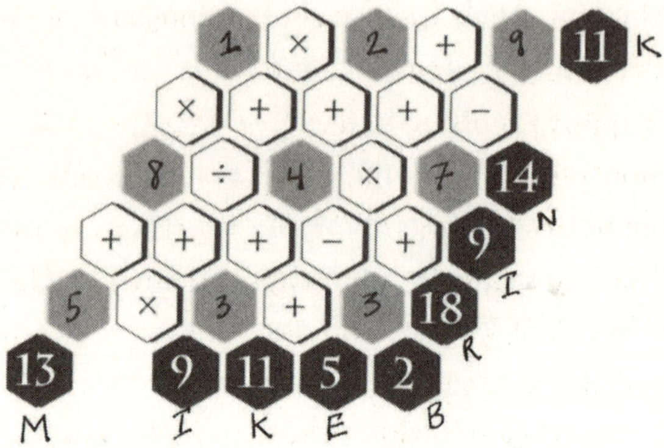

Tout cela le mettait profondément mal à l'aise. Personne n'était censé être au courant de cette énigme. Personne.

Il se pencha vers elle et murmura :

— Comment diable vous l'êtes-vous procuré ?

Elle montra le casse-tête résolu, comme si la solution disait tout ce qu'il y avait à savoir, et d'une certaine manière, c'était bien le cas : elle avait, par une sorte de miracle, trouvé le seul casse-tête qu'il regrettait d'avoir jamais construit. Maintenant, qu'elle sache ce qu'il signifiait, ou à quel point Mike Brink aurait voulu l'oublier, c'était une autre question.

— Vous ne devriez pas l'avoir, dit-il, bien conscient de la confusion que trahissait sa voix.

La connexion qu'il éprouvait avec Jess quelques minutes plus tôt changea du tout au tout. Il se mit à interroger ses motivations. Elle avait voulu savoir si elle pouvait lui faire confiance, mais lui, il n'était absolument pas certain de pouvoir lui faire confiance à elle. Et si le casse-tête circulaire n'était qu'une ruse ? Et si tout ce qu'elle avait raconté était un mensonge ?

— Est-ce la vraie raison de ma présence ici ?

Elle secoua la tête, les yeux agrandis par l'émotion : *Non*.

— Alors pourquoi suis-je là ? demanda-t-il en s'efforçant de conserver un ton égal.

Elle s'appuya à son dossier, l'air alarmé. Il voyait bien qu'elle non plus ne s'attendait pas à voir le casse-tête. Elle ne se doutait probablement pas que Raythe avait archivé son journal dans ses dossiers. En même temps, si elle était au courant pour le casse-tête de Brink, elle en savait bien plus sur lui qu'elle ne l'avait montré.

— C'est ce casse-tête que vous auriez dû m'envoyer. Parce que je ne serais…

— Jamais venu, dit-elle, finissant sa phrase à sa place.

La voix de Jess le surprit. Elle était douce, quasiment réduite à un murmure, mais assez puissante pour faire redoubler les battements de son cœur. Il la reconnut, reconnut sa clarté et sa force. C'était cette même voix qu'il avait entendue dans son rêve.

— Je ne pouvais pas prendre le risque. J'ai trop besoin de toi.

— Besoin de moi pourquoi ?

— Pour tenir ta promesse, Michael.

Était-ce le fait qu'elle l'ait appelé Michael, un prénom que personne n'utilisait, pas même sa mère, ou peut-être était-ce le frisson qui l'envahit quand elle lui prit la main, toujours est-il qu'il eut soudain très peur. Il tenta de libérer sa main, mais elle la serrait fortement, et la manche de son survêtement glissa, révélant, gravé sur l'intérieur de son bras droit, un motif alvéolaire, un réseau complexe d'octaèdres parfaitement imbriqués, du poignet jusqu'au coude. Les fines cicatrices roses ne pouvaient signifier qu'une chose : le motif avait été tracé sur sa peau à l'aide d'une lame de rasoir. La symétrie du schéma capta son attention, mais le plus frappant était qu'il s'agissait du motif qu'il avait vu sur la peau de Jess dans son rêve.

Il s'apprêtait à l'interroger à ce sujet quand elle se rapprocha encore et souffla :

— Tu te souviens de l'odeur de la forêt ? Des rayons de la lune sur notre peau ? C'était magnifique, ce qu'on a partagé. Et ce n'est que le début.

Son cœur fit un bon quand les détails lui revinrent : l'odeur de la forêt, la lumière blafarde de la lune sur le corps de Jess quand il la tenait dans ses bras. Il n'avait rien imaginé. Elle était bien là ; elle avait vécu ce qu'il avait vécu.

— Je ne peux rien faire sans toi, dit-elle.

Et comme elle le regardait, il ressentit la même chose que cette nuit-là : la connexion émotionnelle quasi paranormale, le désir intense, fulgurant, l'impression d'avoir trouvé une partie de lui-même qui lui manquait.

— Je ne comprends pas, finit-il par répondre, mais en réalité, il comprenait parfaitement : la femme assise en face de lui était, inexplicablement, la femme de son rêve.

15

Il en fallait beaucoup pour surprendre Mike Brink – il avait généralement trois ou quatre coups d'avance sur tout le monde – mais Jess l'avait perdu et désorienté. *Tu te souviens de l'odeur de la forêt ? Des rayons de la lune sur notre peau ?* Le casse-tête de Brink, les allusions à son rêve, le motif des cicatrices sur son bras, tout le stupéfiait. Il luttait pour reprendre ses marques. Il avait des questions à lui poser, mais avant qu'il puisse commencer, la porte de la bibliothèque s'ouvrit et Thessaly Moses s'approcha. Il remit le journal de Jess dans sa poche en espérant qu'elle ne l'avait pas vu.

— Il va falloir que vous veniez avec moi, déclara Thessaly.

Et sa voix avait une intonation étrange, une autorité de fer qu'il n'avait jamais perçue jusque-là.

Elle lui avait dit qu'il aurait une heure avec Jess, mais il était dans la bibliothèque depuis moins de dix minutes.

— Je ne pourrais pas m'arrêter à votre bureau quand j'en aurai terminé ici ?

— Je regrette, mais non.

Elle jeta un regard vers la porte où deux gardiens attendaient en les observant : le gorille blond qu'il avait vu un peu plus tôt, et un autre, plus âgé, aux cheveux poivre et sel. Brink hésita. Les gardiens paraissaient attendre que Thessaly leur donne le feu vert pour lui botter le train, et elle avait l'air d'être sur le point de le faire.

— Allons-y, monsieur Brink, dit-elle en indiquant la porte.

— De quoi s'agit-il ? demanda-t-il en se levant.

Thessaly riva un instant son regard au sien, puis leva les yeux vers une caméra de surveillance, un geste silencieux qui lui disait de la fermer et d'obéir à ses instructions.

— On m'a demandé de vous informer que votre accréditation a été révoquée, annonça-t-elle d'une voix glaciale, aussi impersonnelle qu'un enregistrement. Je vais vous raccompagner à la sortie, monsieur Brink. Si vous voulez bien me suivre…

Les gardiens s'avancèrent, l'un faisant le pied de grue pendant que l'autre menottait Jess. Au moment où ils l'emmenaient, elle se pencha et d'une voix réduite à un chuchotement, lui dit :

— *N'oublie pas ta promesse.*

Brink suivit Thessaly dans le couloir, adoptant son pas rapide. Que se passait-il ? Il y avait dix minutes de cela, elle lui accordait une heure avec Jess. Et maintenant, elle le pressait d'avancer comme si la prison était en feu. Il s'exécuta alors que tout en lui refusait de s'en aller.

— Allez, Thessaly, dit-il comme ils traversaient le hall d'entrée. Docteur Moses. Attendez. Pourriez-vous au moins m'expliquer… ?

Elle ne répondit pas, mais le conduisit au poste de garde où ils franchirent les détecteurs de métaux avant de sortir dans la fraîcheur d'un après-midi idéal, sous un ciel bleu où brillait un beau soleil. En se dirigeant vers le parking, Thessaly ralentit et marcha à sa hauteur.

— Je suis désolée pour tout ça, dit-elle tout bas. Mais il fallait que je vous sorte de là le plus vite possible.

Il se tourna vers elle, en proie au besoin désespéré de comprendre ce qui se passait.

— Bon sang, que se passe-t-il Thessaly ? Thessaly ?

— Avancez, dit-elle doucement en lui pressant le bras. J'ai beaucoup de choses à dire et pas beaucoup de temps pour le faire.

Marchant d'un même pas, ils dépassèrent une rangée de SUV et de petites cylindrées, un paquet de motos, et s'avancèrent dans les profondeurs du parking.

— Après notre visite au sous-sol, j'ai regardé ce qu'il y avait dans le dossier bleu. Comme vous l'avez probablement vu, l'enveloppe blanche provient du bureau du shérif du comté de Columbia. Elle contenait des photocopies de documents confidentiels relatifs à l'enquête sur le meurtre de Noah Cooke. Des informations que je n'avais jamais vues avant.

— De quel genre ?

— L'inventaire des objets trouvés sur la scène de crime, des photos, le rapport du médecin légiste. Raythe avait dû en demander une copie – ce n'est pas commun, mais il n'est pas tout à fait inhabituel qu'un psychiatre veuille lire le rapport de police concernant un patient. Mais quand je me suis connectée à notre système informatique pour retrouver la trace de la requête de Raythe, je n'ai vu aucun de ses dossiers concernant Jess Price dans la base de données. Ou plutôt si, mais les comptes rendus proprement dits n'étaient pas dedans. J'ai d'abord cru que c'était mon accréditation qui ne fonctionnait pas, je me suis donc reconnectée pour réessayer, et je n'ai pu que constater qu'en effet, mon accès était refusé. J'ai été bannie. J'ai appelé le service informatique à l'aide – il fallait que je puisse consulter ces dossiers –, et moins de dix minutes plus tard, j'ai reçu un appel de mon directeur. Il m'a dit que le bureau du gouverneur insistait pour que vous quittiez les lieux.

Elle lui lança un regard qu'il fut incapable de décrypter, à moitié paniqué, à moitié accusateur. Soit elle le soupçonnait d'être en infraction, comme s'il avait fait quelque chose d'illégal, soit elle était morte de peur.

— Le bureau du *gouverneur* ? répéta-t-il, infiniment perplexe. Qu'est-ce que le bureau du gouverneur a à voir avec moi ? Ou avec Jess Price ?

— Exactement la question que je me pose. Mon directeur m'a dit que votre autorisation de visite était supprimée, que je devais vous faire quitter l'établissement et m'assurer que vous compreniez bien que vous ne deviez pas revenir. Si vous vous pointez, je suis censée appeler la police et vous faire arrêter.

— Mais c'est absurde ! s'exclama Brink, sentant la moutarde lui monter au nez. J'ai l'autorisation d'être là. Il doit y avoir une erreur.

— C'était la première fois que mon directeur recevait un appel du bureau du gouverneur. Cela ne s'était jamais produit. De toute évidence, quelqu'un ne vous aime pas, ou n'aime pas ce que vous faites. Par ailleurs, j'ai l'impression que quelqu'un a effacé les images de vidéosurveillance de votre rencontre avec Jess, hier. Je suis allée en parler au chef de la sécurité, John Williams. Je suis en bons termes avec lui, et il est généralement très coopératif. Mais quand je lui ai demandé où avaient bien pu passer les images disparues, il n'a pas réussi à localiser le fichier numérique.

Brink se souvint que Jess se méfiait des caméras de surveillance. Elle savait que quelqu'un les observait et que les images enregistrées pourraient être utilisées contre elle. Elle ne s'était pas trompée.

— Je ne devrais pas vous le dire, continua-t-elle en se rapprochant de lui. Je pourrais perdre mon boulot. Mais il y a plein de trucs dingues dans ce dossier. J'aimerais avoir votre opinion dessus.

— Quel genre de trucs dingues ?

— Tenez, dit-elle en lui plaquant une clé USB dans le creux de la main. Je n'ai pas eu le temps de tout scanner, mais j'en ai copié la majeure partie.

Brink fourra la clé dans la poche de son jean.

— Pour être parfaitement honnête, je ne sais pas quoi en penser. Le Dr Raythe était…, commença-t-elle en jetant un coup d'œil derrière elle pour s'assurer qu'ils étaient bien seuls. Il avait franchi la ligne rouge. Il n'aurait pas dû conserver des informations aussi importantes en dehors du dossier officiel de Jess.

Ils arrivèrent au niveau de son pick-up, mais Brink ne pouvait pas partir. Il avait besoin d'en savoir le plus possible sur ce qui était en train de se passer.

— Qu'y a-t-il de si important dans ce dossier ? Pourquoi Raythe avait-il éprouvé la nécessité de le planquer ?

Thessaly regarda encore par-dessus son épaule.

— Je ne peux pas parler maintenant. Appelez-moi quand vous aurez tout regardé. Mon numéro de portable est au dos, ajouta-t-elle en lui collant une carte de visite dans la main.

Brink regarda la carte, « Dr Thessaly R. Moses, PHD », puis le numéro gribouillé sur le verso. Il commençait à comprendre qu'il n'aurait plus l'autorisation de revoir Jess. Cette idée le désespérait. Il venait juste de la rencontrer, commençait seulement à comprendre leur connexion, et l'idée de la perdre l'emplissait de panique.

— Écoutez, dit-il. Il est crucial que je puisse communiquer avec Jess. Ce qui se produit là est au-delà de tout ce que vous pouvez imaginer.

— Ce n'est pas le moment, dit-elle en lui lançant un regard d'avertissement. Appelez-moi plus tard.

— Une dernière chose, dit-il en repensant au motif nid d'abeille scarifié sur la peau de Jess. Le bras de Jess… Les scarifications. Vous savez comment c'est arrivé ?

— Jess Price n'a pas de cicatrices sur le bras, s'étonna Thessaly, confuse.

— Je viens de les voir, insista-t-il en revoyant les figures géométriques se reformer dans son esprit. Un motif hexagonal prismatique sur le bras. Au début, j'ai cru que c'était un tatouage, mais ce n'est pas ça. C'est du tissu cicatriciel.

— Jess Price n'a aucune marque distinctive sur la peau. Pas de tatouage, pas de tache de naissance, pas de cicatrices. De cela, je suis certaine.

Brink savait ce qu'il avait vu, et il était prêt à en débattre, mais il fut interrompu par une Tesla noire qui s'avança vers le poste de garde avant de s'arrêter. Un homme grand et mince aux cheveux roux et portant des lunettes de soleil descendit de la voiture et mit le cap sur la prison, puis, sentant leur présence, fit demi-tour et se dirigea vers eux.

— Il faut que vous partiez. Tout de suite, insista Thessaly en pivotant sur ses talons pour s'avancer vers la Tesla.

En remontant dans son pick-up, il regarda au-delà de Thessaly, vers la prison, et l'espace d'un moment, il crut entendre la voix de Jess Price planer dans l'air : *Suis-moi*.

16

BRINK FRANCHIT LE PORTAIL de la prison en essayant de comprendre ce qui venait de se passer. Le jour précédent, il avait fait face à des montagnes russes émotionnelles, pour dire le moins. Il était arrivé à la prison sans contraintes, ses responsabilités se résumant à nourrir Connie et à envoyer son casse-tête hebdomadaire au *New York Times*. Maintenant, il ressentait l'engagement impérieux d'aider une femme qu'il connaissait à peine. Il n'y comprenait rien. Ce n'était pas le rêve, ni l'énigme, ni l'étrange motif sur la peau de Jess, non, c'était sa connexion avec elle qui ne ressemblait à rien de ce qu'il lui avait été donné de vivre jusque-là. Ce qui avait commencé comme un casse-tête s'était transformé en une quête profondément personnelle qui allait au-delà du dessin déroutant, au-delà du dossier secret de Raythe, et même de la vérité sur la mort de Noah Cooke. Rencontrer Jess avait changé quelque chose en lui, l'avait ouvert à des émotions qu'il n'avait jamais ressenties auparavant, et il devait comprendre pourquoi.

Après tout ce que Thessaly lui avait dit, il savait sans l'ombre d'un doute qu'ils étaient en danger. Jess avait tenté de l'avertir ; son énigme ne pouvait pas être plus claire : « Le Dr Raythe savait, et ils l'ont tué. » Et pourtant, il ne l'avait pas entièrement crue. Il avait négligé ses craintes, s'était adressé à Thessaly pour avoir des réponses, commettant ainsi – il le savait à présent – une énorme erreur. S'il avait pris les avertissements de Jess au sérieux, il aurait été plus prudent. Il se serait montré plus discret à la prison. Il aurait davantage insisté pour consulter le dossier de Raythe pendant qu'il en avait l'occasion. Il avait besoin de savoir qui était derrière tout ça, ce qu'ils attendaient de Jess. S'il le découvrait, il aurait une idée de ce qu'il allait affronter. Pour l'instant, il n'avait pas grand-chose à se mettre sous la dent : l'appel du directeur de Thessaly, et la révocation de son autorisation de visite assortie de la menace de se faire arrêter s'il revenait. Il y avait le casse-tête que Jess avait dessiné, son journal dans sa poche arrière et la clé USB avec les dossiers que Thessaly avait scannés. Mais qu'est-ce que tous ces éléments avaient en commun ? Étaient-ce des indices ou des impasses ? Et puis il y avait le gars de la Tesla. Brink était absolument certain que ce type n'était pas venu rendre une petite visite à la prison. Il avait repéré Brink sur le parking, l'avait regardé remonter dans son pick-up et suivi des yeux quand il s'était éloigné. Brink était sûr que c'était pour lui qu'il était là. Mais pourquoi ? Que pouvait-il bien lui vouloir ? Cela avait-il un rapport avec Jess Price ? Ou avec le casse-tête qu'il avait trouvé dans son journal intime ? Et dans ce cas, quel était le lien ? Et comment Jess était-elle impliquée ? Il se demanda si Raythe avait été tué à cause de ce qu'il avait découvert sur elle, comme le laissait entendre le rébus de la jeune femme, ou si sa mort était réellement accidentelle, comme l'affirmait Thessaly. Pour l'instant, il avait plus de questions que de réponses. Et aucune certitude.

Une chose était certaine, pourtant : il lui était impossible de détourner le regard de l'énigme que constituait Jess Price.

À quelques kilomètres de la prison, il prit une route secondaire, sinueuse, qui s'enfonçait dans les montagnes. Le trajet jusqu'au Starlite durait dix minutes, et il ne voulait pas de problèmes. Il fallait qu'il retourne au motel et qu'il prenne le temps de lire les dossiers que Thessaly avait scannés. Plus tôt il saurait ce que contenait la clé USB, mieux ce serait.

Il roulait aussi vite que le lui permettait son véhicule poussif, forçant le moteur à grimper de plus en plus haut dans la montagne. Derrière les vitres défilaient des forêts de pins blancs si hauts que tout ce qui les entourait paraissait minuscule. Il ouvrit sa vitre pour faire entrer l'air frais de la montagne, sentit l'odeur de terre humide et de mousse, et se dit que tout ce qu'il venait de vivre – la connexion émotionnelle surnaturelle qu'il avait ressentie envers Jess, toutes les questions restées sans réponse – le conduisait dans une direction logique. Il était entré dans un casse-tête, et comme tous les casse-tête, celui-ci avait une solution. Il n'avait qu'à se concentrer sur la structure, suivre les indices, et il le résoudrait.

En jetant un coup d'œil dans son rétroviseur, il vit, dans un rayon de lumière, la Tesla apparaître derrière lui. Il agrippa le volant en évaluant ses options : il pouvait tenter de la semer, ou il pouvait se planquer. Il savait que son pick-up ne faisait pas le poids, et ainsi qu'il en avait fait personnellement l'expérience sur les terrains de football, une bonne esquive valait mieux que de se faire tacler par-derrière.

Arrivé au niveau d'un coude de la route, il s'engouffra sur un chemin de terre, roula jusqu'à un bosquet de conifères, coupa le moteur et s'adossa à son siège en vinyle, le cœur battant. Une fois certain que la Tesla l'avait dépassé, il se redressa et regarda les alentours. Protégé des regards par d'immenses pins, le soleil de l'après-midi trouant la canopée selon des fractales vibrantes, il prit une longue, profonde inspiration, compta jusqu'à dix et expira lentement. Pour le moment, il était sain et sauf.

D'une manière ou d'une autre, Jess avait deviné ce qui allait se produire. Elle savait que Thessaly le ferait sortir de la bibliothèque. Elle savait qu'on le chasserait de la prison et qu'on lui interdirait d'y revenir. Elle s'y attendait. Mais elle savait aussi qu'il n'était pas du genre à abandonner, que plus l'énigme lui résisterait, plus il s'acharnerait à la résoudre. C'était la raison pour laquelle elle l'avait choisi, après tout. Quand il s'attaquait à une énigme, il ne lâchait jamais.

17

Il avait posté le puzzle en ligne en novembre 2009, moins d'une semaine après la mort de son père. C'était une époque de bouleversement émotionnel, et rétrospectivement, il mettait cela sur le compte de son incapacité à gérer les sentiments.

Il était rentré chez lui, dans l'Ohio, où son père était en train de perdre le combat contre le cancer. Ses relations avec sa mère s'étaient distendues. Quand il avait déménagé à Boston pour suivre les cours du MIT, elle avait quitté Cleveland à son tour. Elle était rentrée en France, officiellement pour aider la grand-mère de Brink à s'installer dans une maison de retraite en Bretagne. Sa mère était française, née à Paris, et il savait que tout lui manquait de son pays natal. Il la soupçonnait de n'être restée dans l'Ohio que pour lui. Après son accident, elle avait été son plus grand soutien. Elle l'avait conduit chez des spécialistes, aidé à envoyer ses candidatures aux universités et avait veillé à ce qu'il ne soit pas tout seul. Lorsqu'il avait quitté le nid, elle avait dû ressentir le vide de son absence. Elle avait promis de revenir de France au bout de quelques semaines, mais elle était partie plus d'un an, et il était devenu évident qu'elle ne reviendrait plus.

Son père était tombé malade pendant son absence, et bien que Mike sache qu'il n'y avait aucun rapport – ce n'était évidemment la faute de personne si son père souffrait d'un cancer –, il ne pouvait pas s'empêcher de penser qu'il existait un lien sous-jacent entre le fait qu'elle soit partie et que tout se soit écroulé autour de lui.

Sa mère était revenue dans l'Ohio après le diagnostic de son mari, et Mike l'avait imité quand la maladie de son père était entrée dans sa phase terminale. Ensemble, ils l'avaient gardé à la maison jusqu'à ce que ses souffrances deviennent ingérables, puis ils l'avaient fait transférer à l'hôpital. Le trio était réuni lorsque son père avait rendu le dernier soupir. C'était arrivé au cœur de la nuit, dans un hôpital morne et silencieux. Une minute son père était là, la minute d'après, il était parti.

Brink et sa mère s'étaient occupés des funérailles. Ils avaient choisi le costume dans lequel son père serait enterré, et s'étaient tenus ensemble, côte à côte, devant la fosse lors de l'enterrement, puis au cours de la petite réception donnée dans le sous-sol de l'église – ils avaient serré des mains, accepté des accolades, écouté des condoléances. Cet après-midi-là, il avait été ramené à son ancienne vie, à l'époque qui avait précédé son accident, quand il n'était qu'un gosse du coin, le gamin de Bob et Céline, que tout le monde s'attendait à voir aller loin.

Avant de reprendre l'avion pour Boston, Mike avait trié les cartons qu'il avait laissés dans la cave. Il avait retrouvé ses vieux livres d'énigmes, tout un tas de cahiers à spirale pleins de diagrammes, d'équations et de puzzles. Il était tombé sur le premier casse-tête qu'il avait jamais créé, le Carré magique, et le premier qui avait été publié : la grille de mots croisés sur le thème du football. Il les avait mis dans un carton, avec quelques objets qui avaient appartenu à son père – une cravate en soie, un manuel de programmation informatique qu'il avait coécrit, sa montre – et il avait porté le tout chez UPS pour l'expédier dans l'Est.

C'est devant le bureau d'UPS, sur le parking d'un petit centre commercial, que l'homme l'avait approché. Il s'était présenté comme étant Gary Sand, un collègue de son père à Case Western, un prof du département informatique. Il ne vint pas à l'idée de Brink de douter de son identité. Il avait tout du professeur Tournesol : les cheveux gris hirsutes, les fringues informes, les doigts tachés d'encre.

— Permettez-moi de vous offrir un verre, lui avait proposé Sand, et il l'avait invité dans un restaurant mexicain à l'autre bout du centre commercial.

Brink avait supposé que le vieux professeur souhaitait évoquer le souvenir de son père. Robert Brink était très populaire et respecté. Il y avait beaucoup de monde à ses funérailles, dont pas mal de gens que Mike ne connaissait pas, tous racontant des histoires qu'il n'avait jamais entendues. Et donc, il avait suivi Sand dans le bar, commandé une Margarita, et l'avait bue en écoutant le type lui faire une offre qui allait changer sa vie.

Il avait commencé par des petites missions sans envergure. Sand lui avait fourni une clé personnelle, un code chiffré pour un serveur de messagerie anonyme, où Brink trouverait des documents postés par Sand : des cryptogrammes, des algorithmes, des pages de lettres et de chiffres qui, après examen, révélaient des messages. Brink les résolvait, les renvoyait avec sa clé de chiffrement, et Sand lui envoyait un chèque. C'était tout. De l'argent facile, dont il avait besoin à l'époque, malgré sa bourse d'études. Sand ne lui avait jamais demandé davantage, et Brink n'avait jamais posé de questions sur la véritable nature de son travail. Il avait googlé Sand, et comme il n'avait rien déterré, il avait supposé qu'il travaillait plus ou moins pour la NSA, l'Agence nationale de la sécurité, intuition étayée par la façon dont ils communiquaient : tout transitait via un site chiffré. La NSA avait démarré une vaste initiative de cryptographie, ces dernières décennies, et Brink savait que ses compétences feraient de lui un candidat idéal pour la fonction. Mais Sand n'avait jamais tenté de le recruter, et comme ils ne s'étaient plus jamais rencontrés en personne, Brink n'était pas allé chercher plus loin.

Et puis des choses étranges avaient commencé à se produire. Des choses dangereuses.

À commencer par la traque en ligne. En 2009, au cours de sa première année au MIT, Brink faisait partie d'une communauté de solutionneurs d'énigmes en ligne, et il postait des casse-tête sous le pseudonyme de M. Comme la plupart des problémistes, il préférait rester anonyme. L'énigme pour *Time Magazine* avait déjà été publiée, ses casse-tête étaient devenus une rubrique incontournable du *New York Times*, et il avait un contrat d'édition pour ses livres de casse-tête. Sa célébrité le précédait, mais il n'aimait pas qu'on le traite différemment sur les forums consacrés aux casse-tête et autres jeux mathématiques ou de logique, et il ne signait jamais de son vrai nom. Il trouvait sur Internet ce qu'il ne trouvait pas dans la vraie vie : une communauté de gens qui adoraient les casse-tête, adoraient en parler et l'incluaient, non à cause de celui qu'il était ou de ce qui lui était arrivé, mais parce qu'ils parlaient tous le même langage.

La légende de M était partie de là. Ça avait commencé on ne peut plus simplement : il avait posté un casse-tête sur un forum dédié très populaire, et les gens s'étaient attardés sur le site pour le résoudre. Au début, il construisait surtout des mots croisés et des acrostiches, qui étaient les jeux de lettres les plus populaires, et de loin, mais il lui arrivait parfois de balancer un théorème, un labyrinthe ou un *nurikabe* – un casse-tête japonais. Il en concevait de tous les niveaux de difficulté, mais sa préférence allait aux plus ardus, ceux que peu de gens pouvaient résoudre. Il créait un casse-tête par semaine, le postait le dimanche soir à onze heures onze, heure de Boston exactement, et le retirait quarante-neuf minutes plus tard, à minuit.

Bientôt, un petit groupe soudé de solutionneurs de casse-tête commença à venir sur sa page. Tout était ouvert, gratuit et téléchargeable, et il n'avait jamais imaginé que le nombre de ses *followers* dépasse la poignée de geeks qui partageaient le même amour des défis. Mais bientôt, des milliers de gens se mirent à télécharger ses casse-tête chaque semaine. C'était exactement le contraire de ce qu'il avait prévu. Et comme son avatar était M, quelques-uns de ses solutionneurs les plus admiratifs se mirent à l'appeler le Maître des Énigmes.

Le casse-tête que Brink avait trouvé dans le journal de Jess était le dernier qu'il avait posté sur le forum et signé M. La popularité de ses casse-tête commençait à lui échapper, et un groupe de fans particulièrement obstinés le tannait pour qu'il révèle son nom. Un fil de discussion de sous-reddit spéculait sur ses identités possibles, et quand il lut « Mike Brink » tout en haut de la liste, il trouva qu'on se rapprochait trop de lui à son goût. L'anonymat était essentiel pour tout ce qu'il faisait, et il n'avait jamais songé à révéler qui il était, mais après avoir échangé une série de mails avec l'un des solutionneurs qui résolvait ses casse-tête les plus difficiles, il en conçut un dans lequel son nom était intégré, et il le posta un mercredi, alors que personne n'attendait encore le casse-tête hebdomadaire.

Il voulait que ce dernier casse-tête constitue un défi pour lui-même aussi, et donc il le conçut en utilisant sa clé personnelle à 14 chiffres – celle avec laquelle il échangeait avec Gary Sand – comme solution du problème : 13911521891411, dont la substitution numérique se lisait : Mike Brink. C'était une *private joke* obscure, que personne ne pourrait comprendre. Il posta le casse-tête à onze heures onze, le retira à minuit, et quand il vérifia les stats, il vit que seules deux personnes l'avaient téléchargé. Puis, sentant que ses jours de créateur de casse-tête en ligne tiraient à leur fin, il effaça de façon permanente le profil M de tous les sites.

Le lendemain, Gary Sand se pointait sur le pas de sa porte, avec des questions. Plus tôt, ce matin-là, quelqu'un s'était connecté à la NSA en utilisant le code de Brink, et même si aucun dégât n'avait apparemment été occasionné – aucun fichier n'avait été altéré et l'utilisateur n'avait eu accès à aucun des documents, qui étaient eux-mêmes chiffrés –, quelqu'un avait accédé aux fichiers de Brink et les avait copiés. Brink avait écouté, abasourdi, Sand lui expliquer les événements. Quelqu'un savait qu'il était M, savait qu'il était en relation avec Gary Sand, et en savait suffisamment long sur ses casse-tête pour se connecter sur le site encrypté en utilisant une série de chiffres comme clé personnelle. Brink avait eu beau soutenir que c'était impossible, que le casse-tête n'avait été téléchargé que deux fois, et que personne n'était au courant de son travail pour l'Agence, il parlait dans le vide. Ses accréditations de connexion avaient été révoquées de manière permanente. Sa relation avec Gary Sand avait pris fin, et Brink s'était retrouvé en proie à un profond sentiment de honte. C'était stupide de révéler une information si personnelle en ligne, et il avait trahi Gary Sand. Il découvrirait bien plus tard que cette imprudence avait eu des conséquences autrement plus sérieuses.

L'incident avait été douloureux, genre ceux dont il aurait préféré se dire que ce n'était jamais arrivé. Mais *c'était* arrivé, et Jess l'avait mystérieusement appris. Ce qui amenait à s'interroger sur la façon dont elle en avait eu connaissance, et comment ça s'était retrouvé dans son journal.

La veille seulement, il croyait s'être rendu à Ray Brook dans le but de venir en aide à une jeune femme brillante, mais instable. Un truc comme ça, un caprice du destin, un coup de pile ou face. Sauf que Jess n'était pas un monstre de foire, et que sa visite à la prison n'était pas un coup de hasard. C'était Jess Price qui avait soigneusement, méticuleusement planifié son approche. Elle avait attendu le bon moment. Elle l'avait appâté avec le casse-tête et ferré avec une énigme. En Jess Price, Mike Brink avait rencontré son égale. À vrai dire, il n'avait jamais eu la moindre chance.

18

S'IL N'Y AVAIT PAS EU CONNIE, Brink aurait tout de suite filé loin des montagnes, repris l'autoroute vers le sud et la ville, grimpé les cinq étages qui menaient à son appartement, et se serait enfermé à double tour. Mais il avait laissé Conundrum dans sa chambre au motel, décision qu'il regrettait maintenant. Après ce qui s'était passé à la prison, plus rien ne lui paraissait fiable désormais, et le moins que l'on puisse dire, c'est que le Starlite n'était pas un endroit sûr. Même s'il avait réussi à semer le type de la Tesla, quelque chose lui disait qu'il n'en avait pas fini avec lui. Et cette intuition se révéla prémonitoire quand il se gara sur le parking. La porte de sa chambre était grande ouverte, le chambranle explosé, et un festival d'empreintes de bottes imprimées sur le panneau. Connie n'était nulle part.

Il bondit de son pick-up et fonça dans sa chambre mise à sac. Celui qui avait enfoncé la porte pouvait être encore sur place, en embuscade, mais il s'en fichait. Connie était peut-être en danger. Il imagina le pire – Connie s'enfuyant, terrorisée, quelqu'un qui la trouvait dehors et la gardait pour lui, ou – pire que tout – sa chienne adorée écrasée sur l'autoroute.

— Connie ! appela-t-il, en scannant la pièce du regard. Connie, où es-tu ?

L'endroit était dévasté – le lit retourné et les draps arrachés du matelas –, mais le ou les responsables étaient venus aussi vite qu'ils étaient repartis. Il navigua au milieu des draps entortillés répandus par terre et fonça dans la salle de bains où il vit que les articles de toilette du motel – les petits flacons de shampoing et le tube de dentifrice miniature – avaient été vidés sur le sol. Même les écuelles d'eau et de nourriture de Connie avaient été renversées, un saupoudrage de carottes râpées parsemait la moquette. Il ne comprenait pas. Que croyaient-ils qu'il cachait ? Une puce informatique fourrée dans un tube de dentifrice ? Il vivait dans un roman d'espionnage, ou quoi ? C'était d'autant plus ironique que, jusqu'au moment où il avait découvert son casse-tête dans le journal de Jess, à peine deux heures plus tôt, il avait toujours pensé être un livre ouvert.

Et même s'il avait eu quelque chose à cacher, il ne l'aurait jamais laissé dans sa chambre au motel. N'importe quel amateur de film d'espionnage savait que c'était toujours par là qu'ils commençaient à fouiner. D'un autre côté, il avait été assez imprudent pour publier son mot de passe personnel dans un casse-tête en ligne, alors il n'était peut-être pas aussi malin qu'il le croyait.

Soudain, il entendit un bruissement de petites pattes sur l'asphalte, puis un jappement familier. Il se retourna et vit Connie rebondir sur le parking. Une vague de soulagement le submergea. Il s'accroupit et la câlina tandis qu'elle lui sautait dessus, lui débarbouillait la figure et aboyait de joie. Il s'émerveilla de son intelligence. D'une manière ou d'une autre, elle avait évité le type qui avait fracturé sa porte en se faufilant au-dehors pour aller se cacher dans les bois. Elle avait dû observer toute la scène depuis les buissons de mûres qui entouraient le parking.

— Je parie que tu sais qui a fait le coup, je me trompe ?

Il prit Connie dans ses bras, la porta dans la chambre, remplit son écuelle d'eau fraîche, prit le reste du faux-filet dans le frigo et le déposa devant elle. Puis il s'adossa au mur, tâchant de réfléchir à ce qu'il allait faire ensuite. Quand il travaillait sur un casse-tête, il commençait toujours par le point le plus simple et avançait vers la complexité, élaborant un plan d'attaque clair, mais il ne s'était jamais senti aussi perdu. Debout au milieu des ruines de sa chambre, il savait qu'il manquait de recul sur la situation. Il fallait qu'il réagisse, par un mouvement éclair autant qu'audacieux, mais lequel ?

Il y avait un certain nombre de points de départ possibles. La clé USB dans sa poche, avec les dossiers de Raythe ; le journal de Jess dans son sac. Sans oublier Thessaly Moses, à la prison, qu'il avait prévu d'appeler. Le premier déplacement dans un labyrinthe conditionnait la solution de l'énigme, mais il se sentait paralysé.

Soudain, une série de points se matérialisa dans son esprit. Un petit rond noir apparut, suivi de neuf autres qui s'organisèrent en triangle jusqu'à former le tatouage du gardien. Après ce que Thessaly avait dit des fichiers d'archives effacés, et sachant que quelqu'un, au sein de la prison, l'avait épié, ses soupçons se portèrent intuitivement sur le gardien peroxydé.

Le triangle avait perturbé Brink à la seconde où il l'avait aperçu. Quelque chose, dedans – la disposition des points, sa nature élégante, ordonnée –, l'interpellait. Il avait ressenti la même chose que quand il tombait sur un casse-tête d'un nouveau genre : la séduction irrésistible du défi, l'anesthésie de s'investir dans la traque de ses secrets et, une fois qu'il l'avait résolu, une vague d'euphorie, une puissante décharge de sérotonine dans les veines.

Brink retourna vers son pick-up et récupéra son ordinateur portable de sous le siège passager. Au moins, il avait été assez malin pour ne pas le laisser dans sa chambre, parce qu'il aurait été fracassé, ou on le lui aurait volé. Il entra son mot de passe et se connecta au réseau. Il tapa une description du tatouage dans une barre de recherche et se trouva rapidement confronté à des douzaines de versions de ce triangle, avec des variantes de forme et de construction, mais tous correspondant à la même description. C'était le tétractys, un triangle équilatéral à dix points attribué à Pythagore.

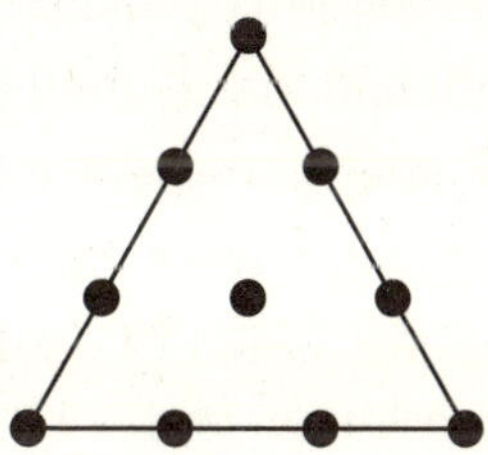

C'était une représentation géométrique du quatrième nombre triangulaire, mais aussi un symbole de géométrie sacrée, ce qui ressemblait peut-être davantage à la raison pour laquelle le garde se l'était fait tatouer. Brink tapa « géométrie sacrée » et « tétractys » dans la barre de recherche et atterrit sur un site débordant d'informations ésotériques sur le triangle. Il lut que c'était un symbole qui exprimait le Nom de Dieu, le Tétragramme – le nom à quatre lettres symbole de Jéhovah. À l'époque moderne, le symbole était le plus souvent utilisé – à en croire Internet – par les francs-maçons. Mais d'après ce que Brink savait de la franc-maçonnerie, des connaissances très limitées, il fallait bien l'avouer, un gardien de prison n'était pas le genre de recrue que privilégiait cette société secrète élitiste. Alors pourquoi un maton se serait-il fait tatouer le triangle de Pythagore dans le cou ? Et si le symbole avait une autre signification ? La civilisation américaine s'était tournée, depuis une dizaine d'années, vers le royaume déjanté des théories complotistes, des sociétés secrètes et de la politique de fin du monde. Il ne serait pas étonné que ce type se soit fait tatouer l'Arche d'alliance sur le cul.

Malgré le micmac qui avait entouré Gary Sand, Mike Brink ne croyait pas aux théories du complot. Il ne croyait pas aux élections volées, à l'imminence de l'apocalypse ou que les extraterrestres rendaient visite à la Terre depuis des décennies. Il croyait aux chiffres et aux faits, que 2 et 2 égalaient toujours 4, que c'était la gravité qui faisait chuter les pommes. Il croyait aux solutions logiques, et qu'en employant la bonne méthode, la vérité pouvait être révélée. Les mystères du monde n'étaient pas vraiment différents d'un casse-tête. Ils étaient tout autour de nous, et c'était à nous d'assembler les pièces.

Après avoir remballé son ordinateur, Brink porta Connie dans le pick-up et prit l'autoroute I-87 vers le sud, en guettant la Tesla noire. Une heure plus tard environ, il se gara sur une aire de repos. En descendant du pick-up, il scruta l'autoroute, puis le parking. Il avait regardé dans son rétroviseur toutes les dix minutes et n'avait rien remarqué de suspect. Autant qu'il puisse en juger, personne ne l'avait suivi.

Il mit sa laisse à Connie, prit le certificat d'animal de soutien émotionnel du Dr Trevers dans la boîte à gants pour le cas où on lui ferait des histoires et traversa le parking. Le bâtiment de l'aire de repos était une construction en brique de plain-pied, avec un espace restauration rapide à un bout, des toilettes droit devant et une épicerie sur la gauche. Ça sentait le graillon et le désinfectant industriel, odeur écœurante qui lui déclencha une vague migraine. La clim était trop poussée pour que ce soit agréable, mais le wifi était gratuit, et à quatre heures, en ce vendredi après-midi, il était l'un des rares clients.

Il s'acheta un sandwich à la dinde avec supplément mayo et cornichons au Subway, un café *grande* au comptoir du Starbucks, et se posta près d'une vitre qui donnait sur l'autoroute. Il devait être vigilant. Il était sûr de ne pas avoir été suivi, mais ça ne voulait pas dire que quelqu'un n'allait pas débarquer. Son pick-up rouge tomate n'était pas difficile à repérer.

Après un dernier coup d'œil par la vitre, il prit le journal de Jess dans son sac bandoulière et se mit à lire.

19

7 juillet 2017
Sedge House, Clermont NY

Sedge House est le genre de demeure à pignons et tourelles qu'on trouve dans les romans du XIXe siècle, pas le genre d'endroit où on s'attend à passer l'été. L'idée d'y habiter et de l'avoir pour moi toute seule me fait un effet incroyable, c'est à la fois absolument merveilleux et rigoureusement terrifiant.

Normalement, c'est moi qui postule pour du home-sitting, mais cette fois, c'est la demeure Sedge qui est venue à moi. Quelqu'un a envoyé un mail sur le site Internet luxuryhouse-sitting.com, avec une invitation à briguer le job. J'ai étudié la description des lieux et j'ai été séduite par la perspective d'un été dans le nord de l'État. La propriétaire de Sedge House était récemment décédée et la famille voulait que la propriété soit occupée pour l'été, et peut-être l'automne, le temps de la vendre. Mes tâches principales consisteraient en menus travaux domestiques, entretien du jardin et préparation de la maison avant la visite des acheteurs potentiels, ce qui me semblait plutôt gérable. Et comme la maison était à deux heures de New York, qu'elle n'avait ni Internet ni télévision, elle m'offrirait la solitude dont j'ai besoin pour écrire.

Ça n'aurait pas pu mieux se dérouler. J'ai sous-loué mon appartement et pris le train avec une valise de vêtements, un ordinateur portable et un nouveau journal intime. Et me voilà en train d'écrire dans ce journal au lieu de travailler sur mon roman. Au moins, les mots me viennent. Au moins, ça me décoince. Non, mais vous me voyez en train de me justifier, alors qu'en réalité, il n'y a pas de justification ! Joan Didion le dit mieux que moi dans *On Keeping a Notebook* : « L'impulsion de coucher des choses par écrit est une impulsion particulièrement compulsive, inexplicable pour quiconque ne la partage pas, utile seulement accidentellement, seulement accessoirement, à la façon dont toute compulsion s'efforce de se justifier. »

Un taxi est venu me chercher à la gare de Rhinecliff, et au bout d'un quart d'heure à peu près, le taxi a franchi le portail d'une propriété privée et pris un long chemin qui serpentait dans une maigre forêt de bouleaux et d'érables. Au bout de l'allée, perchée sur une colline qui domine l'Hudson River, s'élève Sedge House, bigarrée comme une confiserie, avec sa multitude de flèches et de dômes dressés vers le ciel. On dirait un immense gâteau de mariage gothique. Je n'avais jamais rien vu de pareil, et il m'a fallu un moment pour tout assimiler – l'énorme tour circulaire, les fenêtres en forme de rosace qui ornent le dernier étage. Je suis restée plantée là, fascinée, pendant que le chauffeur de taxi déposait ma valise dans l'herbe et repartait.

L'agent immobilier, Bill, avait accepté de me retrouver sur place, mais l'allée était vide et la porte d'entrée fermée.

J'ai donc décidé de faire le tour de la propriété. Il y avait un chemin qui descendait vers la rivière, et, sur un côté de la maison, une roseraie qui avait connu des jours meilleurs. Le jardin, ordonné et symétrique, était délimité par des treillis et des bancs en fer forgé, mais le dessin originel était flouté par la prolifération végétale. Les roses envahissaient les allées, telles des créatures enthousiastes à plusieurs têtes, cambrées à partir d'une simple racine, légèrement sinistres avec leurs épines et leur profusion envahissante. J'ai toujours trouvé les roses magnifiques, mais froides, comme la porcelaine de Chine ou les mathématiques.

J'ai entendu un crissement de pneus sur le gravier et je suis revenue sur mes pas. Bill s'extrayait tout juste d'un pick-up blanc : la cinquantaine, les cheveux grisonnants et le regard larmoyant derrière des lunettes aux verres épais, comme s'il souffrait du rhume des foins.

Tout en déverrouillant la porte principale, il m'a expliqué que la propriétaire, Aurora Sedge, était morte au mois de décembre, et que son héritier, un neveu appelé Jameson Sedge, prévoyait de vendre la maison ainsi que « tout le saint-frusquin ». Sedge House, m'a-t-il dit alors que je charriais ma valise en haut des marches vers un grand perron, avait été construite en 1876 par un certain Franklin Sedge, qui avait fait fortune dans la fabrication de boutons en verre. Fortune qu'il avait consolidée en concluant un mariage profitable socialement avec l'une des filles Rusten, Adélaïde, ce qui constituait apparemment un grand pas pour lui, qui venait d'Albany et n'avait guère de relations.

J'ai suivi Bill dans un vaste vestibule en ouvrant de grands yeux. J'ai jeté un coup d'œil dans le couloir et j'ai vu des objets partout, entassés dans tous les coins, empilés sur toutes les surfaces, une belle accumulation de trésors : des cendriers de cristal et des jumelles d'opéra en laque, des bustes en marbre et des presse-papiers en sulfure. Même le vestibule, dont la seule fonction était de permettre le passage, était obstrué par une gigantesque cage à oiseaux en cuivre reproduisant Sedge House, ses tourelles et tout le reste. À l'intérieur de la cage, un hibou empaillé, aussi effrayant qu'une gargouille, regardait à travers les barreaux.

Bill a avancé dans la maison, m'a montré la salle à manger, un espace long et étroit dominé par une table qui aurait pu recevoir une vingtaine de convives si elle n'avait disparu sous des piles d'assiettes en porcelaine de Chine. Il a appuyé sur un interrupteur, allumant un énorme lustre suspendu au-dessus de ce paysage de porcelaine, et la lumière a coulé par les pampilles en cristal comme de la glace fondue. Les murs lambrissés de carrés d'acajou finement sculptés donnaient à la pièce une nuance tabac qui aurait pu paraître sombre, et même oppressante, s'il n'y avait pas eu les fleurs : des vases et des vases de roses épanouies partout dans la pièce. Elles étaient trop parfaites pour être vraies, et de fait, quand j'ai pris un pétale entre le pouce et l'index, j'ai reconnu la douceur de la soie. C'était la réplique exacte d'une rose, mais quelque chose dans la perfection de cette imitation, le fait qu'elle paraisse plus vibrante, plus vraie que celles de la roseraie, m'a paru plutôt sinistre, comme si c'était un peu de la triche.

— Des gens ont vraiment habité ici ? ai-je demandé en essayant de m'imaginer vivre dans un tel endroit.

— Aurora Sedge y a vécu seule pendant soixante ans, au moins, a-t-il répondu. Elle ne s'est jamais mariée. N'a jamais eu d'enfants. N'avait pas d'amis, pour autant que je sache.

Bill est allé dans la cuisine, a ouvert une boîte en bois fixée au mur, révélant une série de crochets qui recevaient des clés en laiton.

— Ça, c'est celle de la porte de service, ça, celle du sous-sol, et… ah, voilà ! dit-il en prenant une clé. Celle-là, c'est celle du salon. C'est là qu'Aurora gardait sa collection. Une experte doit venir y jeter un coup d'œil, il faudra donc que vous lui ouvriez. Venez, je vais vous montrer.

Il a pris un couloir sur lequel donnait une série de portes coulissantes, et inséré la clé dans l'une des serrures. Je l'ai suivi dans la pièce et me suis aussitôt arrêtée, émerveillée et quelque peu décontenancée. Quand Bill avait parlé de collection, j'avais imaginé des tableaux de l'Hudson River School ou peut-être quelques lampes Tiffany. Mais d'un bout à l'autre de la pièce, plantées comme autant de fleurs mélancoliques, se tenaient des poupées en porcelaine. Des poupées dans des rocking-chairs, calées contre les appuis de fenêtres ou nichées dans des landaus à l'ancienne. L'une d'elles avait une paupière coincée en position fermée, et l'autre œil me fixait d'un regard sauvage, éperdu. Deux poupons noirs étaient assis de part et d'autre d'une table d'enfants, un service à thé – théière, tasses en porcelaine et présentoir à pâtisseries – disposé devant eux, comme s'ils prenaient le thé. Une rangée entière de poupées en robes à fleurs assises bras dessus, bras dessous sur un canapé en velours rouge, les coudes intercalés. Un rai de lumière oblique où dansaient des grains de poussière tombait sur cette meute de poupons, et il m'a paru, l'espace d'un bref instant, que leurs petits yeux brillaient de malice.

Je me suis avancée dans le salon, et j'ai eu l'impression que ces créatures miniatures changeaient de position pour m'observer, toutes ces joues de chérubins, ces bouches boudeuses et ces petits nez retroussés m'encerclant de toutes parts. Et moi qui suis d'une taille moyenne, environ, un mètre soixante-cinq, je me suis sentie immense. Gigantesque.

Comme Alice après avoir mangé son minuscule gâteau. Et bien que je n'aie jamais eu tendance à la claustrophobie, soudainement la pièce s'est vidée de son air.

— Voilà la grande passion d'Aurora Sedge, a dit Bill, l'air aussi mal à l'aise que moi.

— Sa passion ? ai-je relevé en lui jetant un regard qui a dû lui révéler combien je trouvais cette collection étrange.

— Je ne peux pas dire que je comprends moi-même, mais je sais que l'ensemble vaut une coquette somme. Comme je l'ai dit, M. Sedge vend tout le fourbi avant de mettre la maison sur le marché. L'experte aura besoin de prendre quelques photos pour la vente aux enchères et vous pourrez la faire entrer quand elle se présentera. Le reste du temps, cette pièce doit rester fermée à clé.

Bill a verrouillé la porte et je l'ai suivi dans le couloir. Nous sommes passés devant un escalier monumental, dont le poteau de départ était sculpté en forme de paon, un oiseau doté d'une pierre brillante à la place de l'œil. Nous nous sommes arrêtés devant un mur de photos sépia, et il m'a présenté les membres de la famille Sedge : le père d'Aurora, Franklin Sedge en sweat de Harvard ; une autre photo de lui en compagnie de sa jeune épouse, Adélaïde Rusten, le petit couple devant une église le jour de leur mariage ; Aurora bébé, dans les bras de sa mère, puis à trois ans avec son petit frère Franklin Jr, surnommé Frankie. Plus loin, Aurora et Frankie adolescents, dans un somptueux salon de réception, « la résidence citadine Sedge », d'après Bill. Il y avait des instantanés d'Aurora et de Frankie posant sur un quai, devant le *Queen Mary*, le luxueux paquebot transatlantique ; le diplôme de fin d'études secondaires d'Aurora, et celui de Frankie. Sur toutes les photos, le frère était expansif et souriant et sa sœur se tenait près de lui, minuscule, sérieuse.

— Frankie est mort ? ai-je demandé en me rappelant que c'était le neveu d'Aurora, Jameson, qui avait hérité de la propriété, et qu'il n'y avait pas d'autre proche parent vivant.

— Oui, à une vingtaine d'années. On dit qu'il se serait suicidé, mais on n'a jamais eu aucun détail, ce qui, bien sûr, a suscité toutes sortes de rumeurs. C'est Aurora qui a trouvé le corps et elle ne s'en est jamais remise. Après cela, elle s'est cloîtrée dans la maison, et personne n'y a plus mis les pieds pendant des dizaines d'années, à part Mandy, sa gouvernante, et le vieil homme à tout faire. La mort de Frankie a terriblement affecté Aurora, et elle a passé le reste de sa vie seule dans cette maison, entourée de roses en soie et de poupées en porcelaine.

20

Après avoir refermé le salon, Bill m'a emmenée à la cuisine, une petite pièce adjacente à la salle à manger, équipée d'une cuisinière des années 1960 et d'un grand évier en céramique blanche. J'ai remarqué une armoire pleine de tasses à thé en porcelaine et une table pliante en formica placée sous la fenêtre, qui donne sur la rivière, mais je ne me suis pas arrêtée pour admirer la vue : Bill était déjà reparti vers ce qu'il a appelé « l'office » – un espace ingénieux qui tenait du placard et du couloir, aux murs garnis, des deux côtés, d'étagères croulantes sous la vaisselle. J'ai imaginé un valet entrant dans l'office pour prendre des plats, des carafes et un plateau en argent, ou tout ce dont il avait besoin, et ressortir à l'autre bout, évitant ainsi de déranger le cuisinier.

C'est là qu'est rangé le matériel de nettoyage dont j'aurai besoin. Bill a ouvert un placard et m'a montré les balais, les serpillières, les serviettes en papier et différents produits d'entretien. Ma tâche consistera à faire le ménage dans la maison avant qu'il la fasse visiter aux acheteurs potentiels, tâche qui me semble de plus en plus ambitieuse. Il m'a dit qu'Aurora adorait sa maison, mais qu'à la fin de sa vie, elle était trop faible pour l'entretenir et avait laissé ce soin à sa gouvernante, une femme du coin nommée Mandy Johnson.

— À ce sujet, a-t-il ajouté, je n'anticipe pas de problème, mais si Mandy vient ici, appelez-moi sur-le-champ.

Pour moi, il anticipait précisément un problème, et je le lui ai dit.

— Ne vous inquiétez pas, m'a-t-il répondu. Mandy ne fait plus d'histoires. Mais après la mort d'Aurora, il y a eu quelques incidents. Aurora s'était prise d'affection pour elle dans les dernières années de sa vie, et elle avait commencé à lui donner des affaires de la maison – des objets de famille, des bijoux, des œuvres d'art. Personne n'était au courant avant la mort d'Aurora. Il s'est avéré qu'elle avait désigné Mandy comme légataire universelle.

Bill a englobé la maison dans un vaste geste censé traduire l'immense chance de la femme de charge…

— Héritière de tout ça, vous imaginez un peu. Jameson Sedge a intenté une action en justice, au motif qu'Aurora n'était pas en pleine possession de ses facultés mentales. Il a argumenté qu'elle avait toujours été excentrique, et comme personne ne pouvait dire le contraire et que personne n'avait assisté à la signature du testament, eh bien, en l'absence de témoin, la cour des successions a balayé l'affaire d'un revers de main, et son plus proche parent vivant, Jameson Sedge, hérite de tout.

— Vous craignez tout de même qu'elle se montre ?

Je m'inquiétais davantage d'une gouvernante qui se sentirait lésée que de l'arrêté d'un tribunal.

— Elle est passée le mois dernier, et quand Jameson l'a appris, il l'a fait arrêter pour violation de domicile et lui a collé une ordonnance restrictive. Je doute qu'elle revienne, mais on ne sait jamais, et dans ce cas, n'hésitez pas à m'appeler.

Après le départ de Bill, j'ai essayé de m'installer, mais j'ai eu du mal à me sentir chez moi. Aurora Sedge est morte depuis des mois et pourtant, elle est tellement présente que j'ai l'impression d'être une intruse. Tout est resté comme ça devait l'être le jour de sa mort. J'ai retrouvé son linge sale dans un panier en osier, près de la porte ; ses provisions – un sachet de pommes pourries, un bout de fromage moisi et un litre de lait entier solidifié – dans le frigo, et sur sa table de nuit, une tasse à thé à moitié pleine, les tanins changés en goudron. Ses vêtements sont encore accrochés dans la penderie – de lourdes jupes en laine sombres avec des étiquettes françaises ; des chemisiers en coton blanc amidonnés ; des chemises de nuit en flanelle et des dizaines de paires de minuscules bottines à lacet, taille 36, aux talons maculés de boue. Aurora Sedge a disparu, mais pas sa présence, et je ne peux m'empêcher de penser qu'il ne faut pas que je dérange sa maison, avec ses lambris en acajou oppressants, ses trésors et son salon rempli de poupées en porcelaine.

Chassant toutes mes réticences, j'ai jeté mon dévolu sur la bibliothèque, où j'ai trouvé un immense bureau ministre. C'était l'endroit idéal pour passer un été à travailler : une pièce octogonale, avec des étagères abritant des centaines de livres, certains anciens, reliés en cuir. Il s'y trouve une cheminée émaillée d'un vert vitreux, un épais tapis oriental et deux grandes fenêtres d'où l'on voit la rivière. La pièce sentait le renfermé, l'air était saturé de poussière, alors j'ai attaché les lourds rideaux damassés et ouvert les fenêtres. Le soleil disparaissait derrière l'échine gibbeuse des Catskills, et dans la lumière tamisée qui baignait la pièce j'ai repéré, dans un coin, une table roulante dont l'étagère inférieure croulait sous les bouteilles d'alcool. J'ai pris un verre en cristal taillé sur un plateau de bar et je me suis versé deux doigts de bourbon en pensant que cela m'aiderait à m'endormir. J'étais prête à aller me coucher et j'allais gagner ma chambre quand mon regard est tombé sur un guéridon où était posée une vieille bible reliée en cuir. Je l'ai ouverte et j'ai vu que les pages étaient annotées, certains passages soulignés, des notes écrites en marge, des points d'exclamation emphatiques exprimant une foi d'une intensité qui requérait une encre indélébile.

Il y avait un fil conducteur entre les passages marqués, en tout cas, c'est l'impression que j'ai eue. Ils évoquaient tous des actes de la création, le « Que la lumière soit », la création d'Ève à partir d'une côte d'Adam et le verset sur le repos du septième jour. Pratiquement toute la Genèse était balisée. « Les cieux ont été faits par la parole de l'Éternel, / Et toute leur armée par le souffle de sa bouche. » Psaumes, XXXIII-6. Tout en bas d'une page, d'une écriture trapue, à l'encre bleue, quelqu'un avait écrit quelques lignes qui paraissaient déplacées à cet endroit :

« J'ai cru que je pourrais connaître ce qui ne devait pas être connu. J'ai voulu voir des choses, des choses secrètes, j'ai soulevé le voile qui sépare l'homme du divin et j'ai regardé Dieu droit dans les yeux. C'est la nature de l'énigme que d'offrir tour à tour douleur et plaisir. »

Le temps que je finisse de lire, le bourbon s'était évaporé. J'ai reposé la bible, trouvé des draps propres dans un placard, et je me suis fait un lit dans une chambre du côté ouest de la maison, une grande pièce spacieuse au premier étage avec des baies vitrées qui donnent sur la roseraie. Dans un coin, un rocking-chair, une vieille chose en bois que j'ai tirée près de la fenêtre en pensant lire un peu, mais je n'ai pas vu de lampe de lecture, et le bourbon me montait à la tête, alors j'ai coincé mon livre dans la fenêtre pour qu'elle reste entrouverte. Le lit est un monstre de fer garni d'un matelas à ressorts, inconfortable, qui a dû être fabriqué il y a cent ans, mais je me suis vite endormie quand même.

C'était le milieu de la nuit et je dormais profondément quand un bruit m'a réveillé. C'était discret, à peine audible au début, une sorte de crépitement staccato au-dessus de ma tête, comme des gouttes de pluie sur une vitre. Je me suis redressée et j'ai tendu l'oreille. Pendant une minute, absolument rien, et puis c'est revenu. Un mouvement dans l'air, au-dessus de moi, doux, mais régulier.

Je suis restée un long moment allongée, tous les sens aux aguets. Le clair de lune qui filtrait par la fenêtre projetait une lueur bleu argent sur le parquet. Je m'attendais presque à voir Aurora devant moi, son fantôme me grondant pour m'être introduite chez elle, mais bien sûr, il n'y avait rien d'autre que le flottement des rideaux dans la brise. Je me suis dit que ce n'était que le vent qui jouait avec les volets, ou peut-être l'air piégé dans l'antique plomberie. Un jour, j'avais loué un studio dans un bâtiment d'avant-guerre avec de vieux radiateurs à vapeur qui émettaient des clangs, comme des coups de tambour, dès qu'il se mettait à faire froid. Sedge House a des radiateurs en fonte du XIXe siècle, taille mammouth, et même si le chauffage était éteint en cette période de l'année, il n'était pas impossible qu'ils libèrent l'air piégé à l'intérieur.

J'avais prévu de me mettre au travail le matin, et j'étais donc déterminée à dormir, mais le bruit est revenu, encore plus fort. Pas le vent, pas la vapeur dans les radiateurs, mais un grattage persistant venu du deuxième étage. *Des souris. Évidemment, des souris.* Les vieilles maisons hébergent toujours des rongeurs. Un jour, j'ai lu le commentaire d'une home-sitteuse qui expliquait sa frustration d'entendre toutes les nuits des bruits, dans la maison qu'elle gardait dans le New Hampshire. Elle avait cherché partout, décidée à en comprendre l'origine et elle avait finalement délogé une famille de ratons laveurs installée au sous-sol.

Heureusement, je n'ai pas peur des rongeurs. J'ai été habituée, depuis ma plus tendre enfance, à voir régulièrement des rats dans le métro et dans les parcs. Quiconque a eu affaire à un rat de Manhattan peut s'accommoder de quelques souris. J'allais appeler Bill le lendemain matin, il s'occuperait du problème. Sur cette pensée réconfortante, j'ai fermé les yeux et je me suis rendormie.

En moins de dix minutes, les bruits étaient revenus. Les cliquetis et les grattages au-dessus de ma tête se sont intensifiés jusqu'à culminer dans une série de bruits sourds, puissants. Je venais de m'asseoir brusquement, effrayée, et je fouillais les ombres du regard quand un autre bruit, tout différent, s'est fait entendre dans la chambre : un sanglot haut perché, plaintif, inconsolable.

Je me suis levée et j'ai pataugé dans les flaques de clair de lune jusqu'au couloir. Comme le son venait d'en haut, je me suis aventurée jusqu'à l'escalier et j'ai scruté l'obscurité. Bill ne m'avait pas montré le deuxième étage. Il m'avait dit qu'il n'y avait, derrière la grande porte en bois, que des cartons pleins de vieilleries. Mais il se trompait. Il y avait quelque chose là-haut.

Je suis montée précautionneusement, mes pieds nus glissant sur les marches, et je me suis approchée de la porte. J'ai posé la main sur la poignée froide en laiton et j'ai essayé d'ouvrir, mais la porte était verrouillée. Alors j'ai collé mon oreille contre le panneau pour écouter ce qu'il y avait derrière. J'ai entendu des bruits de frottement, légers, réguliers, comme des pas. Peut-être pas des souris, finalement, ai-je rectifié, un animal plus grand, un chat sauvage ou un raton laveur. Quoi que ce soit, il allait falloir que j'appelle Bill. Il pourrait sûrement régler ça. Je m'apprêtais à tourner les talons quand soudain j'ai entendu des coups sur la porte, une frénésie de coups. Paralysée par la terreur, incapable de fuir, j'ai tendu l'oreille. « Ouvre la porte, a chuchoté la voix. S'il te plaît, laisse-moi sortir. » Terrifiée, j'ai dévalé l'escalier en trébuchant à moitié pour appeler au secours.

21

BILL A MIS PLUSIEURS MINUTES À ME CALMER, mais il a réussi à me convaincre de rester à Sedge House le temps qu'il me rejoigne. Je l'attendais sur le perron quand il est arrivé, au moment où le soleil faisait son apparition. Il m'a ramenée dans la maison, fait asseoir sur une banquette dans le couloir, et il m'a écoutée, visiblement préoccupé, lui raconter les bruits étranges de la maison.

— Il se passe quelque chose, ici, lui ai-je dit, mais quand il m'a pressée d'expliquer, je n'ai pas osé lui décrire ce que j'avais vécu, je lui ai seulement raconté que j'avais entendu des bruits bizarres provenant du deuxième étage. Je n'ai pas parlé des paroles que j'avais entendues de l'autre côté de la porte. J'étais à moitié endormie, un peu pompette, toute seule dans une grande maison. Je commençais à me dire que ça devait être un coup de mon imagination.

Bill m'a regardée un long moment, comme s'il essayait de rapprocher l'incident de ses propres réticences concernant la maison, puis il a conclu que les bruits étaient dus à des souris. Il m'a dit que « Ce ne serait pas la première fois qu'il y aurait des bestioles dans cette baraque » et il m'a emmenée dans l'office où il m'a montré une boîte de pièges, une douzaine environ. Il m'a demandé si je saurais les installer, et bien que je ne l'aie jamais fait de ma vie, je lui ai assuré que je m'en sortirais.

Après son départ, j'ai pris la clé du deuxième étage dans la boîte, un bout de fromage moisi dans le frigo et je suis remontée. L'endroit était encore plus encombré que le reste de la maison : le couloir était plein à craquer de cartons, de malles en bois et de vieux meubles, des générations d'affaires Sedge mises au rebut. En passant devant, j'ai trébuché sur un petit coffre qui a vomi une marée de boutons de verre, des centaines de disques en verre coloré se sont déversés sur le parquet. Je me suis accroupie pour les ramasser et les remettre dans le coffret. J'en ai présenté un à la lumière et j'ai vu que le nom Sedge était gravé sur la surface rose pâle. Les boutons Sedge, l'origine de la fortune familiale.

J'ai suivi le couloir en me frayant un passage dans le bric-à-brac, et je me suis soudain retrouvée entourée de miroirs, une vingtaine, accrochés de part et d'autre du couloir et qui me renvoyaient chacun le reflet d'un fragment de moi-même – un morceau de bras, un bout de visage, une main entière. Je ne m'en étais pas rendu compte jusque-là, mais je n'avais vu aucun reflet de moi depuis mon arrivée à Sedge House. Pas un seul miroir dans les étages inférieurs, ni au rez-de-chaussée, ni au premier, même pas dans les salles de bains. Mais là, sur toute la longueur du couloir du deuxième étage, il y en avait des dizaines, dans des cadres dorés, en bois ou plaqués argent, certains biseautés ou tachés par les ans, l'un d'eux traversé en diagonale par une fêlure en zigzag.

Peut-être était-ce l'absence de miroir qui donnait cette impression d'étrangeté à Sedge House. Je me souviens que pendant ma dernière année, au cours du séminaire « Psychanalyse et littérature », on nous avait fait lire *Le Stade du miroir*, de Jacques Lacan. D'après lui, c'était le fait d'apercevoir son reflet dans un miroir qui amenait l'enfant à prendre conscience de son corps. À chaque coup d'œil, le moi amorphe et non délimité se définissait un peu plus. C'est en se voyant dans la glace, argumentait-il, qu'on prend la mesure de celui que l'on est. Je me suis demandé si le fait qu'il n'y ait pas de miroirs à Sedge House ne pouvait pas produire l'effet contraire. Peut-être que vivre sans reflet nous fait disparaître.

J'ai disposé une dizaine de pièges à souris dans le couloir, répartis à intervalles réguliers. Ensuite, je suis retournée dans la zone aux miroirs, j'en ai décroché un du mur – un miroir ovale, au cadre doré – et je l'ai accroché à un clou au-dessus de la coiffeuse, dans ma chambre. Mais au moment précis où je m'apprêtais à descendre dans la bibliothèque et me mettre au travail, un drôle de bruit a vibré dans l'air. Je me suis figée et j'ai retenu mon souffle, tous les sens en éveil : le même grattement, une agitation, puis un crissement, le même vacarme épouvantable que la nuit précédente.

Je suis très vite remontée au deuxième et j'ai repris le couloir jusqu'à la source du bruit : une petite porte en bois se découpait dans le papier peint à fleurs. Je l'ai ouverte et j'ai vu un puits profond dans lequel des cordes étaient suspendues. Je me suis penchée, j'ai levé la tête et j'ai vu que les cordes s'enroulaient autour d'un treuil, dans les hauteurs. C'était bizarre, parce qu'il n'y avait pas de troisième étage dans la maison, à ma connaissance, et Bill n'avait jamais mentionné l'existence d'un grenier. Des boutons en bakélite étaient fixés sur le cadre. J'ai appuyé au hasard, les cordes se sont animées et un chariot en bois est apparu. La manœuvre a reproduit exactement le bruit que j'avais entendu la nuit précédente : un mélange de tambourinement, de glissement et de crissement ponctué par un terrible cri strident de treuil rouillé. Il n'y a pas de souris à Sedge House, où s'il y en a, elles n'étaient pas à l'origine des bruits que j'avais entendus. Le coupable, c'était un vieux monte-plats grincheux. Et la voix ? De toute évidence, le produit d'une imagination surexcitée. Mystère résolu.

Seulement, cela introduisait un autre mystère : où conduisait le monte-plats ? Je suis revenue sur mes pas dans le couloir à la recherche d'un escalier menant à l'étage supérieur. C'était une matinée radieuse, tous les miroirs se renvoyaient la lumière qui tombait par une fenêtre en rosace, illuminant un rectangle gravé dans un lé du papier peint. Une porte secrète, si bien cachée que j'étais passée plusieurs fois devant sans la remarquer. J'ai toqué sur le panneau, et cela sonnait creux, preuve évidente du vide qui régnait derrière. Il n'y avait pas de poignée, mais j'ai repéré un minuscule trou de serrure. Je me suis accroupie pour regarder à travers et j'ai vu une volée de marches qui montaient dans les ténèbres.

Ma curiosité éveillée, j'ai dévalé l'escalier et traversé la cuisine, direction la boîte à clés. Si le grenier avait une clé, c'est là qu'elle se trouverait. Et en effet, la boîte en contenait une douzaine, quatre par rangée, une étiquette écrite à la main au-dessus de chaque crochet : sous-sol, cellier, salon, grenier. J'ai attrapé la clé que je cherchais et suis remontée quatre à quatre au deuxième étage.

Elle fonctionnait. J'ai ouvert la porte et gravi l'escalier étroit qui conduisait sous les combles. Comme il n'y avait pas d'interrupteur, j'ai utilisé la fonction torche de mon iPhone pour inspecter les lieux. C'était un espace long, étroit, où il faisait une chaleur étouffante et qui sentait le renfermé. Le toit incliné vers l'intérieur formait une pointe au milieu. En dehors d'un vieux moteur, près du conduit du monte-plats – j'ai compris que c'était le mécanisme qui actionnait les poulies –, le grenier était vide.

Ou presque. J'allais repartir quand j'ai vu, calée sous les solives, une valise en cuir. Je me suis penchée pour la tirer des ombres vers le milieu de la pièce. Longue d'un peu moins d'un mètre, le cuir piqué par l'âge, elle ressemblait à une malle d'un autre temps. Je n'avais aucun moyen de savoir depuis quand elle se trouvait là, mais elle était couverte d'une épaisse couche de poussière qui, lorsque je l'ai balayée, a révélé un dessin élaboré de roses et de vrilles entourant les lettres « GLM ».

La valise était fermée par deux boucles en laiton. Je les ai ouvertes et j'ai soulevé le couvercle. À l'intérieur reposait une grande silhouette enveloppée dans un linge blanc, qui une fois retiré, a révélé une poupée en porcelaine d'une beauté exquise. Ses cheveux étaient luisants et épais, d'un auburn profond, et ses yeux étaient deux énormes billes de verre vertes, des émeraudes biseautées, brillant d'un éclat profond dont je ne pouvais détourner mon regard. Elle portait une robe rose pâle qui formait des pétales à partir de la taille. Autour du cou, j'ai trouvé un médaillon victorien terni sur lequel était gravé un nom : Violaine.

Mon premier réflexe a été de la comparer aux autres poupées du salon, mais celle-ci était aussi différente de ses compagnes que le soleil de la lune. Alors qu'elles absorbaient la lumière, Violaine paraissait l'émettre, son visage pâle était aussi lumineux que si elle était éclairée de l'intérieur. Elle faisait près d'une soixantaine de centimètres de haut, elle était lourde, et si ses bras et ses jambes avaient été fabriqués avec la même porcelaine laiteuse que sa tête, son torse tendre et flexible invitait à la bercer comme un enfant vivant, respirant.

Je l'ai approchée de mon visage – elle dégageait une odeur de poudre, de poussière et de soie ancienne –, et je la sentais peser dans mes bras. La petite créature me regardait avec une expression indéfinissable, une lueur derrière ses prunelles de verre donnait l'impression qu'elle était consciente de ma présence. Était-ce un jeu de lumière, ou peut-être la chaleur oppressante du grenier, en tout cas, la poupée parut à ce moment précis irradier la force ardente, brillante, de la vie.

22

QUELQUES JOURS PLUS TARD, on a frappé à la porte. Une femme élégante, d'une quarantaine d'années, se tenait sur le porche. Elle portait un tailleur crème qui me rappelait un peu mon éditrice – elle aime s'habiller comme si elle allait déjeuner avec Jackie O. Elle m'a tendu la main et s'est présentée : Anne-Marie Riccard, de Sotheby's. Elle venait estimer les antiquités qui allaient être mises en vente.

Elle s'est excusée de venir à l'improviste, mais je n'allais pas lui refuser d'entrer. Je n'avais pas passé une semaine dans la maison, et déjà, j'appréhendais de m'y retrouver seule. J'ai fait du café dans la cuisine et j'en ai porté une tasse à Anne-Marie. Elle l'a siroté en faisant le tour de la salle à manger, tout en portant sur les trésors d'Aurora un regard compétent et acéré.

— C'est Jameson Sedge qui m'a demandé d'établir l'inventaire, a-t-elle dit en passant devant une vitrine emplie d'objets – des ammonites, une boîte en cloisonné, une pendule en bronze doré –, et elle a soupiré : Je crains que l'entreprise soit bien plus importante qu'il ne l'imagine.

Elle parlait avec un accent, et quand je lui ai demandé d'où elle était originaire, elle m'a répondu qu'elle était née à Montréal, mais qu'elle habitait à New York depuis vingt ans.

— Je suis venue étudier la céramique à Cooper Hewitt et j'ai été embauchée par Sotheby's tout de suite après avoir obtenu mon diplôme. La porcelaine est ma spécialité, les pièces européennes en particulier. C'était tellement amusant, dans les années 1990. Je pouvais acheter du Limoges ancien pour une somme à six chiffres sans un battement de cils. Aujourd'hui, le marché ne parle que de retour sur investissement et plus du tout de bon goût. Mais avec ces pièces, cette femme n'a pas cherché à investir. Elle les aimait vraiment.

Anne-Marie a pris, au centre de la table, une grande théière en porcelaine bleu turquoise et l'a estimée avant de la reposer.

— Wedgwood, XIXe siècle. Un trésor.

— Vous ne trouvez pas tout ça un peu, disons, excessif ?

— Cette collection ? a fait Anne-Marie en ouvrant de grands yeux. Mon Dieu, ici, ce n'est rien. J'ai vu des maisons remplies de milliers de boîtes à musique, des caves avec des piles de BD du sol au plafond, des garages entiers de machines à écrire vintage. Il y a des collectionneurs qui ne font pas les choses à moitié.

Sans réfléchir, j'ai posé la question qui me tarabustait depuis que j'étais arrivée :

— Mais pourquoi ?

— Collectionner, c'est organiser le monde à son image, et Aurora Sedge avait, de toute évidence, une notion très forte de celle qu'elle était. On peut dire beaucoup sur quelqu'un d'après ce qu'il collectionne. Je pense que je l'aurais bien aimée – je le devine en voyant les pièces qu'elle a achetées. Elle a créé un monde extraordinaire avec ces objets. (Anne-Marie a pris une dernière gorgée de café et reposé sa tasse.) Bon, je crois que je ferais mieux de m'y mettre. Bill a dit qu'il y avait une pièce en particulier que je devrais voir…

Je suis allée prendre les clés dans la cuisine en pensant laisser Anne-Marie à sa tâche, mais quand j'ai ouvert les portes du salon, elle s'est montrée littéralement sidérée.

— Au nom du ciel… ! s'est-elle écriée en voyant les poupées. Pourquoi personne ne m'en a parlé ?

Elle a lâché son sac en cuir et s'est précipitée vers une poupée assise sur le canapé en velours. Elle baignait dans une flaque de lumière, ses yeux écarquillés presque trop étincelants, son visage de porcelaine si lustré par le soleil qu'il en paraissait liquide.

— Je ne peux pas le croire, a-t-elle dit en se tournant vers moi, très excitée. Vous vous rendez compte de ce que c'est ? (Elle n'a pas attendu que je réponde.) Ce sont les créations de Gaston LaMoriette, un illustre fabricant de poupées, a-t-elle dit en prenant un petit appareil photo dans son sac. De son vivant, il était connu pour ses *Bébés de Paris*, une collection de poupées vendue dans les grands magasins européens comme Harrods et La Samaritaine, de la fin du XIXe au début de la Première Guerre mondiale. Les poupées de ce salon sont toutes des LaMoriette. Elles étaient extrêmement populaires, assez chères, et sont presque aussitôt devenues des pièces de collection. Tenez, je vais vous montrer quelque chose…

Elle a pris une poupée sur le canapé en velours, écarté ses cheveux blonds et passé son doigt sur les initiales : GLM gravées derrière le cou.

— Gaston LaMoriette. On ne fait pas plus authentique.

Elle a reposé la poupée, l'a positionnée dans la lumière et a pris une photo.

— J'ai travaillé pour une collectionneuse obsédée par ces poupées. Je veux dire, c'était une vraie obsession. Elle m'envoyait partout dans le monde lui en acheter. Elle en avait près de deux cents quand j'ai cessé de travailler pour elle. À sa mort, ses enfants les ont toutes vendues, bien sûr. C'est comme cela que les objets rares circulent. Mais quand elle était vivante, quand elle les collectionnait, ce qu'elle recherchait vraiment, et ce pour quoi elle aurait payé une fortune, c'était une poupée très spéciale, un chef-d'œuvre de LaMoriette créé dans les années 1890. La poupée est unique, extrêmement particulière de par sa fabrication et ses matériaux, faite entièrement à la main, et vraiment très, *très rare.* Elle n'a jamais été présentée à la vente du vivant de son créateur, ce qui rend les collectionneurs complètement fous, bien sûr.

Elle s'est avancée vers la table d'enfants pour prendre une série de photos de la cérémonie du goûter.

— C'était mission impossible, évidemment : la merveille de LaMoriette était légendaire, et si elle s'était trouvée dans une collection particulière, ou même si elle avait été mise en vente, vous pensez bien que ça ne serait pas passé inaperçu. Mais vous savez comment sont les collectionneurs – ils pensent que l'argent peut tout obtenir. Et même si c'est souvent le cas, je lui ai dit dès le début qu'elle serait déçue. La dernière fois que cette poupée avait été vue, c'était en 1909, du vivant de LaMoriette. Ma cliente était une acharnée et moi je voulais ma commission, par conséquent, j'ai fait un pari.

Elle a photographié le bébé avec la paupière grippée, puis la brochette de ses congénères bras dessus, bras dessous.

— Il y a eu une vente aux enchères organisée à Chartres dans le domaine de Dina Vierny. (Elle s'est interrompue et m'a fixée du regard.) Elle possédait l'une des plus merveilleuses collections du monde. Elle avait été la muse de dizaines de peintres français, elle avait posé pour Maillol, Matisse et Picasso, entre autres, et c'était une ardente protectrice des arts.

J'ai pensé que peut-être, *seulement peut-être*, Dina Vierny avait acheté le fameux chef-d'œuvre sous le manteau. Si quelqu'un en était capable, c'était bien elle. C'était une femme incroyable – elle vivait à Paris pendant la guerre, et en tant que résistante, elle avait été persécutée par les nazis. Enfin, ma cliente m'a payé un billet en première et un généreux défraiement. Je me suis rendue à la vente privée à la Galerie de Chartres et j'ai examiné chacune des pièces. Bien sûr, la perle de LaMoriette n'y était pas. J'ai fini par passer un merveilleux week-end à Chartres, mais pas de poupée.

— Celle dont vous parlez, ai-je risqué pour obtenir un maximum d'informations sans trahir que j'étais directement concernée. Est-ce qu'elle ressemblait aux autres ?

— Je n'en ai vu que des photos, comme vous l'imaginez, et en noir et blanc, par-dessus le marché, mais je peux affirmer qu'il y a une différence énorme entre cette œuvre maîtresse et les autres poupées manufacturées. Elle avait été entièrement fabriquée à la main, elle était plus grande que celles que vous voyez ici, et se distinguait par de nombreux raffinements. Le torse était en cuir de chevreau cousu à la main, et les parties en porcelaine – la tête, les bras et les jambes – avaient été moulées avec un mélange particulier de kaolin qui lui conférait un éclat unique que les poupées fabriquées en usine n'avaient pas. Ses bras et ses jambes étaient articulés, ce qui était très inhabituel pour les poupées en porcelaine de l'époque, qui étaient plutôt faites un peu comme les pantins en bois ou les marionnettes.

— Et la poupée dont vous parlez ? ai-je demandé, le cœur battant la chamade, en pensant à Violaine – ses yeux de verre étincelants, ses cheveux lustrés et la valise au monogramme GLM. En la voyant, on remarquerait tout de suite qu'elle a quelque chose de particulier ?

— Oh, ça, la différence sauterait aux yeux. Elle avait été faite à la main, et elle avait quelque chose de très particulier, surtout les yeux, en cristal de plomb. LaMoriette utilisait la technique du verre soufflé, celle des fabricants de presse-papiers en verre de Murano. Quand je faisais des recherches pour ma cliente, j'ai découvert qu'il avait perfectionné ce procédé à Prague, mais le nom de son professeur s'est perdu. Peut-être intentionnellement. Il n'a jamais révélé ses secrets. Comme on finit par l'apprendre, dans ma profession, la provenance d'une œuvre d'art est primordiale. Les collectionneurs veulent une belle histoire et celle de la poupée de LaMoriette est imbattable. LaMoriette était obsédé par sa création. La poupée ne le quittait jamais. On dit qu'il l'emmenait partout avec lui.

— Mais pourquoi ? ai-je demandé, surpris qu'un homme adulte se balade partout avec une poupée en porcelaine.

— Parce que LaMoriette avait créé cette poupée à l'image de sa fille chérie, Violaine, morte tragiquement à l'âge de quinze ans. LaMoriette ne s'était jamais vraiment remis de sa disparition. Il a mis fin à ses jours en 1909, après des années de dépression. C'est son fils qui a hérité de l'atelier de son père, et il a tout vendu, la poupée comprise. Depuis lors, elle s'est volatilisée. Il est possible que personne ne retrouve jamais Violaine.

23

Dès le départ d'Anne-Marie, j'ai remonté quatre à quatre l'escalier jusqu'au premier pour retrouver Violaine. Je l'avais laissée dans ma chambre, assise sur le fauteuil à bascule, mais quand je m'y suis précipitée, elle n'était plus là. Rien d'autre n'avait bougé – le lit avec sa couverture piquée à fleurs, ma valise par terre, la fenêtre ouverte sur l'après-midi ensoleillé. Mais le rocking-chair était vide. Je me suis accroupie et j'ai regardé sous le lit, autour du fauteuil à bascule et derrière les rideaux, comme s'il y avait la moindre chance que la grande poupée en porcelaine ait été emportée par la brise. Mais Violaine n'était nulle part.

J'ai regardé partout, dans toute la maison, ouvert toutes les pièces, fouillé dans les armoires, sorti tout le bric-à-brac des placards, et regardé dans les cartons du deuxième. J'ai tout retourné, de la cave au grenier, et j'étais de plus en plus perturbée. Je savais avec certitude qu'elle ne pouvait pas être dans le salon – j'y avais passé l'après-midi – mais j'y suis retournée et j'ai examiné la collection de poupées d'Aurora, des centaines de petits visages m'observant tandis que j'évoluais dans la pièce. J'ai eu un frisson devant leurs regards vides, la sensation insidieuse qu'elles savaient quelque chose que j'ignorais. Mais Violaine n'était pas parmi elles. Violaine était partie.

La pensée m'a traversé l'esprit que Bill avait pu revenir à Sedge House, mais c'était tout aussi improbable : le salon donnait sur l'allée et j'aurais vu sa voiture. Et puis c'était un bavard, il n'aurait pas laissé passer cette occasion de discuter avec Anne-Marie. Quelqu'un d'autre avait-il pu se glisser dans la maison ? Je me suis assurée que la porte d'entrée était bien verrouillée, puis je suis allée de fenêtre en fenêtre pour tirer les rideaux et vérifier les loquets. Tout était fermé et bien fermé.

Finalement, n'ayant plus d'endroit à fouiller, je me suis assise sur le canapé en velours, défaite et angoissée. Et si j'avais imaginé ce que j'avais vu dans le grenier ? Mais non, c'était impossible. J'avais tenu la poupée Violaine dans mes mains, plongé mon regard dans ses yeux verts. Et pourtant, il n'y avait pas d'autre explication.

Je suis allée dans la bibliothèque, j'ai pris la bouteille de bourbon et me suis servi un verre que j'ai bu cul sec. Ça m'a brûlé la gorge et laissé un arrière-goût sucré, de caramel, mais ça a quelque peu apaisé mon angoisse. Je me suis versé un deuxième verre, et, requinquée, je suis retournée dans le salon.

J'ai posé le verre en équilibre au bord du canapé, j'ai pris une des poupées et l'ai examinée. Elle avait le teint diaphane, une délicate touche de rose sur les lèvres, de grands yeux translucides. En promenant mon regard dans la pièce, il m'a semblé tout à coup que les poupées m'observaient, me jaugeaient, me jugeaient. J'ai bu le verre de bourbon et m'en suis servi un autre. Je suis restée là pendant des heures, à réfléchir, essayant d'y comprendre quelque chose. C'était absurde, je le savais, mais j'avais peur. Mon cœur battait fort dans ma poitrine, et je me suis sentie comme parcourue par une vague de révulsion. Je ne voulais pas être ici. Il fallait que je parle à quelqu'un, que je dise à quelqu'un ce qui se passait, alors j'ai couru dans ma chambre au premier étage, me suis assise dans le rocking-chair près de la fenêtre et j'ai pris mon téléphone.

Je pouvais appeler un certain nombre de numéros, mais là, tout de suite, c'est à Noah que j'ai pensé. On était plus ou moins ensemble depuis ma deuxième année de fac, quoique personne ne nous aurait considérés comme un couple. Il avait cinq ans de plus que moi quand on s'est rencontrés, lui vingt-quatre, moi dix-neuf, et il travaillait dans une galerie d'art à Chelsea. Il était sculpteur et réalisait des pièces magnifiques, abstraites, à partir de vieux bouts de métal peint. On sortait ensemble depuis un an au moment où il était parti étudier l'histoire de l'art en Italie, et même si nous n'avions pas rompu, nous n'étions plus vraiment ensemble non plus. Quand il est rentré à New York, notre relation s'est poursuivie, le genre de relation où il nous arrivait de passer la nuit ensemble.

Cela faisait des semaines qu'on ne s'était pas parlé. Il ne savait rien de mon boulot de home-sitting dans le nord de l'État, mais à la seconde où il a entendu ma voix, il a tout de suite compris que quelque chose clochait. On ne communiquait pas régulièrement, pourtant Noah était la seule personne dont je me sentais proche. Il savait que j'aimais parfois être seule. Mais il comprenait aussi que j'avais besoin de lui de temps en temps. Au fil des ans, il avait eu plus que sa dose de mes appels éplorés. Même si je n'éprouve pas le besoin de le voir tous les jours, quand j'ai besoin de parler à quelqu'un, c'est vers Noah que je me tourne.

— Tu te rends compte, Jess, que ça fait un mois que tu ne m'as pas appelé ?

C'est la première chose qu'il m'a dite après avoir décroché. Et la seconde a été :

— Qu'est-ce qui ne va pas ?

J'ai changé de position et le rocking-chair a grincé. La lune s'était levée, la pelouse avait blanchi sous ses rayons. J'ai posé mes pieds sur l'appui de fenêtre, et j'ai esquissé pour Noah les grandes lignes de ce qui se passait. Je n'ai pas parlé des poupées, ni d'Anne-Marie, ni même du fait que Sedge House était un cabinet de curiosités. Mais je lui en ai assez dit pour qu'il sache que j'étais toute seule dans une grande maison dans le nord de l'État, que j'avais des problèmes, qu'il y avait plein d'alcool de qualité et toute la place qu'on voulait. Avant d'y avoir vraiment réfléchi, j'étais en train de lui demander de venir me voir, et il était en train de me promettre d'arriver aussi vite que possible.

Et cela aurait pu en rester là, si je ne m'étais pas réveillée en pleine nuit, quelques heures plus tard, avec quelqu'un dans ma chambre. Absolument rien ne m'avait alertée de cette présence, pas de grincement de parquet, pas de respiration forte, juste une aura indéfinissable qui planait dans l'atmosphère, quelque chose, à peine un bruit, qui m'était parvenu dans les profondeurs du sommeil.

Je me suis redressée dans mon lit. La nuit était chaude, humide, et j'avais laissé la fenêtre ouverte. Pourtant, il faisait un froid polaire. Une brise glaciale soufflait dans l'obscurité. Désorientée, encore pompette, j'ai parcouru la pièce du regard en essayant de retrouver mes marques. J'avais trop bu, ça, je le savais, mais rien n'expliquait le froid qui régnait dans la chambre ou mon corps engourdi. Une sensation de picotement agaçait mes bras et mes jambes, comme des coups d'épingle ou d'aiguille, incisifs, douloureux.

À moitié endormie, je me suis levée pour aller fermer la fenêtre, mais mes membres étaient exsangues, mon équilibre, précaire : mes genoux ont cédé et j'ai atterri par terre, sur le dos. Le clair de lune qui entrait par la fenêtre formait une flaque autour de moi, aussi épaisse que du lait renversé. J'ai voulu me relever, mais une espèce de paralysie s'était emparée de moi, et l'air frémissait d'une énergie étrange. Je me sentais parcourue par une vibration qui me secouait comme des électrochocs. Pendant un long et épouvantable moment, je suis restée là, à essayer de bouger, incapable de tourner la tête ou de serrer les poings, incapable de crier. Quelque chose, une force puissante, électrique, avait pris possession de moi, une sensation de lourdeur qui se concentrait dans mes jambes et nouait mes muscles. C'était une force à la fois chaude et froide, qui provoquait un bourdonnement sourd et persistant dans mes oreilles.

Pourtant, alors que je gisais paralysée sur le sol, je voyais tout avec une parfaite acuité. Les meubles vibraient. Le lit s'agitait. La coiffeuse s'est éloignée du mur de quelques centimètres. La pression a grimpé dans la chambre, elle est devenue démentielle. Puis, du coin de l'œil, j'ai regardé le miroir ovale au cadre doré, celui que j'avais descendu du grenier, se fissurer comme une toile d'araignée et exploser.

Et, brusquement, tout est redevenu calme. Les meubles se sont stabilisés ; l'électricité s'est dissipée. Je me suis cramponnée au montant du lit et je me suis hissée pour me remettre debout, en tremblant si fort que c'est à peine si je tenais sur mes pieds. J'ai retrouvé ma voix et j'ai demandé en criant qui était là. Il y avait quelqu'un dans cette chambre, j'en étais certaine, mais il n'y a eu d'autre réponse que le silence.

J'ai essayé de me convaincre que ce n'était qu'un excès de bourbon ou les vestiges d'un rêve, et je commençais même à le croire quand mon regard est tombé sur les rideaux. Alors que la nuit était calme, les panneaux en soie se gonflaient comme s'ils étaient poussés par un vent fort. J'ai su alors que mon instinct ne m'avait pas trompée. Je n'étais pas seule. Quelque chose se trouvait là, caché derrière les rideaux. Mon regard tomba sur une petite main, d'une pâleur de neige à la lueur de la lune, quatre petits doigts pâles agrippés au tissu. Alors, avec une lenteur onirique, les petits doigts sont descendus, telles des pattes d'araignée, sur l'ourlet du rideau – index, majeur, annulaire, auriculaire –, on aurait dit qu'ils faisaient des gammes sur un piano, faisant frissonner la soie comme de l'eau dans le clair de lune. Soudain, le rideau s'est ouvert et Violaine est apparue.

24

J'AI DÉVALÉ L'ESCALIER EN COURANT juste au moment où le soleil commençait à se lever, déterminée à m'en aller. Le rez-de-chaussée était dans le même état où je l'avais laissé : les portraits de famille des Sedge, l'élégant pilier de l'escalier et tout le bazar d'objets de collection. Pas une seule assiette de porcelaine de Chine n'avait été déplacée, et pendant un moment, j'ai cru que ce que je venais de vivre pouvait être relégué sur une étagère et oublié, que si je pouvais quitter Sedge House, tout irait bien.

Mais alors que je m'appuyais sur la balustrade pour reprendre mon souffle, j'ai su que mon monde venait de changer. Deux chemins s'ouvraient dans mon cerveau. Le premier était celui du monde que je savais être réel – le plancher ferme sous mes pieds, l'air dans mes poumons, le soleil qui se levait le matin. Et l'autre chemin partait dans la direction opposée, vers une nouvelle réalité, une réalité que je n'avais jamais envisagée. Sur ce chemin, des choses inexplicables se produisaient, des choses impossibles et qui me terrifiaient. Des choses que je ne pouvais pas me permettre de croire.

La seule solution était de partir immédiatement. J'allais appeler un taxi et prendre le premier train qui me ramènerait en ville. Mais au moment où je me dirigeais vers la porte, quelque chose a bougé dans le couloir. J'ai sursauté et j'ai télescopé la grande cage à oiseaux en cuivre, la faisant basculer. Une femme se tenait dans l'ombre, et m'observait. Elle a appuyé sur un interrupteur et j'ai vu qu'elle avait des cheveux blond-roux, des yeux gris rapprochés et un visage banal, ouvert. Elle a brandi un jeu de clés.

— Ils ont changé la serrure de la porte d'entrée, mais ils ont oublié celle du sous-sol.

C'était Mandy Johnson, la femme de charge.

Bill m'avait demandé de l'appeler si Mandy se montrait, et je savais que cette femme était sous le coup d'une mesure d'éloignement. J'ai su tout de suite que Mandy n'était pas dangereuse. En fait, elle avait même quelque chose de réconfortant. Après la nuit que j'avais passée, j'ai été prise d'un désir ardent de tomber dans ses bras et de me mettre à pleurer.

— On dirait que j'arrive juste à temps, a-t-elle dit en jetant un coup d'œil à la cage renversée. Allez, je vais vous préparer du thé. (Elle s'est retournée et dirigée vers la cuisine. Je l'ai suivie.) Je suis Mandy, au fait, a-t-elle précisé en remplissant la bouilloire et en allumant le gaz.

— C'est bien ce que je pensais, ai-je dit en la regardant plus attentivement.

Elle allait sur ses quarante ans et portait un vieux jean, des baskets et un tee-shirt Guns N'Roses passé.

— Vous êtes la femme de ménage d'Aurora Sedge.

— En effet. J'ai commencé par faire le ménage chez Mlle Aurora. Mais ça ne s'arrêtait pas là. Asseyez-vous, a-t-elle dit en indiquant la petite table près de la fenêtre.

Et détendez-vous. On dirait que vous avez passé une sale nuit.

Je me suis assise, sentant tout le poids de la terreur dans mon dos et mes épaules. J'étais sur le point de m'effondrer.

— Je crois que je deviens folle, ai-je fini par lâcher.

Elle m'a regardée comme si elle savait précisément ce que j'avais vécu.

— Tout va bien. Inutile de m'expliquer. J'ai vu des choses, ici, que vous ne croiriez pas. En fait, peut-être que si.

Mandy était comme chez elle dans la cuisine. Elle a pris une théière et deux tasses en porcelaine dans une vitrine, sorti une boîte de métal marquée *Mariage Frères* d'un placard et mis deux cuillères de thé dans la théière, qu'elle a posée sur un napperon en dentelle avant de s'asseoir en face de moi. En versant l'eau bouillante dans la théière, elle promenait ses petits yeux gris sur ma personne, me jaugeant visiblement.

— Les nuits peuvent être difficiles à Sedge House, a-t-elle dit en versant le thé dans ma tasse. Mais vous n'êtes pas obligée de rester. Dès que vous l'aurez pris, vous pourrez vous en aller. Rien ne retient plus personne ici, désormais.

— Pris *quoi* ? ai-je demandé, perdue.

Mandy m'a lancé un long regard, comme si elle se préparait à faire une déclaration de la plus haute importance.

— Buvez votre thé, ma chère. Nous en reparlerons quand vous aurez eu le temps de vous calmer.

J'ai pris la tasse en porcelaine et plongé mes lèvres dans le liquide brûlant. C'était du thé noir avec une pointe d'orange, fort en théine, d'une puissance bienvenue.

— Vous savez, j'ai toujours détesté ce breuvage. Mais Mlle Aurora n'en voulait pas d'autre. C'est français, je crois. On n'en trouve pas chez Hannaford. Elle me demandait de le commander dans un salon de thé de la ville. Elle voulait que je m'asseye pour le prendre avec elle. Ça lui faisait plaisir, alors je m'exécutais, mais bon sang, je devais mettre des tonnes de sucre dedans pour réussir à l'avaler.

Elle a souri. Ses dents inégales formaient un étrange contraste avec ses traits d'une régularité extraordinaire. Une bague étincelait à son auriculaire, des rubis baguettes entourés de diamants dans le style Art déco, d'évidence un des cadeaux d'Aurora. Elle a vu que je la contemplais.

— Jolie, n'est-ce pas ? a-t-elle dit en la présentant à la lumière pour faire étinceler les rubis. Elle appartenait à la mère d'Aurora. Elle est toute petite, c'est une taille 47, c'est tout juste si j'arrive à la passer à mon petit doigt. Je devrais probablement la faire agrandir.

J'ai regardé vers la fenêtre. Le soleil montait dans le ciel. La faible lumière jouait sur la surface de la rivière, faisant écho à l'éclat des rubis.

— Les gens pensent que je profitais de Mlle Aurora. Eh bien, ce n'était pas le cas. Tout ce qu'elle m'a donné, je l'ai bien mérité, a-t-elle affirmé en s'appuyant au dossier de sa chaise, sans me lâcher du regard.

— Bill m'a dit que vous étiez devenues proches, Aurora et vous.

— Proches ? a relevé Mandy avec un sourire. On peut dire ça, j'imagine. J'ai été son employée pendant plus de vingt ans, et j'étais la seule à la voir, alors en ce sens, oui, on peut dire qu'on était proches. Elle me faisait confiance. J'avais dix-huit ans quand j'ai débarqué à Sedge House, je n'étais qu'une gosse qui fumait trop d'herbe et, en gros, je foutais ma vie en l'air. J'avais lâché le lycée et je vivais avec un type qui me traitait comme de la merde. Mais Aurora Sedge a tout changé. Elle m'a offert un boulot à plein temps, a payé ma mutuelle et m'a fait passer le diplôme de fin d'études secondaires. Je ne dis pas que je suis parfaite maintenant, ou je ne sais quoi, mais elle m'a montré que les choses n'arrivaient pas par hasard. Tout a une raison. Tout le monde, chacun et chacune d'entre nous, a une raison d'être pour laquelle Dieu nous a envoyés ici, et la mienne était d'aider Aurora Sedge. Elle avait besoin de moi, surtout vers la fin. J'étais la seule personne sur laquelle elle pouvait compter. Je l'ai aidée à protéger la relique. C'est comme ça qu'elle l'appelait – *la relique* –, et je n'en ai jamais parlé à personne.

J'ai été envahie par un mélange d'angoisse et de curiosité. J'avais tant de questions à lui poser et je ne savais pas par où commencer.

— Et croyez-moi, ça n'a pas été facile, avec son fichu neveu. Il fouinait partout et il en a découvert plus qu'il n'aurait dû. Un jour, il a déboulé sans prévenir, il est entré de force dans la maison et a insisté pour la voir. Il savait que sa tante était en possession de la relique, il l'a dit. Il prétendait qu'elle avait été à son père, aussi, et qu'il allait embaucher des avocats pour récupérer son héritage. Mlle Aurora avait peur et elle lui en a trop dit. Elle l'a regretté, parce qu'une fois qu'il a su la vérité, il ne l'a plus jamais laissée tranquille. Il a exigé qu'elle la lui montre, mais elle a refusé. Elle me l'a répété un millier de fois : si Jameson met la main dessus, il fera du mal à quelqu'un.

Le thé m'avait permis de rassembler mes esprits, un peu, du moins, et j'ai posé la question qui occupait le centre de mes pensées :

— Vous disiez qu'il y avait quelque chose pour moi, ici. Que vouliez-vous dire ?

— Ces dernières années, Aurora a commencé à se soucier de l'avenir. Elle savait que sa santé déclinait, et elle avait besoin de savoir que son bien le plus précieux tomberait entre de bonnes mains. Elle m'a demandé de rester ici pour que je surveille ce trésor, et j'ai accepté, mais je lui ai dit que je ne resterais que le temps de trouver quelqu'un de mieux taillé pour la mission. J'ai promis à Mlle Aurora que je respecterais ses vœux, et même si personne ne me considère comme un ange, je tiens toujours parole. Je ne l'ai jamais dit au juge des successions, mais Mlle Aurora se fichait que cet endroit me revienne ou non. Elle voulait simplement que je reste pour protéger son trésor. Elle avait besoin que j'empêche son neveu d'entrer. Elle avait besoin que je sois là pour vous donner la relique.

— Vous voulez dire que vous *m'attendiez* ? ai-je demandé en essayant de comprendre comment c'était possible.

— Je ne vous attendais pas. Je vous ai cherchée et trouvée. Une personne jeune et intelligente. Responsable. De confiance. Des commentaires cinq étoiles. Quelqu'un qui viendrait ici sans poser trop de questions.

Soudain j'ai compris : c'était Mandy qui m'avait repérée dans la base de données des home-sittings, Mandy qui m'avait envoyé le descriptif du job, Mandy qui m'avait mise en relation avec Bill. Mandy qui se cachait derrière tout ça.

J'ai repensé à tout ce que j'avais vu à Sedge House. Les passages sélectionnés dans la bible, les poupées en porcelaine, l'électricité qui s'était déchaînée dans ma chambre. J'étais troublée, fatiguée, effrayée. Je voulais retourner en ville et oublier l'existence de Sedge House. J'ai regardé par la fenêtre. J'ai vu la Toyota de Mandy, un tas de ferraille garée dans l'allée. Elle pourrait me déposer à la gare. Mais avant, il fallait que je lui pose une dernière question.

— Qu'est-ce qu'Aurora Sedge conservait ici ?

Mandy a levé la tête, comme si elle s'adressait aux cieux, comme si son ancienne patronne pouvait lui chuchoter à l'oreille, et qu'elle me répéterait son message.

— Venez. Je vais vous montrer.

25

MANDY M'A FAIT TRAVERSER LA CUISINE vers l'office. Elle s'est penchée pour ouvrir une porte de placard, a poussé sur le côté quelques lourdes casseroles en cuivre et – en allant farfouiller profondément à l'intérieur – a tiré un verrou. On a entendu un pop sec et le placard s'est éclipsé : il a pivoté, révélant les profondeurs obscures d'une chambre secrète.

À l'intérieur, il faisait une chaleur de sauna et l'air lourd sentait le renfermé.

— C'est là que la famille cachait ses réserves d'alcool pendant la Prohibition, a dit Mandy en me montrant un étalage de bouteilles de verre poussiéreuses remontant à l'époque de la Grande Dépression, deux douzaines environ de Canadian Club et d'Old Saratoga Whiskey.

Elle a tendu la main derrière les bouteilles, pris une pochette en maroquin sur une étagère en hauteur, et me l'a tendue.

— C'est pour vous.

J'ai essuyé le dessus, soulevant un film de poussière. Mandy en avait parlé comme d'une relique, et j'avais imaginé un vieil artefact chrétien – la phalange d'un saint ou une bouteille d'eau bénite –, mais la pochette datait des années 1960 seulement et ne pouvait contenir que quelques documents. Je m'apprêtais à l'ouvrir quand elle a interrompu mon geste.

— Non, s'il vous plaît. Attendez que je sois partie. Mlle Aurora ne me l'a jamais montré et je ne veux pas le voir maintenant.

Elle allait sortir de la pièce, mais je l'ai retenue par le bras.

— Ce n'est pas possible. Vous pouvez sûrement m'en dire davantage.

— J'ai tenu la promesse que j'avais faite à Mlle Aurora. Mes obligations s'arrêtent là, a-t-elle dit en libérant son bras – pourtant, elle ne partait pas, elle fixait le maroquin des yeux et je voyais qu'elle avait beau dire, elle était intriguée. Pendant des années, j'ai constaté que des événements étranges se produisaient dans la maison, j'ai vu des signes que quelque chose n'était pas normal. Je trouvais du verre brisé un peu partout – dans les escaliers, dans les couloirs. Des vases de cristal en mille morceaux, comme s'ils avaient explosé. Et puis les miroirs se sont mis à se briser. Je ne pouvais pas l'expliquer, ils ne se décrochaient pas du mur, ni rien de ce genre, ils se fendaient dans leur cadre. Ça m'a tellement fait flipper que je les ai tous déménagés au second. Ensuite, il y a eu les bruits bizarres. Des rires et des pleurs, des petits pieds qui couraient partout. Je ne crois pas aux fantômes, mais j'ai commencé à penser que c'était quelque chose dans ce genre-là. J'ai cru que je devenais folle. Quand j'interrogeais Mlle Aurora à ce sujet, elle me disait que ce n'était rien. Mon imagination, soi-disant. Elle était maladroite et elle n'arrêtait pas de briser les objets de cristal, disait-elle. Et puis, en prenant de l'âge, elle s'est un peu lâchée sur la question. Elle est allée dans le salon et a laissé les portes grandes ouvertes.

J'ai vu des trucs – des trucs étranges –, et j'ai su qu'il se passait quelque chose de terrible.

— Mais quel genre de trucs terribles ?

Mandy a baissé les yeux sur la pochette que je tenais dans les mains.

— Je ne sais pas ce qu'il y a là-dedans, mais quoi que ce soit, c'est responsable de tout ce qui se passe de mauvais ici.

J'avais des tas de questions à lui poser, mais je commençais à peine quand on a entendu du remue-ménage au-dehors. J'ai rejoint Mandy devant la fenêtre de la cuisine et vu une voiture de police dans l'allée. Mandy a juré entre ses dents et m'a fait signe de remettre le maroquin dans le cellier, dont elle a claqué la porte et actionné le loquet. Nous venions juste de regagner la cuisine quand Bill s'est montré, flanqué de deux policiers.

— Pas très malin de vous garer dans l'allée si vous ne voulez pas finir en prison, Mandy, a-t-il dit, son regard oscillant entre l'ancienne femme de ménage et moi.

— Je prends juste le thé avec la personne qui garde la maison, a-t-elle avancé innocemment. Il n'y a pas de mal à ça, si ?

Bill lui a rappelé l'injonction d'éloignement, ce qu'il n'avait même pas besoin de faire : en quelques minutes, Mandy était escortée hors de la maison. Tandis que je la regardais partir, j'ai compris que je ne savais toujours pas ce que je devais faire du contenu de la pochette en maroquin. Mandy était la seule personne, en dehors du neveu d'Aurora, qui aurait pu me l'expliquer.

Après le départ de Bill, j'ai verrouillé la porte principale et me suis précipitée vers l'office, je me suis agenouillée devant le placard, j'ai tâtonné à l'intérieur et tiré le loquet. Avec un déclic, le placard secret s'est ouvert. Maintenant que Mandy n'était plus là pour me bloquer la vue, j'ai constaté que la pièce était beaucoup plus vaste que je ne l'avais d'abord pensé. L'obscurité s'étirait bien au-delà des étagères d'alcool. Une fois à l'intérieur, j'ai avancé dans un vaste espace vide aux murs de pierre et au sol de ciment craquelé. Tandis que ma vue s'accommodait, j'ai pris la pochette et l'ai soupesée en caressant la surface lisse. Mon pouls s'est accéléré à l'idée de découvrir ce qu'elle contenait. J'étais dévorée de curiosité, et en même temps, un instinct profond m'avertissait que je ferais mieux de ne pas y toucher. Que je devrais suivre l'exemple de Mandy et me laver les mains de toute cette affaire.

Mais je n'arrivais pas à partir. J'avais besoin de savoir ce qu'Aurora avait dissimulé, de connaître la signification de ce que Mandy m'avait raconté, et surtout, il fallait que je comprenne en quoi cette pochette était liée à la magnifique poupée hantée que j'avais découverte dans le grenier.

Finalement, la curiosité l'a emporté. Le maroquin était fermé par un gros lien de cuir. Je l'ai défait et j'ai trouvé une liasse de feuilles volantes, écrites à la main, en français. Je ne pouvais pas les comprendre, mais les lignes étaient disposées comme celles d'une lettre : en haut de la première page se trouvait une date, *24 décembre 1909*, et dessous, une formule d'adresse : *Mon cher fils*. L'écriture tarabiscotée semblait avoir été tracée à la hâte, les lignes étaient inégales et l'encre formait des pâtés. La dernière page était signée par une fioriture élaborée : Gaston LaMoriette. J'ai immédiatement reconnu le nom. Gaston LaMoriette, le fabricant de poupées qui avait créé Violaine.

26

BRINK RELEVA LA TÊTE DU JOURNAL INTIME et regarda sa montre : seize heures zéro huit. Il s'était plongé dans le journal de Jess pendant une dizaine de minutes. Elle n'avait écrit que quelques dizaines de pages, et il n'aurait même pas dû mettre soixante secondes à les lire, mais il s'était surpris à parcourir lentement chacun de ses mots et à relire certaines phrases plusieurs fois. Celle qu'il avait entendue dans l'interview télévisée, qu'on décrivait comme une jeune femme drôle, chaleureuse, intelligente – avait été une révélation, et il se sentit un peu navré pour la femme dont la vie avait été détruite.

Il revint en arrière dans le journal, s'arrêta sur une ligne qui se détachait du reste, une citation de l'écrivaine Joan Didion sur les journaux intimes : « L'impulsion de coucher des choses par écrit est une impulsion particulièrement compulsive, inexplicable pour quiconque ne la partage pas, utile seulement accidentellement, seulement accessoirement, à la façon dont toute compulsion s'efforce de se justifier. »

Il lisait le journal de Jess dans l'espoir d'y trouver quelque chose d'utile, mais si cela se produisait, ce serait accidentellement, accessoirement, un coup de chance. Il croyait au pouvoir des événements aléatoires, aux rencontres de hasard qui avaient pour résultante de changer la trajectoire de votre vie, mais il ne voulait pas en devenir la proie. S'il se trouvait dans les écrits de Jess quelque chose de concret, susceptible de répondre à ses questions, il fallait qu'il le découvre. Brink feuilleta les pages avec soin, en quête d'un indice qu'il aurait pu rater, mais le journal s'arrêtait abruptement, laissant beaucoup de ses questions sans réponse. Il allait être obligé de les dénicher tout seul.

La clim soufflait impitoyablement de l'air glacé par une série de bouches d'aération dans le plafond. Il eut un frisson en regardant par la fenêtre, vers le parking. Il s'attendait à moitié à voir la Tesla noire attendre près de son pick-up, mais il s'était garé au centre de l'espace presque vide. Ce qui s'était produit au Starlite n'allait pas se reproduire. Au moins pas tout de suite.

Conundrum s'impatientait, mais Brink avait besoin de plus de temps, et donc il acheta un bâtonnet de bœuf séché à l'épicerie et le déposa devant elle. Connie adorait la viande déshydratée, c'était une de ses friandises favorites, et elle pourrait le mâchonner pendant des heures si on la laissait faire.

Pendant qu'elle était occupée, il ouvrit son ordinateur, afficha Google et tapa quelques mots-clés – Frankie Sedge, Sedge House, mort –, mais il ne trouva que des références à Jess Price. Il surfa sur les pages jusqu'à ce qu'il tombe sur le nom *Jameson Sedge*. Il apprit que Jameson était le fils de Frankie, et qu'il avait maintenant une cinquantaine d'années. Il était enfant quand son père était mort. D'après une page Wikipédia, Jameson Sedge était un homme d'affaires prospère, le fondateur d'une boîte de technologie appelée Singularity spécialisée dans la biotech – sans autre précision –, et dans le domaine des blockchains. Cette information ne lui paraissant pas pertinente, il ne s'y attarda pas et passa au lien suivant, celui-ci du site du *New York Times* : un avis de décès de Franklin « Frankie » Sedge Jr intitulé : « Franklin "Frankie" Sedge II, héritier de la fortune des verriers Sedge, décède à l'âge de vingt-cinq ans. » Brink agrandit le document et vit la photo d'un jeune homme, très séduisant dans le genre juvénile, qui plissait les yeux pour se protéger du soleil. On aurait dit Gatsby, avec son costume blanc d'été. La cause du décès n'était pas précisée, seulement la date et le lieu de la cérémonie de funérailles. L'article mentionnait qu'il laissait derrière lui une femme, Renee, vingt-trois ans, une Anglaise, originaire de Londres, un fils encore au maillot, Jameson, et sa sœur aînée, Aurora Elizabeth Sedge, qui résidait alors à Clermont, dans l'État de New York.

Brink relança la recherche en stipulant le prénom Jameson et tomba sur des milliers de liens menant à sa société, Singularity, mais pas une seule photo de lui. Bizarre, pensa-t-il en naviguant dans les pages. Normalement, il aurait dû y avoir des dizaines de photos d'un homme comme Jameson Sedge. Il allait abandonner et fermer le moteur de recherche quand il vit le portrait d'un homme de grande taille, aux cheveux roux et à la peau claire, debout à côté d'une femme. La photo avait été prise lors d'un cocktail au Metropolitan Museum of Art. Deux noms l'illustraient : *Jameson Sedge et Anne-Marie Riccard*. Le nom de la femme était si particulier qu'il était certain qu'il s'agissait de la femme que Jess avait mentionnée dans son journal. Et même s'il ne pouvait pas en être sûr à cent pour cent, le type de la photo ressemblait au conducteur de la Tesla. Il agrandit l'image pour mieux l'examiner. Aucun doute. L'homme qu'il avait vu à la prison, celui qu'il suspectait d'avoir dévasté sa chambre d'hôtel, n'était autre que Jameson Sedge.

Ramenant son attention sur le journal de Jess, il scanna mentalement la page en espérant découvrir des informations plus personnelles sur Anne-Marie Riccard. Il n'y avait rien de concret, mais cela suffisait à lui confirmer que c'était la femme que Jess avait rencontrée à Sedge House. Il ne comprenait pas la nature de sa relation avec Jameson Sedge, mais visiblement, il y en avait une.

Il tapa « Anne-Marie Riccard » dans la barre de recherche et une liste de liens s'afficha en quelques secondes. Le tout premier menait au profil qui figurait sur le site du Bard College. Apparemment, elle avait quitté Sotheby's pour un poste d'enseignante. Blink cliqua sur la page et lut sa bio : « Anne-Marie Riccard, titulaire d'un diplôme universitaire des métiers d'art, option céramique et porcelaine fine. » Il trouva une photo en couleurs d'une femme brune aux yeux marron et à l'air sérieux. La page affichait une adresse e-mail, un numéro de téléphone et les heures où elle était joignable. Il prit son portable, vérifia le journal d'appels – Thessaly avait promis de le recontacter, mais il n'avait toujours aucune nouvelle d'elle – et il composa le numéro. Il tomba sur un répondeur et laissa un message. Puis il cliqua sur le lien de l'adresse mail d'Anne-Marie Riccard et lui écrivit un message disant qu'il était une connaissance de Jess Price, qu'il lui serait reconnaissant de lui accorder quelques minutes d'entretien et lui demandait de le contacter dans les meilleurs délais. Il prenait un risque en la contactant. Elle était en lien avec Jameson Sedge après tout, mais c'était le seul moyen qu'il avait d'obtenir les informations dont il avait besoin.

Brink cliqua sur des pages et des pages d'information sur le Dr Anne-Marie Riccard, qu'il parcourut rapidement.

Dans le tas, des papiers qu'elle avait rédigés, surtout des articles universitaires sur l'histoire de la céramique, et plus précisément la porcelaine européenne depuis l'époque où les premières pièces avaient été importées de Chine jusqu'à la naissance des premières manufactures européennes à Meissen, en Saxe, au XVIe siècle. Mais il y avait aussi quelques articles plus grand public – dont un dans *Town & Country*, sur son amour pour la porcelaine française, et un autre paru dans le défunt *Toy* magazine sur les poupées en porcelaine. Elle avait écrit un livre sur la porcelaine française de la fin du XIXe et du début du XXe siècle qui avait été publié par une presse universitaire, et qui était gratifié de neuf évaluations « cinq étoiles » sur Amazon. Elle n'écrivait pas sur un sujet à la portée du tout-venant, mais elle connaissait son domaine. S'entretenir avec elle ne l'aiderait peut-être pas à comprendre les événements survenus à Sedge House, mais s'il en croyait le journal de Jess, c'était l'une des dernières personnes qu'elle avait vues avant la mort de Noah.

Il lut tout ce qu'il pouvait trouver sur Anne-Marie Riccard, puis il prit dans sa poche la clé USB que Thessaly lui avait donnée et la brancha sur son ordinateur. Elle contenait deux fichiers, un PDF intitulé « Rapports de police », et un autre document du même format, mais sans titre. Brink ouvrit « Rapports de police », et un document de cinquante-sept pages s'afficha. Il le fit dérouler et trouva des copies numériques de différents comptes rendus et notes prises au cours de l'enquête sur le meurtre de Noah Cooke. Chaque page était estampillée du sceau du bureau du shérif du comté de Columbia. Puis il comprit : c'était le contenu de la grande enveloppe portant le tampon rouge CONFIDENTIEL. Il vit des documents concernant l'arrestation et la procédure d'inculpation de Jess, une photo d'identité judiciaire, la liste de ses vêtements et effets personnels saisis et mis sous scellés – une robe d'été, une paire de sandales, une chaîne en or.

Il afficha une copie de l'autopsie de Noah Cooke et la lut avec grand intérêt. Il se rappela que les causes de la mort de Noah Cooke avaient fait l'objet de moult spéculations – dans les médias, pendant le procès, dans le film fait sur Jess. Les résultats de l'autopsie n'avaient jamais été révélés, pour autant que Brink le sache, et maintenant, il comprenait pourquoi : la cause de la mort était mise sur le compte d'un « traumatisme contondant violent appliqué à la poitrine et la région abdominale ». D'après une note du médecin légiste, les blessures de la victime évoquaient un accident de voiture ou une chute d'au moins quinze mètres dont l'impact avait provoqué de graves dommages aux organes internes. Le cœur, les poumons, le foie et les intestins avaient éclaté, provoquant une hémorragie interne massive. En gros, les organes de Noah Cooke avaient été pulvérisés.

Brink n'était pas étonné que l'autopsie soit restée sous le boisseau – beaucoup d'éléments de cette affaire n'avaient pas transpiré dans les médias, en particulier parce que Jess refusait de témoigner. Mais que ses avocats n'aient pas utilisé ces informations pour défendre leur cliente paraissait inconcevable. Une jeune femme pouvait, éventuellement, poignarder son petit ami ; elle pouvait lui tirer dessus, l'empoisonner, peut-être même l'étrangler. Mais comment Jess aurait-elle pu provoquer la mort de Noah si ses blessures avaient été occasionnées par une chute ? Comment une femme d'un mètre soixante-cinq aurait-elle pu faire imploser les organes internes d'un homme ? C'était on ne peut plus troublant.

Puis, revenant à la clé USB, il ouvrit le dossier sans nom et se trouva devant une série de photos Polaroïd en couleurs. En les examinant, il comprit pourquoi les clichés, comme les résultats de l'autopsie, avaient été enterrés. Si ces photos avaient circulé, il serait apparu avec clarté que la mort de Noah Cooke avait été encore plus effroyable qu'on ne se l'imaginait.

On y voyait la victime étalée dans la bibliothèque de Sedge House, entièrement nue, les yeux grands ouverts, vitreux, fixant on ne sait quoi, ses longs cheveux noirs agglutinés par le sang. Son expression avait quelque chose de surprenant et terrifiant à la fois, mais c'est l'aspect de sa peau qui glaça les sangs de Brink : chaque centimètre carré de son corps était couvert du même schéma d'entailles que Brink avait aperçu sur le bras de Jess, le réseau de lignes rouges en nid d'abeilles scarifié se retrouvait sur son torse, ses bras, ses jambes et son visage. Sa poitrine offrait une vision particulièrement grotesque, imbrication de bizarre et d'horrible, avec ses lambeaux de peau rose pâle et marbrés de sang.

Il fit défiler la page, le cœur au bord des lèvres, et tomba sur une nouvelle série de photos, en noir et blanc cette fois. Il les agrandit, troublé. Pourquoi ces deux séries ? Et pourquoi une série en noir et blanc ? Puis en y regardant de plus près, il s'aperçut que cette seconde série ne concernait pas Noah Cooke : il s'agissait d'un autre corps. La dépouille gisait sur le plancher de Sedge House – il reconnut l'endroit d'après la description de Jess : le vaste escalier avec le poteau de départ sculpté, et le mur qui disparaissait sous les portraits de famille. Sur le torse du défunt on retrouvait le même réseau d'entailles que Brink avait remarqué sur le bras de Jess, et sur le corps de Cooke. La photo était légendée du nom de la victime : *Franklin Sedge*. Le cadavre était celui de Frankie, le frère d'Aurora Sedge. Il avait été tué de la même façon que Noah Cooke.

Brink navigua entre les photos de Noah Cooke et de Frankie Sedge, tâchant de donner un sens à ce qu'il voyait.

Il n'était pas si étrange que deux hommes jeunes, du même âge à peu près, meurent dans la même maison à une cinquantaine d'années d'écart. Mais qu'ils trouvent la mort dans les mêmes circonstances pour le moins extraordinaires ? C'était parfaitement inexplicable. Brink agrandit les photos, zooma sur le corps de Frankie, puis sur celui de Noah. Pendant un long et intense moment, il détailla les scarifications. Elles se déployaient sur les deux cadavres comme des toiles d'araignées carmin. La seule autre fois où il avait vu ce genre de motif, c'était sur la peau de Jess. Et bien sûr, dans son rêve.

Il s'apprêtait à refermer son ordinateur quand son regard tomba sur sa boîte mail, et à sa grande surprise, il vit qu'Anne-Marie Riccard lui avait déjà répondu. Le nom de Jess Price dans la case « objet » devait y être pour quelque chose. Elle n'avait écrit qu'une seule ligne en réponse, lui demandant de préciser son lien avec la jeune femme. Il répondit en indiquant qui il était, et ajouta qu'il avait commencé à travailler avec Jess sur un projet à l'occasion duquel le nom du Dr Riccard était apparu. Il savait que sa réponse risquait de ne pas la satisfaire – il ne s'étendait pas sur la nature du projet en question et ne précisait pas le genre d'information qui l'avait conduit jusqu'à elle – et il espérait justement l'intriguer suffisamment pour qu'elle consente à s'entretenir avec lui.

La réponse arriva en moins d'une minute : « Cher M. Brink, je vous connais ainsi que votre travail, et comme vous le savez probablement, je suis parfaitement au fait de la situation de Jess Price. Je serai à mon bureau (adresse ci-dessous) tout l'après-midi. J'attends ce message depuis tant d'années. Venez dès que possible. »

Il y avait des moments, quand on jouait à un jeu d'adresse, où le risque était inévitable. Aux échecs, quand on déplaçait une pièce vers une position vulnérable pour attirer l'adversaire dans un piège. Quand, dans une phase du jeu, on traversait une ligne de défense costaude pour marquer un touchdown. Pour gagner, le risque était inévitable. Il fallait voir les choses en face, l'accepter, et gérer les conséquences. S'il voulait des réponses, il avait besoin d'Anne-Marie Riccard, et en dépit du danger, ou peut-être à cause du danger, il ressentit une vive excitation.

Il se leva d'un bond, jeta les reliefs de son casse-croûte et mit le cap sur la porte. Le trajet lui prendrait quelques heures, mais il n'était que seize heures vingt. En se dépêchant, il pourrait arriver en début de soirée. Il regarda dans son sac, vérifia que le journal était bien dedans, et ressentit une bouffée d'anticipation. Quoi qu'il ait pu se produire à Sedge House, quelle que soit la série d'événements qui avaient conduit à son implication, Anne-Marie Riccard saurait les expliquer. Plus tôt il serait à son bureau, mieux ce serait.

Mais devant la porte vitrée, il se figea. Était-ce un mirage qui montait de l'asphalte noir, brûlant, du parking, ou les photos qu'il venait de voir qui s'étaient engrammées dans son esprit, parce que là, ondoyant sur la vitre, se reflétait l'image d'un homme qu'il ne connaissait pas, un homme dont la peau s'était cristallisée et fragmentée en un millier de minuscules fractales.

27

Il venait de déverrouiller la portière de son pick-up quand son téléphone gazouilla une notification. Son ancien professeur, le Dr Gupta, essayait de le joindre par le biais de son appli vidéo chiffrée. Le docteur ne l'appelait qu'une ou deux fois par an, il s'empressa donc de répondre. Le téléphone dans une main, il ouvrit la portière de l'autre, fit sauter Connie à l'intérieur et se glissa dans l'habitacle étouffant de chaleur, jeta son téléphone sur le tableau de bord et se connecta.

— Mon garçon, dit Gupta. Je suis tellement heureux de te mettre la main dessus avant que tu n'entres plus avant dans des eaux plus chaudes.

Vivek Gupta était un homme de la Renaissance au sens le plus noble du terme. En dehors de ses activités dans les domaines de la cryptographie et des mathématiques, c'était un plasticien qui étudiait et reproduisait les techniques des maîtres flamands. « L'incroyable luminosité » de Vermeer l'avait incité à étudier la peinture, et il avait quitté Boston pendant la Covid pour se retirer à Cape Cod où il avait transformé une vieille cabane de pêcheur en atelier d'artiste. Brink lui avait rendu visite l'année précédente pour un long week-end au cours duquel ils avaient dégusté des homards en discutant de tout, de la topologie à Albrecht Dürer. Il avait dormi dans l'atelier, entouré de tableaux, des natures mortes représentant des bouteilles de vin, des oiseaux morts et des grenades, des images qui le médusaient par leurs couleurs et – comme tout ce qui se rapportait à son mentor – l'emplissaient d'humilité.

Le Dr Gupta avait pris Brink sous son aile à l'automne de son premier semestre au MIT. Le jeune Mike s'efforçait de s'adapter à son nouvel environnement, à ses cours, et se démenait pour trouver le moyen de financer son loyer astronomique. Il avait vu le Dr Gupta pour la première fois depuis le dernier rang de son séminaire « Schémas, énigmes et équations ». Le Dr Gupta était un homme grand, élégant, doté d'un léger accent anglais avec une pointe d'hindou. Il passait pour être excentrique. Parmi ses nombreuses originalités, il gardait sur une table, dans sa salle de cours, une machine de Rube Goldberg des années 1960, un méli-mélo brillant de torsades et de boucles qui fascinait ses étudiants.

Au deuxième cours du semestre, le Dr Gupta s'était adressé à lui :

— Excusez-moi, monsieur… ?

Derrière son pupitre, il désignait Mike Brink.

— *Brink*, répondit Mike en regrettant de ne pas pouvoir disparaître sous terre.

— Bon, donc, monsieur Brink, j'ai bien conscience que c'est la première fois que vous avez cours avec moi, mais si vous vouliez bien vous donner la peine de regarder autour de vous, vous remarqueriez que vos camarades sont tous en train de prendre des notes. Auriez-vous l'amabilité de les imiter ?

Brink avait déjà vécu cette scène – un professeur qui interprétait l'absence ostensible de papier et de stylo comme de l'indifférence, voire de l'arrogance. C'était même la raison pour laquelle Brink s'asseyait toujours au fond de la classe.

— Je prends des notes. Pas écrites, mais quand même.

— Oh ? fit le Dr Gupta en s'appuyant contre le pupitre, une lueur amusée dans le regard. Vraiment ?

— Vraiment, répondit Brink sentant ses joues le brûler. (C'était un cours restreint qui ne recevait qu'une quinzaine d'étudiants, et tout le monde s'était retourné pour le dévisager.) Je peux vous montrer, si vous voulez.

— Je vous en prie, faites donc. La semaine dernière nous avons discuté du dernier théorème de Fermat. Pourriez-vous nous exposer au tableau les grandes lignes de la démonstration d'Andrew Wiles ?

— Toute la démonstration ? demanda Brink, un peu surpris que son professeur lui demande de reproduire une solution aussi élaborée.

C'était à la fois long et compliqué. Ce serait un défi de la reproduire, même pour lui.

Le Dr Gupta brandit un marqueur et fit signe à Brink de venir devant le tableau blanc.

— Toute la démonstration, je vous prie.

La semaine précédente, le Dr Gupta avait passé la séance à discuter des défis et des mystères qui entouraient le théorème de Fermat. Pierre de Fermat, un Français du XVIIe siècle, qui était en train de lire les *Arithmétiques* de Diophante, avait annoté un théorème dans la marge, ajoutant un commentaire sibyllin selon lequel il n'avait pas la place d'écrire la démonstration, la marge étant trop étroite. Pendant des siècles, les mathématiciens s'étaient échinés à résoudre le dernier théorème de Fermat jusqu'à ce qu'un mathématicien britannique appelé Andrew Wiles finisse par le démontrer, en 1994, plus de trois cents ans après que Fermat l'eut énoncé. Gupta avait projeté la démonstration sur le tableau en demandant à ses étudiants de prendre en notes les points majeurs. Brink avait tout absorbé, fasciné. Pas tant par les calculs impliqués par le dernier théorème de Fermat que par le combat qu'avait été la recherche de la solution, le mal que s'était donné Wiles, sa persévérance, son insatiable quête de la solution. Aux yeux de Brink, la quête de la solution d'une énigme était toujours plus intéressante que la réponse.

En s'approchant de l'estrade, il doutait que même le preneur de notes le plus assidu ait recopié toute la démonstration. Brink ne s'en souvenait pas complètement, et pourtant, au moment de prendre le marqueur, il l'avait revue exactement telle que Gupta l'avait projetée. Le contenu avait surgi dans son esprit sous la forme de tuiles étincelantes de couleurs qui le guidèrent tout le long de l'équation, comme s'il faisait des gammes sur un clavier. Lorsqu'il en eut terminé, le tableau était couvert de nombres et la classe entière le fixait du regard, époustouflée.

— Bravo, monsieur Brink, avait dit le Dr Gupta, incapable de masquer sa stupéfaction. Bravo. Vous êtes conséquemment dispensé de l'obligation d'apporter stylo et feuilles en cours.

Depuis ce moment, Gupta avait adopté Mike Brink. Il était devenu son plus indéfectible soutien au MIT, un mentor et un ami, un guide dans les domaines intellectuels et pratiques. Son professeur avait accéléré l'obtention de son diplôme et proposé son nom pour différentes distinctions et récompenses. Il l'avait conseillé dans ses choix de carrière, inscrit à diverses conférences et il l'avait soutenu chaque fois qu'un imprévu se présentait, en rapport avec la fac ou le personnel administratif.

Au fil du temps, Brink avait appris à voir combien Vivek Gupta était un ami inestimable. Alors que Brink avait une appréhension intuitive, rare, des énigmes et des schémas, des messages codés et des cryptogrammes, Gupta en avait une connaissance empirique, découlant de trois décennies sur le terrain. Le professeur avait près de cinquante ans quand Brink l'avait rencontré, c'était une légende dans son domaine, et bien au-delà. En tant que « vétéran de l'ère des Cypherpunks », comme il aimait se définir, il se méfiait des gouvernements et des grandes entreprises qui leur étaient étroitement liées, et croyait que la seule façon que chacun avait de se protéger dans le monde contemporain passait par des codes numériques inviolables. Avec ses amis visionnaires, il avait mis ses talents au service de la création d'espaces libres, de paysages digitaux sans frontières, de monnaies digitales et de réseaux privés qui leur permettraient d'échapper à la surveillance. Il avait été l'un des tout premiers promoteurs des cryptomonnaies, il avait ensuite participé à la création d'un réseau de blockchains, puis avait investi sa fortune dans une fondation caritative d'un milliard de dollars destinée à ensemencer des micro-entreprises en Inde. Il pensait que le capitalisme et la liberté de circulation du capital par-delà les frontières avaient le pouvoir de sortir le monde de la pauvreté, matérielle comme intellectuelle.

Un jour, après le cours, le Dr Gupta lui avait donné un bout de papier sur lequel était écrit le texte suivant :

« Depuis des siècles, les individus défendent leur intimité en murmurant, dans l'obscurité, grâce à des enveloppes, des portes closes, des poignées de main secrètes et des messagers. Les technologies du passé n'autorisaient pas la forte intimité que les technologies électroniques permettent. Nous, les Cypherpunks, nous nous consacrons à bâtir des systèmes anonymes. Nous défendons notre vie privée par le chiffrement, des systèmes d'échanges anonymes, la signature digitale et les monnaies électroniques. »

Brink effectua une recherche rapide en ligne et découvrit que c'était un passage du *Manifeste d'un Cypherpunk* écrit par Eric Hughes en 1993. Il lut que ce mouvement était souvent considéré comme le précurseur de la révolution technologique : Internet, les communications numériques, les cryptomonnaies et les systèmes décentralisés sur la blockchain. Les Cypherpunks voulaient sacraliser l'identité et la vie privée, et leurs membres figuraient parmi les plus puissants entrepreneurs de la tech au niveau mondial.

Brink comprenait le besoin de vie privée, mais il était d'une autre génération. Il ne voyait pas ce qu'il y avait de mal à être visible. Il n'avait rien à cacher et donc, pourquoi se prendre la tête ? Ce qu'il n'avait pas compris, et que le Dr Gupta lui enseigna, c'était que la protection de la vie privée allait au-delà du fait de « n'avoir rien à cacher ». Il s'agissait plutôt de ce que les détenteurs du pouvoir pourraient faire de toutes ces informations dans l'avenir. Il s'agissait de la façon dont ils pourraient limiter et contrôler sa vie. C'est pourquoi le Dr Gupta et les pionniers du cyberespace s'étaient investis dans cette mission : la liberté.

— Tout ce que vous dites peut être utilisé contre vous, et le sera, avait-il dit à un petit groupe de ses étudiants un soir, tard, dans un pub de Cambridge. L'anonymat, c'est le pouvoir. *Le Livre blanc du Bitcoin* – son document fondateur, et très probablement l'invention la plus révolutionnaire dans le domaine de la finance depuis le papier-monnaie – a été posté en ligne par un individu du nom de Satoshi Nakamoto. C'est un pseudonyme. Certains pensent que ce n'est pas un individu isolé dans son coin, mais de nombreux individus qui travaillent ensemble. Quelle que soit l'identité réelle de Satoshi, il reste dans l'ombre pour une raison précise. Une guerre est en cours, ici et en ce moment même, et son issue transformera l'avenir.

Le Dr Gupta avait été furieux d'apprendre que Brink, alors en deuxième année, avait partagé sa « clé de chiffrement » en ligne, en l'intégrant à un de ses casse-tête mathématiques. D'accord, Brink était jeune et stupide, d'accord, seules deux personnes avaient téléchargé le problème, mais la révélation que des informations personnelles de Brink avaient été postées sur Internet avait profondément perturbé le professeur.

— Bien sûr, tu peux essayer de l'enterrer, lui avait-il dit. Et tu peux couper tous les ponts avec Gary Sand et sa bande. Ils se sont servis de ton talent dans leur seul et unique intérêt, comme je suis certain que tu le comprends aujourd'hui. Tu es une victime. On ne peut rien te reprocher. Mais ce genre de chose peut poursuivre quelqu'un toute sa vie.

Et c'est ce qui était arrivé. Cette bourde, cette unique bévue en ligne, ce manque de jugement momentané l'avait poursuivi.

Brink regarda l'écran de son téléphone. Le Dr Gupta était debout dans son atelier, vêtu d'une blouse constellée de peinture. Son ancien professeur avait pris une quantité substantielle de kilos depuis son départ du MIT, et ça lui allait bien. Ses tempes commençaient à blanchir, le bouc sur son menton avait grisonné et de profondes rides d'expression s'étoilaient autour de ses yeux et de sa bouche, preuve matérielle de sa nature enjouée.

— Monsieur Brink, mon bon ami, pourquoi diable fais-tu une recherche sur Jameson Sedge avec une connexion wifi publique et non sécurisée ?

Brink lui expliqua la situation – le casse-tête que Thessaly lui avait montré, sa rencontre avec Jess à la prison, et tout ce qui en avait découlé –, puis il prit le dessin du casse-tête circulaire et le montra au professeur. Il s'attendait vraiment à ce que son mentor n'y jette qu'un bref coup d'œil avant de lui offrir une explication aussi élégante qu'évidente, et que Brink aurait dû voir immédiatement. Mais il n'en fit rien. Il étudia le cercle un peu trop longtemps, une ride se creusant entre ses sourcils. Il paraissait préoccupé. Il finit par dire :

— Je me doutais que tu étais dedans jusqu'au cou quand j'ai été alerté de certaines recherches auxquelles tu te livrais sur Internet.

— Alerté de mes recherches ?

Il savait que Vivek Gupta avait le pouvoir de voir tout ce qu'il voulait en ligne, mais il ne l'avait jamais soupçonné de le surveiller.

— Vous m'espionnez ?

— Et je ne suis pas le seul, répliqua le professeur. L'unique façon d'être sûr que tu n'es pas observé serait de détruire ton matériel électronique, et même cela ne constituerait pas une protection adéquate. Maintenant, dis-moi : comment as-tu réussi à connecter Jameson Sedge aux événements que tu décris ? Tu n'as assurément rien trouvé sur Internet qui puisse te mettre sur cette piste.

— Ça n'a pas été facile. Il n'y avait qu'une photo de Sedge prise à un gala de charité.

— Je suis étonné d'apprendre qu'elle était sur le Net. Sedge est de la vieille école, comme moi. Il n'a pas de profil en ligne, ne divulgue aucune information personnelle, et ne permet pas que son image circule. Si une photo fait surface, il la fait aussitôt retirer, et tout ce que tu lis à son sujet, sur Wikipédia, dans *Forbes* ou le *New York Times*, a été soigneusement expurgé. Je le sais parce que j'utilise le même gars pour effacer mes traces sur la Toile.

— La photo sur laquelle je suis tombé montre Sedge avec une femme appelée Anne-Marie Riccard. Elle avait été avec Jess Price à Sedge House, qui se trouvait appartenir à Jameson Sedge à ce moment-là. Et Anne-Marie Riccard était venue voir Jess quelques jours avant la mort de Noah Cooke. J'aimerais savoir si elle peut m'aider à démêler le fil des événements.

Un silence, si peu caractéristique de Vivek Gupta, s'installa entre eux. Finalement, le professeur dit :

— Es-tu certain, mon ami, que ce soit une bonne idée ?

— Je ne vois pas quoi faire d'autre. De toute façon, elle a accepté de me rencontrer. Je suis censé la rencontrer dans quelques heures. Vous pensez vraiment que Sedge a quelque chose à cacher ?

— Je connais le bonhomme depuis une trentaine d'années, et je puis te garantir que oui, il a des choses à cacher. Au début, je l'aimais bien. C'est William Gibson et Philip K. Dick qui nous ont rapprochés. Nous nous intéressions beaucoup aux éléments pratiques du chiffrement et à la façon donc il pouvait protéger l'anonymat, en particulier de la manière formulée par les travaux de David Chaum. Nous avons été parmi les premiers membres de la sous-culture Cypherpunk, nous faisions partie du groupe originel qui se réunissait à San Francisco pour rédiger et publier des manifestes. Nous étions aussi des précurseurs de la technologie de la blockchain et nous développions des entreprises dans ce domaine. Au fil du temps, nos chemins ont divergé. J'ignore dans quoi il s'investit en ce moment, et c'est intentionnel. Pour être franc, je ne le porte pas dans mon cœur. C'est un homme qui protège implacablement sa vie privée. Si tu l'as menacé d'une manière ou d'une autre, tu as mis les pieds dans quelque chose de beaucoup plus obscur et impénétrable que tu ne peux l'imaginer.

— Mais je n'ai menacé personne. J'ai été attiré dans cette histoire. C'est le casse-tête qui est venu me trouver.

— Tu aides Jess Price. Exact ?

— On pourrait dire ça, oui, répondit Brink en se rendant compte qu'en effet, c'était le cas.

Ce qui avait commencé comme une visite isolée était devenu quelque chose de plus profond.

— Pour Sedge, les amis de ses ennemis sont ses ennemis. Et d'après ce que tu me dis, Jess Price n'est pas l'amie de Sedge.

— Sur ce point, vous avez raison, acquiesça Brink en se rappelant l'énigme de Jess, sa terreur d'être surveillée.

— Alors je te suggère de ne pas rencontrer sa petite amie. Laisse tomber tout ça. Détruis le casse-tête et rentre à Manhattan.

— Je ne peux pas, rétorqua Brink, et il savait que c'était vrai.

Même s'il laissait tomber maintenant, Jess Price continuerait de le hanter.

— Eh bien, efforce-toi de le tranquilliser, soupira le Dr Gupta. Tâche d'entrer en relation avec lui. Assure-lui que tu n'as pas l'intention d'interférer dans ses affaires.

— Je ne sais même pas de quelles affaires il est question.

— En réalité, personne ne le sait vraiment. Mais le crime perpétré dans sa maison de famille a été le premier fait qui a échappé à son contrôle. Tu ne trouveras rien à ce sujet sur Internet, et pourtant son nom et la nature de son entreprise ont été passés au crible. Qu'Anne-Marie Riccard soit prête à te parler me surprend. Au-delà de toute mesure.

Brink appuya son front contre le volant, le vinyle était brûlant. Soudain, il éprouva le désir impérieux de suivre le conseil du Dr Gupta et de retrouver son loft, le confort de ses casse-tête, son footing de l'après-midi et ses soirées tranquilles devant la télé avec Connie.

— Vous avez peut-être raison. Je ferais peut-être mieux de tout lâcher.

— Évidemment que tu devrais. Mais je sais que ce n'est pas ton genre. Par ailleurs, si tu es dans le collimateur de Sedge, ça doit être pour une sacrément bonne raison. Va voir son amie comme prévu, mais sois prudent. En attendant, tu as mon application de messagerie cryptée. Scanne le casse-tête et envoie-le-moi. Je vais voir ce que je peux trouver à ce sujet.

28

L'APRÈS-MIDI TOUCHAIT À SA FIN quand Brink se gara sur le parking devant le Bard Fisher Center, une sorte d'origami métallique, œuvre de Frank Gehry, des formes torturées assemblées de façon aléatoire. Connie avait besoin de courir, il la lâcha donc sur une pelouse méticuleusement entretenue où elle se mit à cavaler en décrivant des cercles, sautant, se catapultant, aboyant de plaisir dans le soleil radieux et l'air pur. Son exubérance attira l'attention d'un groupe d'enfants qui jouaient à l'autre bout du terrain. Une petite fille d'une dizaine d'années, en robe jaune, faisait des bulles en soufflant dans une tige en plastique et Connie, avide de jouer, bondissait d'une bulle à l'autre, les faisant éclater avec sa truffe. Brink regarda les sphères savonneuses iridescentes s'élever et tournoyer dans le soleil, miracles de courbure constante de l'air aux couleurs changeantes. Il visualisait les stéradians des bulles, leur symétrie sans limites. Des nombres se mirent à inonder son esprit, mais il les chassa. Il n'avait pas le temps de se perdre dans un flot ininterrompu de décimales de pi. Anne-Marie Riccard l'attendait.

Brink remettait Connie en laisse quand son téléphone vibra dans sa poche. Il avait reçu un message vocal venant d'un numéro inconnu, très probablement le directeur du Starlite Motel, furieux après avoir découvert l'état de sa chambre. Il lança le message et s'arrêta net en entendant la voix de Thessaly Moses.

Je viens de recevoir des nouvelles assez perturbantes. Je n'ai toujours pas compris ce qui s'est passé cet après-midi, et voilà que mon directeur vient de m'appeler pour m'annoncer qu'ils transféraient Jess Price de la prison de Ray Brook. Quel cauchemar. Bref, je vous appelle pour savoir si vous avez lu les fichiers de la clé USB. Rappelez-moi dès que possible. Il faut que nous discutions de toute urgence.

À l'intérieur du bâtiment d'histoire de l'art, la clim l'enveloppa comme un bain glacé. En traversant le hall désert, à la recherche du bureau d'Anne-Marie Riccard, il se rendit compte que la perspective de cette rencontre le rendait nerveux. C'était irrationnel, il n'avait qu'à penser combien ils étaient devenus proches, le Dr Gupta et lui, mais dès qu'il approchait des universitaires, il avait une réaction de défense. Rares étaient les professeurs qui, contrairement à son mentor, avaient su apprécier le don de Mike Brink. En réalité, la plupart d'entre eux le traitaient au mieux comme une bête de foire, et au pire comme un pur et simple imposteur. D'un autre côté, il comprenait pourquoi. Il pouvait lire *Guerre et Paix* en quelques heures et en réciter des passages sur demande ; il pouvait résoudre des équations mathématiques complexes après n'avoir jeté qu'un coup d'œil au manuel. Même les professeurs qui connaissaient son histoire se méfiaient de lui. Ils ne l'avaient jamais dit ouvertement, mais derrière chaque interaction, Brink sentait planer la même accusation : il bénéficiait d'un atout injuste. D'une certaine manière, qu'ils ne pouvaient pas prouver, Brink trichait avec le système.

Il avait survolé le MIT, obtenant son diplôme en trois ans avec les félicitations du jury. Mais il avait beau être un étudiant brillant, il n'était pas du sérail. Il ne trouvait les recherches universitaires ni particulièrement stimulantes, ni même intéressantes. Quand on lui avait offert une bourse complète pour le programme de doctorat du MIT, il avait refusé et était allé s'installer à Manhattan où il avait commencé à travailler comme problémiste au *New York Times*, décision qui avait déconcerté ses professeurs et lui avait valu les sarcasmes de ses pairs, qui acceptaient des chaires universitaires prestigieuses ou des postes de consultant grassement rémunérés dans des multinationales. Mike Brink s'était vu offrir ces positions, lui aussi, mais il les avait refusées.

Rares étaient ceux qui comprenaient qu'il n'avait pas le choix. Il ne recherchait ni les honneurs ni la fortune, tout ce qu'il demandait, c'était de résoudre des casse-tête. Il jouait la donne qui lui avait été distribuée – un cerveau qui fonctionnait et dysfonctionnait de toutes sortes de façons, qui bouleversait sa vie sur tous les plans – et il avait appris à l'utiliser à son profit. Il avait embrassé ce que le Dr Trevers avait appelé son « superpouvoir » et n'arrivait pas à imaginer ce que serait sa vie s'il n'avait pas été blessé sur ce terrain de football, quinze ans auparavant. Et malgré tout, il lui arrivait certains jours plus que d'autres d'en ressentir les dégâts.

— Docteur Riccard, dit-il, planté sur le seuil de la porte.

Il l'avait reconnue d'après la photo du site Bard. Elle était grande et mince, élégante, ses cheveux noirs frôlaient le châle en laine tricotée, claire, dont les grandes mailles formaient comme un treillage sur ses épaules.

— Appelez-moi Anne-Marie, je vous en prie, dit-elle en lui faisant signe d'entrer dans son bureau exigu.

Il s'assit sur une petite causeuse en cuir près d'une étagère qui croulait sous les livres d'art : un catalogue du musée Rodin, à Paris, un autre sur les céramiques japonaises.

— Et qui est cette personne ? demanda-t-elle en se penchant pour caresser Conundrum, qui la regardait d'un air méfiant.

— Connie vous adorera pour l'éternité si vous lui donnez ça, répondit-il en lui tendant un stick de bœuf séché qu'il avait pris dans son sac.

C'était un mensonge. Conundrum éprouvait des sentiments intenses envers les individus – elle savait instantanément si quelqu'un lui plaisait ou non et changeait rarement d'avis. C'était l'une des qualités qu'il admirait le plus en elle : son sixième sens concernant les humains. Anne-Marie jeta la friandise à Connie, puis s'assit en face de Brink sur la jumelle de la causeuse en cuir.

— Merci d'accepter de me rencontrer ainsi, à l'improviste, dit-il tandis que Connie s'asseyait près de ses pieds et commençait à mâchouiller cette deuxième manne de la journée.

— J'espérais depuis des années que quelqu'un me contacterait au sujet de Jess Price. Est-elle toujours… ?

— Incarcérée ? fit Brink, achevant sa question à sa place. Oui. Dans un établissement des monts Adirondacks. J'en viens justement.

— Vous avez mentionné un projet sur lequel vous travailliez ensemble. Quel genre de projet ?

Brink n'avait pas prévu de mentir, mais sa fable lui vint tout naturellement.

— Des jeux et des énigmes pour les prisonniers. Un travail bénévole lancé à l'initiative de l'État.

— Comme c'est généreux, dit-elle en lui lançant un regard sceptique. Ce genre de travail bénévole est-il courant pour quelqu'un de votre niveau… de compétence ?

— Pas vraiment, convint Brink en comprenant que sa réputation, une fois de plus, l'avait précédé. Mais j'aime bien aider quand je peux. Et c'est la raison pour laquelle je voulais m'entretenir avec vous. Vous avez rencontré Jess, n'est-ce pas ?

— Une seule fois, à Sedge House. Le propriétaire m'avait embauchée pour estimer, authentifier et vendre toutes les antiquités de la maison. Ce qui ne s'est jamais fait.

Cela le surprit. Il avait supposé que tout ce qui était en rapport avec Sedge House, mobilier comme immobilier, avait été vendu.

— La maison n'a pas été vendue ?

— Non. Le propriétaire tenait à laisser les antiquités exactement comme elles étaient du vivant de sa tante.

— Est-ce que ça ne revient pas un peu cher de conserver une maison de l'Âge d'or afin de l'utiliser comme entrepôt ?

— Jameson ne regarde pas à la dépense. Mais oui, c'était une décision étrange. La plupart des gens s'en seraient débarrassés le plus vite possible. Malgré tout ce qui s'y était passé, il a décidé de la garder. Il rémunère une femme de ménage pour nettoyer et faire la poussière, un jardinier pour entretenir les rosiers, et il chauffe suffisamment la maison pour éviter que les tuyaux gèlent en hiver. Jameson est aussi excentrique que sa tante Aurora. Peut-être même plus.

— Alors la collection de poupées en porcelaine s'y trouve toujours ?

Le visage d'Anne-Marie s'empourpra, et il vit qu'elle se tendait.

— Jess vous a parlé des poupées ?

Il hocha la tête en veillant à ne pas montrer à quel point ce qu'Anne-Marie pourrait en dire l'intéressait.

— J'ai fini par bien connaître la collection d'Aurora. Je ne l'ai jamais rencontrée, mais j'ai senti, en voyant sa collection, qu'il y avait quelque chose de... comment dire ? quelque chose de merveilleux chez elle. Elle était originale, certes, mais elle gardait ce qu'elle aimait près d'elle, et ne laissait pas le monde faire intrusion dans le sien.

Anne-Marie croisa les mains sur ses genoux et poursuivit :

— Elle avait aussi une magnifique collection de porcelaines, et la porcelaine est ma passion depuis des décennies. Je suis historienne de l'art, et c'est mon domaine de compétence. J'ai beaucoup publié sur tout ce qui va des vases chinois anciens aux plus belles pièces de faïence française. Et bien que les poupées en porcelaine n'aient été, au départ, qu'une extension de mes travaux, je dois admettre qu'à partir d'un certain moment, elles sont venues au premier plan.

— C'est un domaine très pointu, dit-il, ressentant le besoin de la relancer. Comment y avez-vous été conduite ?

— Vous voulez tout savoir ? demanda-t-elle avec un sourire, une pointe d'embarras rosissant ses joues. Quand j'avais dix ans, on me servait mon chocolat chaud dans une tasse à thé qui appartenait à mon arrière-grand-mère – une tasse en porcelaine aussi fine qu'une coquille d'œuf, avec une rose au centre et une bordure d'or. La porcelaine, avec sa légèreté, sa clarté d'albumine et sa capacité à capturer la lumière et l'emprisonner me fascinait. Plus tard, à la mort de mon arrière-grand-mère, j'ai hérité de ses tasses. Il se trouve qu'elles étaient en porcelaine de Limoges. Je les ai prises avec moi quand j'ai emménagé dans mon premier appartement, à Manhattan. Elles occupaient la moitié du placard de ma micro-cuisine. Je m'en servais tous les jours – un peu ridicule pour une étudiante sans le sou, je sais, mais elles me stimulaient, d'une certaine manière. Chaque jour, une tasse en porcelaine de Limoges à la main, je pensais à mon arrière-grand-mère, au talent et à la virtuosité qu'il avait fallu pour créer cet objet, à la façon dont la beauté survivait d'une génération à l'autre et continuait d'apporter de la joie par-delà les âges. J'avais compris que cette tasse était une œuvre d'art aussi précieuse qu'une statue romaine, sauf que je pouvais savourer sa beauté tous les jours. Mon intérêt a basculé de l'histoire de l'art à la porcelaine. Pardonnez-moi, fit Anne-Marie en lui octroyant un sourire timide. Je dois vous barber.

— Pas du tout. (En fait, il comprenait parfaitement qu'une obsession puisse envahir une vie. Après tout, sa propre découverte des casse-tête l'avait sauvé, elle avait structuré son existence et véritablement tout changé pour lui.) Je trouve ça fascinant.

— En effet, c'est fascinant, dit-elle, ravie. L'histoire de la porcelaine est particulièrement captivante. Les Européens l'ont découverte quand Marco Polo a rapporté une petite jarre de Chine. Il l'avait appelée *porcellana*, un mot italien qui signifie coquille, comme la nacre satinée à laquelle l'objet ressemblait. Beaucoup, beaucoup d'artisans ont tenté de reproduire la porcelaine de Chine dans les années suivantes, mais tous ont échoué. Ils ne parvenaient pas à en comprendre la technique de fabrication, une formule secrète que les Chinois avaient appris à maîtriser. Les porcelaines chinoises importées atteignaient des prix astronomiques, et seuls les aristocrates les plus fortunés pouvaient s'en offrir quelques pièces.

« Toute l'Europe était fascinée par la porcelaine, et mourait d'envie d'en posséder. Un roi allemand, Auguste II, dit « le Fort », a investi une fortune pour trouver la formule. Finalement, il y est parvenu. Une fois le pot aux roses révélé, si j'ose dire, la production de porcelaine a explosé dans toute l'Europe. Les manufactures de porcelaine françaises s'établirent et finirent par être connues dans le monde entier, de même que des compagnies britanniques comme Wedgwood. Les figurines devinrent des bibelots convoités. Des boîtes, des théières, des vases… les gens n'en avaient jamais assez. À bien des égards, la vie a changé, en Europe, avec l'introduction de la porcelaine. Elle a permis l'émergence de grandes fortunes, à qui elle conférait du prestige, bien sûr. Les rois et les reines d'Europe et d'Angleterre commandaient des chefs-d'œuvre époustouflants, mais au XIXe siècle, le petit peuple put à son tour acquérir des théières en porcelaine, ou un service de ravissantes tasses à thé, comme celles de mon arrière-grand-mère.

— Et comme Aurora Sedge, compléta Brink, pour remettre la conversation sur les rails.

— Oui, comme Aurora Sedge. Bien qu'elle ne fasse vraiment pas partie du petit peuple. Mais dites-moi, pourquoi m'avez-vous contactée ? Cela a-t-il un rapport avec le projet que vous conduisez avec Jess Price ?

Brink avait évalué Anne-Marie et décidé qu'il était temps d'aborder le véritable sujet de sa visite.

— J'essaie de comprendre ce qui s'est passé à Sedge House. Vous êtes l'une des rares personnes que Jess a vues au cours de son séjour dans la maison.

— J'étais venue procéder à l'évaluation des antiquités. C'est à peine si je lui ai parlé.

— Vous n'avez rien remarqué de bizarre dans la maison ? Quelque chose qui pourrait expliquer ce qui est arrivé à Noah Cooke ?

— Il y a eu une enquête, il me semble, dit-elle d'une voix plus froide. Et comme vous le savez très bien, il y a également eu un verdict.

— Je ne pense pas que ce soit la bonne personne qui ait été condamnée.

— Et vous allez vous battre pour rétablir la vérité ?

— Y aurait-il une raison pour que je ne le fasse pas ?

— Peut-être que non. Mais avant de vous lancer, vous devez comprendre la magnitude de ce dans quoi vous vous embarquez.

Brink se souvint du cryptogramme de Jess. Elle pensait que quelqu'un avait tué Ernest Raythe, et que lui-même était aussi en danger. Il étudia Anne-Marie, tâchant d'apprécier ce qu'elle savait au juste.

— C'est la raison de ma présence ici, finit-il par dire. Pour comprendre.

Anne-Marie resserra son châle volumineux et vaporeux autour d'elle, un geste mesuré qui faisait écho au ton de sa voix.

— C'est un peu une boîte de Pandore, monsieur Brink. Si vous l'ouvrez, vous comprendrez ce qui est arrivé à Jess Price. Vous obtiendrez l'information que vous cherchez, et plus encore. Mais la connaissance n'est pas sans conséquences. Voyez-vous, elle a trouvé quelque chose qui était resté caché pendant très longtemps. Certaines personnes ne veulent pas que le monde ait connaissance de cette découverte. Jess s'en est trop approchée. Vous avez vu le résultat.

— Je crains de ne pas comprendre ce que vous voulez dire, dit-il en l'observant attentivement.

— La connaissance est une séductrice. Elle crée le désir de la révéler, de peler chacune des couches qui la protègent. On croit vouloir détenir la vérité, que ce sera gratifiant – que ça nous rassurera, nous apportera la sécurité et du réconfort. Mais en réalité, il arrive que la connaissance soit nuisible. Il y a parfois de bonnes raisons pour qu'un secret demeure secret.

Brink l'écoutait sans savoir vraiment quoi répondre. Il n'était pas calibré pour les secrets. Une compulsion qui montait du cœur de son être lui interdisait de laisser un mystère sans solution.

— Je ne suis pas le genre d'individu capable de renoncer à savoir.

Anne-Marie prit une clé dans son sac, ouvrit une armoire de classement et en sortit une sorte de pochette de cuir. Brink reconnut immédiatement le maroquin que Jess avait décrit dans son journal intime – brun, éraflé, fermé par un épais lien de cuir. Elle retourna s'asseoir en le tenant si fermement dans sa main que ses ongles s'enfonçaient dans le cuir tendre.

— Je pense que vous comprenez déjà que ce qui s'est passé à Sedge House n'est pas ce qu'il semble. La question n'est pas seulement de découvrir qui a tué Noah Cooke, ni même de savoir si Jess Price est ou non responsable de ce qui est arrivé. Le contenu de ce porte-documents va changer votre perception des événements. En fait, il va changer votre perception sur toute chose.

Brink jeta un coup d'œil par la fenêtre. La lumière baissait, c'était la fin du jour.

— Les perceptions sont faites pour être changées.

Anne-Marie fourra le maroquin dans son sac, prit ses clés sur une étagère et se dirigea vers la porte.

— Eh bien, suivez-moi, dit-elle tout bas, comme si elle craignait qu'on l'entende. Venez, vous allez voir.

29

Mike Brink suivit la BMW d'Anne-Marie sur une succession de petites routes secondaires. Le soir tombait, aussi alluma-t-il ses phares quand ils entrèrent dans sa propriété. Ils prirent un chemin qui montait en pente raide dans une épaisse forêt de pins et d'érables. Ses phares illuminaient au passage des panneaux cloués sur les troncs d'arbre – *Propriété privée, Défense d'entrer, Chasse interdite.* Il regarda dans son rétroviseur et constata avec soulagement que la Tesla noire ne l'avait pas suivi. Elle avait disparu, et pourtant, quelque chose en lui sentait sa présence dans l'obscurité, prête à se matérialiser à tout moment.

Finalement, ils parvinrent au bout de l'allée et s'arrêtèrent devant une maison contemporaine constituée de trois cubes de verre perchés sur des dalles de béton. Il éteignit ses phares et regarda son téléphone. Pas de réseau. Il descendit de son pick-up et suivit Anne-Marie jusqu'à la porte d'entrée, Connie à ses pieds, mais Anne-Marie l'arrêta.

— Ça vous ennuierait beaucoup ? Je ne laisse jamais entrer de chien chez moi..., dit-elle en regardant le véhicule.

Brink étala la couverture de Connie sur le siège du pick-up, baissa légèrement la vitre et verrouilla les portières. Il aurait préféré la laisser dans le plateau, mais les teckels étaient des chasseurs, et il n'imaginait que trop bien ce qui se passerait si Connie flairait un animal. Elle n'était pas ravie d'être enfermée dans l'habitacle et elle se mit à aboyer et sautiller devant la vitre, il rouvrit donc la portière pour qu'elle puisse aller faire ses besoins près d'un arbre. Quand elle revint vers lui, il esquissa un pistolet avec ses doigts, fit bang ! en mimant un coup de feu, et elle s'effondra. Jouer à faire le mort était difficile à apprendre, mais après des mois d'entraînement, elle maîtrisait parfaitement l'exercice. Connie gisait sur l'allée, la langue pendant comiquement de sa gueule. Il éclata de rire et lui grattouilla les oreilles avant de la remettre dans le pick-up et de claquer la portière.

Devant la maison, Anne-Marie appuya sur une télécommande et les lampes s'allumèrent, plongeant la cuisine et le salon dans une lumière douce et créant des reflets mouvants sur les vitres.

— Ça n'offre pas beaucoup d'intimité, cela étant, je n'ai pas de voisins, alors..., dit-elle en le conduisant vers la cuisine où elle préleva une bouteille de sancerre dans une cave à vin.

Elle la déboucha, emplit deux verres et lui en tendit un avant de le conduire au salon. L'architecture minimaliste de la maison – de grands volumes aux murs de verre et au sol de béton ciré – était adoucie par les halos de lumière ambrée diffusée par les lampes réparties dans le vaste espace. Un lustre de verre aux bras rouge et jaune, torsadés comme les tentacules d'une pieuvre, était suspendu au plafond.

— C'est une œuvre de Dale Chihuly, lui révéla Anne-Marie quand elle vit qu'il le contemplait. Et ça, ajouta-t-elle en montrant trois figurines en porcelaine aux yeux de félin posées sur le manteau de la cheminée, ce sont des chefs-d'œuvre Art déco d'Erté.

En se retournant, il vit des rouleaux hébraïques accrochés au mur, une vitrine remplie d'objets en porcelaine ainsi qu'un calice en or posé sur une étagère.

— Si je m'écoutais, je passerais ma vie dans les salles des ventes, poursuivit-elle en se retournant vers lui, le regard soudain sérieux. Au lieu de quoi, je me suis consacrée corps et âme à un autre genre de chasse au trésor.

Elle posa son verre sur la table basse, sortit le maroquin en cuir de son sac.

— Jess n'aura pas été seule à perdre cinq ans de sa vie à cause de ce mystère. Ce qui s'est passé dans cette maison, ce qui est arrivé à Aurora Sedge et à son frère, et leur lien avec des événements qui se sont produits il y a très longtemps, tout cela fait à présent partie de ma vie de façon significative.

Elle s'assit sur un canapé, défit le cordon et ouvrit la pochette. Brink la regardait faire avec une excitation croissante. Mais Anne-Marie arrêta soudain son geste.

— Où est votre téléphone ?

Il posa son verre sur la table basse, sortit son téléphone de sa poche et regarda le journal des appels – trois en absence : celui de Thessaly, et deux de Vivek Gupta – mais il n'y avait pas de réseau, ici. Il se rendit compte soudain que personne ne savait où il se trouvait. Il était au milieu de nulle part, coupé du monde extérieur.

— Éteignez-le, s'il vous plaît, demanda Anne-Marie en regardant l'appareil.

Il n'y a pas de réseau, de toute façon, pensa Brink avant de presser la touche d'arrêt, conformément à ses instructions. Il lui montra l'écran désormais noir.

— Je sais que ça paraît paranoïaque, mais je ne serai jamais trop prudente. J'ai traversé trop d'épreuves pour risquer d'être enregistrée.

Brink se rapprocha du maroquin qu'Anne-Marie tenait entre ses mains serrées.

— Quand j'ai commencé ma carrière, entama-t-elle, je ne savais pas grand-chose de LaMoriette. J'avais entendu parler de ses poupées, évidemment. Tous ceux qui s'intéressent à mon domaine de recherche les connaissent, ces rares et prestigieuses poupées qui obsèdent tant de collectionneurs. Mais c'est la poupée hantée, le chef-d'œuvre qu'il a créé à l'image de sa fille adorée, Violaine, qui intriguait le plus les étudiants de LaMoriette. Le surnaturel, surtout quand il est incarné dans un objet magnifique, peut devenir irrésistible aux yeux de certains individus. J'ai passé un temps infini à traquer les faits derrière la légende.

« Mais j'ai vite découvert que ça allait plus loin que je ne pensais. Les experts en porcelaine forment un petit groupe, et j'ai commencé à interroger mes confrères sur ce qu'ils savaient de LaMoriette, et notamment Cullen Withers, un ami spécialiste de la porcelaine française que je connais depuis la fac. Il collectionnait les documents sur LaMoriette et il avait une tonne de documentation sur *Les Bébés de Paris*, la gamme de poupées manufacturées, mais aussi sur la création unique du maître, la poupée considérée comme son chef-d'œuvre : Violaine. Il avait plongé dans le terrier de LaMoriette et en était ressorti avec une somme d'informations : des articles de presse et des entretiens, un catalogue présentant son travail pour une exposition à Paris en 1901, des photos, une lettre manuscrite, et tout ce qui s'ensuit. Cet ami avait découvert que LaMoriette avait étudié auprès d'un fabricant de poupées à Prague, dans les années 1890, et que les yeux de sa création tellement admirés, des billes de cristal de plomb saturé de couleurs, devaient beaucoup aux techniques de verriers tchèques. Par ailleurs, dans une lettre datée de cette époque, il était tombé sur une allusion à une amitié que LaMoriette aurait nouée avec un Juif, à Prague. J'ai creusé cette piste, et bien que je n'aie rien trouvé de plus sur cette relation, l'histoire m'a intriguée et j'ai poursuivi mes recherches.

Anne-Marie prit une gorgée de vin et reprit :

— J'ai rapidement découvert qu'après la mort de LaMoriette – il s'est suicidé en 1909 –, son atelier et tout ce qu'il contenait – sa collection de livres et de manuscrits rares, *et Violaine* – avait été racheté par le magnat américain, John Pierpont Morgan.

— Le banquier ? intervint Brink, se rappelant un article qu'il avait lu sur le krach financier de 1907, au cours duquel J. P. Morgan avait réuni les plus grands banquiers et les avait enfermés dans une pièce jusqu'à ce qu'ils se mettent d'accord sur un sauvetage du système bancaire.

— Absolument, confirma Anne-Marie. Je pense qu'il avait acquis la collection pour les livres, et Violaine faisait simplement partie du lot. J. P. Morgan a ensuite offert la poupée à sa petite-fille, Frances Tracy Morgan, en guise de cadeau de Noël. La gouvernante de l'enfant, Mlle Clarice Clementine, qui était en contact permanent avec la poupée, prétendait que Violaine était *possédée* – c'est le terme même qu'elle a utilisé. Elle a publié le récit de cette expérience en 1928, bien après avoir quitté la famille Morgan. Ses mémoires décrivaient tout ce qu'on s'attendrait à lire sur les poupées hantées : l'électromagnétisme, les objets qui se déplacent bizarrement d'un bout à l'autre de la maison, les auras lumineuses, les pleurs mystérieux, et finalement, la violence. La jeune Frances Morgan fut blessée, et si l'on en croit l'histoire de sa gouvernante, irrémédiablement marquée.

« Violaine a été revendue avec les documents authentifiant sa provenance : des dessins que LaMoriette avait faits lors de sa conception, des notes personnelles sur son travail. La vente étant privée et les acquisitions réglées en espèces, l'identité de l'acquéreur n'apparaissait pas dans le registre de la bibliothèque. Il est finalement apparu que c'était le père d'Aurora Sedge qui avait acheté la poupée pour sa fille Aurora.

« Ce maroquin contient les papiers qui accompagnaient la vente de Violaine. On l'a retrouvé à Sedge House après l'arrestation de Jess. Ces pages…, dit Anne-Marie en prenant une liasse de feuilles et en les posant sur la table, entre eux, ces pages font partie d'une lettre écrite par Gaston LaMoriette à son fils, Charles, le 24 décembre 1909. Elles décrivent une période de la vie de LaMoriette, une vingtaine d'années plus tôt, en 1891, quand il s'était rendu à Prague pour étudier sous la férule d'un fabricant de poupées nommé Johan Král. C'est le tout dernier échange qu'il a eu avec qui que ce soit. Il s'est suicidé le jour de Noël 1909.

Brink tendit la main pour prendre les pages, mais Anne-Marie arrêta son geste. Elle prit une petite enveloppe dans une pochette à l'intérieur du maroquin et en sortit trois vieilles photos sépia.

— Elles représentent LaMoriette, sa femme et leur fille, Violaine, à Paris, en 1890. Je les ai trouvées il y a quelques années de ça dans les affaires de son fils, Charles.

Brink en prit une. Il vit un homme corpulent à la barbe soignée tenant par les épaules une femme coiffée d'un chapeau à larges bords orné d'oiseaux empaillés, et une adolescente, Violaine. Brink regarda plus attentivement la jeune fille. Grande, trop mince et pas vraiment jolie, mais quelque chose dans son expression, une sorte d'éclat, lui conférait un charme certain. Comme son père, elle paraissait heureuse, presque rieuse.

— Et ceci, dit Anne-Marie, son reflet s'allongeant sur la table de verre alors qu'elle y déposait la photo d'une poupée en porcelaine, ceci est le chef-d'œuvre de LaMoriette. Vous voyez à quel point la poupée ressemble à sa fille ? C'est remarquable, vous ne trouvez pas ?

Brink le voyait, en effet. La ressemblance était troublante. La poupée avait, comme la jeune fille, quelque chose de particulier, avec ses grands yeux dans un visage qui exprimait une gaieté presque malicieuse.

— Elle est morte tragiquement peu après que cette photo a été prise.

— Il l'avait bien saisie, dit Brink avec un pincement de tristesse.

Il comprenait parfaitement ce que son chef-d'œuvre signifiait pour LaMoriette : c'était une sorte de tribut, de gage d'amour qu'il rendait à son enfant disparue.

Anne-Marie répartit les pages de la lettre sur la table.

— Aurora Sedge a conservé ce maroquin pendant des dizaines d'années. Jess Price avait dû le trouver puisqu'on l'a découvert dans la bibliothèque de Sedge House après son arrestation. Les pages étaient éparpillées partout dans la pièce. Apparemment, et malheureusement, il en manque. Je suis convaincue qu'il y en avait d'autres, mais Dieu seul sait ce qu'elles sont devenues. Peut-être ont-elles été perdues par le fils de LaMoriette qui en était le destinataire. À moins que ce soit Aurora qui les ait égarées. Il n'y a aucun moyen de le savoir avec certitude.

Brink se souvenait du récit de Jess, de sa découverte du placard secret, de sa description de la pochette et des lettres.

Tout cela confirmait ce qu'Anne-Marie lui racontait, mais il n'était pas prêt à le lui révéler. Il ne lui faisait pas confiance. Une personne qui refusait l'accès de sa maison à la race canine avait quelque chose de louche.

— L'original est en français. La traduction a dû être réalisée au début du XXe siècle, poursuivit-elle en montrant les deux piles de documents sur la table, vraisemblablement quand le fils de LaMoriette a vendu la poupée : l'original, constitué de pages manuscrites, et une liasse de papier pelure, la traduction en anglais, tapée à la machine.

Enfant, Brink parlait français avec sa mère et il avait perfectionné son apprentissage en lisant les romans de Simenon. Si Anne-Marie l'y autorisait, il serait capable de lire l'original. Il le regardait, impatient de comprendre ce qui s'y trouvait.

— Cette lettre est importante à plus d'un titre, poursuivit Anne-Marie. Tout d'abord, elle n'était destinée qu'à son fils Charles – LaMoriette lui demande de la brûler après l'avoir lue –, et donc, elle fournit un compte rendu fiable de ce qui lui est arrivé à Prague. De plus, elle montre à quel point cet homme était profondément affligé par la mort de Violaine. Elle n'était morte que depuis deux mois quand il est parti pour Prague, et on saisit que c'est la raison pour laquelle il est allé travailler avec Maître Král, au départ. En tout cas, il s'y montre tel qu'en lui-même, sans artifice, et la franchise avec laquelle il exprime les émotions qui le traversent met particulièrement en relief les événements extraordinaires dont il a été l'acteur et le témoin.

Brink parcourut la première page et s'arrêta sur le paragraphe tout en bas :

« J'ai cru que je pourrais connaître ce qui ne devait pas être connu. J'ai voulu voir des choses, des choses secrètes, j'ai soulevé le voile qui sépare l'homme du divin et j'ai regardé

Dieu droit dans les yeux. C'est la nature de l'énigme que d'offrir tour à tour douleur et plaisir. »

Brink fut parcouru de fourmillements en comprenant que Jess avait recopié ce passage mot pour mot. Elle avait dû le lire dans la bible de la famille Sedge, ce qui impliquait qu'Aurora Sedge l'avait elle-même recopié à partir de l'original. Elle avait donc eu connaissance de la lettre de LaMoriette…

— « J'ai soulevé le voile qui sépare l'homme du divin, alors j'ai regardé Dieu droit dans les yeux », lut Brink. Ce n'est pas une phrase anodine. Savez-vous de quoi il parlait ?

Il entendit Connie aboyer dehors, rendue folle par un écureuil, probablement, mais il était trop captivé par la lettre de LaMoriette pour aller s'en assurer.

— Il faisait allusion à une découverte, répondit Anne-Marie, en le regardant avec une intensité particulière.

— Quel genre de découverte ?

Une voix se fit entendre dans son dos :

— Peut-être la plus grande découverte que l'on ait jamais faite.

Brink se leva d'un bond et se retrouva face à l'homme roux qu'il avait fui sur le parking de la prison, l'homme à la Tesla qui l'avait suivi dans les monts Adirondacks.

— Le trésor de la connaissance divine.

30

Cam Putney avait d'abord fait partie d'une équipe de dix gars qui assuraient la sécurité dans les bureaux de Jameson Sedge, en centre-ville. Il avait vingt et un ans, vivait dans un taudis dans le Queens et jonglait avec deux boulots pour honorer une pension alimentaire. Il ne possédait rien, ni voiture, ni économies. Il avait un problème majeur de drogue – hasch et stéroïdes, plus une ligne de coke de temps en temps –, qui bouffait le peu qui restait de son salaire. Il s'était fait arrêter pour trouble à l'ordre public après une bagarre dans un club sur Steinway Street, et ayant été testé positif aux opiacés, il avait dû payer une amende et faire un séjour dans un centre de désintoxication, évitant de justesse la prison. Il n'avait aucune attache en dehors de sa fille, Jasmine, une magnifique enfant de deux ans qu'il voyait un week-end sur deux.

Mais M. Sedge avait dû distinguer quelque chose de particulier en lui : une propension à la loyauté et l'obéissance, le désir ardent d'un « dessein plus grand », parce qu'il le convoqua un après-midi dans son bureau et lui demanda s'il était intéressé par une promotion.

— Je voudrais vous intégrer dans mon service de sécurité personnel. C'est une opportunité qui se présente rarement.

— Vous voulez dire, comme garde du corps ?

Sedge sourit.

— Assurer la sécurité va bien au-delà de la protection rapprochée, même si, évidemment, ça fait partie du boulot. La sécurité est essentielle. Elle englobe tous les aspects de l'être humain : physique, intellectuel, spirituel, financier. Virtuel. Vous savez peut-être que l'on constate, tous les ans, soixante millions de vols d'identité, or avez-vous conscience que, bientôt, notre identité sera notre seul bien ? La mienne m'est aussi vitale, aussi précieuse que mon corps physique. Pourquoi ? Parce qu'elle prendra ma succession. Elle m'incarnera, me permettra de vivre mon existence à travers elle, bien plus longtemps que je n'existerai biologiquement. Compromettre mon identité, c'est compromettre mon être même. Je ne serai pas cet homme compromis. Vous me comprenez, monsieur Putney ?

Il hocha la tête, en se demandant en quoi ce boulot pouvait bien consister, mais avide d'en apprendre davantage.

— Oui, monsieur.

— Ce travail n'a rien à voir avec ce que vous avez fait jusque-là. Il exigera un engagement significatif. Des horaires, disons, étendus. Sensiblement plus qu'un travail à temps complet. Ce serait plutôt une vocation, qui impose le respect de certaines observances : des tests antidrogue hebdomadaires, une disponibilité de chaque instant, une rééducation mentale et physique, des voyages internationaux. Et vous devrez suivre un entraînement aux techniques alternatives de sécurité. Ces conditions vous agréeraient-elles, monsieur Putney ?

Cam dévisagea Sedge, son regard pénétrant, ses ongles manucurés, son assurance, de celle que confèrent l'argent et le pouvoir. Il n'avait aucune idée de ce que Sedge avait en tête, mais il savait qu'il attendait plus de la vie que ce qu'il en retirait pour le moment.

— Oui, monsieur.

— Ce travail vous amènera à dépasser vos limites. Mes idées, mes affaires, ne sont pas orthodoxes, et rejoindre mon équipe constituera pour vous un défi. Je considère les membres de mon équipe de sécurité comme des samouraïs modernes dotés d'une condition physique exceptionnelle, mais aussi d'une acuité intellectuelle et spirituelle sans faille. Vous serez le sabre brandi entre moi et… *eux*, fit-il en indiquant la fenêtre et le monde extérieur.

Cam suivit son geste vers le paysage urbain de Manhattan. *Ils* n'avaient jamais rien fait pour lui.

— Ça m'intéresse, monsieur.

— Très bien. Je vous ai observé, ces derniers mois. Vous êtes intelligent. Bosseur. En bonne forme physique. Je vous crois à la hauteur de l'enjeu. En tout cas, je suis prêt à prendre le risque.

— Merci, monsieur, dit-il, conscient de l'émotion qui vibrait dans sa voix.

C'était la première fois de toute sa vie que quelqu'un prétendait le trouver bon à quelque chose.

— Je m'avancerai à dire que vous devriez y trouver votre compte. La rémunération, déjà, est généreuse. Mais s'y ajoutent d'autres avantages spécifiques, et en premier lieu, le financement des études de votre fille, Jasmine Lee Putney, ce qui couvrira ses frais de scolarité dans l'établissement de votre choix.

Cam n'avait jamais parlé de sa fille à qui que ce soit au boulot, et entendre prononcer son nom le prit au dépourvu. Soudain, il eut l'impression que Jameson Sedge le perçait à jour, qu'il déchiffrait ses tatouages et ses muscles, ses cheveux décolorés et son uniforme, et qu'il lisait jusque dans son âme.

— C'est très généreux, monsieur.

— J'aurai besoin de vous le week-end, mais je ferai en sorte que vous puissiez continuer à voir votre fille deux fois par mois, conformément à l'accord de garde partagée, au moins pour le moment. Cependant, je ne puis vous le garantir pour l'avenir. Vous serez parfois obligé de vous organiser autrement. Je veux croire que ce n'est pas un obstacle pour vous ?

Cam le fixa du regard, stupéfait. Non seulement il connaissait le nom de sa fille, mais il était aussi au courant des conditions de la garde alternée.

— Je pourrai me débrouiller.

— Alors je pense que nous nous sommes compris.

Ses paroles constituaient à la fois une poignée de main et un congé. Il regarda la porte, et Cam, hébété, quitta la pièce.

En moins d'une semaine, Cam signa une série d'accords numériques – des contrats ricardiens, comme M. Sedge les avait appelés – par lesquels il s'engageait légalement comme il l'avait déjà fait oralement à la loyauté et au silence. Son entraînement commença huit jours plus tard, et au fil des dix-huit mois suivants, il se transforma. Il passait la moitié de son temps avec M. Sedge, pour assurer sa sécurité physique, et le reste du temps, il était poussé aux extrêmes. Entraînement aux armes à feu, aux arts martiaux, à la méditation, mais aussi formation à la technologie informatique, à la sécurité en ligne et en particulier à la maîtrise des clés de chiffrement complexes qui sécurisaient les réseaux de Singularity. Il apprit tout ce qu'il y avait à savoir sur le codage et l'analyse des systèmes de données, jusqu'à la gestion du réseau de communication interne chiffré de Sedge. Il surveillait toutes les communications qui entraient ou sortaient du serveur. Peu à peu, Cam devint une barrière physique entre le monde et Jameson Sedge, mais aussi une barrière numérique. Le tatouage du triangle aux dix points scella sa formation : c'était le signe qu'il était bon pour le service.

Au cours de cette période, il vit sa fille au rythme habituel, la recevant chez lui un week-end sur deux. Il cessa de se droguer, de boire, et devint un meilleur père. Son salaire et le fonds d'éducation constituaient une sorte de stabilité pour Jasmine, stabilité dont il n'avait lui-même jamais bénéficié. Cela permettait à son enfant de s'épanouir.

Il y avait plus de dix ans de cela. Depuis, Cam en était arrivé à comprendre la nature du pouvoir de Jameson Sedge. Il n'était pas seulement financier – il l'était aussi, certes, mais le réseau relationnel de son patron était plus puissant que sa fortune. Sedge obtenait ce qu'il voulait, quand il le voulait. Cam l'avait constaté de visu au cours de sa mission à la prison, où tous les moyens étaient concentrés sur Jess Price.

Quand M. Sedge lui avait annoncé qu'il l'envoyait à Ray Brook, il avait exprimé des réticences au fait de quitter la ville, et pas seulement parce qu'il se retrouverait à plus de cinq heures de Jasmine ; c'est qu'il ne faisait confiance à personne pour s'occuper de M. Sedge aussi bien que lui. Les autres gardes du corps se souciaient moins de leur boss que lui. Pour lui, la protection de M. Sedge n'était pas un boulot. C'était sa raison d'être.

31

— JAMESON, DIT L'HOMME en s'avançant vers Mike Brink, main tendue. Jameson Sedge.

Brink lui serra la main et regarda dehors. La Tesla noire était garée dans l'allée et, au grand étonnement de Brink, le gardien de la prison aux cheveux décolorés, l'homme au triangle de Pythagore tatoué dans le cou, était appuyé contre la voiture, fumant une cigarette. Soudain, il comprit. Le garde était l'œil de Sedge dans la prison. Jess Price avait raison : on l'observait.

Anne-Marie prit la lettre de LaMoriette des mains de Brink, la remit dans le maroquin qu'elle noua étroitement. Puis elle se leva, embrassa Jameson sur la joue et alla lui chercher un verre de vin.

Brink s'était demandé ce qu'il y avait entre Jameson Sedge et Anne-Marie, et le baiser, ainsi que le fait que Sedge avait la clé de la maison, confirmaient ses soupçons. Il se demandait s'ils étaient déjà ensemble quand Jess Price avait rencontré Anne-Marie, il y a cinq ans de cela, ou si leur relation remontait au moment où Anne-Marie avait estimé la collection d'Aurora Sedge. Il se tourna vers Jameson et le regarda. C'était un homme séduisant, avec ses taches de rousseur sur le nez et les joues, et des yeux noisette intenses. Il devait être proche de la soixantaine, mais avait gardé une allure juvénile, et il ne faisait pas son âge. Ses vêtements étaient raffinés et luxueux : des mocassins de conduite italiens en daim vert, un jean de couturier et un polo vert. Brink repensa à ce que Vivek Gupta lui avait dit de son vieil ami Jameson Sedge : « C'est un homme qui protège implacablement sa vie privée. Si tu l'as menacé d'une manière ou d'une autre, tu as mis les pieds dans quelque chose de beaucoup plus obscur et impénétrable que tu ne peux l'imaginer. »

— Ravi de faire enfin votre connaissance, dit Jameson.

Il avait un accent mi-anglais, mi-américain et une façon de parler qui portait le sceau d'un pensionnat huppé, une manière de s'exprimer que Brink avait entendue pour la première fois à Boston. À l'époque, son propre accent du Middle West dénotait, et il avait rapidement appris à articuler exagérément.

— Figurez-vous que j'étais plutôt impatient de m'entretenir avec vous.

— En général, un coup de fil remplit bien cet office, rétorqua Brink.

Il ne savait pas trop comment interpréter le mélange d'agressivité et d'offensive de charme du personnage. Lequel avait dévasté sa chambre d'hôtel, lui avait fait retirer son autorisation de visite à Jess et l'avait poursuivi dans les Adirondacks. Et sans aucun doute, c'était également à lui que Thessaly devait ses ennuis à la prison. Après tout cela, il n'était pas question qu'il reste tranquillement assis à papoter avec ce type. Quelque chose chez Jameson Sedge le mettait en état d'alerte maximale, peut-être à cause de sa nature de prédateur, racé, élégant et dangereux, comme un crotale aquatique serpentant en eau peu profonde.

— Je vous ai mis mal à l'aise. C'est mon talon d'Achille, hélas. Anne-Marie me dit toujours que je fonce tête baissée sans prendre en compte la façon dont les autres peuvent en être affectés.

— Ne vous inquiétez pas, répondit Brink en prenant la clé de son pick-up dans sa poche – il était temps qu'il s'en aille. Une autre fois.

— Vous ne nous quittez pas déjà ? demanda Jameson en regardant la clé que Brink tenait à la main.

— Il se fait tard. J'ai de la route devant moi.

— Vous devez être épuisé, dit Anne-Marie sur un ton compatissant en revenant de la cuisine. Mais restez encore un peu.

Elle tendit un verre de vin blanc à Jameson.

— C'est vraiment impossible, déclina-t-il.

Il ne voulait pas connaître les intentions de Jameson à son égard. Il fallait qu'il reprenne la route, et le plus tôt serait le mieux.

— S'il vous plaît. Le dîner sera prêt dans quelques minutes. Restaurez-vous, et vous serez parti dans une demi-heure. Et puis vous avez des choses à vous dire, Jameson et vous. Moi-même, il faut que je vous parle d'une chose importante, ajouta-t-elle après un coup d'œil au maroquin resté sur la table basse.

— Allez, monsieur Brink, c'est une nuit magnifique et on a une vue spectaculaire depuis la terrasse, dit Jameson en faisant signe à Brink de le suivre. Cam Putney va bien s'occuper de votre chiot.

Brink jeta un coup d'œil au-dehors et vit le gardien de prison aux cheveux peroxydés – Cam, donc – appuyé sur son pick-up. Brink n'irait nulle part tant qu'ils ne lui permettraient pas de s'en aller.

Il suivit Jameson sur une terrasse en saillie qui surplombait une sombre étendue d'arbres. Au-delà, le terrain chutait abruptement, descendait en pente raide et disparaissait dans l'obscurité. Il faisait chaud et pourtant, près de Jameson, Brink avait la chair de poule. Il prit son téléphone et le ralluma. Toujours pas de réseau.

— Quand j'ai fait construire cette maison pour Anne-Marie, c'est la vue qui m'a conquis. J'ai imaginé une boîte en verre perchée au milieu des pins, une forme épurée nichée entre ces arbres nobles et vénérables. C'est l'exact opposé de la demeure de ma tante Aurora. Sedge House est si oppressante, un délire, avec son fatras envahissant autant qu'hétéroclite. Je voulais vivre comme si je faisais partie de la nature, comme si je ne faisais qu'un avec le paysage, en quelque sorte.

La lune s'était levée. Elle était lumineuse et baignait de ses rayons une clairière où un hélicoptère était posé sur une aire d'atterrissage circulaire.

— Mon Eurocopter, dit-il en suivant le regard de Brink. J'ai acheté une zone tampon de quarante hectares pour être tranquille, afin que les voisins ne puissent pas se plaindre du bruit. Mais même comme ça, ça les agace, alors qu'ils n'entendent rien – la jalousie sociale, mesquine, des New-Yorkais est sans limite –, et j'ai dû faire intervenir mon équipe de juristes pour régler la question. Rien de tel que de regagner New York en moins d'une demi-heure le dimanche soir, croyez-moi, et comme Anne-Marie a son brevet de pilote, nous pouvons partir au pied levé.

— Anne-Marie ? fit Brink, surpris.

Avec son attitude calme et posée, et sa carrière dans les antiquités, elle ne semblait pas être du genre à faire des petits tours en hélico.

— Elle n'aimait pas prendre l'avion, quand je l'ai rencontrée, mais ça ne l'a pas arrêtée. Elle a appris à piloter pour surmonter sa peur. Là est peut-être sa plus grande qualité – utiliser la connaissance pour surmonter les terreurs du monde. Quand elle a peur, elle maîtrise ce dont elle a peur. C'est une femme franchement surprenante.

— Je n'en doute pas, dit-il en pensant à la détermination farouche avec laquelle elle avait recherché la lettre de LaMoriette.

— C'est l'une des personnes les plus intelligentes que je connaisse – raison, probablement, pour laquelle nous sommes ensemble depuis si longtemps. Je ne vois personne d'autre qui aurait pu comprendre l'inestimable valeur de ce que tante Aurora avait découvert. Elle constitue un véritable atout pour moi, à bien des égards.

— La collection de porcelaine de votre tante était à ce point précieuse ? demanda Brink en se rappelant qu'Anne-Marie avait laissé entendre que cet art était tombé en désuétude auprès des collectionneurs.

À la façon dont Jameson s'était exprimé, on aurait pu croire que ces pièces valaient des millions.

— Ce ne sont pas les tasses et les théières d'Aurora qui m'intéressent, éluda Jameson.

— Quoi donc, alors ? Les hommes comme vous ne font rien sans l'aiguillon du profit.

Jameson le regarda pendant une longue minute. Puis, s'appuyant contre la balustrade de la terrasse, il reprit :

— J'ai lu des choses sur vous, Mike Brink. On dit que vous êtes un génie, que des hommes avec un cerveau comme le vôtre, il n'y en a pas un sur un million. J'avoue que c'est une leçon d'humilité de se rendre compte qu'on est tout juste dans la moyenne. Vous avez des capacités inimaginables pour la plupart d'entre nous. Mais j'ai l'esprit pratique. Quand je ne sais pas faire quelque chose, je fais en sorte que des amis y suppléent.

— Le problème, fit Brink avec un pâle sourire, c'est que je ne suis pas votre ami.

— Je comprends, répliqua ce dernier en lui rendant son sourire. Vous pensez m'avoir décrypté. Je suis un homme d'un certain âge, riche et qui cherche à préserver ses privilèges dans un monde changeant. Eh bien, j'imagine que c'est assez juste. Mais…, fit Jameson en levant les yeux vers le ciel, et Brink l'imita ; les étoiles scintillaient sur l'ardoise noire de la nuit. Je suis capable de voir à quel point nous sommes petits, combien nous sommes insignifiants. Il y a tant de choses que nous ne savons pas, tant de choses hors de notre portée. Or nous sommes sur le point de faire une découverte qui pourrait tout changer, et c'est ce qui me pousse à continuer. Vous ne pouvez pas me le reprocher. Vouloir vivre éternellement est aussi vieux que la vie elle-même. Dans *Hamlet*, la mort est évoquée comme « ce pays inconnu d'où nul voyageur ne revient ». Et pourtant, Hamlet ressent la compulsion d'explorer ce qui dépasse la compréhension humaine.

« Ce *pays inconnu*, poursuivit-il en ramenant son regard sur Brink, est le travail de ma vie. La conscience, les caractéristiques de la conscience au cours d'une vie et au-delà, ces sujets sont devenus la motivation première de mon activité, et franchement, de tout le reste. Après la mort de mon père, sa part de la fortune familiale a été placée dans une fiducie, à mon intention. Quand j'ai atteint l'âge légal, j'ai utilisé ces fonds pour monter des entreprises, toutes centrées sur la même conviction : que la conscience ne naît pas plus qu'elle ne disparaît, que c'est une force indestructible et universelle qui forme la matière. Qu'en réalité, la matière *est au service* de la conscience.

Brink s'appuya sur la balustrade de la terrasse, attentif, tâchant de trouver un indice qui relierait ce qu'il entendait à Jess Price ou au casse-tête qu'elle lui avait remis.

— J'ai créé Singularity Technology dans le but d'approfondir ma croyance en la permanence de l'esprit humain après la déchéance du corps. Le mot qui vous vient à l'esprit est *transhumanisme*, mais ce n'est pas la conception que j'en ai. Après avoir lu la lettre de LaMoriette, j'en suis arrivé à voir que la quête pour comprendre la conscience humaine – et la protéger des vicissitudes de la matière – a été la première quête de l'humanité depuis les origines. Nous vivons à une époque où cette recherche est à son acmé : nous disposons de l'intelligence artificielle, des technologies de modification des gènes et de la puissance des réseaux informatiques pour explorer les infinies possibilités du développement humain. Je me suis associé à des philosophes, des généticiens, des biologistes et tout ce qui se rattache à ce domaine de compétence pour explorer les structures possibles de ce que l'on pourrait appeler « l'âme humaine », et les façons dont elle interfère avec le corps. Les éternels questionnements de l'humanité, les textes, les artefacts les plus anciens, et nos religions les plus précieuses ont toujours tourné autour de la nature de ces choses, et pourtant, nous sommes encore à la recherche de réponses. C'est pourquoi je crois que nous devrions nous entendre, monsieur Brink. Vos talents seraient très utiles à mon travail.

— Je ne vois pas du tout en quoi.

— Je pense que vous sous-estimez vos talents.

— Et moi je pense que vous les surestimez. J'ai la faculté de voir des schémas et de les résoudre. Je ne suis pas surhumain, et vivre éternellement ne m'intéresse pas.

— *Surestimer* est un autre mot pour dire *avoir foi*. Et vous avez raison : j'ai foi en vos capacités. C'est la différence entre les hommes comme moi et les autres. Quand j'ai foi en une chose, quand je sais viscéralement que j'ai raison, je la poursuis sans relâche. Jusqu'au bout. Je vais donc nous faire gagner du temps à tous les deux et aller droit au but : Jess Price est en possession de quelque chose qu'il me faut.

— Et quelle serait cette chose ?

— Peut-être y a-t-elle fait allusion quand vous êtes allé la voir à la prison ? Peut-être a-t-elle évoqué une découverte qu'elle aurait faite dans la maison de ma tante, et qu'elle aurait ensuite dissimulée ? Cette information pourrait m'être très, *très* précieuse. Si précieuse que vous seriez à l'abri financièrement pour très longtemps, si vous m'aidiez à la retrouver.

— Vous avez une idée de ce qu'elle a traversé ? Je doute qu'elle ait d'autre désir que celui de recouvrer la liberté.

Brink se méfiait de Jameson, et il commençait à le juger abject. Que la vie d'une femme ait été détruite semblait être le cadet de ses soucis.

— Il se peut qu'elle n'en ait même pas parfaitement conscience, répondit Jameson. Mais je crois qu'elle sait quelque chose qui pourrait m'aider à trouver ce qui m'appartient de droit. Elle vous a peut-être donné cette information, et même si elle ne l'a pas fait, elle a peut-être fait allusion à la façon dont on pourrait trouver cette chose. Il est possible aussi qu'elle l'ait détruite, ce qui paraît de plus en plus plausible au fur et à mesure que les années passent. J'ai fouillé Sedge House de fond en comble pour mettre la main dessus, mais apparemment, elle a disparu.

— Vous n'avez donc pas besoin de moi.

Jameson le soupesa un moment du regard, puis d'un pas il divisa de moitié la distance qui les séparait.

— Je comprends. Vous n'appréciez pas que je vous empêche d'accéder à Jess Price.

Il se rapprocha encore, réduisant à nouveau la distance entre eux. Brink sentait son odeur, un mélange de sueur et d'eau de toilette hors de prix ; il l'entendait respirer. Ce genre de gesticulation virile, Brink en avait eu sa dose dans les vestiaires des stades de football.

— Mais permettez-moi d'être clair. Jess Price peut toujours essayer de la cacher, je finirai par la découvrir.

— Et si vous nous rendiez mutuellement service en me disant exactement ce que vous cherchez ?

Jameson avait dû se préparer à cette question, parce qu'il répondit sans hésiter.

— C'est une antiquité de très grande valeur, et que ma tante Aurora avait en sa possession. Une antiquité cachée depuis des millénaires, à cause de son pouvoir à changer le rapport entre l'humanité et sa place dans l'univers.

— Quel genre d'antiquité ? demanda Brink, qui connaissait déjà la réponse.

Son esprit se fixa sur un cercle, des nombres courant sur le pourtour et des lettres hébraïques au centre.

— Du genre à avoir une incidence sur l'avenir. Et si vous acceptez de m'aider, nous pourrons le changer ensemble.

La porte s'ouvrit et Anne-Marie les rejoignit sur la terrasse.

— C'est précisément de cela que je voulais m'entretenir avec vous, dit-elle. Venez, passons à table. Nous avons beaucoup de choses à nous dire.

32

En route pour Ray Brook, Cam Putney pensait à sa fille. C'est vers elle que vagabondaient ses pensées dès qu'il s'arrêtait assez longtemps pour réfléchir. Il brancha le pilote automatique, programma la destination sur le GPS de la Tesla et laissa la voiture faire le boulot. La vitesse de pointe de la Model S Plaid était de deux cent cinquante kilomètres à l'heure, et bien qu'il ne puisse rouler aussi vite tout le long du chemin – il avait programmé la voiture de telle sorte qu'elle ralentisse quand elle rencontrait des contrôles radar – il serait à Ray Brook en un rien de temps.

Regarder défiler le paysage le détendait toujours, l'apaisait, créait une sorte d'écran sur lequel il visualisait les soirées de Jasmine sans lui. Il la voyait quitter l'école, rentrer en métro avec sa baby-sitter, lâcher son sac à dos à la porte et filer dans sa chambre. Il l'imaginait en train de finir son devoir de sciences, un dinosaure en papier mâché qu'elle devait rendre lundi, et sa mère qui voulait lui faire avaler ces satanés petits pois. Il connaissait sa routine du coucher, bien qu'il n'ait pas vécu avec elle : choisir ses vêtements pour le lendemain, passer dans la salle de bains, préparer son sac d'école. Elle avait bientôt treize ans, elle grandissait vite et elle lui manquait. Et s'ils se parlaient souvent au téléphone, s'il veillait à ce qu'elle ne manque de rien, son absence forcée l'emplissait de regrets. À certains moments, il se demandait si ça en valait la peine. Le sentiment d'appartenance qui était le sien chez Singularity, l'argent, savoir que ses actions pouvaient changer le monde, tout cela signifiait beaucoup pour lui, mais à quoi renonçait-il en échange ?

D'ordinaire, son travail ne lui laissait guère le temps de regretter quoi que ce soit. Après sa première année au sein de l'équipe de sécurité de Singularity, il avait commencé à s'entraîner avec Ume-Sensei. M. Sedge la lui avait présentée comme sa *mentore*, et le travail qu'ils effectueraient ensemble comme un *entraînement à la conscience*, mais pour Cam, elle tenait du sergent instructeur et de la coach de vie New Age. Au début, il n'avait pas aimé l'idée de recevoir les instructions d'une femme si jeune. Ils avaient à peu près le même âge – une petite vingtaine d'années – et elle faisait la moitié de sa taille, aussi mince qu'une brindille, avec une présence calme, attentive. Elle parlait anglais avec un fort accent japonais qu'il avait du mal à comprendre, et il avait tendance à déconnecter quand elle parlait. Il était bien décidé à l'ignorer royalement, mais au cours de leur premier entraînement d'arts martiaux, elle le colla par terre et le sidéra d'un coup rapide, aigu, au plexus solaire. Dès cet instant, il l'écouta attentivement.

Ume-Sensei l'entraînait en arts martiaux, en méditation et le préparait aux responsabilités qui viennent avec le pouvoir. « Pour le moment, disait-elle, tu es fort. Le jour viendra où tu seras faible. Comprends les deux états et tu survivras. »

Cam en vint à comprendre que la force avait besoin de la faiblesse pour exister. L'action était le résultat naturel de l'immobilité, la mort le pendant naturel de la vie, et la violence la base de la compassion. Il était vrai que son travail, si brutal qu'il puisse l'être, lui permettait de subvenir aux besoins de celle qu'il aimait plus que tout au monde : sa fille. Tout ce qu'il avait accompli pour Sedge lui permettait de protéger Jasmine. Il n'avait qu'à honorer son engagement, aider M. Sedge à atteindre son but, et il serait libre d'être un meilleur père.

Ça ne serait plus très long. Les plans de M. Sedge commençaient à se concrétiser. Quand il lui avait demandé de se rendre à Ray Brook pour empêcher le Dr Moses d'interférer, Cam avait su qu'ils approchaient de la conclusion. Évidemment, ça signifiait qu'il devrait neutraliser la doctoresse, voire la tuer. Mais Ume-Sensei lui avait ouvert les yeux sur la véritable nature de la violence, et même s'il n'aimait pas y recourir, il en acceptait la nécessité. Sans la guerre, il n'y aurait pas de paix. Sans la mort, il n'y aurait pas de vie. Il n'y aurait pas d'avenir sans l'annihilation du passé.

Ce n'était pas que du baratin bouddhiste, même si Cam l'avait vu comme ça au début. C'était le cœur de la mission de M. Sedge. Cam avait mis longtemps à le comprendre. Il avait failli quitter Singularity sur un désaccord avec Ume-Sensei sur son régime – pas de viande rouge, beaucoup de légumes japonais dont il n'avait jamais entendu parler, un entraînement physique exténuant, et toute une pharmacopée de médecine naturelle. Quand il lui avait dit d'aller se faire voir et de lui foutre la paix, elle avait rivé sur lui son regard brun imperturbable et lui avait dit : « Nous devons aimer ceux qui nous font du mal. Ceux qui nous blessent sont ceux qui nous délivrent les enseignements les plus profonds. » Beaucoup considéraient M. Sedge comme leur ennemi alors qu'en vérité il était leur sauveur.

Cam l'avait compris au cours de sa troisième année de service, quand il avait obtenu l'accès au réseau chiffré de Singularity et pris la pleine mesure de la mission de M. Sedge. Cet homme avait ajouté une nouvelle strate d'existence au monde que nous connaissons, un réseau mondial d'information sécurisé par un registre inviolable appuyé sur des milliards de dollars en cryptomonnaie. Le registre était authentifié et entretenu sur toute la planète, et, contrairement à d'autres formes de technologie blockchain, était alimenté par une nouvelle variété de processeur informatique que M. Sedge avait créé avec une équipe de développeurs internationaux. Singularity n'était pas qu'une entreprise, et M. Sedge n'était pas qu'un milliardaire. C'était un visionnaire qui allait modifier le cours de l'existence humaine. Ce réseau allait placer l'entreprise, et Jameson Sedge, au cœur de la vie même. Il revenait à Cam de faire en sorte que cela se produise.

Cam s'était investi corps et âme dès sa première mission. Il avait embarqué dans le jet de Singularity à Teterboro, destination Kiev, où il avait rencontré un homme dans le lobby de l'hôtel Intercontinental. Ils n'avaient pas échangé un seul mot. L'homme avait posé le doigt sur l'écran du téléphone de Cam pour confirmer son identité ; Cam avait déposé une grande enveloppe sur une table, récupéré un paquet contenant un disque dur, et il était reparti. Il ne savait rien du contenu de l'enveloppe ; il ignorait ce qu'il y avait sur le disque dur. Mais M. Sedge avait été satisfait de son boulot, et au cours des années suivantes, Cam avait procédé à des dizaines d'échanges entre Kiev, Minsk, Moscou et Londres. C'était chaque fois la même routine : livrer une enveloppe, récupérer un disque dur et le rapporter à M. Sedge.

Cette routine ne changeait que pour les voyages à Londres. Là, il rencontrait toujours le même Américain. Le type avait peur d'être suivi, et M. Sedge avait convenu que ses craintes étaient sûrement fondées, aussi les échanges se passaient-ils en prenant les plus extrêmes précautions. Une fois, ils avaient eu lieu devant la National Gallery, où les deux hommes avaient échangé des enveloppes sans prononcer un seul mot. Une autre fois, ils s'étaient donné rendez-vous dans le métro, où l'homme avait laissé un sac sur son siège et empoché l'enveloppe en descendant sur le quai. Ils avaient eu un seul et unique contact plus rapproché, lors de leur dernière rencontre, en novembre 2017, dans un pub près de Red Lion Square, pas très loin de la station de Holborn. L'homme s'était présenté sous le nom de Gary Sand et avait invité Cam à boire un verre. Ils s'étaient installés au fond du pub, loin de la porte. Cam avait commandé une pinte de Guinness et écouté Gary Sand – il était clair que ce n'était pas le vrai nom du type – lui parler d'opportunités d'investissement dans un fonds qu'il était en train de monter. Cam avait joué le jeu et posé des questions sur le fonds jusqu'à ce que, sa pinte à moitié vide, il sente une main sous la table. Sand lui avait remis le disque dur, s'était levé et était reparti. Cam avait fini sa bière, réglé l'addition, et repris son avion.

Les rendez-vous avec Gary Sand intriguaient Cam, et ils lui avaient inspiré sa première, et dernière, violation du protocole de Singularity. Il avait fait une recherche sur le réseau et découvert que M. Sedge et Gary Sand avaient une longue histoire commune. Ils avaient fait partie d'un groupe de précurseurs des communications chiffrées, une bande de techs futuristes qui vivaient dans la Bay Area à la fin des années 1980. Certains membres de ce groupe vivaient radicalement en marge de la société. Mais ce n'était le cas ni de Gary Sand, ni de Jameson Sedge. Cam avait découvert une série d'e-mails datant de 2008 qui faisaient référence à

Satoshi Nakamoto, et au développement d'une forme alternative d'échanges qui ne pourrait être ni manipulée ni dévoyée par les riches pour dominer les pauvres. M. Sedge avait fait partie de cette expérience. Pas pour l'argent, mais pour libérer le monde de l'oppression.

« Nous touchons au but », lui avait dit M. Sedge le jour où il avait quitté Manhattan pour aller travailler à la prison de Ray Brook. « Nous sommes près de la plus grande avancée jamais faite dans l'histoire de l'humanité, une avancée qui vaincra la mort. Une grande révolution s'annonce. Et Jess Price en détient la clé. »

La véritable nature de la mission de M. Sedge, avec ses fondements sociaux et politiques radicaux, avait surpris Cam. Il connaissait la quête personnelle de cet homme – comprendre la nature de la conscience, appréhender la mortalité – mais il n'avait pas saisi avant ce moment que l'homme qui avait changé sa vie prévoyait de changer le monde.

33

Anne-Marie mit la table, tamisa l'éclairage et commença à servir le plat de pâtes.

— Parfait, dit Jameson en s'asseyant, avec un hochement de tête approbateur.

Un geste bref, presque formel, du genre qu'on adresse à une domestique.

Anne-Marie balaya le compliment d'un geste.

— Je les ai préparées cet après-midi et je les ai mises au frigo – des farfalles avec des tomates fraîches, de l'ail, de la mozzarella et du basilic du marché des producteurs locaux, dit-elle en ouvrant une nouvelle bouteille de vin et en remplissant leurs verres. Vous avez faim. Mangez, vous vous sentirez mieux.

Elle déposa une louche de pâtes dans l'assiette de Brink. Il n'eut pas besoin de se faire prier. Il était affamé.

— C'est délicieux, dit-il en prenant une bouchée. Je vis de plats à emporter.

Ce n'était pas loin de la vérité – ses deux derniers repas avaient été la pizza du Starlite et un sandwich à la dinde sur une aire d'autoroute.

Anne-Marie s'assit, commença à manger, mais s'arrêta pour faire courir son doigt sur la bordure de son assiette bleu cobalt.

— J'ai une question à vous poser : pensez-vous que ce qu'on mange est meilleur quand c'est servi dans une assiette en porcelaine âgée de trois cents ans ?

— Aucune idée, répondit Brink en la regardant attentivement, s'efforçant de deviner si elle était sérieuse. (La question était tellement étrange, son expression indéchiffrable, mais il décida que oui.) Je n'ai jamais mangé dans une assiette âgée de trois cents ans.

— Eh bien, c'est ce que vous êtes en train de faire, et je puis vous assurer que c'est vraiment meilleur, dit-elle en embrochant une tomate avec sa fourchette.

— C'est le poison, c'est certain, intervint Jameson en lui lançant un clin d'œil. Il y a probablement du plomb dans ce bleu.

— J'ai commencé à vous raconter l'histoire de la porcelaine, mais il y a un autre versant à cette histoire, une histoire ésotérique, si vous préférez, qui a occupé de nombreux universitaires avant moi. Une histoire qui a un rapport direct avec l'antiquité dont Jameson vient de parler.

Brink releva la tête, sentant que la conversation avait pris un tour nouveau.

— C'est-à-dire ?

— La porcelaine, comme je vous le disais tout à l'heure, était considérée comme une substance mystérieuse au début des Temps modernes, en Europe. Les rois la convoitaient pour sa luminosité et sa solidité, mais personne n'était capable de la fabriquer, au point que le procédé était associé à de l'alchimie. Et en effet, cela devint l'une des obsessions principales des alchimistes. La recherche des formules qui changeraient du vulgaire métal en or et de l'argile en porcelaine donna lieu à deux quêtes jumelles : la formule secrète de la transmutation du plomb en or était celle de la *pierre philosophale*, et la formule qui créerait de la porcelaine à partir de l'argile fut appelée l'*Arcanum*.

« Le premier Européen à fabriquer une pièce de porcelaine fut Johann Friedrich Böttger, un chimiste et alchimiste talentueux, qui fonda la première fabrique de porcelaine à Meissen, au XVIIe siècle. Bientôt, d'autres manufactures virent le jour. Quand la porcelaine s'est démocratisée, sa valeur a chuté. Pourtant, même si elle n'était plus aussi précieuse que l'or, ses propriétés – elle commençait à l'état de terre grossière avant de se convertir en une substance pure et lumineuse – restèrent dans le domaine de la tradition ésotérique. Et c'est un vaisseau – un réceptacle en porcelaine – qui en est venu à abriter un secret très important.

— Quel genre de secret ? demanda Brink en jetant un coup d'œil par la fenêtre, dans l'espoir d'apercevoir Connie.

Le pick-up était garé où il l'avait laissé, mais la Tesla n'était plus là. Tout était calme et il supposa que sa chienne s'était endormie.

— Nous en avons eu pour la première fois connaissance grâce à la lettre que LaMoriette a laissée à son fils, répondit Anne-Marie. Il fait allusion à un texte qui contient un savoir sacré d'origine ancienne. Et ce texte recèle une espèce de code, ou d'énigme.

— Il est connu sous le nom d'Énigme de Dieu, précisa Jameson.

— Et c'est là que j'interviens, dit Brink comprenant enfin pourquoi il intéressait tant Jameson : il soupçonnait Jess Price de lui avoir donné des informations sur l'énigme, ce que, bien sûr, elle avait fait. Vous pensez que je vais vous aider à la résoudre.

— En premier lieu, il faut qu'on mette la main dessus, reprit Jameson. Nous savons d'après la lettre de LaMoriette à son fils comment il s'est retrouvé en possession de l'énigme. Nous savons qu'il la détenait – tout comme la poupée Violaine – en 1909, quand il s'est donné la mort. Nous savons aussi que ma tante ne s'est jamais séparée de Violaine, et que Jess Price a découvert la poupée dans la maison en 2017. Aujourd'hui, elle a disparu, et nous n'avons strictement aucune information sur l'énigme – à quoi elle ressemble, ni même le type de code qu'elle recèle. Et c'est ce que j'ai bien l'intention de découvrir.

Brink soutint son regard en gardant une expression neutre. Il avait quelques longueurs d'avance sur Jameson et Anne-Marie. Il savait à quoi ressemblait l'énigme. Il la voyait clairement, chaque nombre, chaque lettre bien à sa place.

— Plus je la cherche, plus je pense que cette énigme recèle une information cruciale, que c'est une sorte de cryptogramme qui pourrait, si on savait l'utiliser, changer la façon dont l'humanité considère le passé, le présent et l'avenir. Je suis convaincu que ma tante possédait ce cryptogramme.

— Et comme Jess Price a été la seule personne à occuper la maison après la mort d'Aurora, avança Brink, vous pensez qu'elle détient des infos à son sujet.

— Nous sommes certains que c'est le cas, dit Jameson. Ernest Raythe nous l'a confirmé.

— Il travaillait pour *vous* ? fit Brink avec une bouffée de colère en comprenant que le premier psychiatre de Jess, à Ray Brook, avait trahi sa patiente.

Il repensa aux centaines de pages contenues dans le dossier archivé au sous-sol de la prison. Raythe avait-il communiqué ces informations à Sedge ?

— En effet, confirma Jameson. Il me tenait régulièrement informé des progrès de Jess. Elle lui a dit qu'elle avait découvert quelque chose qu'elle lui a décrit comme une espèce de casse-tête incomplet.

— Mais pourquoi ? Pour l'argent ?

Brink voulait comprendre comment un médecin avait pu agir comme Raythe l'avait fait alors qu'il avait une obligation morale et professionnelle envers sa patiente.

— Raythe et moi poursuivions des buts similaires : comprendre ce qui s'était réellement passé à Sedge House. Il voulait aider Jess. Il pensait qu'elle était innocente et voulait qu'elle recouvre la liberté. Je crois qu'il se sentait sincèrement concerné par son sort, et qu'il espérait rétablir la vérité. Quant à moi, disons que mes raisons étaient assez différentes, comme j'ai commencé à vous l'expliquer. Nous avons partagé nos ressources. Dont ce journal, que vous avez dans votre sac.

Brink fixa Jameson du regard, abasourdi. *Comment diable était-il au courant pour le journal ?*

— N'ayez pas l'air si surpris, reprit Jameson avec un sourire narquois. Cam vous a vu le lire à la prison. D'après la description qu'il m'en a faite, j'ai su que c'était le journal que j'avais découvert à Sedge House et donné à Raythe. La police a embarqué tout ce qui se trouvait dans la maison et qui pouvait servir l'enquête. Mais le journal était resté inséré dans la bible d'Aurora, que les forces de l'ordre n'avaient pas pensé à examiner. Je l'ai déniché après leur départ, l'ai lu et remis à Raythe après l'incarcération de Jess à Ray Brook.

— Si vous l'avez lu, vous savez donc que Jess a trouvé Violaine. Et vous étiez au courant de l'existence du placard secret.

— Absolument. Nous avons ouvert le placard et regardé à l'intérieur.

— Mais pas de Violaine, intervint Anne-Marie. Et pas d'énigme.

Sedge esquissa un geste vers le salon où la pochette de cuir était posée sur la table basse.

— Ces feuillets étaient éparpillés dans la bibliothèque. Ils ont été emportés par la police comme indices et restitués dès qu'il a été établi qu'ils n'avaient rien à voir avec l'affaire en cours. Ces pages contiennent des informations sur ce qui s'est passé, mais la police ne l'a pas compris.

— Et il en manquait, ajouta Anne-Marie. Les dernières pages n'ont jamais été retrouvées. Elles ont peut-être été perdues après la mort de LaMoriette. Ou Jess les a détruites. Nous avons essayé d'en savoir plus par le biais du Dr Raythe, mais Jess n'a jamais révélé ce qu'elles étaient devenues.

— Si vous communiquiez avec Raythe, dit Brink en posant sa sacoche sur la table et en sortant son ordinateur, vous avez probablement vu ceci.

Il prit la clé USB dans sa poche, la connecta, cliqua sur un dossier et afficha les photos : celles en noir et blanc du corps de Frankie Sedge, puis les Polaroïd du corps de Noah Cooke. Il les fit glisser côte à côte sur l'écran et zooma, agrandissant les motifs scarifiés sur leur peau.

— Plus de cinquante ans séparent ces deux affaires, et pourtant, on constate une similarité frappante entre les deux corps.

Jameson chaussa des lunettes, se pencha sur l'écran et examina les photos. Brink se recula un peu pour observer sa réaction. Ce n'était pas très gentil de lui lâcher cette bombe aussi brutalement, un peu comme s'il avait envoyé valser sa chaise d'un coup de pied et le regardait se débattre pour ne pas chuter. Jameson afficha une réaction de surprise totale, puis de confusion, enfin de souffrance. Dans cette succession de réponses émotionnelles, Brink vit l'homme qu'était Jameson derrière sa façade abrupte, un enfant bouleversé par la mort de son père, un homme qui utilisait l'argent et le pouvoir pour dissimuler l'immense souffrance qu'il avait éprouvée, et qui glorifiait l'immortalité en même temps qu'il s'évertuait à régler ses comptes avec son passé.

— Où avez-vous trouvé ces photos, bon sang ?! demanda-t-il, bouleversé, ses manières policées se fissurant pour la première fois de la soirée.

— J'en conclus que le Dr Raythe ne vous avait pas fait part de toutes ses découvertes, lança Brink.

— *Mon Dieu*, comment diable Raythe est-il tombé là-dessus ? demanda Anne-Marie en mettant elle aussi ses lunettes avant de se rapprocher de l'écran.

— Il détenait beaucoup d'informations que personne d'autre n'a consultées. Même la psychiatre actuelle de Jess ignorait tout de ce dossier.

Jameson ne pouvait détacher son regard de l'écran.

— J'ignorais l'existence de ces photos de mon père, dit-il tout bas. Bien sûr, je m'étais toujours demandé ce qui lui était arrivé, mais on n'en parlait jamais. Ma mère était dévastée, complètement brisée. Elle ne supportait pas d'y faire allusion. Jamais. J'ai fini par trouver un article sur son décès dans un vieux journal. Mais rien qui approchât de ces photos. Je n'avais jamais imaginé que sa mort avait été aussi atroce.

— Raythe a dû estimer qu'il y avait un lien avec Jess, ou il ne les aurait pas conservées dans son dossier.

— Il avait raison, soupira Anne-Marie, et elle referma l'ordinateur. Il y a un lien. Tenez, je vais vous montrer quelque chose. Si vous regardez attentivement, dit-elle en présentant une assiette en porcelaine à la lumière, vous verrez que la surface de cette assiette présente un schéma de craquelures. C'est ce qu'on appelle le *faïençage*. Ces craquelures apparaissent sous l'effet d'une chaleur extrême ou d'une pression irrégulière.

Brink examinait le schéma avec stupéfaction. C'était le même motif qu'il avait vu sur les corps de Frankie Sedge et Noah Cooke. Et sur la peau de Jess. Et aussi sur lui-même, dans le reflet de la porte vitrée.

Anne-Marie poursuivit :

— En anglais, faïençage se dit *crazing*. En passant, *crazing* et *crazy* ont la même racine. Devenir *crazy*, dingue, c'est craquer, perdre son intégrité. Le *crazing* en porcelaine, c'est la même chose, le résultat d'une disruption interne. Une pression qui résulte en une implosion.

Brink se rappela le rapport d'autopsie. La cause du décès stipulée était « un traumatisme contondant violent », un impact ayant provoqué de graves dommages corporels internes, comme un accident de voiture ou une chute, sauf qu'aucun de ces scénarios n'était crédible. Le traumatisme semblait davantage résulter d'un processus du type de ce qu'Anne-Marie venait de décrire : une intense pression interne.

— Et ce serait en rapport avec ce qui leur est arrivé ? dit-il avec un mouvement de tête vers l'ordinateur qui avait affiché les photos. Et Jess, dans tout ça ?

— Tout est dans la lettre de LaMoriette, répondit Anne-Marie. Celle qu'il a écrite à son fils la nuit de sa mort. Ça explique tout : les éléments ésotériques de l'*Arcanum* des alchimistes et, plus important encore, un secret qui se transmet de génération en génération depuis des milliers d'années, un secret qui pourrait changer l'avenir de l'humanité.

— Pas *pourrait*, intervint Jameson. Qui *va* changer l'avenir de l'humanité. Une fois que nous aurons toutes les pièces du puzzle.

— Mike, nous sommes au courant du dessin qu'a fait Jess Price, dit Anne-Marie d'une voix douce, comme si elle voulait s'excuser. Nous savons qu'il vous a suffisamment intrigué pour vous attirer à la prison. Maintenant que vous connaissez les enjeux, vous comprenez certainement qu'il est dans l'intérêt de Jess Price de nous aider à compléter ce casse-tête.

— Pour autant que je sache, répondit-il en se renfonçant dans son fauteuil, ce n'est même pas un casse-tête. Il lui manque la structure cohérente qui conduirait à une solution. Et même si je pouvais le résoudre, je ne vois vraiment pas en quoi il serait dans l'intérêt de Jess que je vous aide.

— En tout cas, dit Jameson Sedge en sortant un pistolet d'un holster caché sous son polo pour le poser sur la table. C'est certainement dans *le vôtre.* Que diriez-vous de nous aider à trouver la réponse ?

34

L'ARME ÉTAIT POSÉE SUR LA TABLE, entre eux. Brink n'en avait jamais vu de si près. Il y avait beaucoup d'armes en circulation dans l'Ohio, mais son père ne chassait pas et sa mère, française, ne comprenait pas le culte américain pour les armes à feu et n'avait jamais permis à l'une d'elles d'entrer dans la maison. Le pistolet avait, pensa Brink, quelque chose d'attirant – le métal noir, luisant, la crosse rectangulaire, l'angle parfait du canon, la sobriété de la ligne. Il dut se retenir pour ne pas le prendre en main.

Son intérêt parut amuser Sedge.

— Un Walther PPK semi-automatique vintage. Fabrication allemande. Il appartenait à mon père.

— Il est magnifique, dit Brink, l'estomac retourné.

— Je suis d'accord, fit Sedge en le prenant et en caressant la plaque métallique du canon. J'ai toujours pensé que s'il y avait une façon élégante de quitter ce plan d'existence, ce serait par la grâce du Walther de mon père. Vous ne trouvez pas ? demanda-t-il en orientant lentement le canon vers Brink.

Brink avait conçu des casse-tête dans des délais extrêmement restreints, il avait résisté douze heures durant à la pression d'un championnat de décimales de pi, il avait résolu toutes sortes d'énigmes pour de l'argent, pour le prestige et pour sa propre santé mentale. Mais jamais il ne l'avait fait sous la menace.

— Les armes, ce n'est pas vraiment mon truc, dit-il, paralysé de la tête aux pieds, des fourmis dans ses membres privés de sang. Je suis plutôt du genre à *mourir-paisiblement-dans-mon-sommeil-de-centenaire-sénile-et-ridé.*

Sedge éclata de rire.

— Et donc, monsieur Brink, nous ne sommes pas si différents. Nous accordons de la valeur à la longévité. Il est inutile de mourir prématurément. Et certainement pas maintenant. Je suggère donc que nous nous attaquions à cette énigme.

Le cœur de Brink cognait dans sa poitrine. Il n'arrivait pas à faire abstraction de l'arme pointée sur lui et il ne doutait pas une seconde que Sedge l'utiliserait. Pour autant qu'il le sache, Raythe avait lui aussi détenu des informations que Sedge voulait. Il ne quitterait pas cet endroit avant de leur avoir donné quelque chose. Mais livrer le dessin de Jess – qui était dans sa sacoche dans le salon – lui semblait une trahison. Il y avait un autre moyen.

— J'ai besoin d'une feuille, lâcha-t-il négligemment.

Anne-Marie partit chercher de quoi écrire dans la cuisine. Brink prit le stylo et traça le cercle avec ses rayons pareils à un soleil radieux, les chiffres de 1 à 72 qui suivaient le contour, laissa de côté certaines des lettres hébraïques et quelques rayons, puis tendit le dessin à Jameson. Ensuite il se mit debout, prenant appui sur la table pour se stabiliser. Jameson rangea le pistolet, prit la feuille et l'examina avec soin.

Anne-Marie se pencha pour étudier le cercle. Brink savait qu'ils ne trouveraient rien de plus que ce que lui-même y avait vu.

— Qu'est-ce que ça veut dire ? finit par demander Anne-Marie.

— C'est incomplet, répondit Brink en faisant craquer ses articulations dans l'espoir que la douleur sourde calmerait son angoisse. Insoluble tant qu'on n'a pas l'original.

— Mais Jess Price doit savoir ce qui manque, risqua Jameson.

— Si c'est le cas, elle ne me l'a pas dit.

— Tiens. Ça pourrait nous aider.

Anne-Marie ouvrit sur la table, devant Jameson, un dictionnaire d'hébreu récupéré sur une étagère de la bibliothèque.

Pendant qu'Anne-Marie et Jameson essayaient de traduire le casse-tête, Brink jeta un regard aux alentours. Il fallait qu'il sorte de là, et vite, mais ce ne serait pas facile. Dans cet open space, chaque endroit – le salon, la salle à manger, la cuisine, et même une chambre en mezzanine – était visible de partout. Il n'avait aucun moyen de s'éclipser sans être repéré. Il restait un lieu dans la maison qui offrait un peu d'intimité : la salle de bains.

Anne-Marie lui indiqua un couloir de l'autre côté du salon. Il vérifia par la fenêtre que la Tesla n'était pas revenue et que son pick-up était libre d'accès. Sa première impulsion fut de courir à la porte d'entrée, de grimper dans son véhicule et de ficher le camp de là. Mais Sedge n'aurait aucun mal à le rattraper. Il appuierait sur la détente de son Walther, et les jeux seraient faits. Brink devait s'enfuir, oui, mais il devait la jouer fine.

Il se dirigeait vers la salle de bains quand il vit, sur la table basse, la pochette en cuir, à l'endroit où Anne-Marie l'avait laissée. Il sut instantanément ce qu'il devait faire. Rapidement, avant qu'Anne-Marie et Jameson le voient, il se pencha sur la table, prit la liasse de feuilles que contenait le maroquin et la glissa dans sa sacoche. Il ne pouvait pas partir sans savoir ce que LaMoriette avait découvert.

Il ferma le verrou de la salle de bains, s'adossa à la porte et ferma les yeux. Son cœur s'affolait. Il eut l'impression d'étouffer. Il n'avait pas eu d'attaque de panique depuis des années, pas depuis sa première année au MIT, mais il était tout proche d'en déclencher une. Il sentit une décharge d'adrénaline dans ses veines, puis une autre. Sa poitrine se comprima ; sa gorge se serra. Il s'approcha du lavabo, fit couler de l'eau et s'aspergea le visage. Le froid l'aida à reprendre ses esprits. Dans quel merdier me suis-je fourré ? Rien n'était plus ce qu'il croyait.

La salle de bains était immense, équipée d'une baignoire à remous entourée de baies vitrées. S'y ajoutaient une cabine de douche hammam aux parois de verre et un buste en marbre d'empereur romain, venant peut-être de Sedge House. L'air embaumait le figuier – une bougie Diptyque brûlait dans un angle, fournissant juste assez de lumière pour lire. Il sortit son téléphone en faisant des vœux pour que les puissances de la technologie lui accordent un peu de réseau et regarda le coin supérieur droit à la recherche de barres, mais il constata qu'il n'y en avait pas une seule.

Cela dit, juste au moment où il allait rempocher son téléphone, il vit la notification d'un appel en absence. Thessaly lui avait laissé un message vocal à dix-huit heures quarante-quatre, trois heures plus tôt à peu près, au moment où il était dans le bureau d'Anne-Marie. Il baissa le volume au minimum, appuya sur lecture et entendit :

Je ne veux pas vous effrayer, mais il se passe ici des choses que je ne m'explique pas. Quand je suis retournée dans mon bureau, j'ai vu que mon accès numérique à tous les dossiers DOCC, y compris la base de données interne et donc les dossiers de mes patientes, avait été bloqué. Mon mot de passe a été refusé, et quand j'ai appelé le service informatique, ils m'ont annoncé que mon nom et mon identité d'employée n'apparaissaient pas dans leur système. Je leur ai demandé trois fois de vérifier avant d'admettre que toutes les données me concernant avaient été supprimées.

Le fait que j'aie été bannie du système est une coïncidence trop troublante pour qu'il s'agisse d'un bug informatique. Il se passe quelque chose d'anormal, ici. Quelqu'un est lentement en train de bloquer tous ceux qui pourraient venir en aide à Jess Price. D'abord, le Dr Raythe. Ensuite, vous. Et maintenant, on essaie de me bloquer aussi. Je commence à me dire que je suis vraiment en danger.

Je n'en ai pas la preuve, mais je crois que l'homme que j'ai intercepté sur le parking est derrière tout cela. Je ne lui ai parlé que quelques minutes, mais j'ai son nom : Jameson Sedge. Il en savait beaucoup sur vous – que votre autorisation d'accès à l'établissement avait été résiliée, par exemple. Il voulait parler à Jess. Quand je l'ai informé qu'il devait demander et obtenir un droit de visite, il m'a assuré qu'il l'avait déjà reçu. Je ne l'ai pas cru – j'ai mon mot à dire concernant tous ceux qui demandent à voir mes patientes à la prison – et j'ai demandé aux gardiens de le raccompagner à sa voiture, ce qui l'a royalement exaspéré. Mais quand je suis revenue à mon bureau et que j'ai vérifié la liste des visiteurs, son nom s'y trouvait bien. Cet homme a des amis haut placés, apparemment, ce qui expliquerait comment votre autorisation d'accès à la prison a été révoquée. Et pourquoi je suis en train de perdre la mienne.

Ce type ne me disait rien qui vaille, j'ai donc décidé d'appeler le département de police au comté de Columbia, où Jess Price a été arrêtée. Je connais quelqu'un dans le service, et je lui ai demandé s'il savait quelque chose sur Jameson Sedge. Il a failli s'étouffer quand il a entendu ce patronyme.

Comme vous le savez, l'arrestation de Jess avait défrayé la chronique. On ne s'est jamais vraiment interrogé sur sa culpabilité. Quand la police est arrivée, ils l'ont trouvée couverte du sang de Noah, et la presse l'a considérée comme coupable, sans la moindre preuve. Mais mon ami policier m'a dit que plusieurs personnes avaient été interrogées dans le cadre de l'enquête, et bien que les enquêteurs n'aient pas pu réunir les indices qui auraient étayé leurs suspicions, il avait senti qu'il y avait de grandes chances que ces personnes aient été impliquées dans ce qui s'était passé à Sedge House, cette nuit-là. Quand je lui ai demandé qui étaient les principaux suspects, il a répondu : Jameson Sedge et sa compagne, le Dr Anne-Marie Riccard.

Il m'a aussi dit que mon prédécesseur, le Dr Raythe, l'avait contacté en 2018, un an après que Jess eut été confiée à ses soins. Apparemment, le Dr Raythe s'était rendu au commissariat pour consulter les dossiers de l'affaire. C'est comme ça qu'il a obtenu les photos que j'ai scannées, celles qui figurent sur la clé USB. Si vous n'avez pas encore eu l'occasion de les regarder, je vous encourage à le faire dès que possible, et vous comprendrez pourquoi c'est si perturbant.

Je ne comprends rien à tout cela pour l'instant, mais je suis absolument certaine d'une chose : nous ne pouvons pas laisser Jess Price sans protection. J'ai bien conscience que si je rentre chez moi, je risque de ne plus pouvoir revenir à la prison. Je vais donc avoir une conversation tout de suite avec Jess dans mon bureau. Je lui poserai la question que vous vouliez lui poser, et si elle accepte de se confier à moi, ce qu'elle n'a jamais fait, comme vous le savez, je l'enregistrerai et je vous enverrai sa réponse. Je ne peux que vous promettre de faire de mon mieux pour découvrir qui essaie de lui nuire. Et de la protéger.

À la fin du message de Thessaly, Brink fut saisi d'une impression d'urgence. Jameson et Anne-Marie n'étaient pas seulement des chercheurs de trésor espérant tomber sur une antiquité de valeur. Ils étaient beaucoup, beaucoup plus impliqués dans cette affaire qu'il ne l'avait d'abord pensé. Il devait trouver une façon de quitter cet endroit.

Il parcourut la salle de bains du regard, à la recherche d'un moyen de s'échapper. La baie vitrée près du jacuzzi ne s'ouvrait pas, mais près de la cuvette il y avait une fenêtre. Pas très grande. Quand même, en s'y prenant bien, il devrait arriver à se faufiler à travers.

Il déverrouilla le loquet, ouvrit le battant, repoussa la moustiquaire et se pencha dans la nuit. Le clair de lune projetait sur la forêt une lumière pareille à un voile de sucre glace. Il prit une bonne bouffée d'air frais et scruta les ténèbres. Le monde lui parut soudain plus net, plus clair. Il se sentait investi d'un but profond, défini. Il eut soudain l'impression que c'était peut-être ce qui lui avait le plus manqué, depuis que l'accident l'avait tenu éloigné des terrains de football : la sensation de se battre pour quelque chose d'important. C'était ce qu'il y avait de tellement gratifiant dans les casse-tête. Il était là pour gagner, et en même temps pour réaliser un exploit profondément intime. Résoudre le problème, finir le casse-tête. Quitter le terrain sur un résultat définitif. Maintenant qu'il avait la confirmation que Jess était en danger, il savait que chaque décision qu'il prendrait aurait des conséquences.

La fenêtre donnait sur la forêt, et elle était à trois mètres de hauteur. Il s'assura que sa sacoche était bien fermée, passa la bandoulière par-dessus sa tête, monta sur les toilettes et glissa une jambe, puis l'autre par l'ouverture. Il sauta et se réceptionna en souplesse. Il fit le tour de la maison et vit Anne-Marie et Jameson en pleine discussion dans la cuisine. Il avait l'air en colère, et elle tentait apparemment de le calmer, et même s'il mourait d'envie de savoir quel était l'enjeu de la discussion, il n'avait pas une minute à perdre.

Il prit sa clé, mais trouva la portière de son pick-up ouverte. Il s'attendait à ce que Connie lui saute dessus, elle détestait être enfermée et il l'avait laissée plus de deux heures. Mais la cabine du pick-up était vide. En s'efforçant de ne pas paniquer, il tâtonna sur le plancher du siège passager. Il trouva la gamelle d'eau en plastique, le jouet à mâchouiller, mais pas de Connie. Il regarda en direction de la forêt, derrière la maison, pensant qu'elle avait pu s'échapper. Connie avait disparu. Quand il comprit que sa laisse et sa couverture n'étaient plus là, il sut que le pire était arrivé : Cam Putney avait enlevé Conundrum.

La rage le submergea. Il se retint de retourner dans la maison en découdre avec Jameson, l'obliger à appeler son sbire pour qu'il ramène sa chienne. Ce serait stupide, il le savait bien. C'était exactement ce qu'ils attendaient, que Brink, fou de rage, perdant toute raison, soit prêt à faire tout ce qu'ils demandaient. Malgré sa colère, malgré la peur croissante de ce qu'ils pourraient infliger à Connie, il devait garder son sang-froid.

Il se mit au volant, referma la portière et prit une profonde inspiration, pour se calmer. Dès qu'il aurait quitté les lieux, il serait libre de penser à son coup suivant.

Il mit sa clé dans le contact et la tourna. Rien. Il réessaya encore et encore. Sans succès. Aucun bruit de moteur, pas le moindre papillonnement des phares. Il vérifia la jauge à essence, le réservoir était à moitié plein, et puis, à sa grande horreur, il vit que la batterie était morte.

35

Cam Putney observait Thessaly Moses. Elle alluma la lumière dans toutes les pièces de la maison en commençant par l'entrée, puis en passant de l'une à l'autre, jusqu'à ce que tout soit illuminé comme dans la cour de la prison. Elle était visiblement terrifiée. Elle ne l'avait pas vu, mais elle avait senti sa présence, senti qu'il était là, et son premier réflexe de défense avait été d'exposer tous les coins et recoins à la lumière. Intéressant, se dit-il en voyant les fenêtres de l'étage s'illuminer, comme si la lumière était toujours synonyme de sécurité – les rayons du soleil, un feu de camp, une veilleuse dans une chambre d'enfant. Sa fille n'avait pas réussi à dormir dans le noir avant l'âge de sept ans. Or c'est à lui que la lumière facilitait le travail. Il voyait tout avec une clarté parfaite. Les gros dossiers que le Dr Moses sortit de son sac et posa sur la table de la salle à manger près d'un MacBook Air couleur or, le même modèle qu'il avait acheté à sa fille, pour qu'elle puisse suivre les cours à distance pendant la pandémie. La lumière avait chassé les ombres jusqu'à ce que rien ne soit plus caché à la vue de Thessaly Moses. Mais rien n'était plus caché à la vue de Cam Putney non plus.

La maison faisait partie d'une résidence sécurisée située à trois kilomètres de la prison, un lotissement de dix pavillons au milieu de l'épaisse forêt des Adirondacks. Cam s'était arrêté à un kilomètre et demi des habitations et avait dissimulé la voiture sous les arbres. Le cabot de Brink aboyait comme un dingue dans le coffre, rebondissant partout comme une boule de flipper. Ça faisait des heures qu'il gueulait et il l'aurait volontiers supprimé, mais Sedge n'aurait pas apprécié. Il lui avait dit d'enlever le clebs, pas de le tuer, et Cam n'allait pas risquer de contrarier son patron pour un truc comme ça. Mieux valait laisser la bestiole se fatiguer et s'endormir.

Cam fit le tour de la maison à la recherche d'un moyen d'entrer. Il resta dans l'ombre en prenant garde à ne pas se faire repérer par les voisins. Il n'aurait plus manqué que quelqu'un appelle la police. À l'arrière du pavillon, il trouva une fenêtre qui donnait sur le salon. Il voyait Le Dr Moses assise devant la table de la salle à manger, son ordinateur ouvert. Elle essayait encore de se connecter à la base de données du gouvernement de l'État de New York, mais évidemment, l'accès lui en était refusé. C'est lui qui avait changé son mot de passe, l'empêchant d'accéder aux données de ses patients, et notamment celles de Jess Price. Cela avait été un jeu d'enfant pour lui que d'accéder à ses données, de changer son mot de passe et de tout rediriger vers son propre compte. Si le portable de la psy bénéficiait du même niveau de sécurité que son ordinateur de bureau, elle avait zéro protection, pas d'antivirus, même pas un VPN. Visiblement, elle n'avait aucune idée que tout ce qu'elle écrivait, les notes sur ses patientes, ses e-mails personnels, ses posts sur les réseaux sociaux, chaque centime déposé sur son compte bancaire, tout était surveillé.

Soudain, le Dr Moses leva les yeux vers la fenêtre. L'espace d'un moment électrique, elle sembla le regarder, et il fut certain qu'elle avait détecté sa présence derrière la vitre. Mais elle se détourna, quitta la pièce d'un pas normal, sans peur, et il comprit qu'elle ne l'avait pas repéré.

Cam se mit au boulot. Il commença par tester la fenêtre. Elle était fermée. Puis la porte sur l'arrière. Fermée, elle aussi, mais par une serrure à barillet qu'il n'aurait aucun mal à forcer. Il sortit son jeu de clés passe-partout et se pencha sur la serrure. La sueur perlait sur son front, coulait dans ses yeux. Il l'essuya et essaya ses clés l'une après l'autre, rapidement, sans faire de bruit. La quatrième fut la bonne. La serrure se déverrouilla avec un déclic. Il tourna la poignée, ouvrit doucement la porte et entra, saisi par l'air climatisé, glacé, qui tomba sur sa peau en sueur. En frissonnant, il referma la porte derrière lui, traversa la salle à manger et entra dans le salon adjacent. Il s'était posté derrière une étagère à livres quand le Dr Moses revint de la salle à manger avec une bouteille de vin. Il éprouva une vague de soulagement. Elle n'avait pas entendu la porte s'ouvrir et se refermer. Elle ne l'avait pas entendu marcher sur le parquet de la salle à manger. Elle n'avait rien entendu du tout. Elle se versa un verre de rosé, en but une gorgée, et se rassit devant son ordinateur portable.

Se plaquant contre l'élément de bibliothèque, il vit deux gros volumes, les DSM4 et 5, les manuels de classification des maladies mentales et une rangée de livres de développement personnel populaires, tous parfaitement ordonnés. Il y avait la photo d'un couple noir plus âgé, debout dans un parc, sans doute les parents du Dr Moses, pensa-t-il. Il repoussa doucement la photo. Il ne voulait rien savoir de la vie de

Thessaly Moses – rien sur ses parents, rien sur ses lectures préférées, il ne voulait même pas savoir qu'elle réglait la clim à des températures polaires. Plus il en saurait, plus dur ce serait de faire ce qu'il était venu faire. Et il avait besoin que ce soit facile.

Il sortit son Glock 43 de son holster, sentit son poids dans sa main. Il était encore chaud du contact avec sa peau. Il releva le canon comme il aurait levé un doigt, comme si l'arme était une extension de son corps, une partie de lui. Il visa d'une main qui ne tremblait pas. C'était l'une de ses forces – le don de viser juste, une capacité presque surnaturelle à atteindre sa cible dans n'importe quelle condition, des réflexes qui lui permettaient de frapper sans hésitation. Et pourtant, ce n'est pas ce qu'il fit. Pas encore. Il l'observa. Il se posa des questions à son sujet. Sentait-elle qu'elle était prise au piège ? Qu'elle aurait beau faire, où qu'elle aille, il l'y attendrait ?

Il libéra le cran de sécurité et visa l'arrière de son crâne. Mais au moment où il allait presser la gâchette, elle se pencha pour prendre son téléphone dans son sac, fit glisser son doigt sur l'écran et brancha l'appareil à son ordinateur.

Il posa son Glock sur une étagère et se rapprocha pour voir ce qu'elle faisait. Il lui fallut une seconde pour comprendre. Tout à coup, ce fut clair : elle transférait un dossier de son téléphone directement sur son ordinateur, le soustrayant au réseau de surveillance électronique de Cam. À première vue, il s'agissait d'un fichier audio WAV, un enregistrement vocal. Il eut une bouffée d'angoisse. Il connaissait chaque recoin de son existence en ligne. Il surveillait ses e-mails, ses réseaux sociaux, ses comptes bancaires. Mais elle avait trouvé un moyen de déjouer sa surveillance. Elle avait créé un fichier à la prison, l'avait sauvegardé sur son téléphone et elle était en train de le transférer, échappant au filet électronique qu'il avait tendu. Il s'était éloigné de Ray Brook à peine une demi-journée, et c'est le moment qu'elle avait choisi pour agir.

Cam avait déjà tué, mais c'étaient des contrats rapides, anonymes et loin de chez lui. Il avait tué dans des chambres d'hôtel et des ruelles, une fois dans les toilettes d'un aéroport, sans aucune implication personnelle, jamais. La seule exception avait été le Dr Ernest Raythe, qu'il voyait tous les jours à la prison. M. Sedge ne lui avait pas donné le temps de se préparer, il avait été pris par surprise. N'empêche, le moment venu d'éliminer Raythe, il était prêt.

Il avait dû faire preuve de créativité pour que ça passe pour un accident. C'était par une froide nuit de décembre, une semaine avant Noël, un de ces jours gris et courts où le soleil se couchait à quatre heures de l'après-midi. Le parking de la prison était suffisamment noir pour qu'on ne le voie pas s'introduire dans la voiture de Raythe – une Subaru Outback flambant neuve à en juger par l'odeur qui régnait à l'intérieur. Il s'était dissimulé à l'arrière, tassé sur le siège, et il avait attendu le médecin. La neige tombait à gros flocons, recouvrant le pare-brise, et quand Raythe s'était mis au volant, la voiture s'était transformée en une capsule sombre, confinée.

Dans une autre vie, fracturer les voitures était la spécialité de Cam. Ce don lui avait valu un premier passage en maison de correction à l'âge de quinze ans, puis son premier vrai séjour en prison à dix-sept. Il avait toujours eu un certain talent de bricoleur et gardait un tas de passe-partout accrochés à sa ceinture, mais en réalité, les serrures les plus faciles à forcer étaient les serrures électroniques, qu'on pouvait désactiver sans abîmer la voiture. Plus l'électronique était sophistiqué, plus c'était facile. M. Sedge devait connaître ce détail à son sujet, devait savoir qu'il avait certaines dispositions pour assembler et démonter les systèmes, qu'il s'était fait une spécialité du *car-jacking*, d'où ses séjours en prison. Logique. Seul un criminel assez habile pour s'attaquer à des systèmes compliqués avait sa place chez Singularity.

Mais la chance avait voulu que la voiture de Raythe ne soit pas fermée du tout. C'était un cadeau inattendu. Comme la neige : elle tombait, humide et fondue, puis gelait, formant une pellicule de verglas sur les routes de montagne. Raythe ne se doutait pas que Cam était là. Il roulait lentement, méthodiquement, dans la nuit, trop concentré sur les dangers des routes sinueuses de campagne pour soupçonner qu'un homme était tapis dans son dos. Cam était un grand gaillard, mais il avait réussi à se replier dans l'espace derrière le siège conducteur comme un fantôme, respirant lentement et silencieusement, les mains croisées sur ses jambes, attendant le bon moment. Des années de méditation lui avaient appris à fermer son corps, à réguler sa respiration, jusqu'à devenir presque transparent.

Et donc, Raythe roulait, gravissant lentement la montagne obscure. Cam savait qu'il ne faudrait pas grand-chose, une rapide et ferme torsion de la tête, un coup puissant, pour le tuer. Plus ça irait vite, mieux ce serait. Ernest Raythe était un bon médecin, dévoué à ses patients, ce que Cam respectait – la loyauté était l'une des plus nobles qualités, comme disait toujours Ume-Sensei. Cam en faisait tous les jours l'expérience, sacrifiant ses propres désirs sur l'autel d'une mission qui le dépassait. Mais l'attention que Raythe portait à sa patiente l'avait trop rapproché de M. Sedge, trop rapproché de la vérité, ce qui menaçait l'entreprise tout entière. Même si ça lui coûtait, il ne pouvait pas permettre à Raythe d'aller plus loin.

Cam n'aimait pas la violence, contrairement à certains des gars de l'équipe de sécurité de M. Sedge qui se vantaient de la brutalité de leur boulot, savouraient leur capacité à dominer, humilier, détruire un être humain. Au fil du temps, Sedge les avait tous renvoyés, jusqu'à ce que le groupe d'origine des Samouraïs de Singularity ait été réduit à un seul membre : Cam Putney. Sa position lui offrait un certain pouvoir, mais il savait que c'était une épée à double tranchant, c'était aussi l'un des enseignements d'Ume-Sensei. Un jour, il se retrouverait de l'autre côté du manche. C'était inévitable, une loi absolue de l'univers, la transformation de la matière et de l'énergie. Le passage du jour à la nuit. De la force à la faiblesse. De la vie à la mort. Un jour, son pouvoir faiblirait, et il serait à la merci d'une force plus puissante que la sienne. Mais ce n'était pas pour tout de suite, et il avait une tâche à accomplir.

Cam reprit son Glock et s'avança dans la salle à manger, aussi silencieux qu'un spectre. Il prit une profonde inspiration, se stabilisa et leva son arme. Il repensa au jour où il avait tué Ernest Raythe, le craquement de ses vertèbres, la dynamique de la voiture qui filait sur la route de campagne. Il avait programmé son coup afin d'avoir le temps de sauter de la voiture juste avant qu'elle glisse dans le ravin. Le Dr Raythe n'avait rien vu venir avant qu'il ne soit trop tard. Et ce serait pareil pour le Dr Thessaly Moses.

36

BATTERIE À PLAT. Brink jura entre ses dents, frustré. Le pick-up avait vraiment mal choisi son moment pour le lâcher, mais ce n'était pas de sa faute : quand Cam avait enlevé Connie, il avait laissé la portière passager entrouverte. Le plafonnier avait dû rester allumé et vider la batterie.

Il prit une profonde inspiration, évalua la situation. Le pick-up était garé au sommet d'un raidillon entouré de quarante hectares de forêt. Il pouvait toujours marcher sur la route, mais ça prendrait trop de temps. Il devait descendre cette côte aussi rapidement et silencieusement que possible. C'était sa seule échappatoire.

Et même s'il arrivait à démarrer le pick-up, le moteur était vieux et bruyant et le trahirait instantanément. Cela dit… Il n'avait pas besoin de démarrer le moteur. Il était en haut d'une pente raide. La gravité l'emmènerait en bas de la côte. Lentement, Brink desserra le frein à main, débraya et se mit au point mort. Puis, lâchant la pédale de frein, il laissa la pesanteur agir. Le pick-up roula silencieusement vers le bas du raidillon.

Il scrutait les ténèbres le long de la route sinueuse en frémissant d'appréhension. Cam n'était nulle part en vue, mais Brink avait l'impression qu'il n'était pas très loin non plus. Il l'attendait peut-être en bas de la côte, il était même possible qu'il se soit garé quelque part près de la maison. Brink n'avait aucun moyen de le savoir. Il n'avait pas d'autre solution que d'avancer. L'allée était longue et tortueuse, et il y voyait à peine, les phares ne fonctionnaient pas. Il négocia donc le parcours dans le noir jusqu'au bas de la côte, faisant de son mieux pour rester sur la piste. Finalement, il lâcha l'embrayage. Le moteur, en prise, crachota et démarra.

Il alluma les phares et fonça, mettant autant de distance que possible entre Jameson Sedge et lui. Au fur et à mesure que les kilomètres défilaient, il se détendit. Il baissa sa vitre et sentit la vitesse du vent frais de la nuit sur sa peau. Ce ne fut qu'à cet instant, tandis qu'il s'éloignait de Sedge, qu'il se rendit compte à quel point il était crispé. Ces dernières heures, tous les muscles de son corps avaient été tendus à bloc. Il fit rouler ses épaules pour les libérer de la tension accumulée, et tandis que l'odeur des pins emplissait ses sens, il sentit que ses idées s'éclaircissaient.

Un rapide coup d'œil à sa montre lui apprit qu'il s'était écoulé vingt minutes depuis qu'il avait annoncé à Anne-Marie qu'il allait dans la salle de bains. Il se demanda combien de temps il leur faudrait pour comprendre qu'il s'était enfui. Il l'imagina toquer sur le battant pour s'assurer que tout allait bien. Comme elle n'obtiendrait pas de réponse, ils enfonceraient la porte et verraient la fenêtre ouverte. Il imagina Jameson se ruer dehors et constater que le pick-up n'était plus là. Anne-Marie ouvrirait la pochette de cuir, découvrirait que Brink avait pris la lettre et, ensuite, tout se déchaînerait.

Au bout de l'allée, il tourna sur une petite route de campagne et accéléra. Il ne savait pas dans quelle direction il allait, il savait juste qu'il fallait qu'il s'éloigne. Il était à une bonne quinzaine de kilomètres de la propriété d'Anne-Marie quand il s'arrêta sur le bas-côté, alluma ses feux de détresse, pêcha son téléphone dans sa poche et vérifia le réseau. À son grand soulagement, il vit s'afficher plusieurs barres en même temps que la notification d'un texto de Thessaly : « Ce n'est pas prudent de vous envoyer le message audio depuis mon téléphone et je me méfie de mon ordinateur du bureau. Je ne peux pas m'empêcher de penser qu'on me surveille, ici. Je rentre chez moi et je vous l'envoie par mail. Vous aviez raison. Jess Price est dans le pétrin jusqu'au cou. Regardez votre boîte mail dans une demi-heure. »

Il tapa une réponse, demandant à Thessaly d'appeler immédiatement son ami flic et de lui dire qu'il avait raison : Jameson Sedge et Anne-Marie Riccard étaient impliqués. Ils avaient soustrait des éléments importants de la scène de crime – un journal intime que Jess tenait quand elle séjournait à Sedge House – et les avaient dissimulés. Brink insistait pour que la police aille chercher Jameson et Anne-Marie pour les interroger.

Après avoir envoyé le texto, il rangea son téléphone et reprit la route. Il était tard et il était au milieu de nulle part. Il se serait bien arrêté pour lire la lettre de LaMoriette dans son pick-up, mais ça ferait de lui une cible facile. Il fallait qu'il trouve un endroit public où il pourrait lire en paix. S'arrêter était peut-être risqué, mais son besoin de savoir ce que contenaient les feuillets lui faisait oublier toute prudence. Finalement, il repéra un *diner* ouvert vingt-quatre heures sur vingt-quatre au bord de la route. Le restaurant se dressait comme un phare dans la nuit – une structure angulaire, des années 1950, en préfabriqué, avec une paroi vitrée qui révélait des rangées de banquettes en vinyle turquoise. Il lui sembla qu'il y serait suffisamment en sécurité. L'endroit était désert et il n'y avait pas de circulation sur cette route, il fit donc le tour du bâtiment et se gara sur l'arrière, à l'abri d'une benne à ordures. Personne ne pourrait voir son pick-up.

À l'intérieur, il choisit un box dans le fond, loin des vitres. Il se sentait étourdi, le sang battait à ses tempes. Il avait besoin d'un café. Il fit signe à la serveuse et lui en commanda une tasse accompagnée d'une part de tarte aux cerises. Elle était jeune, une vingtaine d'années, les ongles vernis noir, une mèche verte dans les cheveux, et il lut sur son visage qu'il devait avoir l'air d'aller aussi mal qu'il se sentait.

Lorsqu'elle eut tourné les talons, un immense poids s'abattit sur ses épaules quand il se rendit compte combien la situation avait drastiquement changé au cours des dernières heures. Il s'était fait embarquer dans une situation dangereuse et compliquée, une partie aux enjeux élevés. Et comme si ce n'était pas assez dramatique, Connie avait disparu, et il n'avait aucune idée de la façon dont il allait la retrouver.

Il tâtonna dans sa poche et sentit son dollar en argent, chaud et lisse. Le destin et la chance, la destinée et le libre arbitre – qu'est-ce qui était en jeu, ici ? Il avait pris un risque et décidé de rencontrer Jess Price pour s'apercevoir qu'il avait ouvert la porte d'une nouvelle énigme, un labyrinthe dans lequel il tournait en rond. Pendant des années, il avait traversé la vie en toute tranquillité, porté par ses talents. Mais à présent, tous ses dons étaient mis à l'épreuve.

Il attendit son café en contemplant ses mains, en espérant que les choses se décantent. En cherchant à trouver un sens à toute cette affaire. Les deux morts dont les corps présentaient les mêmes marques et l'étrange schéma sur le bras de Jess qui leur correspondait. L'Énigme de Dieu, comme avait dit Jameson, et la lettre de LaMoriette qui n'attendait que d'être lue. Le triangle de Pythagore tatoué dans le cou du gardien de prison, et le casse-tête de Mike Brink avec sa clé chiffrée. Il disposait tous ces éléments devant lui comme autant de calques qui, une fois empilés, créeraient une image composite, des strates distinctes qui fusionneraient pour révéler quelque chose d'important. Il savait que c'est ce qu'elles finiraient par faire, mais il avait beau les examiner, il ne voyait pas comment.

Finalement, la serveuse lui apporta son café et sa tarte aux cerises. Il mangea rapidement, en jetant de fréquents coups d'œil par la vitre, s'attendant à voir surgir Jameson. Ce type n'allait pas le laisser s'en tirer aussi facilement, de cela, il était certain. Bien que le *diner* soit au milieu de nulle part, la Tesla noire pouvait se montrer d'une minute à l'autre. Il n'aurait pas dû s'arrêter, mais il fallait qu'il lise la lettre qu'il avait prise dans le maroquin. Il fallait qu'il comprenne ce dont Jameson et Anne-Marie parlaient, qu'il découvre en quoi Jess était concernée. Peut-être que cela l'aiderait à décrypter le cercle que Jess avait dessiné. Parfois, quand il s'y attendait le moins, il avait une fulgurance et trouvait la réponse à un casse-tête qui lui résistait obstinément. Peut-être aurait-il cette chance et verrait-il une solution à l'Énigme de Dieu.

Il finit son café et se sentit légèrement moins nerveux. Le sucre et la caféine l'apaisaient. Le vertige se dissipait et il commençait à voir la situation avec plus de clarté. Il était en danger, c'était indiscutable, mais il était aussi en position de force. Il détenait une information que Jameson et Anne-Marie convoitaient, et il leur avait damé le pion à chaque étape. Il avait développé une connexion avec Jess ; il avait déterré le rapport confidentiel de la police dans les sous-sols de la prison ; Thessaly Moses et son contact au département de police étaient disposés à l'aider. Mais sa carte maîtresse, c'était la lettre de LaMoriette, le document qui lierait le tout, comme le prétendait Anne-Marie.

En l'état, il avait toutes les cartes en main. Comme le grand maître des échecs Savielly Tartakower avait dit un jour : « Le gagnant est celui qui commet l'avant-dernière erreur. » Pour le moment, il devait s'assurer que son erreur ne serait pas la dernière. Il plongea la main dans sa sacoche et en sortit la liasse de pages qu'il avait prise dans le maroquin d'Anne-Marie, la lettre de LaMoriette, et se mit à lire.

37

24 décembre 1909
Paris, France

Mon cher fils,

Quand tu liras ceci, j'aurai causé beaucoup de chagrin, et pour cela, j'implore ton pardon. Comme tu le sais, mon enfant, je suis un homme hanté, et si j'ai payé un lourd tribut, au moins ai-je fait la paix avec mes démons. Je ne l'écris pas pour être pardonné de ce que j'ai fait. Je sais trop bien que c'est impardonnable – aux yeux de Dieu, comme aux yeux des hommes. Non, si je rédige ce récit de ma découverte, c'est par obligation. C'est ma dernière chance de relater les événements incroyables, les terribles et merveilleux événements qui ont changé ma vie, et qui, si tu t'aventures dans les mystères que je m'apprête à révéler, changeront aussi la tienne.

Tu te demandes ce qui est responsable d'un tel tourment ? Je vais te le dire, mais prends garde : une fois qu'on connaît la vérité, il est difficile de l'oublier. Elle m'a hanté à chaque minute de chaque jour. L'oublier était hors de question.

J'ai été happé par son mystère comme un papillon de nuit tournant autour d'une flamme – *in girum imus nocte et consumimur igni*. Et si j'ai eu la chance de survivre pour consigner la vérité, même à présent, alors que je me tiens au bord de l'abysse, je ne puis m'empêcher de frémir à la perspective de te confier un secret aussi dangereux.

J'ai souffert, mais c'était la souffrance d'un homme qui a créé sa propre chambre de torture. J'ai cru que je pourrais connaître ce qui ne devait pas être connu. J'ai voulu voir des choses, des choses secrètes, j'ai soulevé le voile qui sépare l'homme du divin et j'ai regardé Dieu droit dans les yeux. C'est la nature de l'énigme que d'offrir tour à tour douleur et plaisir. Et même si la vérité que je m'apprête à te révéler risque de te choquer, si elle offre ne serait-ce qu'un minuscule refuge à l'espoir, alors par ceci, mon dernier message, tout aura été accompli.

On pourrait situer en de nombreux points le moment où l'histoire de la chute d'un homme a commencé, mais je partirai du mois de septembre 1891. Tu étais encore petit, mais peut-être te souviens-tu que cette année-là fut l'année où nous avons perdu ta sœur aînée. Ta mère et moi étions mariés depuis seize ans, nous avions eu notre lot de bonheurs et de chagrins, mais rien n'avait mis notre mariage à aussi rude épreuve que le décès de Violaine. Ébranlé par cette perte immense, j'ai cru qu'une atmosphère étrangère, l'éloignement des lieux où ta sœur avait vécu puis disparu, m'apporterait un soulagement.

Je me suis donc rendu à Prague pour travailler sous la férule de Maître Johan Král, le grand fabricant de poupées. Certes, je n'étais plus tout jeune, j'avais eu trente-quatre ans cet été-là, mais j'avais hâte d'acquérir sa technique. Bien sûr, j'avais appris mon métier de nombreuses années auparavant, sous la supervision de mon père, dont la boutique sise au 147, rue Saint-Denis était déjà mythique à Paris, avant que j'en hérite et que je la mène au succès qu'elle connaît aujourd'hui.

Or Maître Král maîtrisait une technique que je ne possédais pas : l'art des yeux en cristal de Bohème, qui était encore inconnu à Paris en ce temps-là. Sa technique était plutôt ingénieuse : il créait la couleur au centre de la sphère à l'aide d'un procédé de soufflage du verre qui infusait dans l'iris de minuscules bulles d'air. Le résultat était que les yeux capturaient et diffusaient la lumière. De fait, lorsque j'avais vu l'une des poupées de Král dans une boutique à Paris, la petite créature donnait l'impression de suivre du regard chacun de mes gestes. Ses poupées étaient fascinantes, si réalistes qu'elles en étaient envoûtantes.

Pourtant, si Maître Král maîtrisait assurément l'art des yeux en cristal, l'un dans l'autre, ses poupées, comparées aux miennes, étaient plutôt rudimentaires. La forme des membres et la qualité de la matière, l'expression atone des visages – tout montrait qu'il avait besoin de moi. Quand j'ai su que Maître Král avait l'intention d'effectuer la transition complète vers des parties de poupée en porcelaine, je lui ai écrit pour solliciter un échange : je l'aiderais à créer sa fabrique de porcelaine, en échange de quoi il m'enseignerait le secret de ses yeux en cristal.

J'ai passé mes premières semaines à Prague dans la fabrique. Je séjournais en dehors de la ville, dans ce qui faisait jadis partie d'une carrière de roches d'où l'on extrayait du calcaire et d'autres pierres naturelles, avant de les raffiner et les réduire en poudre. L'atelier était exigu et plutôt sombre, avec ses fenêtres à claire-voie sur les façades est et nord. Nous travaillions à la lumière des lampes à gaz, même en plein jour. La première chose que je fis en entrant dans l'atelier fut de plonger ma main dans un fût d'yeux de verre, des centaines de globes oculaires parfaitement moulés, rien que pour en apprécier le poids. Quelle beauté ! Les surfaces de cristal, lisses et froides, s'entrechoquaient ; j'étais subjugué par leur perfection glacée.

Toute la journée, nous fabriquions des poupées en porcelaine. Král avait fait construire un four sur le modèle des fours à faïence anglais appelés *hovel*. L'enveloppe de brique, en forme de bouteille, permettait de se tenir debout à l'intérieur de la cheminée et de se pencher vers la flamme afin de présenter la porcelaine au feu et de l'en retirer. C'est ainsi que du four ressortaient les petits corps aux membres allongés et gonflés par la chaleur, comme autant de petits pains. Quand ils en émergeaient, c'était un moment d'alchimie, une réaction élémentaire pure, la fusion de la terre et du feu, de l'air et de l'eau qui s'alliaient sous forme solide. Quand j'attrapais une poupée en la prenant par une jambe avec une pince en métal et que je la plongeais dans une cuve d'eau froide, elle sifflait et crachait comme une vipère. Alors je reculais très vite, comme si je m'étais fait piquer, et je regardais les volutes de vapeur monter vers les poutres métalliques, passer par un trou dans le toit et se perdre dans le ciel bleu glacé.

Dans mes souvenirs, Prague a toujours été sombre et morose, une impression qui n'avait pas grand-chose à voir avec la qualité de la lumière et n'était sans doute que le reflet de l'état d'esprit qui était alors le mien. Mon chagrin, cette année-là, était insondable. J'avais vécu, jusqu'alors, une existence plutôt agréable. Ta mère était l'amour de ma vie, tout simplement, et Violaine… était Violaine. Mes mains tremblent quand je pense à elle, mon enfant, si vive, si brillante.

Néanmoins, j'avais hâte de recevoir l'enseignement de Maître Král, et j'étais prêt à partager mon savoir avec lui. J'avais apporté une poupée de notre boutique de Paris, l'un des premiers exemplaires avec des yeux de verre. Le corps était parfait, une porcelaine luisante recouverte d'un émail blanc crème, mais les yeux laissaient beaucoup à désirer. Je les avais mal alignés, aussi le regard était-il un tantinet décalé, ce qui infligeait à la poupée un strabisme quelque peu effrayant.

Le Maître la reçut comme un témoignage d'amitié : si j'étais prêt à lui dévoiler mes faiblesses dans l'art de fabriquer des poupées, il pouvait faire de même. Maître Král releva les défauts, mais admira aussi les proportions du visage, et surtout, la luminosité de la porcelaine. Il mit le *Bébé de Paris* dans la vitrine de son magasin de poupées, où le baigneur fixait les passants de son regard bigleux de lapin fou.

Quelques semaines après mon arrivée à Prague, j'ai remarqué un homme qui se tenait devant la boutique. Grand et mince, vêtu d'un long pardessus et d'un chapeau noirs, une étrange tenue par cette chaude journée d'automne. Je n'y aurais plus pensé si je ne l'avais rencontré un peu plus tard, au marché de la place de la Vieille Ville. Je venais d'acheter une miche de pain de seigle et j'hésitais à y ajouter un chapelet de saucisses sèches quand il est apparu à côté de moi, feignant d'examiner une pile de choux. Il avait une barbe noire bien taillée, de grands yeux noirs, et il rivait sur moi un regard particulièrement intense qui me donna l'impression qu'il me cherchait, et que maintenant qu'il m'avait trouvé, il ne me lâcherait plus.

Il se présenta sous le nom de Jakob et se mit à me parler en tchèque. Mon ignorance de la langue lui apparut immédiatement : j'en savais suffisamment pour acheter du pain au marché, mais c'était toute l'étendue de mes connaissances. Quand j'ai voulu lui répondre, il a tout de suite perçu mon accent et il est passé au français. Quel réconfort d'entendre ma langue ! Je n'avais quitté Paris que depuis quelques semaines, et pourtant, j'avais toujours l'impression d'être amputé d'un membre.

— M'accompagneriez-vous pour prendre une chope de bière ? suggéra-t-il, et comme j'étais libre jusqu'à la fin de la journée et que je me demandais ce qu'il me voulait, j'ai accepté.

La taverne était proche du Théâtre des États, une salle de concert qui avait reçu Mozart quelques centaines d'années plus tôt. Jakob m'ayant convié à boire une bière, c'est ce qu'il me commanda, mais il prit pour lui-même un thé qu'il édulcora d'un morceau de sucre.

— Pardonnez-moi, dit-il. Je comprends que c'est une façon plutôt étrange de vous aborder, mais vous êtes bien le fabricant de poupées, n'est-ce pas ? Dites-moi : est-ce l'une de vos créations qui trône dans la vitrine de la boutique de M. Král ?

J'étais flatté qu'il ait remarqué mon œuvre. J'en étais fier, même, malgré ses yeux terriblement imparfaits. Je lui ai confirmé que j'en étais l'artisan, en effet, et que j'étais à Prague pour me perfectionner dans l'art du cristal.

— Votre création est de belle facture, beaucoup plus raffinée que bien d'autres poupées qu'il m'a été donné de voir.

Je l'ai remercié et j'ai bientôt appris que Jakob avait vingt-quatre ans, qu'il était juif, vivait dans le quartier au nord du magasin de poupées, et qu'il était fils de rabbin. Après s'être présenté, il a baissé la voix et m'a demandé :

— Croyez-vous que chacun d'entre nous est animé d'une raison supérieure dans la vie ?

— Bien sûr, ai-je répondu sans hésiter. Comment pourrait-on survivre, sinon ?

— Et quelle est la vôtre ?

La question me taraudait depuis que j'avais perdu Violaine. Sa mort avait fait basculer l'équilibre de l'univers. Le mal me semblait l'emporter largement sur le bien, et je m'étais souvent demandé à quoi bon continuer. Si un être comme ma fille, une enfant d'une telle sensibilité, d'une si magnifique intelligence, pouvait m'être aussi injustement enlevée, dans quelle sorte de monde évoluions-nous ?

— La mienne est de créer de la beauté, ai-je fini par répondre. Quand toutes les horreurs de la vie vous ont été révélées, c'est ce que Dieu nous envoie pour nous consoler : la beauté.

Ce qui amena un sourire sur les lèvres de Jakob.

— Nous vous attendions, monsieur LaMoriette. Il y a des années que nous vous attendions.

— Et qui cela ? ai-je demandé, toujours intrigué par ses intentions.

— Nous vous inviterons bientôt chez nous.

J'ai fini ma bière et me suis tourné pour faire signe au serveur. Quand j'ai de nouveau regardé vers Jakob, sa chaise était vide. Une pile de pièces était posée sur la table et il marchait d'un pas pressé dans la rue pavée, son chapeau noir le distinguant dans la foule.

38

Vers le début du mois d'octobre, un mystère s'est produit à la boutique. Un après-midi, en arrivant, j'ai remarqué que ma poupée n'était plus en vitrine. Pensant que quelqu'un l'avait changée de place, j'ai regardé sur les étagères, écarté les poupées en bois et en chiffon, les poupons en biscuit, cherchant mon *Bébé de Paris* en porcelaine. Král était derrière le comptoir, occupé avec un client. Dès qu'il a été libre, je l'ai interrogé sur cette disparition, et Maître Král m'a répondu, perplexe, que personne ne l'avait achetée. En effet, il ne la vendrait jamais tant il chérissait ce cadeau. Mais quand nous avons fouillé les étagères ensemble, ma première constatation s'est avérée : la poupée n'était plus là.

Peu après, Jakob m'a de nouveau approché. C'était un samedi de la fin du mois d'octobre et je revenais d'un après-midi passé au four à céramique. Jakob attendait devant la boutique, dans l'ombre, comme le jour de notre première rencontre. Cette fois, il m'a invité à dîner chez lui. J'ai accepté. J'avais faim et n'avais rien à manger dans ma chambre, mais plus alléchante encore que la perspective du repas, c'était l'occasion pour moi d'en découvrir un peu plus sur son quartier de naissance. Et bien sûr, il y avait l'attrait de ma langue maternelle. Parler français avec Jakob me dynamisait, agissait comme un baume pour mon esprit quand Paris me manquait tant, et me donnait l'illusion que rien – ni le mal du pays ni le deuil – n'était insurmontable.

Nous avons suivi des rues étroites dans la nuit tombante. En traversant la rivière, j'ai vu des maisons devant lesquelles s'empilait du bois de chauffage fraîchement coupé, et l'air sentait la fumée. Après un quart d'heure de marche, nous sommes arrivés à l'hôtel de ville, un bâtiment tout à la fois imposant et élégant, avec sa haute tour érigée sur son toit Mansard. Il rappelait un peu les bâtiments de Paris par sa forme baroque, sa tour de pierre sculptée comme une pièce d'échecs.

Jakob m'a tout de suite conduit chez lui, une maison sans apprêt, située sur une place en face d'une imposante structure dressée vers le ciel qui s'empourprait : la synagogue Vieille-Nouvelle. Jakob m'a expliqué que c'était le temple où son père rabbin officiait. Cela m'aurait intéressé d'en apprendre davantage, mais je n'ai pas eu le temps de le questionner. Nous avons été immédiatement entourés par une foule d'enfants – ses frères et sœurs, sept ou huit filles et garçons. Nous sommes entrés dans une maison où planait une odeur de ragoût qui mijotait, où se faisaient entendre un violon dont on jouait dans une pièce éloignée et des voix parlant dans une langue que je ne comprenais pas. Dans mon ignorance, j'avais mis la fluidité du français de Jakob sur le compte d'une affinité culturelle. J'avais cru que nous partagions les mêmes coutumes, des idées similaires sur le monde, et peut-être les mêmes rituels à table. Mais à l'instant où nous sommes entrés chez lui, j'ai compris que je ne connaissais rien de lui.

Le père de Jakob, Rabbi Josefez, est venu me saluer alors que j'ôtais mon manteau. Je ne pouvais pas le comprendre, bien sûr, et Jakob a traduit, comme il le ferait chaque fois que son père me parlerait.

— Mon père vous souhaite la bienvenue. Il est honoré de recevoir ici, chez nous, un artiste de votre qualité.

J'étais flatté, mais surpris aussi qu'il connaisse mon travail. Il n'y avait pas d'autre exemplaire de ma poupée à Prague en dehors de mon *Bébé de Paris*, et je n'en avais parlé à Jakob que pour lui expliquer les raisons pour lesquelles je travaillais avec Maître Král. Voyant ma consternation, Jakob m'a dit :

— C'est mon père qui a vu votre golem dans la vitrine de la boutique. Il m'a demandé de m'enquérir de son créateur. C'est lui qui a compris votre talent. C'est lui qui vous a choisi.

Golem. C'était la première fois que j'entendais ce mot, et j'ignorais tout de sa signification. J'aurais pu la lui demander, mais j'avais du mal à prendre mes marques. Jakob m'avait invité à dîner, et il n'en avait plus été question. Il m'a conduit le long d'un couloir, puis dans une pièce sombre où le rabbin m'a fait signe de m'asseoir à la table avant de prendre place en face de moi. Je n'avais pas eu le temps de m'installer qu'on a toqué à la porte. Un groupe de quatre hommes est entré. Ils ont retiré leur pardessus et leur chapeau et se sont joints à nous. Jakob me les a présentés comme étant des rabbins. Ils se sont assis en saluant Jakob chaleureusement, en l'appelant Bocher Jakob, ce qui, m'a chuchoté Jakob, désignait un jeune homme étudiant le Talmud.

Le père de Jakob s'est mis à prier. J'ai écouté attentivement, essayant de comprendre l'embrouillamini de sons durs, gutturaux, inintelligibles. J'étais captivé par l'intensité de sa voix et par la passion avec laquelle le rabbin priait. C'était une prière différente de celles que je connaissais. Le rabbin ne se contentait pas de lire dûment le texte. Il l'incarnait, il implorait le Tout-Puissant comme si c'était une question de vie ou de mort.

La prière terminée, les hommes se sont mis à parler. Ils ne se sont jamais adressés à moi directement, n'ont jamais demandé à Jakob de traduire leurs paroles, et c'est ainsi que je suis resté dans l'ignorance des détails de leur conversation. Pourtant, je ressentais, par les coups d'œil qu'ils jetaient dans ma direction, l'intérêt sincère qu'ils portaient à ma présence.

Finalement, la mère de Jakob est entrée et a servi le dîner – le ragoût dont j'avais senti le fumet en arrivant. Nous avons mangé en silence, puis, une fois le repas terminé, le rabbin a enfilé un pardessus en laine, souhaité le bonsoir à la ronde et nous a fait signe, à Jakob et à moi, de le suivre dans la fraîcheur de l'air automnal. La nuit était claire, la pleine lune illuminait le toit pointu de la synagogue, et derrière, les flèches de l'hôtel de ville dressées vers le ciel nocturne. Parvenu au temple, le rabbin a tiré une clé de sa poche et ouvert la porte.

Une fois à l'intérieur, Jakob a allumé une bougie et me l'a tendue, puis il en a pris une pour lui-même, et ensemble, nous avons longé un étroit couloir, gravi une volée de marches qui menait à une mezzanine dominant l'espace en dessous. À Saint-Sulpice, où j'avais été baptisé, on aurait appelé cela le jubé, mais ici, dans la synagogue, je n'ai vu ni orgue, ni tuyaux, rien qui faisait penser à une finalité musicale. Jakob a allumé d'autres bougies jusqu'à ce que l'espace brille de lumière. Le rabbin en a pris une et s'est dirigé vers une grande armoire en bois dans un coin de la pièce, il a pris son trousseau de clés et l'a ouverte.

Tu ne peux pas imaginer, mon enfant, ma stupéfaction au moment où un pied m'est apparu à la lueur de la bougie.

Quand la lumière est devenue plus forte, une jambe a émergé, puis un large torse. Abasourdi, je me suis surpris à examiner la créature avec appréhension. Qu'est-ce que cela pouvait être ? Jakob a aidé son père, et ensemble, ils ont sorti une sorte de mannequin de l'armoire.

J'ai constaté que, bien que de même forme, il était plus grand qu'un homme, de la taille d'un géant, plus haut de deux têtes que Jakob, que je trouvais déjà de belle taille. Ils l'ont porté au milieu de la pièce et l'ont délicatement couché par terre, sur le dos, à la lumière des bougies. Il était abîmé, et s'effritait à certains endroits – un bras était détérioré, et la tête et le torse étaient fracturés.

Finalement, le rabbin a pris la parole en désignant la créature, puis moi.

— Mon père voudrait vous demander si vous accepteriez de réparer notre golem, a dit Jakob.

La silhouette gisant devant moi était dans un état effroyable. J'ai passé la main sur la cavité du torse, l'argile se délitait.

— C'est très fragile, ai-je dit. Si je puis me permettre, vous n'auriez pas dû le sortir de l'armoire.

— Il a été fabriqué par l'ancêtre de mon père, le rabbin Loew de la lignée mâle de David, a répondu Jakob. Il lui a donné forme à partir de la poussière de cette synagogue.

J'ai regardé autour de moi, le travail de la pierre, en me demandant ce que cela pouvait vouloir dire. Un mannequin de cette taille aurait exigé au moins cinq kilos d'argile.

— À quel moment le rabbin Loew l'a-t-il créé ?

— Le golem est venu à l'existence il y a trois cents ans.

Ma première réaction a été la stupéfaction – c'était absurde, cette argile, même cuite et protégée des éléments, n'aurait pu durer deux décennies, a fortiori trente.

— Regardez ici, ai-je dit en touchant la main droite à laquelle il manquait trois doigts. Même cette réparation relativement simple ne tiendrait pas. Si j'essayais de remodeler les doigts, la main se casserait. Il faudrait que je reconstitue le bras entier, le torse entier, les jambes et la tête. Il faudrait que je le remodèle entièrement avec de l'argile neuve.

Pendant que Jakob traduisait pour son père, j'ai regardé plus attentivement ce qu'ils appelaient le *golem*. Le visage était grossièrement moulé, les membres étaient épais, le torse carré, les yeux et le nez mal dégrossis, comme taillés au couteau.

— Le golem est une créature simple, a dit Jakob, conscient de mon intérêt. Sa seule raison d'être est de servir et de protéger. Il n'a pas d'intelligence, mais son pouvoir est immense. Depuis trois siècles, ma famille en prend soin de son mieux. Mais nous ne pouvons plus continuer. Il se désintègre.

Le rabbin a adressé un geste à son fils, et Jakob s'est dirigé vers un coffre en bois placé tout à côté.

— Venez, il faut que nous vous montrions quelque chose.

Je l'ai rejoint devant le coffre et, là, j'ai vu mon *Bébé de Paris* couché dedans. Ses yeux de verre, qui avaient toujours été de travers, avaient pris un air sinistre. J'étais stupéfait de constater que c'était mon ami Jakob, mon nouvel ami, qui l'avait volée.

Sans me laisser le temps de lui demander des explications, le rabbin a ouvert un folio et en a sorti une feuille de vélin. Elle était très ancienne, jaunie par le temps, et en son centre, j'ai vu un grand cercle élaboré, avec de nombreux chiffres et symboles.

— Voici le véritable nom de notre Créateur, Hashem. C'est notre secret le plus précieux, a chuchoté Jakob. Nous nous le transmettons de père en fils depuis des milliers d'années.

Certains ont appris le secret du Nom avant d'être prêts, et ces hommes ont souffert de terribles conséquences. Mais n'ayez crainte. Vous êtes protégé. Vous accédez à cette connaissance sur invitation, et par nécessité.

Le rabbin dit un mot à son fils et Jakob se tourna vers moi.

— Mon père demande si vous êtes ici de votre plein gré, et si vous consentez librement à assister à ce que nous nous apprêtons à vous montrer ?

En dépit de ma confusion, je n'ai pas hésité. Je voulais connaître le secret auquel Jakob faisait référence. Je lui ai confirmé que j'étais ici de mon plein gré et j'ai prié le rabbin de poursuivre.

— Restez près de moi, a chuchoté Jakob. Quoi qu'il arrive, ne dites rien.

Je n'ai pas eu l'occasion de réagir. Le rabbin a immédiatement commencé le rituel, lisant un passage de son livre, chantant des mots que je ne pouvais pas comprendre. Jakob m'a agrippé le bras, pour me retenir, peut-être, ou pour garder son équilibre. Il avait une lueur terrible dans le regard, et cela ne faisait rien pour calmer mon propre sentiment de malaise. Cinq fois, six fois autour du golem, le rabbin a marché. Après le septième tour, il s'est arrêté. Il s'est penché sur la créature et lui a touché le front.

Les secondes suivantes enflèrent, ralentirent, emplies d'une tension qui m'a traversé. Et puis, de l'immobilité qui la confinait, la créature est sortie, elle s'est éveillée. Ses paupières se sont ouvertes et, pendant dix secondes, peut-être vingt, j'ai regardé la poupée prendre vie.

Mais alors que la force enflait, elle l'a submergée. La créature a commencé à s'agiter d'une manière effrayante, ses yeux parcourant la pièce d'un regard affolé. Le rabbin a posé la main sur son visage, il a de nouveau prononcé les paroles, et la vie l'a quittée.

— Vous voyez, a dit Jakob. La porcelaine est une substance dure et lumineuse, comme si la lumière devenait solide. Les pouvoirs du Créateur s'expriment à travers la lumière. Le golem a résisté à la force de la vie. Il ne s'est pas brisé. Votre travail convient à notre dessein, mon ami.

J'observais la scène, abasourdi, trop terrifié pour parler, mais trop fasciné pour m'enfuir.

— Nous pouvons donner vie au golem, a dit Jakob. Mais nous avons besoin d'une enveloppe solide. D'une meilleure enveloppe. Faite de porcelaine.

Le rabbin a croisé mon regard, et j'ai enfin compris ce qu'ils attendaient de moi.

39

J'AI TRAVAILLÉ EN SECRET. Ce n'était pas difficile. Maître Král supervisait rarement le travail de ses apprentis maintenant que j'étais là – il se fiait à mon regard, me disait-il, plus qu'au sien –, je savais donc à quel moment les hommes venaient travailler et quand ils s'absentaient. J'allais au four tard dans la nuit, quand ils étaient partis depuis longtemps, ou le dimanche matin quand ils cuvaient leur alcool ou qu'ils imploraient leur rédemption à l'église. Ainsi, j'ai pu travailler sans interférence, en utilisant du kaolin et du feu pour faire des essais sur mon golem.

Le rabbin voulait que je fabrique un corps en porcelaine capable de se déplacer aisément, à la fois fort, léger et résistant. Je n'imaginais pas une minute que mes tentatives porteraient leurs fruits, ou qu'il pourrait véritablement se déplacer. Et pourtant, quelque chose en moi succombait au fantasme que j'étais en train de créer un enfant. Comme Geppetto quand il avait fabriqué son petit garçon de bois, j'imaginais un petit être qui prendrait son essor dans le monde de sa propre volonté, porteur de mes efforts artistiques – emportant avec lui son magnifique petit nez et son menton parfait.

Mon père m'avait dit un jour que la création d'un bébé en porcelaine allait bien au-delà de la fabrication d'un jouet. Et même au-delà de la création artistique, bien que l'art soit impliqué, et de considérable façon. Les enfants qui adoptent nos créations, disait-il, les aiment et leur portent la même tendresse que des parents. Ils mémorisent la forme de l'oreille du bébé, la couleur de ses yeux, le poids exact de son corps. Ils apprennent à l'aimer et à le protéger. En ce sens, l'art du fabricant de poupées est à la base de ce qui fait de nous des êtres humains. Et je gardais ces phrases en tête tandis que je créais celle-ci, la modelant avec une telle tendresse qu'elle ne pourrait être qu'aimée.

Les instructions que j'avais reçues étaient spécifiques à tous égards, mais c'était à moi que revenait la conception des traits exacts de la créature. J'ai commencé par faire des brouillons de celle que j'allais créer, travaillant sur le mécanisme des articulations, les contours du visage et le positionnement de la cavité qui recèlerait le rouleau de papier. Les membres, avais-je décidé, devaient être articulés. J'ai réalisé des jointures à ressort, ajouté un mécanisme qui protégerait la porcelaine des chocs dus aux mouvements, et l'ai dotée de chevilles et de poignets qui pivotaient grâce à des vis lubrifiées. J'ai décidé d'utiliser du cuir souple pour le torse, liant les parties de la poupée avec un cordon à l'intérieur de l'enveloppe. Cela lui conférerait beaucoup de force et de flexibilité, comme des tendons. J'étais sûr que cette méthode me serait utile à l'avenir, et en effet, ce fut l'une de celles que j'ai fait breveter en rentrant à Paris, qui s'est révélée d'une grande valeur au fil des ans.

Chaque élément du procédé devait être repensé. J'ai construit de nouveaux moules. J'ai créé une nouvelle méthode pour fixer les membres et le cou au torse : une articulation à rotule qui lui conférait encore plus de force et de mobilité, une innovation que j'ai aussi fait breveter. Les ressorts des genoux et des coudes donneraient à la créature sa flexibilité, et les yeux extraordinaires en cristal de Maître Král lui offriraient un regard hypnotisant.

La conception d'une machine aussi délicate m'a poussé à de telles extrémités qu'il y a eu des moments, pendant les mois où j'ai travaillé dessus, où j'ai douté de mes capacités. Rien de pareil n'avait jamais été fabriqué avant cela, et j'ai commis de nombreuses, très nombreuses erreurs en cours de route. Mais la fierté de mon travail m'a poussé de l'avant, cette même fierté que j'avais éprouvée quand mon *Bébé de Paris* avait été placé dans la vitrine de la boutique de Maître Král et que les passants s'arrêtaient pour admirer la luminosité étincelante, céleste, de la porcelaine. Je ressentais une fierté d'artiste, une fierté qui, je le vois maintenant, après tout ce qui s'est passé, m'a complètement aveuglé.

Car quel homme sinon un aveugle créerait une poupée à l'image de son enfant défunt ? Violaine nous a quittés quand tu avais cinq ans à peine, mon fils, mais tu as vu son portrait accroché dans le petit salon. Il est tellement fidèle à son apparence, il capture si bien sa somptueuse chevelure auburn et l'intelligence de ses yeux verts que j'avais souvent l'impression qu'elle était toujours parmi nous quand je passais devant. Elle avait quinze ans quand nous l'avons perdue, mais je la vois toujours, enfant, en train de jouer avec les poupées qu'elle avait choisies dans la boutique de la rue Saint-Denis. Violaine était une jeune fille magnifiquement volontaire, obstinée, qui avait ses spécificités. Elle n'aimait pas la crème glacée, par exemple, ni aucune sensation de froid – ni la glace, ni la neige, même pas les dalles de marbre du sol sous ses pieds nus –, autant de caractéristiques qui nous amusaient beaucoup, ta mère et moi, mais qui m'ont laissé, après qu'on l'eut mise dans cette froide crypte au Père-Lachaise, si désespéré que je n'ai pas pu dormir pendant une semaine. Elle doit avoir si froid, me disais-je, tellement froid, ma pauvre enfant, si affreusement froid dans cette tombe.

Une centaine de menus détails attestaient de sa personnalité singulière – les taches de rousseur sur ses joues, ses yeux d'un vert translucide, ses lèvres fines, délicates –, et s'ils avaient quitté ce monde avec sa mort, je pouvais les restaurer en porcelaine. J'ai modelé, remodelé jusqu'à ce qu'un jour, elle se matérialise. J'ai déposé la silhouette en argile sur une dalle de pierre, son petit corps pâle évoquant un enfant sur un bûcher funéraire, et je l'ai poussée dans le feu. J'ai fermé la porte du four et me suis éloigné, le cœur battant, et quand j'ai retiré la palette des flammes, j'ai vu une créature trop parfaite pour être vraie. Elle luisait d'une chaleur démesurée, d'une force palpitante, pulsatile que j'ai osé comparer à la puissance du soleil. Avec son corps ardent et ses yeux vides ouverts sur un regard d'épouvante, on aurait dit un antique totem arraché aux abysses. Qu'elle était noble, ma Violaine ! Comme elle irradiait ! Comme la chaleur s'accrochait à la fluidité de la porcelaine, la blancheur matte d'un orange flamboyant, des explosions de couleur vacillant à sa surface comme l'eau glisse sur la cire ! En voyant son corps refroidir, les chocs de la chaleur s'estomper et sa peau durcir, devenir d'un blanc brillant, nacré, j'ai su que ce que j'avais fait était bien. Et dans ce moment de joie, j'ai senti que j'avais rendu honneur, très humblement, à ma fille perdue.

La veille du Nouvel An, j'ai été pris de fièvre. Le froid glacial qui régnait dans l'usine, les mois de travail éreintant m'avaient affaibli, j'imagine, et je suis tombé malade. Je n'ai pas quitté mon appartement pendant plusieurs jours, pas même pour me nourrir. La fièvre me consumait et je me suis retrouvé entre rêve et éveil. J'ai vu Violaine à l'image de ce qu'elle était à peine un an plus tôt, dans la chaleur d'un après-midi de printemps, le soleil sur sa peau, son sourire radieux alors qu'elle mangeait une tarte aux fraises sous le cerisier derrière notre maison. Me souvenir d'elle était une torture, et cela rendait la réalité de sa disparition plus horrible encore.

Le soir de sa mort, elle était en excursion avec une amie. Elle n'était pas rentrée à l'heure, et je l'avais attendue toute la nuit, jusqu'à l'aube, malade d'inquiétude. Quand finalement, le coup de sonnette a retenti et que ta mère a fait entrer le gendarme, j'ai su que Violaine était morte. Et pourtant, je l'ai accueilli aimablement. Je l'ai emmené sur la terrasse, comme si l'air frais allait diluer son message. Ses boutons de cuivre étincelaient dans le soleil du matin, et conscient de la gravité de la nouvelle, il a ôté son képi et l'a tenu devant sa poitrine, par déférence. C'était son travail, et il l'a fait avec dignité, m'apportant la nouvelle avec la sensibilité d'un médecin annonçant une maladie incurable à son patient. Je l'ai entendu dire ce qui s'était passé, « un accident, monsieur », mais je n'ai pas très bien compris. Elles n'avaient pas de sens, ses paroles, beaucoup trop éloignées du champ des possibles pour que cela soit vrai. « Un virage sur la route. Un simple moment d'inattention. Une terrible tragédie. »

Comment un *moment d'inattention* pouvait-il à ce point tout détruire ? Je comprenais assez bien les faits : les chevaux, surpris, avaient fait un écart, le cocher avait perdu le contrôle. Le destin avait voulu qu'il y ait un étang à côté de la route, et que la carriole bascule dedans. L'état de la voiture laissait penser que Violaine aurait été très gravement blessée, même s'ils n'étaient pas tombés dans l'eau. Son amie s'était brisé la nuque, et des rapports ultérieurs émanant des médecins du village confirmèrent que même si elle ne s'était pas noyée, elle n'aurait pas survécu. Quant à Violaine, lorsqu'ils l'ont sortie de l'étang, ils ont constaté que malgré ses jambes brisées, c'est la noyade qui l'avait emportée.

Après la mort de Violaine, j'ai saisi la vraie nature du désespoir. Il colore chaque heure de chaque jour d'une teinte sombre. Pourtant, avec le temps, j'en suis venu à comprendre que ce n'est pas le désespoir qui gouverne le monde, et que ce n'est certainement pas lui qui nous maintient en vie. C'est bien plutôt l'amour – l'amour que j'éprouve pour toi, mon fils, l'amour que j'éprouvais pour Violaine, l'amour que j'ai éprouvé quand j'ai façonné le golem à son image. Un amour tel qu'il permet à chacun de supporter sa tristesse.

40

On m'avait indiqué d'apporter le golem au rabbin sitôt qu'il serait fini, mais de nombreux mois passèrent avant que je retourne dans le quartier juif. Pour retarder ce moment, je parachevais ma création. J'ai dépensé une petite fortune pour sa chevelure, chez un perruquier de la Vieille Ville, la plus chère de sa collection : des tresses auburn, lustrées, qui lui arrivaient à la taille. J'ai commandé des vêtements auprès d'une couturière – une somptueuse robe en soie rose, comme la robe de fête que Violaine portait la nuit de sa mort. Pas une unique couche de soie, mais cinq, pour qu'elle s'épanouisse autour de ses jambes comme les pétales d'une fleur.

À la fin du mois d'avril, je ne pouvais plus repousser. J'ai placé le golem dans une valise en cuir confectionnée sur mesure, que j'ai déposée sur un petit chariot de l'atelier et transportée à travers la Vieille Ville, jusqu'au quartier juif. J'y suis allé lentement, avec des pieds de plomb. Chaque cahot sur les pavés, chaque bousculade par un enfant qui courait, m'emplissait de l'envie irrépressible de rebrousser chemin.

J'étais obligé de donner Violaine, je le savais, mais à chaque pas, je sentais à quel point c'était mal de m'en séparer. J'avais fini par la considérer comme étant à moi, bien que je n'aie pour cela aucune justification.

Plus de six mois s'étaient écoulés depuis que je m'étais rendu pour la dernière fois dans le quartier juif, et il avait considérablement changé dans l'intervalle. Des fleurs s'épanouissaient dans des caissettes aux fenêtres et les rues étaient emplies d'enfants qui jouaient. J'ai toqué à la porte du rabbin et c'est Jakob qui m'a ouvert. Il m'a scruté, les yeux brillants d'excitation.

— Venez, entrez, joignez-vous à nous pour dîner, a-t-il dit, le regard rivé sur le chariot. Nous allions nous mettre à table.

Je l'ai suivi à l'intérieur en tirant le chariot derrière moi. Tout était comme lors de mon passage en automne, le même violon jouait et un repas mijotait, mais une profonde aliénation s'était emparée de moi. Quand Jakob a voulu prendre mon manteau, j'ai eu un mouvement de recul. Quand sa mère m'a offert du thé, j'ai refusé. Au lieu de me sentir accueilli, comme la fois précédente, je me sentais menacé.

Jakob a été surpris par ce changement d'attitude, mais il ne m'a pas poussé à m'expliquer, et quand bien même j'aurais essayé, je n'aurais pas pu justifier mon comportement. Comment aurais-je pu lui dire que je regrettais le marché que nous avions conclu ? Que j'avais l'impression d'être un père sur le point d'abandonner son enfant ? Je connaissais mes obligations et j'entendais bien les respecter, mais cela m'était pénible.

Le rabbin est entré dans la pièce et m'a salué. Sa barbe avait poussé au cours de ces derniers mois. Et j'ai vu, à sa façon de me regarder, qu'il remarquait les changements qui s'étaient opérés en moi.

— J'ai terminé votre commande, ai-je dit, et pendant que Jakob traduisait, j'ai pris la valise dans le chariot et l'ai posée sur une table entre nous. Vous devriez être satisfait. Elle représente l'apogée de mes compétences, et j'espère que vous pardonnerez mon arrogance, mais elle est parfaite.

— D'un golem, on n'exige pas la perfection, a répliqué le rabbin. Mais seulement qu'il soit fort et durable.

— Je vous en prie, ai-je dit en sentant mes joues s'empourprer d'émotion. Puis-je vous montrer la créature extraordinaire que j'ai créée ?

Le rabbin a fixé sur moi un regard indéchiffrable. Il a indiqué son chapeau, et son fils le lui a apporté.

— Venez, a-t-il dit, et il nous a conduits dehors, puis dans le parc.

Ma valise dans les bras, je les ai suivis dans la synagogue et sur la mezzanine. Le rabbin a fait un geste à son fils qui a allumé les bougies autour de la valise. Dans la faible lumière tremblotante, je l'ai ouverte.

Violaine reposait sur un lit de copeaux de bois, comme un œuf dans son nid, ses yeux de cristal vert rivés vers le haut. La lueur des bougies se reflétait sur sa peau de porcelaine crémeuse, ses cheveux auburn, luisants, coulaient sur ses épaules. Je me souvenais de l'horrible golem que j'avais vu étalé sur ce même sol, et de sa main d'argile qui se désagrégeait. La différence entre ma créature et le golem du rabbin Loew était extrême : l'un fruste, terne et presque en miettes ; l'autre aussi magnifique qu'un véritable enfant. Mais le rabbin et Jakob n'ont pas réagi comme je l'anticipais. Pendant une minute entière, ils ont fixé Violaine du regard et ils se sont lancés dans ce que j'ai supposé être une discussion sur la créature, leurs paroles rapides et incompréhensibles.

Jakob s'est tourné vers moi.

— Nous sommes surpris de voir que le golem est une femme, a-t-il dit, le regard interrogateur.

— Vous n'avez pas spécifié le sexe, ai-je répliqué en comprenant tout à coup que mon magnifique golem était très loin de leurs attentes : ils voulaient une carcasse de porcelaine et je leur avais créé un chef-d'œuvre. Mais je vous l'assure, elle est aussi forte, résistante et capable que tout autre personnage que j'aurais pu fabriquer.

Et j'ai entrepris de leur montrer ses membres articulés, sa tête mobile, le compartiment caché à la base de son cou. Pendant tout ce temps, le rabbin n'a rien dit. Finalement, il a parlé à son fils, puis lui a fait signe de me traduire ses paroles.

— Mon père dit que c'est bien, a fait Jakob, soulagé. *Très bien*. L'esprit pourrait vivre là, dans cette créature. Nous acceptons le travail que vous avez fait et nous vous remercions de vos efforts.

Je les ai remerciés en retour, et la violence de mes émotions menaçant mon équilibre, je me suis détourné, m'apprêtant à repartir.

— Attendez, monsieur LaMoriette, a ajouté Jakob. Mon père a une dernière requête à vous présenter.

— Que puis-je faire d'autre pour vous ? ai-je demandé, mon sentiment de fierté terni par le chagrin. Je vous ai donné ma meilleure réalisation. Elle est lumineuse et brillante comme le soleil.

— À quoi bon le soleil si vous ne l'avez jamais vu briller ?

Si j'avais été moins orgueilleux, moins curieux, j'aurais tourné les talons et je serais parti. Mais je voulais comprendre les secrets du cercle du rabbin. Je voulais lever le voile entre l'homme et le Divin et voir le miracle de la Création. Je voulais voir la vie brûler en ma Violaine. Ainsi, à mon éternel regret, je suis resté.

41

Mike Brink tourna la dernière page. Ça s'arrêtait là. Visiblement, ce n'était pas la fin. Mais où étaient les feuillets manquants ?

Il repoussa la liasse sur le côté, cligna des yeux et parcourut la salle du regard, le *diner* désert, les banquettes en vinyle turquoise, son reflet ondoyant sur la dalle noire de la vitre. Tout lui semblait étrange et distordu. L'air était trop chaud, les lumières trop brillantes, la caféine courait trop intensément dans ses veines. Il prit une profonde inspiration et serra les poings très fort, jusqu'à ce que ses jointures blanchissent. La lettre de LaMoriette était devant lui, une bonne liasse de pages couvertes de l'écriture d'un homme hanté par son passé. Cet homme avait vécu quelque chose de profondément déstabilisant à Prague, un événement d'une telle portée que sa vie gravitait autour, tournant éternellement en rond.

Brink glissa les pages dans la poche à l'avant de sa sacoche, et referma la fermeture Éclair. Il ne pouvait pas s'empêcher de repenser au cercle du rabbin, la représentation circulaire du Nom, HaShem, que le rabbin avait utilisé pour réveiller le golem. D'après sa description, il était certain qu'il s'agissait de celui que Jess Price lui avait demandé de résoudre, ce même cercle qu'Anne-Marie avait appelé l'*Énigme de Dieu*, et que Jameson Sedge avait qualifié de *trésor inestimable*.

Mais bien que ces connexions soient clairement établies, Brink n'avait pas fait un pas de plus vers la résolution de l'énigme proprement dite que depuis le jour où il l'avait vue pour la première fois. Il essaya de comprendre quel rapport elle avait avec l'*Arcanum* d'Anne-Marie, ou, en l'occurrence, « le pays inconnu » de Jameson. Quel rapport une lettre écrite à Prague, il y avait si longtemps, par un homme endeuillé, pouvait-elle bien avoir avec Jess Price ? Et bon sang, qu'est-ce que *lui* venait faire là-dedans ? Anne-Marie avait promis que la lettre de LaMoriette rassemblerait les pièces du puzzle, mais il avait beau l'avoir lue, elle ne faisait qu'entraîner d'autres questions.

Il prit son téléphone, demanda le code wifi à la serveuse et constata qu'il n'avait plus beaucoup de batterie. Elle était presque à plat et il avait laissé le chargeur dans le pick-up avec le reste de ses affaires. Il bascula en mode économie d'énergie et consulta sa boîte mail. Il avait deux messages : le premier, de Thessaly Moses, était accompagné d'une pièce jointe, volumineuse, apparemment le fichier audio qu'elle avait promis de lui envoyer. Le deuxième, de Vivek Gupta, son mentor et ami, se bornait à un lien vers une application chiffrée. Il cliqua dessus, l'ouvrit et tomba sur un message :

Mon cher garçon,

Je dois l'admettre, l'aventure dans laquelle tu t'es fourré me fait perdre le sommeil. Que Jameson Sedge soit à la recherche de ce casse-tête aurait été suffisant pour m'intriguer, mais j'ai examiné la configuration que tu m'as envoyée et j'ai découvert quelque chose du plus haut intérêt. Je dois te renouveler mes recommandations de prudence. Tu as mis la main sur quelque chose d'unique, très convoité et dangereux à bien des égards, et pas seulement parce que Sedge s'y intéresse. Tu dois savoir maintenant que tu as un don singulier, et que ce don t'entraîne dans des situations que la plupart d'entre nous ne vivront jamais. Les gens extraordinaires attirent les événements extraordinaires, tout à la fois bons et mauvais. Tu dois te protéger. Débarrasse-toi de tous tes appareils électroniques, ils sont certainement tous piratés. N'essaie pas de me joindre. C'est moi qui te trouverai.

Sous le message figurait un lien vers le blog de l'*Adirondack Daily Enterprise*. Le message avait été envoyé cinq minutes plus tôt, à vingt-trois heures et trois minutes. Brink cliqua dessus et découvrit le gros titre du blog : « Une éminente psychiatre de Ray Brook hospitalisée à la suite d'une agression ».

Il lui suffit de lire la première ligne pour comprendre qu'il s'agissait du Dr Thessaly Moses. Elle avait été agressée chez elle, et bien que l'article ne fournisse guère de détails – pas plus sur la nature de ses blessures que sur l'éventuelle arrestation de l'agresseur –, c'était exactement ce contre quoi Jess Price les avait mis en garde. Quelqu'un les épiait, les traquait. Thessaly avait été blessée et, si son agresseur n'avait pas été capturé, Jess était en danger.

Il bascula sur le message que Thessaly lui avait envoyé. Il l'avait reçu à vingt et une heures quarante-sept, juste avant son agression, donc. Le message était vide, mais un fichier audio était joint. Il le téléchargea et décida d'attendre avant de l'écouter. Il ne pouvait pas risquer d'être entendu, même par la serveuse. Il laissa donc un billet près de la caisse, attrapa son sac et quitta le *diner*. Il serait plus en sécurité dans son pick-up.

Il sortit dans la nuit et jeta un coup d'œil à sa montre. À peine plus de vingt-trois heures et neuf minutes. Le parking était toujours désert, il n'y avait personne sur la route. Il s'arrêta, tous les sens aux aguets. Quelque chose clochait. Il balaya le parking du regard, avec son bitume fissuré et ses places de stationnement vides, en proie à l'impression que quelqu'un l'épiait dans le noir. Depuis des années, Vivek Gupta le tannait pour qu'il se protège de la surveillance en ligne, et il considérait cela comme de la paranoïa. Mais à présent, après ce qui s'était passé à la prison et l'agression de Thessaly, il comprenait combien il avait raison.

La nuit était calme, résonnant des stridulations des cigales. Il était impatient de regagner son pick-up, mais il ne put s'empêcher d'admirer la dissonance sauvage de ces créatures. Il y en avait près de chez lui, quand il était enfant, dans l'Ohio, et leur chant l'avait toujours empli de mélancolie. Par une chaude soirée d'été, son père lui avait décrit le cycle biologique déroutant des cigales : elles pouvaient vivre des années sous terre, à l'état larvaire, puis remonter à la surface pour quelques jours, voire quelques semaines, afin de se trouver un partenaire, pondre leurs œufs et mourir. Une existence aussi brève semblait démontrer la futilité de la vie, mais qui pourrait dire que la longévité comptait dans le grand dessein de l'univers ? Il pensa à Sedge, à sa démentielle quête d'immortalité, à son refus d'accepter la frontière entre la vie et la mort. Le plus important, c'était le chant, qu'il dure un jour ou cent.

Son pick-up l'attendait dans l'ombre. Il se mit au volant et verrouilla les portières. Il n'y avait pas âme qui vive sur le parking, et pourtant, il n'était pas tranquille. Il mit le contact, démarra très vite et quitta les lieux. Tout en roulant, il guettait des panneaux indicateurs. Il avait besoin de réfléchir clairement. Il fallait qu'il fasse les bons choix. Mais il n'avait absolument aucune idée de l'endroit où il se trouvait. Il avait roulé au hasard, suivant des petites routes sinueuses, se perdant dans un labyrinthe de collines et de vallons, mû par ses émotions plus que par un sens précis de l'orientation. Il aurait pu utiliser son GPS s'il avait eu la moindre idée de sa destination.

Il ne pouvait s'empêcher de se reprocher ce qui était arrivé à Thessaly. Jess l'avait prévenu qu'ils étaient en danger, elle lui avait dit que la mort du Dr Raythe n'était pas un accident. L'agression de Thessaly n'était pas une coïncidence. Raythe était mort après avoir commencé à déterrer des informations sur Jess, et Thessaly avait pris le relais, à l'endroit où il avait laissé ses recherches. Il aurait sûrement pu faire quelque chose pour éviter le drame.

D'un autre côté, il n'avait pas à s'en vouloir d'avoir lâché Thessaly, il se rappelait bien que c'était elle qui avait insisté pour qu'il quitte la prison. Elle l'avait raccompagné à son pick-up et lui avait affirmé qu'elle le recontacterait quand elle aurait besoin de lui. Elle n'avait rien voulu entendre. Ce qui était arrivé n'était pas de sa faute, ni de la sienne à elle. Aucun des deux n'aurait pu savoir à quel point tout cela était grave et dangereux. Une chose qu'Anne-Marie avait dite lui revint en mémoire : « Vous devez comprendre la magnitude de ce dans quoi vous vous embarquez. »

À présent, il commençait à voir cette magnitude. L'agression de Thessaly avait tout changé. Les enjeux étaient d'une autre portée, à présent, et les conséquences, mortelles. Quelles que soient les fables qu'il avait pu se raconter – qu'il y avait une explication logique à son interdiction de visite à la prison et qu'il n'était pas vraiment en danger –, elles s'étaient définitivement envolées. Ils jouaient à un jeu de vie et de mort et le danger était bien réel.

Il aurait voulu se rendre directement à la prison de Ray Brooke, mais ça ne servirait à rien ni à personne. Ils ne le laisseraient pas entrer, et ce serait le premier endroit où Jameson Sedge le chercherait. Il était autant une cible que Thessaly. Il se souvint d'une phrase que le Dr Raythe avait écrite dans son rapport : « Il doit y avoir des individus très puissants à l'œuvre derrière cette affaire. » Jameson Sedge était l'un de ces individus. Un instinct viscéral lui disait qu'il avait une responsabilité dans l'agression de Thessaly, et son instinct concernant les individus du genre de Sedge le trompait rarement. Vivek Gupta avait raison – sous ses dehors policés, il y avait du fanatisme chez lui, quelque chose d'implacable. Il avait admis être en quête d'un certain savoir ésotérique, et que sa tante avait découvert quelque chose d'*essentiel à la conscience humaine*. Mais jusqu'où irait cet homme pour mettre la main dessus ?

Il repensa à la dernière chose que Jess lui avait dite : *N'oublie pas ta promesse*. Mais bon sang, comment pouvait-il tenir une promesse qu'il avait faite dans un rêve ? Il ne comprenait pas ce qu'elle attendait de lui. Résoudre l'Énigme de Dieu, ça, il avait compris, mais encore ? Un ancien texte religieux aurait-il le pouvoir de prouver son innocence ? Est-ce qu'une folle histoire de secrets religieux et de rites ésotériques avait une quelconque valeur concrète ? De toute évidence, Jameson Sedge en était persuadé, et Anne-Marie aussi. Mais Brink lui-même n'en était pas si sûr. Il se sentait à la limite de ses capacités. Son génie était profond, mais étroit. Avec les bons éléments, et les bons indices, il pouvait accomplir des choses extraordinaires. Mais ce que demandait Jess défiait son imagination et pour trouver la solution, encore fallait-il avoir la faculté de l'imaginer.

Il quitta la route, se gara sur l'accotement et entra le mot de passe de son téléphone. Le Dr Gupta l'avait prévenu que son appareil pouvait être piraté, que quelqu'un pourrait l'utiliser pour le suivre à la trace, mais il fallait qu'il écoute le message de Jess. Le fichier audio s'ouvrit dans l'obscurité, illuminant l'écran. Il espérait que la batterie du téléphone tiendrait assez longtemps pour qu'il puisse l'entendre en entier. Il appuya sur le bouton « Lecture », et se sentit envahi d'excitation et de crainte : bientôt, dans quelques secondes, il réentendrait la voix de Jess. Et même s'il lui tardait d'écouter le message qu'elle lui destinait, il était terrifié par son contenu potentiel.

42

MIKE BRINK LANÇA L'ENREGISTREMENT. Il entendit les crachotements du micro, et la voix de Thessaly Brook s'éleva dans le pick-up.

Mike Brink pense que vous avez quelque chose à lui dire. J'ignore si c'est vraiment le cas, mais j'ai accepté de vous offrir la possibilité d'enregistrer un message à son intention. Je veillerai à ce qu'il le reçoive.

Il y eut quelques secondes de silence, le bourdonnement de la clim faisant office de bruit de fond, puis un frottement, et Thessaly reprit la parole.

Je sais que vous craignez qu'on vous écoute. Il n'y a pas de caméra de surveillance, ici. C'est un bureau privé.

Silence. Thessaly retenta sa chance.

Je sais que c'est difficile pour vous, Jess, mais il n'y a pas d'alternative. Mike Brink est peut-être en danger. Si vous avez quelque chose à lui dire, quoi que ce soit, il faut que vous le fassiez maintenant.

Il entendit un tapotement près du micro du téléphone, et il s'imagina Jess en train de tambouriner sur la table basse avec ses ongles rongés jusqu'au sang. Il ressentit sa fragilité et son intensité, son énergie frénétique perceptible derrière l'enregistrement.

Préférez-vous que je me retire ? La porte ferme à clé. Brink entendit le cliquetis d'un trousseau de clés qu'on prenait en main. *J'ai la clé. Je suis seule à avoir accès à ce bureau. Si vous avez besoin de moi, frappez à la porte. Je vous attends dans le couloir.*

Il y eut un martèlement de talons hauts, le souffle d'une porte qu'on ouvre, et le déclic signalant sa fermeture. Un bruit de verrou qu'on tournait, et Jess se retrouva seule.

Brink imaginait le bureau immaculé de Thessaly, avec ses dossiers bien organisés, son pot à crayons plein de stylos de couleur, le Rubik's Cube résolu sur le coin de son bureau. Il imaginait la prison à la nuit tombée, les prisonnières dans leur dortoir. Et surtout Jess courbée sur la table, se préparant à parler. Il sentit qu'elle se rapprochait et portait le micro à ses lèvres :

Michael, si ce message te parvient, il y a peut-être encore une chance.

Quelque chose dans la façon qu'elle avait eu de prononcer son nom, et l'intimité de sa voix, le saisit. Il prit une profonde inspiration et agrippa le volant, le cœur au bord de l'implosion.

Je n'ai pas réussi à te le dire plus tôt. J'ai essayé, j'ai vraiment essayé de te donner autant d'informations que possible, mais c'était comme si je communiquais en transmettant un signal morse par l'intermédiaire d'un câble télégraphique : derrière chaque signal, il y avait toujours tellement plus de sens, j'aurais toujours voulu en dire tellement plus. Je savais qu'ils nous épiaient, je ne pouvais pas risquer de parler, mais je sentais, d'une manière ou d'une autre, que tu me comprenais. Le sens-tu, toi aussi, notre lien télépathique ? Sens-tu qu'un regard vaut plus que des mots ? Je ne crois pas me tromper en disant qu'il y a quelque chose entre nous, une connexion extraordinaire qui nous permet de comprendre des choses que personne d'autre ne comprend. J'ai su, dès que je t'ai vu, que tu pourrais m'aider à reconstituer ce qui s'est passé. Pardonne-moi. Je sais que je t'ai envoyé les yeux bandés dans un labyrinthe qui t'a fait tourner en rond, mais tu es sans doute la seule personne capable de trouver la solution. Maintenant que c'est commencé, il est impossible de revenir en arrière. Nous devons parcourir ce labyrinthe ensemble. Donc, puisque j'en ai la possibilité, je vais te lancer dans la bonne direction. Écoute, et je vais tout te raconter aussi clairement que je le peux.

Brink entendit Jess se lever, aller jusqu'à la porte, vérifier qu'elle était bien verrouillée, puis revenir s'asseoir et rapprocher le micro.

Je n'ai que des bribes de souvenirs de cette nuit-là. Je me rappelle que Noah est arrivé à moto avec des plats chinois et une bouteille de vin blanc frais, et sa présence à Sedge House a soudain rendu insignifiantes toutes les choses étranges qui s'y étaient produites. Si j'avais insisté, nous aurions pu partir sur-le-champ. J'aurais pu sauter à l'arrière de sa moto et nous serions retournés en ville. Mais Noah avait faim, il avait roulé plus de deux heures pour voir la maison et, bien sûr, passer du temps avec moi. Nous avons dégagé de la place sur la table de la salle à manger et nous avons dîné, bu du vin et discuté. Nous avons fait l'amour sur le tapis turc de la bibliothèque et nous étions heureux comme nous ne devions plus jamais l'être, ni lui ni moi.

Quand Noah a vu les poupées d'Aurora, elles l'ont fasciné. Il était sculpteur et il avait dû reconnaître leur facture dans la collection d'Aurora, parce qu'il les a observées pendant un long moment. Je lui ai raconté l'histoire de LaMoriette telle qu'Anne-Marie me l'avait racontée, je lui ai répété ce que Mandy avait dit, je lui ai même parlé des phénomènes étranges que j'observais depuis que j'étais arrivée, en insistant sur le fait que j'avais dû les imaginer. Il a insisté à son tour pour que je lui montre tout, et j'ai donc descendu Violaine dans la bibliothèque, puis je l'ai emmené voir le placard secret dans la cuisine. Comme des enfants au cours d'une chasse au trésor, nous avons pris la pochette en maroquin dans sa cachette et nous l'avons ouverte. J'ai ressenti un frisson à la perspective de lire la lettre du fabricant de poupées LaMoriette, une fébrilité devant la découverte d'un trésor caché.

Noah a examiné Violaine avec attention, et il a trouvé un petit compartiment à l'arrière de sa tête. Avec la pointe d'un couteau de cuisine, il l'a ouvert et découvert un petit bout de papier sur lequel était dessiné le casse-tête. Bien que LaMoriette y fasse allusion dans la lettre à son fils, c'était la première fois que je voyais quelque chose de ce genre. C'était un cercle étrange et magnifique, tracé avec un soin méticuleux, rempli de nombres et de symboles, complexe. Ça m'a intriguée et je l'ai observé un long moment, pour essayer de comprendre ce que ça pouvait être.

Nous sommes retournés dans la bibliothèque, nous avons allumé des bougies et étudié le cercle ensemble. Noah avait fréquenté une école hébraïque quand il était enfant, et il m'a expliqué que les quatre symboles étaient de l'hébreu : Yod, He, Vod, He. *Le Nom de Dieu. Et malgré les mises en garde de LaMoriette dans sa lettre – ou peut-être à cause d'elles – nous avons tenté de le prononcer, Noah et moi.*

C'était juste un jeu, à nos yeux, nous faisions comme ces enfants qui jouent avec une planche de Ouija ou qui feraient tourner des tables. Noah s'est mis au milieu de la pièce et l'a lu d'un ton comiquement mélodramatique. Avec les flammes des bougies qui dansaient dans la maison de plus en plus sombre, et tandis que la chaleur de cette nuit se pressait contre les fenêtres, tout ressemblait à un défi : Jusqu'où irions-nous ? Qu'est-ce qui pourrait nous arrêter ?

Rien, ai-je pensé. Rien ne pouvait nous arrêter.

Ensuite, la première chose dont je me souviens, c'est que quand je suis revenue à moi, un moment avait passé. Les bougies s'étaient presque entièrement consumées, les flammes tremblotaient dans la cire fondue. Je sais maintenant que j'avais perdu connaissance, mais sur le moment, j'avais l'impression d'être sous l'eau, et que je regagnais la surface, gênée par le poids d'une mer épaisse et obscure. J'ai voulu me relever, mais mes jambes ont cédé sous moi. Quand j'ai finalement eu la force de me tenir debout, je n'ai pas reconnu la pièce. C'était le chaos dans la bibliothèque, les livres reliés avaient été jetés au bas des étagères, un fauteuil était retourné et les verres de vin brisés. Il m'a fallu un moment pour comprendre que j'étais à Sedge House, et je ne me souvenais pas du tout que Noah m'y avait rejointe. Et puis je l'ai vu.

Il était sur le dos, étalé sur le parquet, son sang mordant le bord du tapis turc comme le café imbibant un gâteau sec. L'air était affreusement lourd, oppressant, chargé de l'odeur du sang, et l'impression que quelque chose d'indescriptible s'était produit m'a envahie. Je me rappelle avoir pensé que ça ne pouvait pas être réel, que rien de tout cela n'avait pu se produire, et pourtant, si, il était arrivé quelque chose, quelque chose de si puissant et destructeur que je me suis sentie comme un arbre frappé par la foudre, brûlée, déformée par ce que j'avais attiré.

De tous mes souvenirs de cette nuit, c'est le visage de Noah qui m'apparaît le plus clairement – ses yeux bleus pétrifiés, comme s'il regardait quelque chose juste au-delà du visible. Toute couleur avait quitté ses joues, lui donnant un teint gris-jaune. Le choc et la peur, le désespoir et l'impuissance m'ont submergée. Pendant un moment, j'ai cru que je pourrais retourner en arrière et changer ce que j'avais fait. Mais, bien sûr, c'était impossible. Je savais que plus rien ne serait plus jamais comme avant.

J'ai essayé de comprendre la mort de Noah, mais le monde s'était disloqué. J'ai passé ces dernières années à tenter de reconstituer les événements. Et si je n'y suis pas complètement parvenue, je sais à présent, grâce à la chronologie présentée au procès, que j'ai appelé le 911 à 1 h 14 du matin. Les secours sont arrivés treize minutes plus tard, et la police peu après. Noah a été déclaré mort à 1 h 33, et on m'a emmenée en garde à vue. Je ne pouvais rien dire ou faire pour expliquer ce qui s'était passé, et ça me terrifiait jusqu'au plus profond de mon être. J'ai donc gardé le silence.

Mais ce qui n'a pas été révélé au tribunal, et que je n'ai jamais dit à personne, c'est qu'il y avait quelqu'un d'autre à Sedge House, cette nuit-là. Une femme complètement vêtue de rouge. Elle s'est silencieusement glissée dans la bibliothèque, ardente et magnifique, et elle a essuyé le sang de mes mains et les larmes de mes joues. Elle était venue me consoler, m'a-t-elle dit. Me sauver. Elle m'a dit qu'elle ne me laisserait pas toute seule. Elle m'a dit de prendre les dernières pages de la lettre de LaMoriette – celles qui contenaient les informations sur le cercle et le rituel – et de les cacher, avec la poupée. « Nous reviendrons les prendre quand il n'y aura plus de danger », a-t-elle dit, et dans l'état de terreur où je me trouvais, je l'ai crue. Ensemble, nous avons caché Violaine et la lettre dans la valise en cuir, mettant ces trésors à l'abri, et soudain tout m'a paru différent, comme si j'avais remis un génie dans sa bouteille. Et d'une certaine façon, c'est ce que j'avais fait : l'orage était contenu. Au moins, momentanément.

Ensuite, j'ai caché la valise. Pas dans le placard secret – Mandy savait comment l'ouvrir, et je ne pouvais pas risquer qu'elle en parle à quelqu'un – mais à un autre endroit, un endroit où personne ne la trouverait. Un endroit caché. Nous reviendrions la chercher plus tard, me suis-je dit, et la femme en rouge m'aiderait à comprendre ce qu'on attendait de moi.

Et, naturellement, ça s'est révélé impossible. J'aurais dû me douter qu'on allait me mettre en prison. Aujourd'hui, tu peux faire ce que je ne peux plus faire. Pour trouver la valise, aventure-toi dans le royaume du sous-bois et cherche ce qui s'y dissimule. Tu devras faire court, et opérer quelques changements en chemin, mais si tu plonges le regard dans les profondeurs des ténèbres, tu la trouveras : Delaware, 16 ; Maryland, 24 ; Virginie, 1 ; Illinois, 8 ; Arkansas, 4. Virginia et Arkansas sont sur la première marche du podium. Les autres, sur la deuxième marche.

C'était la fin du message audio.

Brink sentait un poids funeste dans sa poitrine, un besoin familier s'emparer de lui. Jess avait construit une énigme, une énigme qui allait le mener à la valise cachée.

Delaware, 16 ; Maryland, 24 ; Virginie, 1 ; Illinois, 8 ; Arkansas, 4.

D'un côté, il aurait voulu pouvoir l'ignorer. S'impliquer davantage ne pouvait mener à rien de bon. Mais Brink n'avait pas le choix. Son esprit se saisit de l'énigme, isola les indices, tourna autour, examinant chaque mot et chaque nombre pour en tirer une information utile. Il n'aurait pas pu se retenir de chercher à la résoudre, même s'il l'avait voulu. Jess le savait, elle le connaissait. Elle savait qu'il serait incapable de s'en empêcher. *Maintenant que c'est commencé, il est impossible de revenir en arrière. Nous devons parcourir le labyrinthe ensemble.*

Il démarra le moteur, passa la première et roula. Un passage à niveau se présenta droit devant lui. Brink ralentit son pick-up quand les barrières s'abaissèrent. Des lumières rouges clignotaient dans le noir, dessinant des rayures carmin sur la route. Il jeta un coup d'œil derrière lui, vit que la chaussée était déserte. Pourtant, il sentait quelque chose planer, l'observer, une présence juste hors de portée de vue. C'était la même impression qu'il avait éprouvée sur le parking : quelqu'un ou quelque chose se rapprochait.

Brink prit son téléphone, fit défiler l'écran jusqu'au message audio et appuya sur lecture : *Aventure-toi dans le royaume du sous-bois et cherche ce qui s'y dissimule… Delaware, 16 ; Maryland, 24 ; Virginia, 1 ; Illinois, 8 ; Arkansas, 4. Virginia et Arkansas sont sur la première marche du podium. Les autres, sur la deuxième marche…*

Il appuya sa tête sur le haut du volant, laissant la voix de Jess couler sur lui. Une envie terrible, irrésistible, le submergea. Il ne pouvait l'expliquer, mais le son de sa voix le ramenait au chant des cigales. Il n'avait passé que très peu de temps avec elle, ils n'avaient partagé que quelques brefs instants ensemble, mais en sa présence, il s'était senti vivant.

Aventure-toi dans le sous-bois. Sedge, le jonc, ou la laîche, était une plante de sous-bois. *Plonge le regard dans les profondeurs des ténèbres*. Jess avait caché quelque chose et elle voulait qu'il le trouve. Brink fit demi-tour et prit la direction du manoir d'Aurora.

43

QUAND BRINK SUIVIT LA ROUTE SINUEUSE, gravillonnée, et s'approcha de la maison plongée dans le noir, tout lui sembla sinistrement familier. Il n'avait jamais mis les pieds dans la propriété, et pourtant il reconnaissait les tourelles, les pignons et les fenêtres en rosace. Comment Jess l'avait-elle qualifié, déjà ? *Un immense gâteau de mariage gothique*. La description collait avec ce qu'il voyait : la demeure magnifiquement perchée au-dessus de la rivière, le porche aux bordures blanches ornementées qui courait tout autour. Il faisait nuit et bien qu'il n'y voie pas grand-chose, il devinait la roseraie, avec ses rangées de roses palissées, parfaitement entretenues. Jameson avait gardé un jardinier, Anne-Marie le lui avait d'ailleurs dit, mais apparemment, la maison était inhabitée. Il jeta un coup d'œil vers une fenêtre en saillie, et, l'espace d'un instant, imagina Jess debout derrière les vitres poussiéreuses, sa peau pâle se détachant sur la vitre noire.

Elle lui avait donné une série d'indices, et pour résoudre l'énigme, il devait entrer dans la maison. « Aventure-toi dans le royaume du sous-bois. » Mais comment ? Jameson avait certainement fait installer des caméras de surveillance, ou au minimum, un système d'alarme. D'après le Dr Gupta, ce type était obsédé par la sécurité. Pourtant, quand il fit le tour de la maison, il ne vit ni caméras, ni éclairage à détection automatique, même pas un chien de garde. Rien.

Les portes étaient verrouillées, tout comme les fenêtres du rez-de-chaussée. Et puis, en contournant la bâtisse à la recherche d'un éventuel point d'entrée, il se souvint d'un détail du journal de Jess. Mandy était entrée par la porte du sous-sol. Il la trouva sur l'arrière de la maison. Elle était fermée, mais c'était une vieille porte au bois fragilisé par les ans. Il sortit son couteau suisse, choisit le tournevis, glissa la lame entre le bois tendre et la gâche, et fit sauter le verrou.

Le sous-sol était humide, sombre et sentait le moisi. Il prit son téléphone dans sa poche et le mit en mode torche. La lumière blanche, crue, perça les ténèbres, lui ouvrant un chemin dans un espace exigu, révélant des murs garnis d'étagères et une énorme chaudière du début du XXe siècle semblable à une pieuvre, avec ses tuyaux de cuivre qui partaient dans tous les sens. Finalement, il trouva un étroit escalier en bois qui le mena au rez-de-chaussée et débouchait près de ce que Jess avait appelé l'*office*. Il traversa le couloir, braqua sa torche sur un escalier d'honneur, avec son poteau de départ orné d'une aigrette gravée, dont l'œil en pierre précieuse étincelait. Les ténèbres étaient profondes, vastes, et il avança en tâtonnant, comme il l'aurait fait dans une grotte. Il aurait pu allumer toutes les lumières – Sedge House se trouvait loin de la route, et il n'y avait pas une seule autre maison en vue – mais il ne pouvait pas courir ce risque. Il était là pour résoudre l'énigme de Jess Price, prendre ce qu'il était venu chercher, et débarrasser le plancher le plus vite possible.

Malgré cela, il s'attarda au pied du grand escalier. Quelle sensation étrange que de se retrouver dans un endroit qu'il n'avait pu qu'imaginer… Le faisceau de sa torche tomba sur le lustre en cristal de la salle à manger, sur les lourds rideaux damassés, et s'arrêta sur les photos encadrées de la famille Sedge. Aurora et Frankie émergèrent de l'obscurité, le regardant depuis les photos sépia, la délicate Aurora, avec sa finesse d'oiseau, et son frère, grand et jovial, un sourire accroché au visage, inconscient des terribles événements qui allaient se produire.

Il longea le couloir jusqu'à une série de portes coulissantes qui donnaient sur le salon. Le clair de lune filtrant par les portes-fenêtres poussiéreuses tombait sur le mobilier et des cages à oiseaux vides. Pendant un moment, la pièce lui fit penser à un site de fouilles archéologiques, une ancienne structure sauvée d'une catastrophe naturelle, dont toutes les surfaces étaient couvertes de cendres et de sédiments. Il se rappela que Jess avait eu l'impression d'entrer par effraction chez Aurora ; à présent, il craignait que sa propre présence n'altère les indices que Jess avait laissés derrière elle.

Il gagna le centre de la pièce et souleva une housse, dévoilant sur un canapé en velours une rangée de poupées assises côte à côte, leurs yeux luisant à la lumière. Il ne croyait ni aux esprits ni aux maisons hantées, ni que ces poupées pouvaient être autre chose que des antiquités abandonnées, et pourtant, en passant devant, il eut comme un frisson très désagréable. Il en prit une, la soupesa, remarqua ses yeux étincelants. Il y avait une explication rationnelle à ce qui s'était passé cette nuit-là, de cela, il était sûr. Une combinaison d'éléments – une maison vide, plongée dans le noir, de l'alcool, et l'imagination débordante d'une écrivaine – avait conspiré à créer les circonstances dont Jess avait été victime.

Il reposa la poupée sur le canapé. C'était un jouet, rien de plus, rien de moins.

Jess ne se doutait pas de ce qui l'attendait quand elle était venue à Sedge House. Elle s'était retrouvée embringuée dans quelque chose qui n'avait rien à voir avec elle, et en avait subi les terribles conséquences : une carrière prometteuse détruite, le traumatisme de la mort de Noah, des années de prison. On l'avait attirée là, piégée. Ça le rendait furieux, et la force de ses sentiments lui rappela combien il se sentait émotionnellement concerné par Jess et ce qui lui était arrivé. Son implication à lui ne se résumait plus à résoudre l'énigme. Il s'agissait d'une connexion qu'il partageait avec une femme dont l'histoire avait commencé à prendre le contrôle de sa vie.

Il s'assit sur le bord du canapé. Il repoussa une poupée, prit son calepin dans sa poche et écrivit la série d'indices que Jess lui avait donnés dans le fichier audio :

Delaware, 16 ; Maryland, 24 ; Virginia, 1 ; Illinois, 8 ; Arkansas, 4.

Qu'avait dit Jess ?

Tu devras faire court, et opérer quelques changements en chemin, mais si tu plonges le regard dans les profondeurs des ténèbres, tu la trouveras.

Faire court. Abréger les mots. Il écrivit les abréviations par lesquelles les États étaient désignés :

DE, MD, VA, IL, AR.

Il étudia les huit lettres, s'efforçant de voir si elles formaient une anagramme. Mais il eut beau les réorganiser, ça ne menait nulle part. Il écrivit les codes à côté des lettres :

DE, 16

MD, 24

VA, 1

IL, 8

AR, 4

Tu devras opérer quelques changements en chemin.

Quel genre de changements ? Il étudia les nombres et soudain, il comprit : des substitutions. Il devait échanger certaines des lettres contre d'autres. Les chiffres accolés aux abréviations lui disaient comment procéder. *La Virginie et l'Arkansas sont sur la première marche du podium.* Dans les couples de lettres VA et AR, la lettre à changer était la première ; dans les abréviations désignant les autres États, sur la deuxième marche du podium, la lettre à changer était la seconde. Il écrivit les vingt-six lettres de l'alphabet sur son carnet.

ABCDEFGHIJKLMNOPQRSTUVWXYZ

Brink compta 16 lettres après la lettre E, et s'arrêta sur U. Il barra le E et lui substitua le U, obtenant ainsi la première syllabe : DU. Il fit de même avec MD, compta 24 lettres après le D, et obtint un B, créant la syllabe MB. DUMB. Il lui fallut moins de trente secondes pour trouver la solution : DUMBWAITER.

Le monte-plats.

Jess avait caché la valise dans le monte-plats.

Brink bondit dans les escaliers jusqu'au deuxième étage et s'arrêta devant la trappe du monte-plats. Il le reconnut immédiatement d'après la description que Jess en avait faite. Sur un panneau, à côté du cadre, se trouvaient deux petits boutons en bakélite. Il se dit que la valise devait se situer dans le conduit, mais quand il ouvrit la trappe, il vit qu'il était vide. Il appuya sur l'un des boutons. Le moteur se mit à vrombir, mais le chariot ne se montra pas. Il choisit l'autre bouton, et entendit de nouveau le moteur vibrer, mais le chariot n'apparut pas davantage. La chose n'était pas cassée, mais enrayée.

Il commençait à se demander s'il avait opéré les bonnes substitutions. Comme Jameson le lui avait fait remarquer, elle n'avait pas eu beaucoup de temps pour dissimuler quoi que ce soit. Elle avait dû avoir la présence d'esprit de mettre Violaine dans la valise et trouver un endroit sûr où la cacher – un endroit où elle pourrait revenir, comme elle l'avait dit – entre le moment où elle avait appelé les secours et l'arrivée de la police. Elle devait être traumatisée par la violence de la mort de Noah, et pourtant, elle avait agi de façon calculée, et avec sang-froid.

Il allait retourner au rez-de-chaussée quand il se souvint d'un autre indice : *plonge ton regard dans les profondeurs des ténèbres et tu la trouveras*. Plonge ton regard… Il retourna au monte-plats, regarda dans les profondeurs du conduit… et ne vit que le vide. Il passait à côté de quelque chose. Il réfléchissait à ce que ça pouvait être quand il se souvint que Jess avait trouvé Violaine dans le grenier. Il y avait un autre étage. Peut-être que s'il regardait dans le conduit de là-haut, il verrait la valise. Il reprit le couloir en examinant le papier peint à fleurs à la lumière de son téléphone, en quête de la porte secrète. Il finit par la repérer, la poussa et gravit les marches plongées dans le noir.

Il promena le rayon lumineux autour de lui, révélant un treillis de toiles d'araignées. L'endroit sentait le renfermé, des particules de poussière tourbillonnaient dans l'air privé d'oxygène.

La porte du monte-plats était ouverte. Brink traversa la pièce et regarda à l'intérieur. Il lui fallut dix secondes pour constater que les poulies avaient été bloquées – il vit un stylo coincé dans le treuil. Il braqua sa torche vers le fond et vit, dans les profondeurs du conduit, posée sur le haut du chariot, une valise en cuir. Jess l'avait lâchée dans le conduit et avait bloqué la poulie avec un stylo pour que personne ne puisse la découvrir. Il retira le stylo du mécanisme, et appuya sur un bouton. Le chariot s'ébroua et monta, lentement, lentement, mais apportant la valise à Brink, avec le trésor qu'elle recelait.

44

Il venait d'arriver au pied de l'escalier quand il entendit le grincement d'une latte de parquet. Soudain, la pièce s'emplit d'une lumière aveuglante, et Brink se retrouva face à Jameson Sedge. Le regard de l'homme alla de Brink à la valise en cuir, puis se reposa sur Brink, comme stupéfait. Jameson était habitué à prédire chacun des mouvements de la partie, et Brink l'avait surpris.

— Bien joué, dit-il. Bien joué.

Brink recula d'un pas comme pour le jauger. S'ils n'avaient été que tous les deux, Brink l'aurait maîtrisé en une seconde. Mais il y avait le pistolet PKK sous son blouson, et contre *ça,* il n'était pas de taille.

— Dites donc, vous en avez fait, des choses, cette nuit, reprit enfin Jameson. J'ai un moment pensé à venir prendre un café avec vous, au *diner*, la tarte aux cerises avait l'air succulente, mais vous étiez tellement plongé dans votre lecture que je n'ai pas eu le cœur de vous déranger.

— Merci de votre délicatesse, fit Brink en tâchant de contrôler sa colère.

Il savait bien qu'il n'était pas tout seul, il avait senti la présence de Sedge à chaque instant, et il s'était bêtement fait prendre.

— Inutile de me remercier, monsieur Brink. Vous en avez déjà fait plus qu'assez. J'ai tout de même une question à vous poser. Où était-elle ? demanda Jameson en regardant à nouveau la valise.

Brink soupesa ses options. Il en avait trois : il pouvait s'en sortir en le baratinant, il pouvait rester et se battre, ou s'enfuir. Le baratin semblait être un bon début.

— Dans le grenier. Je m'étonne que vous ne l'ayez pas trouvée.

— Ah, le grenier, fit Sedge en secouant la tête. Quand on m'a autorisé à revenir après l'enquête, j'ai fouillé toutes les pièces, tous les placards, tous les recoins de la maison, de la cave au grenier, en vain. J'en avais conclu qu'elle l'avait détruite.

— Visiblement, ce n'est pas le cas, rétorqua Brink en serrant plus fort la valise.

— Visiblement pas, dit Jameson en tendant la main pour la prendre.

Brink fit un pas en arrière, esquivant Jameson. Il fallait qu'il parte de là. Sa marge de manœuvre se restreignait considérablement.

— Et si vous me racontiez ce qui est vraiment arrivé à Jess ?

— Personne ne sait vraiment ce qui s'est passé cette nuit-là. Ni ce qui est arrivé à mon père, au demeurant. Mais l'heure est venue de le découvrir.

Au moment où Jameson plongeait sur la valise, Brink le repoussa, pivota sur ses talons, fonça dans le couloir et dévala l'escalier de la cave. La porte était grande ouverte, lui laissant le champ libre vers la pelouse. Courant de toutes ses forces, la valise calée dans les bras comme un ballon de football, avec, en tête, le faible écho des cheerleaders, de leurs chants et du martèlement des pieds sur les tribunes d'un stade, il piqua un sprint sur la pelouse éclairée par la lune en direction de son pick-up.

Il avait bien parcouru cinq cents mètres quand la BMW d'Anne-Marie apparut derrière lui. Faisant sortir au pick-up tout ce qu'il avait dans le ventre, il conserva son avance pendant une bonne minute, mais son engin ne faisait pas le poids, et l'autre l'avait déjà rattrapé. Il le dépassa, et d'un rapide coup de volant, il lui coupa la route.

Brink fit une embardée, pila à mort, et le pick-up partit en tonneaux. Tout tournait autour de lui, chaque rotation provoquant une nouvelle explosion de verre et de métal. Cela ne dura qu'une seconde ou deux, mais il eut l'impression que le temps s'étirait, s'allongeait dans un tourbillon vertigineux. Une succession d'éclairs flamboyèrent au fond de ses yeux, et il vit, à la limite de son champ de vision, une femme faite de lumière. Elle était là, et elle l'observait de ses yeux brûlants, un être d'énergie pure, à la chevelure flamboyante, indomptée. Elle tendit la main vers lui, et il fut pris d'un désir irrésistible de s'abandonner à elle, de s'abîmer dans les flammes et de se consumer avec elle.

Quand il reprit conscience, il était suspendu la tête en bas, retenu par sa ceinture de sécurité. Une goutte de sang tomba d'une entaille qu'il avait au-dessus de l'œil et glissa sur le plafond de l'habitacle. Sa première réaction fut de fuir, mais c'était impossible. Il était piégé, le crâne vibrant de douleur, coincé dans son vieux pick-up chéri. Il n'avait pas besoin de voir l'étendue des dégâts pour savoir qu'il était complètement détruit, au-delà de tout espoir de sauvetage. Et cela valait pour lui : même s'il réussissait à s'extraire de sa prison, même s'il n'était pas gravement blessé, il n'avait pas une chance au monde de s'échapper. Il était dans la forêt, une forêt interminable, sans nulle part où se cacher.

Les rangers de Cam Putney apparurent devant le pare-brise explosé et, arrêtée derrière la BMW, il distingua la Tesla noire. Brink voulut attraper la valise qui avait volé dans l'habitacle, mais c'était inutile : Cam ouvrit la portière et la lui arracha des mains, puis il déboucla la ceinture de sécurité, souleva Brink par son tee-shirt et le sortit dans l'air froid de la nuit.

Il avait mal partout. Incapable de se tenir debout, il s'appuya contre son pick-up démoli, pris de vertige. Il sentait comme une brûlure au-dessus de son sourcil gauche et, quand il porta sa main à sa joue, ses doigts revinrent maculés de sang. Il regarda le pare-brise explosé du pick-up et sentit quelque chose se briser en lui, un point d'équilibre entre l'homme qu'il avait été et celui qu'il était devenu. Il n'y avait pas de retour en arrière possible.

C'est alors qu'il entendit un gémissement familier. De l'autre côté de la route, Cam tira Conundrum du coffre avant de la Tesla par sa laisse, la suspendant par le cou. Connie se débattait, donnait des coups de pattes, ses gémissements se faisaient de plus en plus désespérés. Elle s'étouffait. Pris d'une telle fureur qu'il en tremblait, Brink se rua vers elle, oubliant la douleur qu'il ressentait quelques secondes plus tôt, mais au moment où il arrivait à sa hauteur, Cam l'esquiva. Brink tenta de se jeter sur lui, envahi par une rage noire. On pouvait lui faire tout ce qu'on voulait, mais pas question de toucher à Connie.

Cam se posta en face de lui, prêt à se battre, mais Jameson ne lui en laissa pas le temps. Il claqua des doigts et ordonna :

— Laissez partir le chien, monsieur Putney.

Cam s'arrêta net, lâcha la laisse et s'éloigna.

Brink prit Connie dans ses bras, toute tremblante.

— Ne vous avisez plus jamais, *jamais*, de toucher à mon chien.

— Je commence à voir que vous êtes plus coriace que je ne pensais, reprit Jameson en rivant sur Brink un regard d'acier. C'est un compliment.

— C'est toujours agréable de se sentir apprécié, répondit Brink en essuyant le sang de ses yeux. Mais vous êtes complètement taré.

— Nous n'allons pas nous disputer, monsieur Brink. Ça ne serait pas productif. Et il y a encore beaucoup, beaucoup à faire. Venez, lui dit Jameson en posant une main froide sur son bras. Voyons ce qu'il y a dans cette valise.

45

De retour à Sedge House, Cam cornaqua Brink dans la maison. Connie avait arrêté de trembler, mais elle regardait son kidnappeur avec méfiance, ses grands yeux bruns suivant chacun de ses gestes. Leur destination était une pièce octogonale dont les murs disparaissaient derrière des rayonnages chargés de livres, avec un immense bureau ministre au centre, une cheminée pavée de dalles de verre vertes et un fauteuil capitonné. La bibliothèque était comme Jess l'avait décrite. Même les livres qu'elle avait admirés – les centaines de livres reliés en cuir – étaient restés tels qu'ils étaient des années plus tôt.

Jameson se dirigea vers le bureau.

— Cette pièce a été nettoyée après l'enlèvement du corps, et le tapis turc, qui était fichu, a été jeté, mais à part ça, tout est resté dans l'état où Jess l'a laissé.

Il déposa la valise sur le bureau.

— Pendant l'enquête, la maison a été fouillée de fond en comble. Toutes les surfaces ont été parsemées de poudre à empreintes, toutes les chaises renversées, les tapis soulevés.

Si Jess Price avait laissé la valise en vue, ou même dans une cachette conventionnelle, on l'aurait trouvée et mise sous séquestre. Et tout aurait été perdu.

Jameson glissa son pouce sous une boucle en laiton et repoussa la courroie de cuir pour la libérer.

— Je ne saurais vous dire combien de fois j'ai essayé d'imaginer ce qui s'était produit dans cette maison, cette nuit-là. Je me doute que ça peut paraître chimérique, mais je me suis toujours raccroché à l'idée que je pourrais découvrir quelque chose qui aurait échappé à la police, un message ou un indice pour me guider jusqu'à cette valise. J'étais certain que la précieuse Violaine de ma tante était là, quelque part. Il s'est avéré que j'avais absolument raison. Elle n'a jamais quitté cet endroit.

Jameson souleva la deuxième boucle, libérant une deuxième courroie de cuir, puis il s'arrêta pour balayer la bibliothèque du regard.

— C'est dans cette pièce que Miss Price avait l'intention d'écrire son nouveau chef-d'œuvre. La police l'a passée au peigne fin au cours de l'enquête. Ils ont saisi son ordinateur portable, ses livres et ses papiers, mais ils ont négligé une chose. (Il fit le tour du bureau, ouvrit un tiroir et en sortit une pile de magazines.) S'ils les avaient examinés plus attentivement, ils auraient certainement eu envie de vous parler un peu plus tôt. Allez-y, monsieur Brink, jetez-y un coup d'œil.

Brink vit des piles de vieux magazines et de quotidiens et n'en pensa rien de particulier. Puis il les regarda plus attentivement et constata qu'ils étaient remplis de ses énigmes. Il y avait un exemplaire de son premier livre d'énigmes, *Gymnastique cérébrale*, des reliures à spirale de mots croisés et de casse-tête géométriques, les jeux de logique qu'il avait publiés dans le *New York Times* et le *New Yorker*, ainsi, à son plus grand étonnement, qu'un essai qu'il avait rédigé en 2010, au MIT. C'était le seul écrit personnel qu'il ait jamais publié, un essai dans *The Tech*, le journal des étudiants du MIT. Il y décrivait son combat contre son traumatisme crânien, combien il avait eu peur pendant les mois qui avaient suivi l'accident et comment les énigmes, jeux mathématiques et casse-tête de toute sorte l'avaient sauvé d'une grave dépression. Il tomba sur une ligne qu'il avait écrite dans l'essai : « Me perdre dans les schémas et les casse-tête m'a permis d'avancer dans la vie et de me libérer de l'angoisse et de l'incertitude dans lesquelles me plongeait ma perception peu fiable du monde et des autres. »

Ce qu'il n'avait pas écrit dans son papier, et ce qu'il n'avait jamais formulé auprès de qui que ce soit, c'était combien il avait été près de se suicider avant de comprendre la nature de son talent. Le tournant décisif s'était produit quand il s'était renseigné sur le syndrome du savant acquis, et qu'il avait découvert que non seulement il n'était pas le seul, mais que d'autres, dans le même cas que lui, vivaient une vie heureuse et utile. Pouvoir mettre un nom sur ce qu'il expérimentait l'avait aidé à accepter sa nouvelle réalité. Et bien qu'il puisse encore connaître des moments de déprime, les casse-tête lui permettaient de garder son équilibre. Il en avait besoin exactement comme d'autres ont besoin d'anxiolytiques. Et comme avec les anxiolytiques, il s'y était accoutumé au fil des ans. Il lui fallait des problèmes de plus en plus exigeants, des énigmes plus difficiles, des défis plus ardus, plus obscurs.

Il releva les yeux et vit que Jameson étudiait sa réaction.

— Jess collectionnait mes casse-tête ? demanda-t-il, troublé.

— Ils n'appartenaient pas à Jess Price, répondit Jameson en sortant du tiroir le casse-tête M – celui que Jess lui avait écrit en prison, celui qui dissimulait sa clé de chiffrement – et le posa sur le bureau. Ce sont les miens.

Brink dévisagea Sedge, stupéfait par cette révélation : ainsi donc, ce n'était pas Jess qui l'avait résolu. C'était Jameson.

— Après la mort de ma tante, j'ai parfois utilisé sa bibliothèque. La sécurité est renforcée, chez Singularity, mais on ne sait jamais qui peut regarder par-dessus votre épaule. À Sedge House, il n'y a jamais eu de connexion Internet, de télévision par câble, ni même de ligne de téléphone terrestre. Être ici, c'est comme se retrouver dans une boîte noire, à l'abri de toute surveillance numérique. Surtout du genre de celle qu'exerce Gary Sand. Ou votre ami Vivek Gupta en l'occurrence.

— Comment avez-vous su, pour M ?

— J'étais dans le chiffrement avant même votre naissance. Et j'ai été bien rencardé. Gary Sand est le top du top. En dépit de sa loyauté envers la NSA, il travaille avec moi depuis de longues années. Vos talents ont tout de suite attiré mon attention. À vrai dire, au début, j'espérais vous embaucher. Vous auriez pu devenir un fantastique atout, pour nous. Mais les choses ont pris une autre tournure. De toute évidence.

Brink regarda le casse-tête posé sur le bureau, reconnut la structure et la solution. Jess avait dû tomber sur les informations récoltées sur lui par Jameson, étudier le casse-tête M, puis, après son incarcération, elle avait décidé d'en retrouver l'auteur. Tout faisait sens. Jameson Sedge était le fil conducteur qui les reliait tous.

Jameson reporta son attention sur la valise et l'ouvrit. À l'intérieur, enveloppée dans un linge, gisait une poupée en porcelaine, avec ses grands yeux verts écarquillés et sa peau d'albâtre. Brink la reconnut tout de suite. C'était Violaine, la poupée que Jess avait décrite, et dont LaMoriette parlait dans sa lettre. Jameson retourna la poupée, écarta ses longs cheveux auburn et ouvrit le compartiment sur sa nuque. Du bout de son ongle, il libéra un petit rouleau, d'une main tremblante d'excitation, et peut-être de terreur.

— Nous y sommes, dit-il d'une voix remplie d'émerveillement et de triomphe. La clé de tout.

Jameson déroula le parchemin sur la table. Brink vit un cercle élaboré inspiré du soleil, des langues de feu entourant la circonférence, et entre les flammes des nombres, de 1 à 72,

qui conféraient à l'ensemble l'apparence d'une roulette ésotérique. Il vit les pièces du casse-tête que Jess avait mémorisées, la position des chiffres et les triangles. Mais celui-ci était bien plus complexe. La différence la plus notable, à part les lettres hébraïques, résidait dans un cercle constitué de petits carrés noirs et blancs distribués sur le contour extérieur, et qui attira irrésistiblement son regard. Il y avait là un schéma, il le sentait.

— Voici les Variations d'Aboulafia du Nom de Dieu, dit Jameson, interrompant le cours de ses pensées.

Brink fut pris d'une envie irrépressible de décrypter le schéma de chiffres et de lettres, son étrange et magnifique symétrie. Le cercle que Jess avait tracé n'était qu'un cadre. Elle s'était rappelé les nombres du pourtour et quelques-uns des symboles, mais pour l'essentiel son dessin n'était qu'une ardoise blanche. Ce cercle-là, en revanche, était complet. Son organisation était magnifique, le halo de nombres élégant, attirant. Ça le démangeait de l'emporter avec lui pour l'étudier, le disséquer, le résoudre.

Mais à première vue, il ne serait pas si facile à cracker. Il avait été conçu pour un solutionneur bien spécifique – quelqu'un qui connaissait l'hébreu et avait une bonne connaissance des mathématiques et des jeux de nombres, ou qui disposait, peut-être, d'une sorte d'ancienne clé de chiffrement. Ouvrir la porte de ce casse-tête ne serait pas aussi simple que de prononcer *Sésame, ouvre-toi*. En même temps, après tout ce qu'il avait appris sur l'Énigme de Dieu, il comprenait que ce n'était pas fait pour.

Pendant que Jameson s'absorbait dans la contemplation du parchemin, Brink reporta son attention sur la valise. Jess avait dit qu'elle y avait caché les dernières pages de la lettre de LaMoriette, avec Violaine. Et pourtant, en fouillant du regard l'intérieur, il n'y vit rien d'autre. Il se pencha sur un côté de la valise, puis sur l'autre. Finalement, il l'aperçut. Là, pointant de la doublure en soie, le coin d'une feuille. Elle était bien cachée, enfoncée si profondément dans le tissu qu'il n'aurait rien remarqué si Jess ne lui avait pas dit quoi chercher.

Jameson remit le rouleau dans sa cavité, et il se tournait vers la valise quand la pièce se mit à trembler. Une vibration sourde, régulière, ébranla les vitres, attirant Jameson vers la fenêtre. Il écarta les lourdes tentures damassées et découvrit un immense insecte de métal qui planait dans le ciel nocturne. La vibration laissa place au barattage rythmique d'une pale, et l'Eurocopter se posa. Anne-Marie sauta du cockpit et se dirigea vers la maison, les cheveux soufflés par le vent.

— Comme vous voyez, dit Jameson en ouvrant grand la fenêtre et en agitant la main, Anne-Marie a de nombreux talents.

Mais Mike Brink aussi. Profitant de la diversion, il plongea la main dans la valise, fouilla dans la doublure en soie et libéra les feuillets de LaMoriette.

46

MIKE N'ÉTAIT PAS DU GENRE AGRESSIF. De toute sa vie, il ne s'était battu que deux fois, dont une à l'école primaire. Quand il jouait quarterback dans son équipe, il n'avait jamais pris le risque de se faire mal au bras en balançant des coups de poing, il avait donc appris à résoudre ses conflits par l'humour. Mais quand Cam Putney le conduisit sur la pelouse, l'envie le prit de ratatiner le type.

Comme ils approchaient d'Anne-Marie, Cam lui octroya une nouvelle bourrade.

— Ça suffit, Cam, lança-t-elle sur un ton anormalement sec, et Brink comprit qu'elle mettait l'entaille qu'il avait au front au crédit de Cam.

Il ne la détrompa pas et lui lança un pauvre sourire. Elle le dévisagea, prit la mesure des dégâts, fronça les sourcils, l'air inquiet, et dit :

— Je suis terriblement désolée, Mike. Sincèrement. Je ne pensais pas que les choses prendraient un tel tour.

— Ce n'est pas obligé, répondit-il en se demandant comment quelqu'un comme Anne-Marie, une universitaire, une érudite, avait pu se retrouver embringuée avec un homme comme Jameson Sedge. (De toute évidence, ses premières impressions la concernant s'étaient révélées erronées. Combien d'historiennes de l'art pilotaient un hélicoptère ?) Vous n'êtes pas obligée d'embrasser la folie de Jameson.

Elle le gratifia d'un long regard, et il pensa y voir une lueur de tristesse.

— Quand je vous ai parlé de notre travail, j'ai cru que vous comprendriez l'importance de ce que nous sommes en train d'accomplir. J'ai cru que vous verriez à quel point nous sommes *proches*, à deux doigts, même, d'une découverte monumentale. C'était un risque, bien sûr. Je ne pouvais pas savoir si vous accepteriez de nous aider ou non. J'ai simplement parié que vous étiez le genre d'homme à sacrifier votre sécurité sur l'autel de la connaissance. De la *vérité.*

Le regard d'Anne-Marie flottait sur la blessure qu'il avait au-dessus de l'œil, et Brink se douta qu'il avait l'air aussi pitoyable à l'extérieur qu'à l'intérieur.

— Et j'avais raison, poursuivait-elle. Vous êtes ce genre d'homme. Nous avons découvert quelque chose qui va changer la nature de l'existence. Vous en faites partie, à présent. Mais vous devez nous faire confiance.

Il porta la main à sa coupure au front, qui le picotait. Une migraine commençait à se former derrière ses yeux. Une bonne migraine bien moche.

— Vous me pardonnerez si j'ai un peu de mal à faire confiance à qui que ce soit, à cet instant.

Anne-Marie se rapprocha de lui et posa une main sur son bras.

— C'est le rêve de tout chercheur de découvrir un fil conducteur qui relie les connaissances du passé aux découvertes de l'avenir. Voir qu'il existe un fil rouge qui relie tout permet à chacun de croire qu'il y a une raison à notre présence sur terre. Ce que vous avez découvert est de cet ordre. Ce cercle pourrait être le point à partir duquel une possibilité théorique devient réelle, le point où le passé et l'avenir se rencontrent. Vous ne le voyez peut-être pas encore, mais ce sera bientôt le cas : maintenant que nous avons l'Énigme de Dieu, rien ne sera plus comme avant.

Brink la regardait fixement, absorbant son discours. Il aurait volontiers rejeté en bloc tout ce qu'elle lui racontait, et en même temps, il ne pouvait pas nier qu'il était intrigué, et que la curiosité le poussait à vouloir en apprendre plus. Jameson lui avait dit qu'il était en quête de l'immortalité, mais Brink ne parvenait pas à imaginer qu'un petit bout de papier caché dans une vieille maison puisse repousser les limites de la biologie humaine.

Jameson s'approcha de l'hélicoptère, la valise à la main.

— Tu l'as appelé ?

— Notre guide se tient prêt, répondit Anne-Marie en prenant place aux commandes. Il nous attend.

— Magnifique, dit Jameson, offrant un sourire lumineux à Brink tandis qu'il montait dans l'hélicoptère et bouclait sa ceinture de sécurité. Allons changer le monde.

Brink boucla sa ceinture et installa Connie sur ses genoux. Comme l'engin s'élevait dans les airs, la chienne appuya sa truffe contre la vitre et regarda au-dehors pendant qu'Anne-Marie manœuvrait au-dessus de l'Hudson River, survolant les arbres et s'élevant dans le ciel noir. Bientôt, le paysage s'ouvrit sous leurs pieds, une étendue ténébreuse de forêts et de routes de campagne, et de loin en loin, des phares qui trouaient les ténèbres.

Brink regardait alternativement Cam et Jameson Sedge, tâchant d'imaginer ce qu'ils prévoyaient de faire. Il se demandait si Jameson avait surpris son tour de passe-passe dans la bibliothèque. C'était le genre d'homme à savoir ce que tramait Brink, mais à attendre le moment idéal pour abattre son jeu. Par exemple, Jameson savait qu'il était au *diner*, s'était probablement garé devant et l'avait regardé lire la lettre de LaMoriette. Il savait même qu'il avait commandé une tarte aux cerises, mais il avait attendu son heure, attendu le moment propice. Voilà, supposait-il, le véritable pouvoir qu'exerçait Sedge : la capacité de lâcher suffisamment la bride à sa proie pour qu'elle s'imagine être libre.

Mais il n'était pas libre. Il comprenait le danger qui le menaçait. Il savait qu'ils pouvaient l'emmener n'importe où, et qu'il ne pouvait rien faire pour les en empêcher. Cela dit, il avait un atout dans sa manche, ou plutôt dans sa poche. Glissant la main à l'intérieur de son blouson de sport, il palpa l'enveloppe. Il avait les dernières pages de la lettre de LaMoriette.

Il se renfonça sur son siège, gagné par l'épuisement. C'était sa deuxième nuit sans sommeil. Ses muscles étaient lourds ; ses yeux le brûlaient de fatigue. En quelques minutes, bercé par le doux balancement de l'hélicoptère, il s'endormit.

Jess l'attendait de l'autre côté de la conscience. Elle le prit par la main et le conduisit dans un couloir sombre et étroit sur lequel s'ouvrait une enfilade de portes. *Tu as la clé*. Et c'était vrai : il la sentait dans sa poche, elle était là : l'antique clé. Il fit jouer la serrure et entra dans une chambre d'hôtel miteuse, au lourd mobilier en bois, un tapis élimé posé sur un sol en tomettes, et aux murs, un papier peint démodé, pelé, dont les lambeaux s'incurvaient. La porte-fenêtre donnait sur une ville européenne. Il faisait nuit. Des nuages gris barbouillaient le ciel noir. Au loin, un paysage de toits. Une bougie brûlait sur la table de chevet, projetant lumière et ombres sur un grand lit.

Ils se déshabillèrent et tombèrent dans les bras l'un de l'autre. S'il avait faim d'elle, elle était affamée. Il se glissa dans le lit et repoussa les draps, désespérément avide des quelques moments qu'il partagerait avec elle. Il savait qu'il dormait, qu'il pouvait se réveiller d'une minute à l'autre, et n'aurait aucun moyen de la retrouver plus tard. Les secondes s'égrenaient, chacune pareille à une lame qui les séparerait toujours un peu plus.

Jess avait dû la sentir aussi, cette urgence, ce besoin d'être ensemble avant que le rêve s'achève. Elle lui attacha les mains, puis les pieds, aux montants du lit, lui sanglant les membres si étroitement qu'il ressentit ses liens comme autant de brûlures. L'air froid entrant par la baie vitrée rafraîchissait la chambre, mais Jess était d'une chaleur ardente, surnaturelle, quand elle se glissa sur lui, ses lèvres aussi douces que de l'huile sur sa peau. Elle embrassa ses doigts, ses orteils, son nombril. Elle s'absorba dans son propre plaisir, et il ne l'en désira que davantage.

Quand elle le libéra, ils restèrent allongés côte à côte, emmêlés dans les draps. Il fit courir un doigt sur son cou, ses épaules, sa poitrine, se perdant dans sa beauté. Quoi que ce fût – une hallucination, une illusion, un miracle –, c'était fabuleux, et saturé de signification.

Jess quitta le lit, enfila un kimono, se versa un verre de vin et le but.

— Écoute, il faut que je te raconte ce qui s'est vraiment passé, dit-elle en regardant par la fenêtre, en direction de la succession infinie de toits. Ce n'est pas ce que tu crois.

Il se redressa dans le lit et remonta les draps. Sans elle, il se sentait exsangue, aussi froid que du marbre.

— Tu veux dire, Noah Cooke ?

— Tu penses que je suis responsable, mais ce n'était pas de ma faute. C'était une erreur. C'est aussi simple que ça. Toute cette histoire n'a été qu'une énorme et stupide erreur.

Il la dévisagea, s'efforçant de comprendre. Était-ce une confession ? Une demande de pardon ? Si elle avait tué Noah Cooke, était-ce important ?

Jess revint vers le lit et lui tendit un verre de vin. Il en but une gorgée, reconnut les saveurs de la mûre et de la grenade combinés à une veine minérale. Quand il releva les yeux, la pièce avait disparu et ils étaient assis sur un balcon donnant sur un vaste désert. Le ciel était d'un bleu profond, océanique, si intense qu'il dut en détourner le regard. Au loin, à l'extrême limite de son champ de vision, une pyramide étincelait sous le soleil, dix points pulsant sur ses contours.

— À ton tour, dit Jess en lui montrant un plateau posé sur la table entre eux.

Des carrés rouges et noirs formaient un échiquier. Il essaya de compter les rangées de cases, mais rien n'avait de sens. Jess gagnait. Elle avait remporté une pile de pièces, et lui, aucune. Il connaissait les règles du jeu, elles étaient simples, mais ça lui paraissait strictement impossible. Il ne savait pas comment déplacer ses pions. Il ne savait pas comment gagner. Et ça lui semblait hors sujet.

— Alors ? lui lança-t-elle impatiemment. (Une nuée de colibris s'étaient rassemblés autour d'elle, et planaient dans l'air.) Tu joues, ou quoi ?

Quand il regarda l'échiquier, il fut submergé par une immense vague de soulagement. L'échiquier n'était que ça, un échiquier. Il n'y avait pas de structure en trois dimensions, pas de flots d'équations mathématiques, pas de pliage géométrique. Les carrés n'étaient que des cases noires et rouges, rien de plus. Pour la première fois depuis des années, son esprit était libre d'énigmes et Mike Brink était redevenu l'homme qu'il avait été.

47

BRINK SE RÉVEILLA ALORS QUE L'HÉLICOPTÈRE SE POSAIT. Des bribes de son rêve s'attardaient et il se sentait étourdi. Il s'étira, encore somnolent, et en regardant par la vitre, il constata qu'ils étaient à Manhattan, sur un héliport construit sur l'East River. Le soleil se levait, projetant une lueur pâle sur les gratte-ciel, teintant la rivière de jaune et d'orange. Son éclat était presque aveuglant. Le gris dur des immeubles de Manhattan paraissait plus doux, plus chaud sous cet éclairage, et il fut profondément soulagé d'être de retour en ville. Il n'en était parti que deux jours, mais il avait l'impression d'avoir vécu une autre vie tout entière. La ville lui paraissait différente. Il se sentait différent. Pris dans les rets de quelque chose de plus profond, plus intense et, force lui était de l'admettre, plus excitant que tout ce qu'il avait vécu jusqu'alors.

Il palpa son blouson, vérifia que l'enveloppe s'y trouvait toujours, que Jameson ne l'avait pas fouillé pendant son sommeil. Elle était bien là, prometteuse de réponses, et il dut résister à la tentation de la sortir et de la lire sur-le-champ.

Brink sauta de l'hélicoptère, aussitôt suivi par Connie. Le vent des hélices le transperça malgré son blouson, et un frisson vertigineux le fit tituber quand il fit un pas sur la terre ferme. Il roulait sur la jante. Il avait soif. Il fallait qu'il s'hydrate. Qu'il mange et qu'il dorme. Ce qui l'attendait exigeait de la concentration, et en cet instant, alors qu'il suivait la jetée en observant les couleurs de plus en plus éclatantes du ciel, il se sentait complètement embrumé.

Un SUV Cadillac noir attendait au bout de la jetée. Cam prit place à côté du chauffeur et lui donna une adresse pendant que Jameson, Anne-Marie et Brink s'installaient à l'arrière. Connie s'était roulée en boule aux pieds de son maître, le museau sur ses chaussures. Il fallait qu'il la ramène à la maison, qu'il la nourrisse et la mette à l'abri du danger.

Comme ils s'éloignaient de la jetée, Brink baissa sa vitre. Il était tôt et dans les rues planait une odeur de propre, comme si elles avaient été fraîchement lavées par une bonne averse. Il n'y avait pas de circulation, pas une voiture sur Pearl Street. Ce calme lui faisait l'effet d'un baume. Avec sa tête qui le martelait et l'angoisse de ne pas savoir où Sedge l'emmenait, il savourait les rues tranquilles de la ville, leur sérénité. Il ne se lassait jamais de New York – aucun lieu sur terre en dehors de Manhattan ne pouvait rivaliser avec la machine de Rube Goldberg qu'était son cerveau, mais pour l'instant, il avait besoin d'un peu de temps pour reprendre ses esprits.

Ils passèrent sous le pont de Brooklyn et se trouvèrent sur Bowery en quelques minutes. À un feu rouge, il vit une affiche pour l'iPhone surchargée de caractères chinois, et il se rendit compte qu'ils n'étaient qu'à quelques pâtés de maisons de son appartement.

— Si on a rendez-vous avec quelqu'un, il faudrait que je fasse un saut chez moi pour prendre une douche. Ou au moins, changer de vêtements, dit-il en montrant son tee-shirt couvert de sang.

Jameson lorgna Brink, visiblement soupçonneux.

— Et ce serait quand même plus simple que je laisse Connie chez moi, ajouta-t-il.

Anne-Marie regarda la chienne avec dédain, puis Sedge.

— Excellente idée.

Sedge dit au chauffeur de se garer près du carrefour Canal Street et Bowery, confirmant qu'il en savait beaucoup plus sur Mike Brink qu'il ne l'avait laissé soupçonner jusque-là, et notamment son adresse. Une fois à l'arrêt, Jameson prit sa sacoche des mains de Brink.

— Je vous la garde, dit-il. Et Cam va vous accompagner.

Brink ressentit une pointe de panique à l'idée de laisser sa sacoche à Jameson, mais il n'y avait rien dedans qui aurait pu l'intéresser : il avait déjà lu le journal de Jess. L'élément crucial, c'était l'enveloppe qui contenait la lettre de LaMoriette, et elle était bien à l'abri, dans la poche intérieure de son blouson.

Brink grimpa les escaliers de son immeuble à la suite de Connie. Il huma profondément, heureux de reconnaître les odeurs familières de mort-aux-rats et de lessive. Il adorait son appartement, appréciait particulièrement d'être au quatrième étage, bien au-dessus de la rue. Il adorait également regarder son petit coin de Chinatown – les enseignes clignotantes chinoises, les boutiques d'épices et les restaurants de dimsum. Mais par-dessus tout, il adorait sa collection de casse-tête. Il ne voulait pas que Cam, ni qui que ce soit, d'ailleurs, s'en approche.

Devant la porte, il composa un code sur un clavier – une séquence composée de son numéro de Sécurité sociale et de sa date de naissance réorganisée en une série de chiffres ascendants, un code plus ou moins impossible à cracker.

Et d'un mouvement coulé, il prit Connie dans ses bras, entra dans son appartement sans laisser le temps à Cam de le suivre, et lui claqua la porte au nez. Une tempête de coups de poing et de pied accompagnés de hurlements s'ensuivit, ce qui ne fit que rendre plus délicieux encore son retour chez lui. *Dans ta gueule, connard*, pensa-t-il en lâchant Connie sur son panier molletonné, et il s'avança au centre de son appartement. Debout chez lui, il sentit la tension des deux derniers jours le quitter progressivement. À cet endroit, à cet instant précis, il était en sécurité.

Il regarda sa collection, ses piles de livres de jeux, ses boîtes à secret japonaises, assailli par l'envie de se perdre dans le réconfort qu'ils lui apportaient. Collectionner les jeux de logique avait toujours été une constante chez lui. Après son accident, il s'était mis à en chercher partout, il en achetait sans réserve et n'en jetait jamais aucun. Il en avait plusieurs milliers, maintenant, dont beaucoup rarissimes, de véritables pièces de collection, comme le premier livre de mots croisés de l'Histoire, le *Cross Word Puzzle Book* publié par Simon & Schuster, et une édition rare de 1858 du *Trick Donkey Puzzle* de Sam Loyd qu'il avait payé une petite fortune à une vente aux enchères. Il y avait des livres de mots croisés et de sudokus, des mots mystères et des labyrinthes : quelques jeux de pousse-pousse vintage, des tables de bridge couvertes de puzzles de 5 000 pièces, les Krypt Gradient de Ravensburger, et un mur complet de Rubik's Cubes, certains anciens, d'autres récents, dont les couleurs étaient parfaitement alignées. S'y ajoutaient une cinquantaine de boîtes à secret japonaises en laque, sa grande passion, posées un peu partout, luisantes, et indéchiffrables.

L'appartement aurait pu paraître bordélique, mais sa collection obéissait à un ordre clair et défini. À vrai dire, les folles expériences de la veille le lui faisaient voir plus clairement que jamais : c'était un homme avec un besoin insatiable d'apporter de l'ordre au chaos.

Il remplit l'écuelle d'eau de Connie, puis sa gamelle de pâtée. Il ouvrit la fenêtre de l'escalier de secours. Son voisin du dessous – un homme d'un certain âge appelé Denis, célibataire endurci – adorait Connie et prenait soin d'elle quand Brink s'absentait. Pendant la pandémie, Connie faisait de multiples promenades quotidiennes entre Dennis et Brink. Elle savait descendre l'escalier de secours, gratter à la fenêtre, et Dennis la laissait entrer. Brink était soulagé de savoir qu'on s'occuperait de Conundrum, quoi qu'il arrive. Il ôta ses vêtements sales, se passa le visage à l'eau et enfila un jean noir et un tee-shirt noir à message provenant d'un événement qu'il avait organisé à l'institut Buckminster Fuller. Enfin, il s'assit sur le rebord de fenêtre et prit l'enveloppe dans la poche intérieure de son blouson.

Il ouvrit les pages à la lumière du petit matin, et reconnut l'écriture étroite, penchée, de LaMoriette, l'encre bleu nuit et le papier fragile. Aucun doute, il s'agissait bien des feuillets manquants. Ils étaient dans le désordre, il les étala donc sur le parquet et les remit dans l'ordre. Il se dit que Jess avait dû les attraper précipitamment, les plier et les cacher dans la doublure de la valise. Il sentit un frisson d'excitation à la perspective de lire les dernières pages de la lettre de LaMoriette à son fils. Assurément, elles donneraient la clé du rituel.

Il s'apprêtait à commencer sa lecture quand ses yeux tombèrent sur trois mots écrits tout en bas de la dernière page :

HELLISH EVIL RITE.

Une chose était sûre – ils n'avaient pas été écrits par LaMoriette. L'encre était rouge, les lettres plus grandes, et trapues.

Non, ils étaient de la main de Jess Price. *Hellish evil rite*. Rite d'enfer, diabolique…

Pourquoi avait-elle écrit ces trois mots étranges en bas de la lettre de LaMoriette ? Était-ce un aveu de ce qui s'était passé à Sedge House ? Il les regarda longuement, essayant de comprendre ce qu'ils signifiaient.

Une explication de la façon dont Noah était mort ? C'était étrange qu'elle lui ait dit comment trouver les pages sans lui parler du message qu'elle avait gribouillé dessus. Mais chaque interaction avec elle faisait surgir une nouvelle énigme, et celle-ci ne faisait pas exception à la règle.

Il faudrait qu'il regarde ça de plus près, mais ce n'était pas le moment. Cam tambourinait à la porte, hurlant qu'il était temps de repartir.

— Une minute, mec ! Du calme ! cria-t-il en retour, ce qui ne fit qu'exacerber la colère dudit mec.

Il n'avait pas beaucoup de temps pour lire les dernières pages de la lettre de LaMoriette, mais ça ne serait pas un problème. Il se cala contre le cadre de la fenêtre et, au rythme des martèlements de Cam sur la porte, Brink assimila les mots.

48

J'ai mis des jours à me remettre de ce dont j'ai été le témoin ce soir-là, à la synagogue. Des jours et des nuits ont fusionné en un long et terrible cauchemar. Maître Král, croyant que j'étais retombé malade et craignant pour ma santé, m'a relevé de toute fonction au four à céramique et pressé de me reposer. Je suis resté alité plusieurs jours, en proie à un rêve fiévreux.

Je ne pouvais pas oublier la bourrasque qui avait balayé les combles, l'éclair qui avait illuminé le golem quand il avait bougé pour la première fois. J'avais regardé la créature tourner la tête, lentement, précautionneusement, incertaine de sa capacité à se mouvoir. Puis, comme un faon vacillant sur ses jambes toutes neuves, elle avait avancé d'un pas. Et d'un autre. À cet instant, toutes mes facultés physiques et mentales m'avaient abandonné, et j'avais perdu la capacité à m'exprimer, encore moins à trouver une explication raisonnable à ce que je voyais. Au fil des ans, j'ai souvent revécu ce moment, et j'ai fini, à force de réflexion, par réussir à nommer les émotions qui m'ont traversé ce soir-là, dans la synagogue :

révérence et effroi, incrédulité et déférence. J'étais submergé par un mélange de terreur et de jubilation, car cette créature ne pouvait signifier qu'une seule chose : le pouvoir de la Création était entre nos mains. Et j'avais fabriqué le vaisseau qui l'abriterait.

Jamais au cours de ma vie je n'avais contemplé une telle merveille ni une telle épouvante. Et bien que j'eusse été témoin d'un pouvoir incommensurable, j'avais tout de suite su que c'était aussi un triomphe pernicieux. Car j'avais conçu le golem à l'image de ma fille, mais cette créature n'était pas ma Violaine, pas du tout. Ses cheveux étaient exactement de la même couleur, ses yeux brillaient comme des émeraudes, et même les taches de rousseur qui parsemaient ses joues étaient identiques à celles de ma Violaine. Mais le golem est investi d'un esprit si différent du sien qu'il m'a aussitôt inspiré de la répugnance. L'air saturé de sa vilenie tourbillonnait autour de nous avec une violence effrayante, et j'ai su que j'étais en présence d'une âme en colère, une âme tourmentée.

J'ai détourné les yeux, terrifié. Le rabbin a appelé Jakob, et son fils l'a aidé à examiner les pages que nous avions utilisées. C'est à moi qu'ils avaient demandé, au titre de créateur du vaisseau, d'écrire les mots. J'avais fait ce qu'ils m'avaient demandé et recopié l'hébreu mot pour mot à partir du manuscrit. Je les avais ensuite donnés au rabbin qui les avait prononcés à haute voix. J'étais incapable de comprendre la teneur de leur échange affolé, mais j'ai deviné que j'avais dû commettre une erreur. Quelque chose avait mal tourné, affreusement mal tourné.

La chaleur est devenue intense, une odeur de chair brûlée a envahi la pièce et la pression de l'air est devenue insupportable, comme s'il prenait feu. Et en effet, quand je les ai de nouveau regardés, j'ai vu Jakob se tenir, hurlant au milieu d'un tourbillon de flammes, se débattant, le corps dévoré par des langues de feu bleu-orange.

Je me suis enfui de la synagogue, j'ai retraversé le quartier juif et ne me suis arrêté qu'en arrivant à la Vltava. C'est là, à la maigre lueur des lampes à gaz, que j'ai vu sur mes bras les entailles qui dessinaient sur ma peau des ramifications pareilles à des nids d'abeilles. Elles formaient un réseau tel que je n'en avais jamais vu – non comme le résultat d'une brûlure ou d'une coupure, mais de ma rencontre avec le Mal. J'avais été marqué par un démon.

Quand je me suis enfin senti suffisamment remis pour quitter le lit, j'étais déterminé à rentrer à Paris aussitôt que faire se pouvait. Je faisais ma malle en préparation de ce voyage quand une enveloppe à mon nom fut apportée à la boutique de poupées. L'adresse de l'expéditeur n'était pas précisée, mais j'ai su qui l'avait envoyée quand j'y ai trouvé une carte avec cette simple phrase griffonnée en français : *Viens, mon ami.*

J'ai fourré la carte dans ma poche et me suis aussitôt mis en route. J'étais terrorisé de retourner là-bas, mais je n'avais pas le choix – Jakob avait survécu, et il fallait que je comprenne ce qui lui était arrivé. En moins d'une demi-heure, j'étais dans le quartier juif et je frappais à la porte du rabbin. À l'intérieur, c'était le silence. Pas une lumière ne brillait dans les pièces, aucun accord de violon ne me parvenait du fond de l'appartement, aucune odeur de cuisine ne flottait dans l'air. J'ai regardé par un interstice des volets et vu, à mon grand étonnement, qu'il n'y avait plus un meuble, plus de photos aux murs, pas de tapis sur les parquets. Les pièces étaient nues, comme si la famille avait abandonné son domicile.

J'ai couru à la synagogue et frappé furieusement à la porte. La soirée était chaude, la place pleine de gens qui déambulaient dans le crépuscule, et bien que j'eusse conscience de me donner en spectacle – un Français fou qui hurlait devant la porte de la synagogue –, je n'ai pas relâché mes efforts. Tout sens des convenances m'avait quitté dans les semaines qui avaient suivi ma fuite éperdue du temple. En effet, tout ce qui, jusque-là, me consumait – mon travail, mes aspirations artistiques, la parfaite créature de porcelaine que j'avais créée – n'avait plus aucune pertinence. Je ne voyais plus que le rabbin qui parlait à la maigre lueur d'une bougie, les mains posées sur le golem ; je n'éprouvais plus que la terrible sensation qu'une noirceur était entrée dans le monde, un esprit violent, un démon, une force du Mal.

Jakob m'expliquerait ce qui s'était passé, si seulement il voulait bien m'ouvrir la porte. Et même si, à l'époque, je croyais être simplement impatient de connaître la vérité, les marges de ma santé mentale avaient commencé à s'effilocher. Ce délitement prendrait près de vingt ans et j'essaierais maintes et maintes fois de réparer les dommages, mais je suis certain que le phénomène qui s'est produit à la synagogue est sans aucun doute ce qui m'a conduit là, à ce moment, avec ce pistolet près de moi, et à l'acte terrible que je m'apprête à commettre. Même ceci, cette dernière communication avec toi, n'est guère plus qu'une tentative de réparer ces torts effroyables.

Finalement, la porte de la synagogue s'est ouverte. Un homme que je n'avais jamais vu se tenait devant moi. Je lui ai demandé à voir le rabbin, en tchèque, que je parlais mal, mais suffisamment pour qu'il comprenne ma requête. J'ai regardé derrière lui, dans les profondeurs sombres du temple, m'attendant à moitié à y voir brûler les flammes de l'enfer.

— Je vous en prie, il m'attend.

— Mais je suis le rabbin de cette synagogue, a dit l'homme en me regardant avec curiosité. Et je n'attends personne.

J'ai dû me contenir pour masquer mon impatience.

— Le rabbin Josefez m'a fait demander.

— Cela, je le crains, est impossible.

— Il m'a envoyé ce mot.

J'ai pris le papier dans ma poche et le lui ai tendu.

L'homme m'a observé attentivement, puis a examiné la feuille.

— Êtes-vous le fabricant de poupées LaMoriette ? a-t-il demandé.

Quand je le lui ai confirmé, il s'est effacé pour me laisser entrer, puis il a refermé la porte. Confus et passablement nerveux, j'ai suivi le rabbin dans la mezzanine. Une fois sur place, j'ai vu une scène radicalement différente de celle que j'avais fuie. L'endroit était vide, propre, et l'air sentait le frais. L'armoire en bois et les bougies, ainsi que tout ce qui avait servi au golem avait été enlevé. Il ne restait que la valise en cuir que j'avais apportée à la synagogue des semaines plus tôt, et qui était posée sur la table.

Le rabbin m'a regardé un long moment, puis il a repris la parole.

— Pendant des centaines d'années, HaShem est resté caché. Mais cela n'a pas toujours été le cas. Le nom du Créateur était originellement prononcé par tous les juifs, tous les jours, dans les prières, les salutations, les bénédictions. Et quand le Second Temple fut détruit, le véritable nom du Créateur a été enfoui sous terre. Au vrai Nom, les rabbins ont substitué Adonaï. Au fil des siècles, même ce mot est devenu trop sacré pour le partager avec les étrangers à nos traditions, et c'est le mot HaShem, ou simplement Le Nom, qui a été utilisé dans la vie quotidienne. Mais vous, a-t-il ajouté en me regardant droit dans les yeux, vous avez entendu le secret de sa prononciation.

Le rabbin s'est approché de la table. La grande valise en cuir dans laquelle j'avais transporté ma création attendait.

— Le rabbin Josefez a eu tort de vous amener ici. Votre golem était magnifique, mais il a causé bien du mal.

— Ce n'était pas mon intention. Si je pouvais m'entretenir avec le rabbin et son fils, je pourrais le leur expliquer.

— Il a succombé à ses blessures la semaine dernière.

Je me suis appuyé contre la table, j'avais l'impression que j'allais tomber.

— Et son fils, Jakob ?

— Le Bocher Jakob a enduré bien des souffrances.

— Mais il est en vie ?

Le rabbin a hoché la tête, confirmant que mon ami était vivant.

— Ceci vous appartient, a-t-il dit en montrant la valise. Vous devez l'emporter avec vous aussitôt que possible.

J'ai ouvert la valise et vu la poupée à l'intérieur, ma magnifique Violaine. Le soulagement a inondé mes veines : ma créature était sauve. Mais cette sensation a tout de suite cédé place à la crainte : et si le Mal qui l'avait possédée revenait ? J'ai passé mon doigt sur sa joue de porcelaine et refermé la valise.

— J'aimerais parler à Jakob, ai-je dit.

Le rabbin m'a invité à le suivre et je n'ai pas hésité. J'ai dévalé l'escalier, pressé de voir mon ami.

Au rez-de-chaussée, le rabbin a ouvert la porte d'une petite pièce qui donnait sur le hall principal et m'a autorisé à entrer. Une odeur pestilentielle saturait l'air, une odeur de putréfaction, de maladie, d'infection. J'allais tourner les talons, révulsé, quand une vision d'horreur m'a arrêté net : un être à la peau couverte de croûtes, recroquevillé sur un lit, son long corps mince replié, tordu par la maladie. Pendant un moment, je me suis contenté de le fixer du regard, pantois, essayant de donner un sens à ce que je voyais.

Finalement, j'ai compris qu'il s'agissait d'un homme, mais tellement difforme qu'il me paraissait monstrueux. Je me suis rapproché d'un pas de cette âme misérable, frappé de pitié et de terreur. De toute évidence, il souffrait de quelque maladie insidieuse et virulente. La lèpre, peut-être ? Ou la variole ? La peau de son bras était rétractée et couverte de pustules suppurantes, sanguinolentes. Une pile de bandages tachés de vert et de brun, du pus et du sang, était abandonnée dans un coin. C'était une vision épouvantable, et je ne me sentais pas le courage de rester. J'allais repartir et laisser l'homme à ses souffrances quand le pauvre hère a redressé la tête. Son regard a cherché le mien, et bien que transformé par ses blessures au point d'en être méconnaissable, j'ai reconnu la lueur familière de son regard. C'était Jakob, radicalement métamorphosé, mais Jakob néanmoins. Je me suis précipité à son chevet et, me penchant sur lui, j'ai évalué l'étendue de ses maux.

— Mon ami, ai-je murmuré, ébranlé et tremblant d'horreur. Que t'est-il arrivé pour que tu sois dans cet état ?

— Tu étais là, répondit Jakob d'une voix faible. Tu as tout vu, aussi bien que moi.

— Mais comment… ?

Les questions se bousculaient en moi. Je voulais savoir comment nos actions avaient pu entraîner autant de souffrances. Je voulais savoir de quelle provenance, par quelle assistance, un tel démon était arrivé sur terre ?

Jakob a agrippé ma main et ne l'a pas relâchée.

— C'était une erreur. Je dois être détruit, mon ami. Je t'en supplie, écoute-moi. J'ai commis une très grave erreur. Le golem doit être brûlé. Le cercle. Le vaisseau. Tout doit être brûlé.

Il était incohérent, et j'en ai conclu que ses souffrances avaient dû affecter son cerveau. Je me suis tourné vers le rabbin, qui se tenait derrière le seuil de la porte.

— Il a besoin d'un médecin, et urgemment.

— Il en est déjà venu, à de nombreuses reprises, a répondu le rabbin. Son père est mort de la même manière. Mais plus rapidement, car l'esprit était fort et énergique.

— L'esprit ? ai-je repris, perplexe.

— Il a pris possession du rabbin Josefez et ensuite, quand il a épuisé ce vaisseau, il a jeté son dévolu sur son fils.

Le rabbin s'est avancé vers Jakob, il a soulevé un bandage sur sa poitrine, révélant une peau sillonnée d'entailles géométriques comme gravées à l'aide d'une lame. J'ai reconnu les scarifications, car mes chairs portaient les mêmes.

— Que diable est-ce là ? ai-je demandé, horrifié par cette vision, au point que je pouvais à peine parler.

— La marque, a répondu le rabbin d'une voix frémissante de terreur. La marque qui jamais ne s'effacera.

— Laissez-nous, a enjoint Jakob au rabbin, d'une voix réduite à un chuchotement.

Et une fois que le rabbin fut sorti de la pièce, Jakob m'a attiré à lui et m'a fait signe de prendre quelque chose sous son matelas. C'était le manuscrit que j'avais vu chez lui, le premier jour puis à la synagogue, celui dont les pages contenaient le cercle infernal, le livre qui, Jakob me l'avait dit, recelait les secrets de toute Création.

Puis il en a jeté des feuillets vers moi, me suppliant de le prendre.

— Vite, avant que le rabbin ne le voie.

Et comme je m'apprêtais à refuser, arguant que je n'avais aucun droit dessus, Jakob s'est agité.

— C'est la langue du portail. L'échelle sur laquelle les intelligences s'élèvent avant de retomber. L'Esprit ne peut être détruit que par lui. Détruis d'abord le golem, ensuite le cercle, a chuchoté Jakob, les yeux agrandis par la peur. Détruis-les avant que tout cela ne se reproduise.

Mes yeux se sont emplis de larmes, mais je n'ai pas discuté. J'ai pris le manuscrit et l'ai placé dans la valise, près de Violaine. Incapable de contrôler mes émotions, j'allais lui faire mes adieux. Alors il m'a fait signe de me rapprocher, si près que mon oreille effleurait ses lèvres. Ce que je pensais être, au début, un mot d'adieu avant son dernier souffle s'est révélé bien plus que cela. À l'agonie, d'une voix tellement assourdie que c'est à peine si je l'entendais, il a chuchoté le nom sacré de Dieu, HaShem, le prononçant lentement, clairement, une fois, deux fois, et puis une troisième, afin que je l'entende et m'en souvienne. Et ces mots, mon fils, et l'infini pouvoir qu'ils détiennent, ne se sont jamais effacés de ma mémoire.

Dès le lendemain, j'ai pris le train pour Vienne, puis Paris. Je m'étais juré de mettre les horreurs de Prague derrière moi, de les enfermer tout au fond de mon esprit. Mais comment oublier un tel pouvoir, un pouvoir qui recèle la graine de la vie et de la mort ? Comment, quand on a regardé Dieu dans les yeux et découvert Ses secrets, comment effacer cette vision ?

J'étais à Paris depuis un mois, en sécurité dans mon atelier, quand j'ai enfin décidé d'examiner le livre que Jakob m'avait remis. Les pages étaient couvertes d'écrits, mais ce qui a le plus attiré mon attention, ce qui m'a absolument fasciné, ce fut le cercle et sa symétrie captivante. J'y avais jeté un bref coup d'œil, à Prague, mais je ne l'avais jamais vraiment regardé avant cet instant. Je l'ai examiné intensément, à l'aide d'une loupe, tâchant de comprendre les lettres et les chiffres, ainsi que les étranges symboles. Et c'est ainsi que je me suis trouvé hypnotisé par cet antique portail vers l'inconnu.

Jakob m'avait conjuré de détruire le cercle, mais je n'ai pu m'y résoudre. Je ne pouvais pas davantage détruire le golem, comme tu le sais certainement à présent. Au lieu de cela, je les ai protégés. Toutes les années qui ont suivi mon retour de Prague, je ne les ai montrés à personne. Et même si je n'ai pas détruit le golem, je te conjure, mon fils, toi qui n'éprouves pas d'amour pour la créature, qui ne vois rien de familier dans ses traits, je te supplie de le faire. Je n'ai pas pu détruire Violaine. J'ai essayé, maintes fois, mais je n'ai pu m'y résoudre. Cela, mon fils, je t'en laisse le soin.

49

Le SUV tourna au coin de Madison Avenue et de la 36e Rue avant de se garer devant la Morgan Library. Brink prit sa sacoche des mains de Jameson et le suivit vers une villa palladienne en marbre. C'était une construction anachronique dans un voisinage architectural du XXe siècle, adossée au nord aux gratte-ciel de Midtown.

— Ce bâtiment a toujours été une anomalie, expliqua Anne-Marie en délaissant l'entrée principale pour nous conduire vers une entrée privée sur la 36e. J. P. Morgan l'a construit dans l'idée d'en faire une retraite idyllique, loin d'une vie passée à Wall Street. Il y entreposait ses collections inestimables de manuscrits et de livres rares, et à sa mort, son fils a transformé la bibliothèque en musée.

Les manuscrits et les livres rares, c'était bien joli, mais il n'était même pas sept heures du matin. Le musée était certainement fermé. Pourtant, cela n'arrêta pas Anne-Marie. Elle gravit les marches de marbre qui montaient vers une immense porte de bronze, leva les yeux vers la caméra de surveillance et fit un bref signe de la main.

— Le directeur est un ami, expliqua-t-elle à Brink. Il risque probablement son boulot en acceptant de nous recevoir, mais quand je lui ai dit que nous avions retrouvé le chef-d'œuvre de LaMoriette, il était plus qu'heureux de prendre le risque.

La porte de bronze s'ouvrit sur un homme noir, grand et mince, portant des lunettes en écailles et une chemise habillée. Il leur fit signe d'entrer et referma la lourde porte derrière lui. Ils se tenaient dans une rotonde entourée de colonnes de marbre. Les murs étaient ornés de fresques représentant des dieux et des déesses romains.

— Anne-Marie, dit l'homme, nerveux. Je vous attendais il y a plus d'une heure.

— Cullen, vous connaissez Jameson, dit Anne-Marie. Et voici Mike Brink qui nous aide sur un pan de nos recherches. Brink, je vous présente Cullen Withers, le directeur de la Morgan Library.

Cullen Withers serra la main de Brink, laissant s'attarder son regard suffisamment pour remarquer son œil tuméfié.

— Je suis un de vos fans, dit-il avec un sourire timide. Ce mot croisé sur l'histoire de l'art dans le *New York Times Magazine* du mois dernier était vraiment brillant. Après votre appel, enchaîna-t-il sans attendre la réponse de Brink pour se tourner vers Anne-Marie, je n'ai pas réussi à me rendormir. Vous avez le don de créer le suspense. Je suis là depuis trois heures du matin.

— Vous n'avez pas peur pour la sécurité ? demanda Jameson en regardant les caméras montées tout autour de la rotonde.

— Ils sont habitués à mes horaires bizarres, répondit Cullen. Je suis ici à toute heure du jour ou de la nuit, surtout quand on prépare une exposition. Vous avez apporté le LaMoriette ?

— Bien sûr, dit Anne-Marie en indiquant la valise en cuir que tenait Jameson.

— Je suis certain que vous en êtes consciente, mais beaucoup de faux ont circulé au fil des années, reprit Cullen. Il y a trois ans, on a vu apparaître sur le marché une magnifique copie de Violaine. Vous avez dû en entendre parler, Anne-Marie.

— Comme tout le monde, oui. La vente Bonham est entrée dans les annales.

— La poupée ressemblait *exactement* aux photos de 1909 de l'authentique Violaine, mais quand l'agent de l'acheteur a envoyé des fibres de la robe à un laboratoire, ils ont découvert un tissu synthétique qui n'existait pas en 1890. Il faut vraiment être vigilant…

— Je vous assure que vous serez en mesure d'attester de l'authenticité de cette poupée-ci, fit Jameson.

C'était tout ce que Cullen avait besoin d'entendre. Il pivota sur ses talons et leur fit traverser la rotonde, ses pas résonnant sur le sol de pierre. Ils passèrent sous un plafond voûté orné de personnages de la mythologie, des dieux nus tenant fruits et trésors, puis dans une magnifique bibliothèque, haute de trois étages, aux murs garnis de rayonnages du sol au plafond. Les plafonds étaient couverts de fresques représentant des créatures mythologiques, et une immense cheminée de pierre occupait le mur du fond.

— C'était la bibliothèque privée de M. Morgan, construite pour abriter son incroyable collection de livres et de manuscrits rares. Elle a été originellement conçue avec un seul niveau de rayonnages, mais sa collection s'est agrandie au fur et à mesure que la bibliothèque s'érigeait, et donc l'architecte, Charles McKim, a rapidement modifié ses plans et augmenté le nombre de rayons.

« Les documents de Gaston LaMoriette occupaient une place à part dans la bibliothèque, tout comme le chef-d'œuvre de LaMoriette dont l'atelier a été acheté comptant, pour M. Morgan, par Belle da Costa, première directrice de la Pierpont Morgan Library et une véritable légende, pour nous. C'est cette spécialiste des manuscrits enluminés qui a bâti cette collection. Belle da Costa Greene est née dans une éminente famille afro-américaine. Son esprit vif et son intelligence en firent une grande amie de M. Morgan, qui s'en remettait complètement à elle pour gérer cette bibliothèque. Il lui a légué l'équivalent d'un million trois cent mille dollars, ce qui a conduit certaines personnes à s'imaginer qu'ils avaient eu une liaison, mais leur amitié était une véritable rencontre entre deux esprits. Son génie d'acheteuse est à l'origine de la collection Morgan – elle était notoirement douée pour remporter les enchères aux ventes publiques, et elle excellait aussi à garder la trace de ses acquisitions. Ce qui m'amène à l'atelier de LaMoriette. Les notes de Belle concernant l'achat des papiers de Gaston LaMoriette, en 1910, sont irréprochables.

Cullen se dirigea vers un angle de la pièce, actionna une poignée dissimulée dans un rayonnage. Le panneau s'ouvrit, révélant un espace vide. Il s'immisça à l'intérieur, gravit un escalier en colimaçon dissimulé derrière le mur, et bientôt, une porte s'ouvrit au second niveau de la bibliothèque. Cullen longea un étroit balconnet, s'arrêta devant une étagère, prit quelque chose et revint vers eux, un petit registre dans les mains.

— La bibliothèque est remplie de coins cachés, de portes dérobées et de codes. Et ceci, le registre personnel de Belle, est la clé qui permet de les décoder. Il est dit ici, fit-il en ouvrant une page, que quarante-sept articles ont été acquis dans la vente LaMoriette de 1910 : la première édition du *De Occulta Philosophia*, de Cornelius Agrippa, qui fait toujours partie de notre collection, un exemplaire italien de la *Clavicula Salomonis*[1], lui aussi encore chez nous, et beaucoup d'autres documents de moindre importance qui ont été immédiatement revendus. C'était une acquisition absolument exceptionnelle, comme Belle le signifie dans ses notes, une des collections auxquelles M. Morgan était le plus attaché.

Tandis qu'il feuilletait le petit registre, Brink vit des lignes et des lignes d'une écriture régulièrement ponctuée de chiffres.

— Dans l'achat de l'atelier LaMoriette par la Morgan Library se trouvait notamment une collection de documents sur son séjour à Prague, dont les dessins et les notes prises de sa main, ainsi qu'un autre manuscrit, bien plus ancien, remontant au XIIIe siècle, et qui représente dix cercles. Ce manuscrit était à l'origine conservé dans le coffre de M. Morgan, une chambre forte dans son bureau privé.

— Il devait penser que c'était important, commenta Jameson.

— En effet. C'est là que M. Morgan conservait ses manuscrits les plus précieux. Les bibles de Gutenberg – les trois exemplaires, un vélin et deux parchemins ; les Évangiles de Lindau, dont la couverture est incrustée de pierres précieuses ; et son très précieux *Livre d'heures*. Le manuscrit contenant les cercles a été écrit en 1278 par Abraham Aboulafia, un mystique juif. Cet ouvrage avait un étrange pouvoir sur M. Morgan. Il a engagé des experts pour qu'ils le lui lisent, et le bruit courait qu'il l'emportait partout avec lui au cours de ses déplacements. Si vous regardez ici, dit-il en se tournant

---

1. *Les Clavicules de Salomon.* (*N.d.T.*).

vers une gigantesque tapisserie au-dessus de la cheminée, vous verrez à quel point ce livre l'affectait.

Brink contempla l'œuvre immense qui couvrait un mur entier.

— Ceci, poursuivit Cullen, est une tapisserie du XVIe siècle appelée *Le Triomphe de l'Avarice.* Il fut conçu sept de ces tapisseries, une par péché capital, mais M. Morgan n'a acheté que celle-ci. Comme vous le voyez, elle occupe une position dominante dans cette bibliothèque. Ce personnage, dit-il en pointant une figure de la tapisserie, est le roi Midas, et je crois que son histoire revêtait une importance primordiale pour M. Morgan : cet homme aimait les richesses au point qu'il ne pouvait toucher personne sans le transformer en or, un or froid, sans vie. C'était peut-être un *memento mori*, un rappel que la vie vaut bien plus que l'argent, ou comme certains l'ont suggéré, la clé du trésor secret de M. Morgan. Vous voyez ce que Midas indique ?

Brink suivit le doigt de Midas qui montrait, au-dessus de la tapisserie, une fresque murale. On y voyait une femme morose allongée sur une pile de livres, un masque dans les mains. Au-dessus de sa tête figurait le mot TRAGÉDIE.

— La personnification des éléments du drame n'était pas rare, poursuivit Cullen en montrant, de l'autre côté de la tapisserie, une fresque représentant une autre femme, beaucoup plus joyeuse, au-dessus de laquelle était inscrit le mot COMÉDIE. Et bien sûr, la vie de Midas a été une tragédie.

— L'or ne signifie rien sans le temps et la capacité d'en profiter, dit Jameson.

— Absolument, abonda Cullen. Mais le plus intéressant dans cette histoire, et ce qui m'amène à me demander ce que M. Morgan savait véritablement de l'histoire secrète de LaMoriette, c'est le livre que tient TRAGÉDIE.

Brink le regarda plus attentivement, mais ne put distinguer ni titre ni marques distinctives.

— C'est le livre d'Aboulafia, celui-là même que vous êtes venus consulter. Il est conservé dans nos archives, et l'histoire qu'il raconte est fascinante. Suivez-moi, je vais vous le montrer.

50

Cullen Withers les conduisit vers l'annexe moderne de la bibliothèque, une structure de verre baignée de la lumière vive du matin. Il leur fit emprunter un escalier qui descendait au niveau inférieur, poussa une porte indiquée « Réservé au personnel » et les fit entrer.

— Pendant les heures de visite, certains manuscrits sont exposés dans les vitrines. Mais quand la bibliothèque est fermée, les livres rares sont entreposés dans la chambre forte, au sous-sol de l'annexe Renzo Piano. C'est là que sont conservés les dessins de LaMoriette et les manuscrits correspondants attribués à Aboulafia.

Cullen composa un code, une séquence simple de chiffres, pas assez complexe pour offrir une véritable sécurité. N'importe qui en regardant par-dessus son épaule pouvait le voir. Il arrivait à Brink de voir un code sans même avoir l'intention de le regarder, et le code s'imprimait dans sa mémoire pour toujours. Il détourna le regard quand Cullen entra les derniers chiffres. Le barillet d'une serrure cliqueta, et la porte s'ouvrit en grand, libérant un souffle d'air comme si elle était scellée sous vide. C'était une vaste pièce blindée, faiblement éclairée, et équipée d'étagères pleines de boîtes d'archives. Cullen invita ses hôtes à s'installer autour d'une table sur laquelle étaient placés une boîte de verre contenant des gants de coton blanc soigneusement pliés, un bloc de papier et une loupe. Tout était aussi immaculé et ordonné qu'une chambre d'hôpital.

Cullen referma la porte de la chambre forte, entra un code sur un deuxième clavier, et les serrures se condamnèrent. Brink comprit qu'ils étaient enfermés, à la merci de Cullen, et il s'en voulut, finalement, de ne pas l'avoir regardé composer le code.

— La moitié de mon travail relève de la conservation. Les manuscrits sont des matériaux entièrement organiques et la lumière du soleil les dégrade. Même s'il n'y a aucun UV d'aucune sorte dans la bibliothèque, nous faisons tourner la collection, en exposant les manuscrits pour une durée de trois mois à peu près, puis nous les redescendons ici, pour faire une pause. Les livres, les correspondances, les *ephemera* en rapport avec la collection, tout se trouve ici, dans cette chambre forte.

Il enfila des gants de coton blanc et alla prendre, sur une étagère, une boîte d'archives d'où il tira un dossier qui contenait des feuilles volantes.

— Ce dossier contient un manuscrit d'Aboulafia, dit-il en posant les pages sur le plateau de la table.

Brink s'attendait à un manuscrit, un grand ouvrage, lourd et volumineux, rempli de commentaires érudits, qui expliquerait le mystère entourant le cercle. Mais il n'y avait que quelques pages libres sur lesquelles était dessiné, en plein centre, un cercle similaire à celui que Thessaly lui avait montré.

— Ce sont des encres sur vélin et je ne suis pas un expert de leur utilisation à des fins religieuses, mais je crois qu'elles ont été composées pour aider à la prière. Belle da Costa Greene a laissé des notes détaillées sur la collection quand elle l'a acquise.

Cullen souleva délicatement les feuilles de vélin du dossier et en disposa dix sur la table.

— Ces dix cercles de prière d'Aboulafia ont été retrouvés dans l'état où vous les voyez. Les pages n'ont jamais été reliées. Les dommages que vous constatez sur le vélin s'y trouvaient au moment de l'acquisition.

Brink scanna les dix cercles du regard, assimilant les schémas et les séquences, remarquant que chacun des cercles rimait avec les autres : des constructions circulaires avec des lettres en hébreu, des radiales de flammes qui partaient du centre, et 72 nombres disposés sur le pourtour.

— Ils sont d'une incroyable beauté, dit Anne-Marie en admirant les cercles. Mais que signifient-ils ?

— Je crains de ne pas pouvoir répondre, dit Cullen. Mon domaine de compétence s'arrête au manuscrit même. Je peux vous indiquer la composition du vélin – de la peau de veau étirée à un quart de millimètre d'épaisseur –, et les propriétés chimiques de l'encre : de l'oxyde de plomb en suspension dans un liant végétal, probablement de la garance, ce qui explique sa nuance brun-rouge. Je peux vous dire que ces documents ont été authentifiés par une datation au carbone 14 comme ayant été écrits dans le dernier quart du XIIIe siècle, et qu'on trouve d'autres cercles d'Aboulafia dans les collections de la British Library. Je peux même vous dire que ces pages étaient à l'origine roulées ensemble et liées par une cordelette en cuir, comme vous pouvez le constater d'après les marques de contrainte, ici, sur les bords du vélin. Et là. Quant à leur portée, ou à certains aspects de leur signification en termes d'histoire religieuse, je ne saurais vous répondre. Pour cela, c'est d'un spécialiste que vous auriez besoin. Et je connais justement la personne qu'il vous faut.

— Il y a un spécialiste d'une chose aussi obscure que des cercles de prières juives du XIIIe siècle ? s'étonna Jameson.

— Elle s'appelle Rachel Appel, et je l'ai déjà contactée, répondit Cullen. Elle dirige le Centre d'étude de la Kabbale, ici à Manhattan. Je lui ai téléphoné tôt ce matin et j'ai discuté de tout cela avec elle. Je lui ai aussi envoyé le PDF de la lettre de LaMoriette que vous m'avez transféré, Anne-Marie.

Brink jeta un œil à la femme. Il avait volé l'original de la lettre de LaMoriette chez elle, mais elle en avait fait une copie numérique, bien sûr.

Cullen poursuivit :

— Elle connaissait la légende de LaMoriette, et elle a immédiatement proposé ses services, ce qui est un formidable coup de chance : aucun expert au monde n'atteint son niveau de compétence. Elle a étudié l'importante collection des manuscrits d'Aboulafia à la British Library, et notamment ses cercles de prières. Elle aimerait vous rencontrer, ainsi que voir le cercle que vous avez trouvé, et cela au plus vite.

— Ça ne va pas être possible, lâcha Jameson. Trop de gens sont déjà au courant.

— Jameson…, fit Anne-Marie, et Brink, percevant une tension entre eux, soupçonna un désaccord sous-jacent. Nous ne pouvons pas avancer sans comprendre ce que sont ces cercles. Nous avons essayé par nous-mêmes. Nous avons besoin d'aide.

— Impliquer une nouvelle personne est hors de question.

— Rachel est discrète, plaida Cullen. Et ses références académiques sont irréprochables. Je suis certain qu'elle serait un atout considérable pour identifier précisément ce que représentent ces cercles et pourquoi ils revêtaient pour John

Pierpont Morgan une importance telle qu'il avait souhaité les protéger.

Cullen s'approcha de la porte et tapa le code. Deux gardes entrèrent dans la chambre forte.

— La seule chose que demande Rachel, c'est qu'on l'autorise à voir le manuscrit original d'Aboulafia et la copie que vous avez trouvée dans la poupée de LaMoriette. J'ai accepté de les lui apporter, dit-il en rassemblant les feuillets en vélin et en les remettant dans le dossier, puis dans la boîte d'archives qu'il referma soigneusement. J'ai hâte de voir Violaine, et je dois garder un œil sur le manuscrit, je viendrais donc avec vous. Nous avons trois heures devant nous avant l'ouverture de la Bibliothèque, ce qui nous laisse juste assez de temps, si nous nous dépêchons.

51

ILS SUIVIRENT LE VÉHICULE BLINDÉ DE LA SÉCURITÉ, remontèrent Broadway avant de tourner à gauche sur une rue à trois voies, Madison, traversèrent Central Park et s'arrêtèrent très vite dans l'Upper West Side, devant un imposant immeuble en pierre de taille. Brink sortit du SUV dans le matin lumineux. Il était un peu plus de huit heures, mais en ce samedi matin, la ville était silencieuse, presque déserte. Brink s'étira et vit un parc bordé sur un côté par une station de Citibike. Au-delà, l'Hudson River se gonflait d'eau de mer. Brink prit une profonde inspiration et eut l'impression de sentir le goût de sel qui planait dans l'air.

Cullen émergea du véhicule, une sorte de tank qui effectuait habituellement des transports de fonds entre banques, et fut immédiatement flanqué de deux hommes en armes. Brink jeta un regard vers Cam Putney, éclipsé par le niveau de sécurité imposé par Cullen au regard de la situation. Il imagina la somme d'angoisse qui devait l'assaillir en cet instant précis – il n'était pas assez fort, pas assez rapide, pas suffisamment futé. Il n'avait aucune sympathie pour le bonhomme, mais il éprouva une soudaine compassion envers lui. Brink, avec son mètre quatre-vingt-cinq, avait toujours fait partie des petits, sur le terrain de football. Ce n'était jamais évident de ne pas faire le poids.

Il suivit Cullen, Sedge et Anne-Marie en haut d'une volée de marches, jusqu'à la porte d'entrée de l'immeuble. Une plaque de cuivre portant l'inscription *Centre d'étude de la Kabbale* était scellée sur la façade en pierre. Cullen avait à peine sonné à la porte qu'elle s'ouvrit. Un jeune homme en jean et sweat-shirt salua Cullen par son nom :

— Monsieur Withers, si vous voulez bien me suivre.

Puis il les conduisit dans un spacieux vestibule garni de fleurs, et leur fit prendre un escalier qui menait à une salle de lecture meublée de tables en chêne et de lampes de lecture au dôme de verre.

— Je vais prévenir la rabbine de votre arrivée, dit l'homme avant de redescendre dans le hall.

Brink gravitait autour des rayonnages. Un gros dictionnaire hébreu-anglais trônait sur un pupitre, au milieu de la pièce, et il sut que s'il avait disposé de quelques heures pour le lire, il aurait possédé les bases de la langue. C'était une bénédiction, ce don des langues, qui venait de la même source que sa faculté de résoudre les casse-tête. Depuis son accident, il parlait couramment français, espagnol, italien, latin, japonais, chinois, et le grec ancien, qu'il avait appris en lisant des grammaires. Apprendre une langue étrangère revenait à cracker un code, et pour lui, elles étaient autant de casse-tête. Avec, comme solution, de réussir à communiquer avec quelqu'un d'autre.

Une femme aux cheveux longs, noirs, entra dans la salle, arrachant Brink à ses pensées. Elle était longiligne, avait des pommettes saillantes et de grands yeux bleus, et elle portait un sarouel lâche et un débardeur en soie couleur lie-de-vin. Elle salua chaleureusement Cullen, lui fit signe de poser la boîte d'archives sur la table, puis elle se tourna vers les autres visiteurs et se présenta : Rachel Appel, directrice du Centre.

— C'est un plaisir de vous rencontrer, dit-elle en tendant la main à Brink. Mais je dois être honnête, après avoir lu cet article dans *Vanity Fair* et m'être creusé la tête sur vos mots croisés toutes les semaines, j'ai l'impression que nous nous sommes déjà rencontrés. Je vois que le travail vous a sorti du lit tôt ce matin, vous aussi. Ou devrais-je dire, qu'on vous en a tiré de force ? ajouta-t-elle en remarquant sa blessure à l'œil.

Il palpa l'entaille sur son front. C'était toujours aussi enflé.

— Ce serait plutôt ça, en effet.

— Aucun de nous n'a beaucoup dormi, j'en ai peur, intervint Anne-Marie.

Rachel se posta près de Cullen qui ouvrait la boîte d'archives, enfilait ses gants et disposait le manuscrit d'Aboulafia à plat. Rachel observa longuement les cercles, se déplaçant autour de la table pour les examiner un par un.

— Aboulafia et son cercle mystique valent bien une nuit sans sommeil. On n'a pas souvent la chance de contempler une telle page d'histoire.

— M. Withers nous a assurés que vous seriez discrète, intervint Jameson. Je veux croire qu'il a dit vrai.

Rachel éclata de rire et lui lança un regard complice.

— Discrète est un mot bien faible pour me décrire, monsieur Sedge. Une fois que vous aurez quitté ces lieux, je ne me souviendrai même pas de vous y avoir vus.

Ce qui sembla adoucir Jameson. Il eut une ombre de sourire et n'insista pas.

Rachel se pencha sur la table.

— Après avoir lu la lettre de LaMoriette à son fils, j'étais tellement excitée que je suis venue directement au Centre pour procéder à quelques recherches sur notre collection. J'ai retrouvé dans nos archives généalogiques qu'il existait bien un rabbin Ezekiel Josefez qui avait vécu à Prague pendant les années où LaMoriette s'y était trouvé, et qu'il était en effet rabbin de la synagogue Vieille-Nouvelle. Il avait un fils nommé Jakob. Le père et le fils sont morts, comme l'écrit LaMoriette, en 1891, et ils sont enterrés dans le vieux cimetière juif de Prague, non loin du rabbin Loew lui-même.

— C'est donc vrai, dit Cullen. L'histoire de LaMoriette se confirme.

— En partie, en tout cas, et bien qu'en d'autres circonstances j'eusse été tentée d'ignorer ce genre d'histoire, l'attribuant à une imagination débridée – les histoires de golem, comme les histoires de fantômes et de vampires ont tendance à inspirer des envolées aux imaginations fertiles –, j'ai trouvé celle de LaMoriette plutôt crédible. Il a compris des concepts religieux très particuliers, en marge de la mythologie usuelle. Les histoires les plus extraordinaires empruntent des détails de l'histoire du golem de Prague, la créature amenée à la vie par le rabbin Loew, au XVIe siècle. Il a écrit les lettres EMET, ce qui signifie *vérité*, sur le front d'un golem et la créature a pris vie. Quand le E était enlevé, le mot devenait MET, c'est-à-dire *mort*, et le golem s'éteignait, ou se désactivait. LaMoriette ne disait pas avoir vu le mot EMET, et ne décrivait pas l'effacement d'une lettre. Et bien sûr, il mentionnait l'élément le plus secret : HaShem, Le Nom.

Rachel alla chercher un livre sur une étagère.

— Pour comprendre ce que le rabbin Josefez prévoyait de faire, il faut que vous sachiez ce qu'est véritablement un golem. Le mot *golem* apparaît pour la première fois dans le

Talmud, dit-elle en cherchant un passage du livre. Le Sanhédrin 38b décrit la création d'Adam par Dieu, et désigne ce corps nouvellement créé par le terme *golem*, c'est-à-dire une « enveloppe informe ». En hébreu ancien, *golem* a été traduit par *masse informe*. Le golem était considéré comme un mannequin d'argile, une espèce de prototype. Le corps d'Adam, avant que le Créateur ne lui offre le souffle, était un golem, une créature imparfaite, un corps sans âme. L'histoire judéo-chrétienne de la Création a été interprétée comme une métaphore, mais beaucoup la prennent au pied de la lettre, et y voient le modèle de toute création, de la plus infime particule de matière à l'univers tout entier.

— J'imagine que vous ne faites pas allusion au big bang, dit Jameson, avec un sourire entendu.

— En fait, vous seriez surpris de voir à quel point l'histoire judéo-chrétienne de la Création est proche de celle du big bang, répondit Rachel, faisant écho à son sourire. Dans la conception kabbalistique de l'univers, le monde matériel est venu à l'existence dans un jaillissement du Divin, les éléments positifs et négatifs, les manifestations masculines et féminines de Dieu s'étant combinés pour former les blocs de construction de l'univers matériel. La recherche scientifique a démontré que les premiers éléments étaient composés d'un proton, chargé positivement, et d'un électron, à la charge négative, et que ces éléments se sont agencés pour créer des formes plus complexes jusqu'à former, bien des milliards d'années plus tard, l'univers tel que nous le connaissons.

Rachel Appel referma le livre, retourna vers le rayonnage et en prit un autre.

— La Création, d'un point de vue religieux ou scientifique, parle du moment où l'invisible devient visible, quand *rien* devient *quelque chose*. Dans ma tradition, le texte le plus ancien et le plus important qui évoque cet événement est le *Sefer Yetsirah*, ou *Livre de la Formation.*

Rachel ouvrit le livre à une page couverte d'un réseau de cercles reliés par des chemins. Sur chaque cercle et chaque chemin se trouvaient des lettres en hébreu. Elle fit zigzaguer son doigt du cercle du sommet jusqu'à celui du bas en empruntant les chemins.

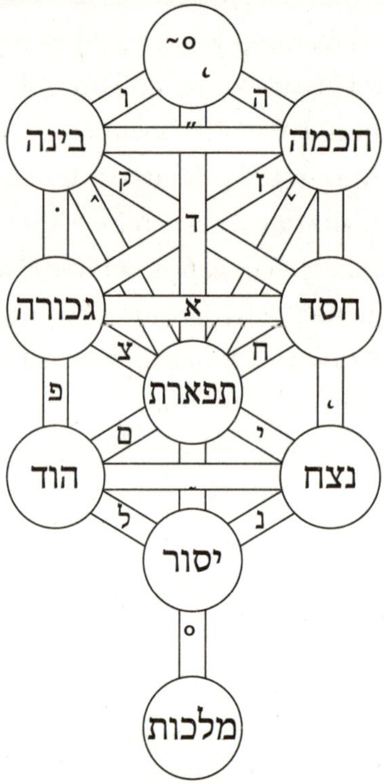

— Cette configuration est appelée l'Arbre de Vie, ou Etz Haim, et constitue le Sephiroth. Il représente le mouvement de l'infini Divin qui se révèle dans le monde matériel. Le cercle du haut, Malkout, le Royaume, est le monde matériel que nous connaissons. Pour les kabbalistes, le mouvement issu de l'énergie pure vers le matériel ordinaire est provoqué par les mots. Les mots ont un pouvoir immense, un pouvoir magique dans la Kabbale. Prononcer le bon mot de la bonne manière, dans le bon environnement, c'est exercer ce pouvoir. Et la matérialisation se produit par des portails, ou des fenêtres, d'une dimension – le royaume immatériel, éthéré, de Dieu – vers un autre royaume, la Terre.

— Le rabbin Josefez et son fils Jakob maîtrisaient ce pouvoir de créer la vie. Ils connaissaient les secrets de HaShem, et donc le secret de toute création. (Elle se retourna et croisa le regard de Brink, lui sourit, et il eut le sentiment que c'était à lui qu'elle s'adressait.) Mais pour comprendre comment ils ont réussi, il faut comprendre le Sephiroth, la chaîne directe émanant de l'infini, Dieu, vers le fini, la Terre. Cela exige une forte imagination, mais je ne pense pas que ce soit un problème pour vous. Si vous voulez bien approcher, venir à côté de moi, je vais vous montrer.

52

— Les cercles d'Aboulafia, ou *Shem-HaMephorash*, étaient des représentations symboliques du nom caché de Dieu. Ils sont constitués de 72 variations du Tétragramme, le nom en quatre lettres, *YHWH.* Aboulafia en a créé des centaines, mais ces dix cercles-ci ont une fonction précise, continua Rachel en montrant les parchemins de la Morgan Library qu'ils avaient apportés. Ils avaient été dessinés en corrélation avec les dix cercles du Sephiroth.

Rachel prit l'une des pages du manuscrit d'Aboulafia et la plaça à l'un des bouts de la table, pour représenter le cercle du haut du Sephiroth.

— Mais pourquoi ? demanda Brink en étudiant le Sephiroth, et en examinant les lettres en hébreu.

Un système avait déjà pris forme, et il commençait à comprendre le schéma des lettres, mais il s'efforçait encore de saisir le cadre général.

— Pour établir le contact avec les royaumes immatériels, évidemment, répondit-elle sur un ton détaché, comme si on entrait en contact avec des esprits tous les jours. Les mots qui figurent dans ces cercles étaient chantés, incarnés, joués et répétés encore et encore, afin de convoquer les intelligences associées à chaque royaume.

Elle prit un autre cercle et le posa sur le deuxième du Sephiroth.

— Le pouvoir inhérent au Nom de Dieu, HaShem, était le véhicule ultime destiné à faire advenir le monde spirituel dans le monde matériel. Aboulafia croyait qu'il pourrait, littéralement, invoquer les esprits avec ces prières. Son approche était très peu orthodoxe. Il croyait que chacun pouvait entrer en communication directement avec Dieu grâce à des pratiques rituelles qui ouvraient l'esprit aux visions et aux prophéties. *Les Portes de la perception*, d'Aldous Huxley, ou plus tard Jim Morrison et les Doors, ont exploré l'idée selon laquelle il fallait mettre à bas l'esprit rationnel pour « passer de l'autre côté », mais Aboulafia avait affirmé ces pratiques quelque six cents ans plus tôt. Ces cercles sont la cristallisation de cette philosophie.

— Et pourtant, dit Brink en contemplant les cercles d'Aboulafia, ils sont extrêmement littéraux, avec leur structure précise, comme des équations à solution unique.

— Exactement, fit Rachel en rivant son regard au sien. Aboulafia considérait les lettres de l'alphabet hébreu comme un code magique. Il a conçu d'ingénieuses permutations de ce code, créant des incantations circulaires, parfois incroyablement complexes, qui se présentent – comme vous l'avez remarqué – sous la forme de labyrinthes ou d'énigmes. Ces énigmes étaient faites pour être interprétées afin de pénétrer le cercle et d'entrer spatialement par les sens en communication avec Dieu à travers la répétition et la visualisation. C'étaient des portails. Il prétendait pouvoir transporter des esprits des cieux vers la Terre, et inversement, amener des êtres terrestres à connaître le ciel par l'intermédiaire de ces cercles.

— Et voilà pourquoi le rabbin Josefez a cru donner vie à son golem.

Elle posa un troisième, un quatrième et un cinquième cercle à leur place. Puis le sixième, le septième et le huitième.

— Ces cercles sont magnifiques à regarder, dit Anne-Marie en se penchant sur les figures.

— Toutefois, ce ne sont pas des objets esthétiques : ils ont été conçus pour être interprétés, probablement en état de jeûne, et si possible à répétition, jusqu'à ce que le récitant entre en transe. Alors les esprits arrivaient.

— Les soufis prient de cette façon, dit Anne-Marie. Ils tournent en rond jusqu'à ce qu'ils atteignent un niveau de conscience supérieure.

— Ces idées ne sont évidemment pas limitées aux kabbalistes. Le désir humain d'altérer la réalité et de mettre le moi au niveau du pouvoir de création est au cœur de nombreuses pratiques religieuses : la prière chrétienne, les concepts bouddhistes du Nirvana, le soufisme, la méditation transcendantale, et même la consommation de champignons hallucinogènes, au festival Burning Man. Tous les discours New Age autour du concept de manifestation – l'idée de créer une réalité désirée grâce à une intention et des mots –, eh bien, la source première de ce concept est la Kabbale, qui enseigne comment communiquer directement avec le Divin au travers de certaines formes de rituels qui créent la connexion avec l'*abondance*, ou *shefa,* de Dieu.

« Mais les cercles d'Aboulafia n'étaient pas destinés à créer de la richesse ou du pouvoir, ni même à atteindre un degré de conscience supérieure. Lorsqu'on interprète correctement un cercle de prière, qu'on le déverrouille, pour ainsi dire, on ouvre un canal entre les dimensions. Quand un certain esprit est invoqué, il se déplace hors du cercle et s'incarne dans un vaisseau, dans le cas de LaMoriette, la poupée Violaine. Cet esprit peut être bienveillant. Il peut être malveillant. Mais quelles que soient ses intentions, il est immensément puissant.

« Et dangereux. Il était nécessaire de cacher le Nom de la même façon qu'il faut se protéger les yeux quand on regarde le soleil. Sans cette protection, il serait trop puissant, trop destructeur. Et pour cette raison, et à cause de la persécution que mon peuple a subie au travers de l'Histoire, nos textes les plus sacrés et secrets étaient chiffrés. Le vrai Nom est le cryptogramme le plus sacré, mais nombreux sont ceux qui pensent que les significations les plus profondes de la Bible le sont aussi. Par exemple, quand on retourne le nom de Moïse, en hébreu, on obtient HaShem, signe qu'il est le chemin et le vaisseau du vrai Nom. On trouve des exemples sans fin de significations cachées dans nos textes sacrés. Des palindromes, des chiffrements par décalage d'une lettre, et même la « scytale », un dispositif de cryptographie grec –, tout a été utilisé pour cacher la vraie nature de l'être sacré de Dieu.

— Je connais beaucoup de problémistes, intervint Brink. Aucun de ces concepteurs d'énigmes ne créerait un système qui ne pourrait pas être résolu. Tout l'intérêt consiste à établir un contact, à travers le temps et l'espace, avec un solutionneur. La connexion est tout. Aboulafia a certainement créé ces cercles pour quelqu'un.

— C'est vrai, convint Rachel. Mais Aboulafia aurait dit que ces cercles, il ne les avait pas créés, qu'ils lui avaient été envoyés par le ciel. Le Nom émanait du Créateur et y ramenait. C'est un casse-tête circulaire. La question et la réponse sont Dieu. *Il* est le créateur du casse-tête et la solution est unique. Mais pour parler concrètement, ces cercles ont été construits par un rabbin pour d'autres rabbins. C'était un groupe exclusif. Et tout le monde connaissait les règles.

À ces mots, Rachel posa le neuvième cercle sur la table, puis le dixième. Les dix cercles correctement positionnés, le Sephiroth était complet.

Brink observa les cercles, savourant leur hallucinante complexité. Soudain, un déclic se produisit dans son esprit, une sorte de symétrie satisfaisante, ce même sentiment de soulagement qu'il éprouvait quand les faces colorées d'un Rubik's Cube s'alignaient : il y avait un schéma. Les cercles avaient une structure essentielle qu'il reconnaissait. C'était comme pendant une partie d'échecs, quand l'un des joueurs voyait la partie tout entière se dérouler en une succession de déplacements. Quelque chose s'alluma, les lettres et les nombres s'illuminèrent dans son esprit, et il le vit, il vit le cercle se configurer, se défaire et se refaire. Il vit des cohérences et des incohérences. Une structure. Quand il releva la tête, Rachel l'observait.

Elle se tourna vers Cullen, Jameson et Anne-Marie, et dit :

— Vous êtes venus me trouver pour obtenir des réponses, et j'aimerais vous les donner. Si vous pouviez me laisser seule une minute…, fit-elle en indiquant la valise de cuir. J'aimerais examiner la copie du Shem-HaMephorash que vous avez trouvée.

Le langage corporel de Jameson trahissait sa tension, et Brink vit qu'il s'apprêtait à refuser, mais Rachel reprit :

— Si vous voulez que je vous aide à comprendre les informations que contiennent ces cercles, et comment ces informations pourraient être utilisées, j'ai besoin de voir le cercle que vous avez trouvé, ainsi que le vaisseau qui le contenait.

— Je pense que c'est une requête raisonnable, dit Anne-Marie en prenant la valise des mains de Jameson pour la poser sur la table, à côté de la configuration de cercles.

— Merci, dit Rachel. Accordez-moi une demi-heure, et j'aurai des réponses à vous donner.

— Quinze minutes, rétorqua Jameson. J'attendrai derrière la porte.

Brink suivait les autres quand il sentit la main de Rachel se poser sur son bras.

— Vous, restez. J'ai besoin de votre aide.

53

Une fois qu'ils furent sortis, Rachel ferma la porte à clé et rejoignit Mike Brink devant la table.

— Vous avez vu quelque chose, dit-elle en le regardant intensément. Je l'ai remarqué à la façon dont vous observiez ces cercles.

— Vous allez le voir aussi, répondit-il en ouvrant la valise de cuir et en la poussant vers elle. Quand vous aurez vu ceci.

Elle déballa la poupée et la présenta à la lumière de telle sorte que les yeux verts scintillèrent. Puis elle la reposa face contre la table et ouvrit la cavité à l'arrière de son cou. Pinçant le fin parchemin entre ses ongles, elle le libéra et le posa à plat sur la table.

— C'est sans aucun doute possible une copie des Shem-HaMephorash d'Aboulafia, mais je ne distingue rien d'inhabituel. Alors que vous, si.

— Après mon accident, j'ai passé un nombre d'examens incalculable. Mais c'est seulement quand un neurologue m'a fait passer des tests de synesthésie que j'ai commencé à comprendre la nature de ce qui m'était arrivé. L'un des tests que j'ai passés ressemblait à ça…

Brink prit son calepin à petits carreaux, dessina un diagramme rempli des chiffres 5 et 2 et le poussa vers Rachel.

— Regardez.

— Si je vous demande de m'indiquer toutes les occurrences du chiffre 2 dans ce diagramme, vous y arriverez. Mais les personnes douées de synesthésie, comme moi, voient instantanément tous les chiffres 2, en une fraction de seconde.

— Comment ça ?

— Comme ça, dit-il en surlignant les 2, pour les faire ressortir. Le câblage de mes sens s'est entrecroisé. À chaque chiffre une couleur est associée, et cette couleur distingue instantanément les 2. Regardez, voilà comment je vois ce diagramme.

— Et ça a un rapport avec le cercle d'Aboulafia ? demanda-t-elle le sourcil haussé en étudiant le diagramme.

— J'ai le don de distinguer instantanément les schémas. Et c'est pour ça que cette incohérence m'est apparue…

Brink prit la copie du cercle et la plaça à côté de l'original d'Aboulafia.

— Le cercle trouvé dans la poupée de LaMoriette a été recopié à partir de ce cercle-ci, le dixième cercle du manuscrit. Les deux cercles devraient être identiques. Or ils ne le sont pas.

— Vous êtes sûr ? Rachel scrutait les deux figures.

— Absolument. J'ai tout de suite remarqué qu'ils étaient *presque* identiques, à une différence notable près.

— Laquelle ? demanda Rachel, son regard passant d'un cercle à l'autre, tâchant de repérer la différence.

— Comme vous l'avez fait remarquer, les mots eux-mêmes, et l'ordre dans lequel ils sont prononcés, constituent une sorte de code. L'exactitude, à la lettre près, est essentielle. Et donc, ce qui est tout d'abord apparu comme étant une différence mineure est en réalité une gigantesque divergence. Si on compare les deux, il est évident que le cercle a été recopié de façon incorrecte.

— Comment le savez-vous ?

— Vous voyez ces lettres, ici ? Brink montra les lettres hébraïques חַיִּים.

— Oui, c'est le mot *Haim,* dit Rachel. Qui se traduit par vivant. C'est la racine de *L'Chaim*, un souhait de vie, qu'on utilise souvent pour porter un toast : *à la vie*.

— Eh bien, dans le cercle d'origine, ce mot est écrit dans un sens, et dans la copie, il est retourné. Il est inversé. Regardez…

Il lui montra le cercle avec la lettre à l'envers.

Rachel l'étudia un moment.

— Vous êtes en train de me dire que *Haim* est écrit *à l'envers* dans la copie ?

— Exactement, dit Brink, en pensant aux dernières pages de la lettre de LaMoriette. Qu'avait dit Jakob ? *C'était une erreur. Elle doit être détruite.* La retranscription du mot est fausse.

Il y eut un silence lourd pendant que Rachel examinait le cercle, son regard passant de l'original du manuscrit d'Aboulafia à la copie, plus petite.

— Vous avez raison, finit-elle par dire. HAIM est à l'envers dans la copie. Ce que je me demande, c'est *comment* ça a pu arriver. Le rabbin avait le manuscrit d'Aboulafia. Il aurait dû connaître l'orthographe correcte de HAIM. Ça ne pouvait pas être une erreur.

— Sauf que ce n'est pas le rabbin qui l'a recopié, répondit Brink en sortant les dernières pages de la lettre de LaMoriette pour les montrer à Rachel. « J'avais fait ce qu'ils m'avaient demandé et recopié l'hébreu mot pour mot à partir du manuscrit. » L'hébreu devait être compliqué pour lui et…

— Bien sûr. L'original d'Aboulafia a été écrit en boustrophédon, le sens de rédaction est alterné d'une ligne à l'autre.

C'était une pratique commune dans le monde antique. Le rabbin Josefez savait certainement le lire et l'écrire correctement. Ce qui n'était pas le cas de LaMoriette. Il l'a recopié tel qu'il l'a vu sur la page, d'où cette erreur.

— Une erreur qui a fait son petit effet, quand il a réutilisé cette technique bien des années plus tard.

— Où cela ? demanda-t-elle en regardant la lettre.

— Vous avez lu la première page de LaMoriette à son fils. Vous n'avez pas remarqué le palindrome ?

Rachel secoua la tête.

— Un palindrome ?

— Une séquence de lettres ou de chiffres identiques dans les deux sens, qu'on peut donc lire de gauche à droite ou de droite à gauche.

— Je sais ce qu'est un palindrome, dit-elle en levant les yeux au ciel. Mais je ne me rappelle pas en avoir vu un dans la lettre de LaMoriette. Quel était-il ?

Brink reprit son calepin et écrivit la phrase en latin du premier feuillet en mettant la dernière lettre en majuscule, pour souligner l'effet miroir : *In girum imus nocte et consumimur ignI.*

Rachel traduisit la phrase à haute voix :

— « Nous tournons dans la nuit et nous voilà consumés par le feu ».

— C'est une énigme, dit Brink, avec une pointe de plaisir devant l'élégance de la construction, à la fois la signification de la phrase et la perfection du palindrome.

— Qu'est-ce qui tourne autour d'une flamme dans la nuit jusqu'à brûler ? demanda Rachel.

— Un papillon.

— Oui. Mais aussi Icare, qui a volé si près du soleil que ses ailes ont fondu et qu'il s'est écrasé au sol. Et Prométhée, puni pour avoir volé le feu aux dieux. Et comme le rabbin Josefez, qui s'est approché trop près de HaShem en est mort.

— Sans oublier LaMoriette lui-même, fit Brink. Sa lettre est, par essence, un long message d'adieu.

— C'est une lettre d'adieu, certes, mais surtout, LaMoriette voulait mettre son fils en garde contre les sirènes d'un tel pouvoir. Quand il écrit : « Nous décrivons des cercles dans les ténèbres, attirés par le feu », il décrit l'incroyable pouvoir de la vocalisation du vrai Nom de Dieu.

— Ce qui expliquerait le ton dramatique de sa lettre, reprit Brink. LaMoriette sentait qu'il était en danger. C'est peut-être même la raison pour laquelle il s'est suicidé. Cet homme était terrifié.

— Le cercle d'Aboulafia a été conçu pour inspirer une telle terreur, dit Rachel. C'est sa raison d'être : *l'expérience* de la crainte de Dieu, la terreur absolue que l'on éprouve quand on communique par la prière – un état de communion divine. Le cercle est le portail, mais la clé du portail, c'est l'état d'esprit, la transe induite par les mots.

— Vous voulez dire que ce serait un *état d'esprit* qui aurait conduit à ce qui est arrivé au rabbin et à son fils ?

— En partie, oui. Mais il y a un deuxième élément, d'égale importance : les mots et les chiffres inscrits dans le cercle. L'altération du mot *Haim* a provoqué une modification du résultat. Cela explique ce qui est advenu au rabbin et à son fils, et aussi les événements effroyables qui se sont produits à Sedge House. L'erreur que vous avez découverte dans la copie du cercle d'Aboulafia, même si elle vous paraît mineure, avait le pouvoir d'entraîner d'effroyables conséquences. Et quand le rabbin Josefez a utilisé ce cercle, le résultat a été absolument catastrophique.

Brink repensa à la description glaçante que LaMoriette avait faite de Jakob dans sa lettre, et aux photos de Frankie Sedge et de Noah Cooke qu'il avait vues, et il sut que Rachel avait raison. Il savait aussi à quel point quelques légères altérations dans un code pouvaient causer des ravages dans des systèmes complexes. Parfois, la plus petite erreur pouvait avoir de funestes conséquences. La mutation d'un seul gène pouvait provoquer de sérieuses défaillances. Une infime erreur dans un code informatique pouvait faire planter tout un système. Brink comprenait que de telles erreurs puissent altérer un système – le Dr Gupta aurait appelé ça des bugs ou des virus.

— D'accord. Mais quel est le système qui a été altéré, dans le cas présent ?

— Le système ultime, dit Rachel. Le système de la *vie.* De même que le Dr Frankenstein canalisait l'électricité dans sa créature, ils ont utilisé les cercles de prière d'Aboulafia comme un chemin d'énergie direct vers Dieu, afin d'insuffler la vie à un golem. Et ils ont réussi, à tout point de vue. Ils ont accompli le rituel correctement. Mais le résultat n'a pas été celui auquel ils s'attendaient.

Elle ramena l'attention de Brink sur l'Arbre de Vie posé sur la table.

— J'avais commencé, tout à l'heure, à vous expliquer le Sephiroth et les positions des dix cercles sur l'Arbre de Vie, mais il y a un autre aspect de la question que je n'ai pas abordé. C'est bien trop ésotérique pour la plupart des gens, mais vous n'êtes pas la plupart des gens. Je pense que vous allez comprendre.

Elle montra le cercle du sommet, Kether, suivit une ligne qui passait par les neuf autres et s'arrêta sur le dernier, Malkout.

— Dans la Kabbale, chacun de ces cercles est une sphère, chacune de ces sphères a un aspect et une fonction uniques dans la création du monde. Fondamentalement, elles agissent comme des centrales électriques qui connecteraient le Divin et le monde matériel au moyen de câbles sous tension tendus entre les deux. Ces cercles, ou centrales, sont le lieu où l'énergie se concentre, se transforme et se trouve redistribuée. À ce titre, ces sphères sont gardées par des serviteurs d'égale puissance : les Intelligences divines, plus communément appelées anges.

— Des *anges* ? releva aussitôt Brink, sceptique.

— Écoutez-moi jusqu'au bout. Comme je l'ai mentionné tout à l'heure, dans la Kabbale, la base de la création est l'union d'opposés : le positif et le négatif, le masculin et le féminin. Et donc, dans la Kabbale, il existe dans l'univers une force inverse, les *Klipot*. Les force des ténèbres ou du mal, l'opposé de l'Arbre de Vie. Les Klipot sont souvent caractérisés comme étant le produit de coquilles brisées, ou de vases vides, craquelés. L'histoire raconte que quand Dieu a voulu créer l'univers la première fois, son émanation était si puissante qu'elle a brisé les vases censés la contenir. Il a réessayé, et le monde tel que nous le connaissons a été créé. Mais ce qui l'a précédé, l'univers brisé, n'a pas disparu. Il est resté, en opposition à l'univers que nous habitons.

Brink repensa à l'explication d'Anne-Marie concernant le faïençage – l'extrême pression qui conduisait à une implosion. Et le schéma imparfait qui en résultait.

« Cette dualité est représentée dans l'Arbre du Bien et du Mal. Si vous vous rappelez, c'était l'arbre interdit, celui qui a tenté Adam et Ève. Quand ils ont mangé le fruit de l'arbre – découvrant la dualité, ou l'existence du Bien et du Mal –, ils ont été chassés hors de l'innocence, ou Paradis, et projetés dans le royaume de la Connaissance. Les sphères de l'Arbre de Vie sont servies par des anges, celles de l'Arbre de Mort sont servies par des démons. Dans l'Arbre de Vie, le dixième cercle, Malkout – celui que le rabbin a utilisé pour donner vie à son golem – est servi par l'ange Sandalphon, tandis que dans le Klipot, le dixième cercle est celui où vit le démon Lilith.

— Attendez, fit Brink. Vous venez de dire quelque chose...

C'était comme si les paroles de Rachel avaient braqué un projecteur sur un de ses souvenirs. Il vit le mot Lilith apparaître dans son esprit. Il prit la lettre de LaMoriette dans sa poche et montra à Rachel les mots que Jess avait écrits tout en bas de la première page : *Hellish evil rite*.

— Jess Price a écrit cette phrase après la mort de Noah Cooke.

Rachel étudia les mots, visiblement confuse.

— Qu'est-ce que... ?

— J'ai essayé de comprendre ce qu'elle avait voulu dire. Elle n'avait eu que quelques minutes pour communiquer quelque chose avant de le cacher. Elle aurait pu écrire n'importe quoi, mais elle a choisi ces trois mots : *Hellish evil rite*, rite diabolique, ou démoniaque. Au début, j'ai cru que cela décrivait ce qui s'était passé cette nuit-là. Mais Jess adore le langage, surtout les jeux avec les chiffres et les lettres. Elle n'aurait jamais écrit quelque chose d'aussi simple. En revanche, quand vous avez dit « le dixième cercle est celui où vit le démon Lilith », j'ai eu un déclic. C'est une anagramme.

Brink avait tout de suite réorganisé l'agencement des lettres, mais pour que la solution apparaisse à Rachel, il prit le carnet et écrivit les mots : *hellish evil rite*. Puis il redisposa les lettres jusqu'à obtenir la phrase suivante : *Lilith lives here*.

— Lilith vit ici, conclut Brink en rivant son regard à celui de Rachel. Jess Price a identifié Lilith comme étant présente à Sedge House la nuit où Noah Cooke a trouvé la mort.

Rachel contempla les mots tracés sur le papier, puis regarda Brink, comme frappée de stupeur.

— Si c'est vrai, dit-elle, Jess court un terrible, terrible danger.

54

UN TERRIBLE DANGER. Cela faisait écho à ce que Jess lui répétait depuis leur rencontre. Dès leur premier rendez-vous, elle l'avait prévenu qu'on les épiait, que quelqu'un avait tué le Dr Raythe et s'attaquerait à lui. La menace était réelle, mais il n'en avait pas identifié l'origine. Il supposait qu'elle viendrait de Sedge, mais il n'en était plus aussi sûr.

— À quel genre de danger faites-vous allusion ?

— Je me fie à la description que LaMoriette a faite de la façon dont le rabbin a utilisé le cercle d'Aboulafia. Je me fie aussi à ce que vous venez de découvrir sur la copie inversée utilisée par Jess Price et Noah Cooke à Sedge House, et maintenant à l'anagramme que Jess Price a écrite. Il apparaît que le cercle a servi de portail au démon Lilith.

Brink ne voyait pas quoi répondre à cette affirmation. Rachel était une personne sensée, une universitaire brillante et respectée. Et pourtant, ce qu'elle était en train de dire paraissait totalement impossible. Ça dépassait ses facultés de compréhension. Plus que ça, même, ça allait contre tout ce en quoi il croyait. Il voyait généralement le monde comme un casse-tête, un gigantesque et merveilleux casse-tête interconnecté, qui pouvait être résolu par la logique et le talent. Il ne croyait pas en une chose qui transgresserait ces limites. Son monde était constitué d'éléments concrets, des faits avérés, des données fiables auxquelles son cerveau pourrait se raccrocher. Et l'explication que Rachel lui apportait était… *était quoi* ? Un concept abstrait qu'on ne pouvait ni toucher ni voir, qu'on devait croire par un acte de foi à l'état pur.

Voyant sa consternation, Rachel le ramena au manuscrit d'Aboulafia.

— Regardez ici, dit-elle en indiquant le dixième cercle.

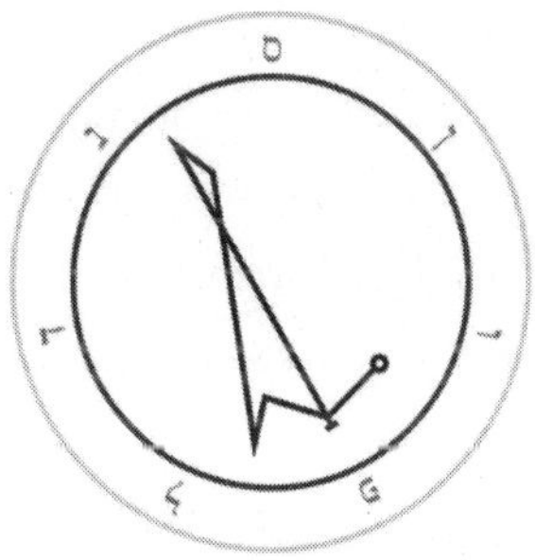

Aboulafia a créé ce Shem-HaMephorash pour la dixième position du Sephirot, Malkout, gouverné par Sandalphon, l'archange qui collecte et relaie les prières humaines auprès de Dieu. Le rabbin utilise ce cercle dans son rituel pour invoquer Sandalphon.

— *Invoquer ?* releva Brink, conscient de l'incrédulité que trahissait sa voix. Vous voulez dire, comme s'il téléportait Sandalphon sur terre ?

— On n'est pas tout à fait dans *Star Trek*, dit-elle en lui lançant un regard indulgent. Pourtant, il me semble bien qu'ils essayaient de communiquer avec un être qui n'était pas strictement de notre dimension. Je vous épargnerai la théologie, mais les pouvoirs des intelligences divines en tant que messagères constituent un système de création, une sorte de langage ou de code. Le rabbin a utilisé ce cercle, et ça a fonctionné. Mais comme les lettres étaient inversées, il n'a pas ouvert la porte à Sandalphon, comme il le souhaitait. À la place, il a convoqué Lilith, son ennemie jurée.

Brink contemplait le cercle en s'efforçant d'intégrer les propos de Rachel.

— Mais comment pouvez-vous le prouver ?

— La preuve est circonstancielle, c'est clair. C'est arrivé au rabbin, à son fils, puis à Noah Cooke. Je n'ai pas suivi l'affaire de près, mais si je me souviens bien, Jess Price a été atteinte aussi, n'est-ce pas ?

— Elle a été plus qu'atteinte. Sa vie entière a été réduite en cendres.

— C'est la spécialité de Lilith : occuper et détruire.

— Vous voulez dire que Jess est *habitée* par cette femme…

— *Ce démon.*

— Ce *démon*, depuis la mort de Noah Cooke ?

— Si je pouvais approcher Jess Price, je pourrais l'affirmer avec plus de certitude. Mais d'après ce que vous m'avez dit, et ce que je viens de voir dans ces cercles, je suis certaine que Lilith est responsable de ce qui est advenu à Jess.

Brink se sentait pris de vertige. Il tira une chaise et s'assit. D'un seul coup, la portée de ce que venait de lui dire Rachel lui apparaissait. C'était écrasant. Sa connexion avec Jess, la nature confondante de l'Énigme de Dieu, le danger incarné par Jameson Sedge – c'en était un peu trop, et trop soudain pour lui. Il était impliqué dans quelque chose de si complexe, si dangereux, qu'il en était profondément ébranlé. Il ressentit l'envie folle de repasser cette porte, de prendre le métro et de retrouver la sécurité et la routine de sa vie. Le stress l'affectait plus sérieusement que la plupart des gens. Il n'était pas taillé pour l'adrénaline, le stress, le manque de régularité dans les repas. Il avait besoin de son footing de l'après-midi, de sa méditation quotidienne, de ses balades avec Connie à la fin de la journée pour garder son équilibre. Il voulait redevenir l'homme qu'il était avant Jess Price.

Rachel prit une chaise et s'assit près de lui. Elle avait l'air aussi troublée que lui.

— Je sais que c'est déstabilisant, et c'est le moins qu'on puisse dire. Je n'avais jamais imaginé, même dans mes rêves les plus fous, que je discuterais de ce sujet en dehors d'un cadre purement théorique. J'ai étudié les hiérarchies de la démonologie pendant toute ma carrière et je pourrais vous décrire en détail les attributs des anges et des démons, mais je ne sais pas très bien comment approcher le sujet depuis la perspective de la Kabbale pratique.

Elle se prit la tête entre les mains et il sut qu'elle était aussi désemparée que lui.

En la voyant aussi vulnérable, Brink mesura combien il était désireux de comprendre ce qui était arrivé à Jess. Il était trop près de résoudre le mystère. Il n'allait pas lâcher maintenant.

— Dites-moi ce que vous savez sur Lilith.

— En résumé, Lilith est l'un des esprits les plus puissants de la tradition judéo-chrétienne. Les occultistes voient en elle la reine des démons, mais elle n'a pas toujours été comme ça. Dans les textes hébreux, Lilith était la toute première femme, l'épouse originelle d'Adam, bien avant Ève. Contrairement à cette dernière, elle n'avait pas été créée à partir d'une des côtes d'Adam, mais avec la même argile que lui. Lilith était d'une très grande beauté, exceptionnellement forte, brillante, novatrice. En tant que telle, elle exigea d'être traitée à l'égal d'Adam. Les textes anciens racontent qu'elle refusait de se soumettre à son époux, ce qui a été interprété comme le refus de s'allonger sur le dos pendant l'acte de copulation. Elle insistait plutôt pour que ce soit Adam qui se soumette. Lequel s'est plaint auprès du Créateur, qui a remplacé Lilith par Ève.

« Lilith dut s'exiler, mais elle se trouva un valeureux compagnon en la personne d'un ange très puissant, Samael, ou l'ange de la mort, comme on le nomme parfois. L'historien et philosophe Gershom Scholem a démontré que Satan est le nom familier de Samael, ce qui fait de Lilith l'épouse de Satan, j'imagine. Rabbi Luria décrit Samael et Lilith sous les traits d'un puissant couple démoniaque, Samael dirigeant les démons masculins et Lilith les démons féminins. Quel que soit le nom que vous leur donnez, ils règnent ensemble sur les Klipot, contrôlant les ombres, les intelligences noires, les démons et tout ce qui représente le Mal sur terre. La réputation de Lilith comme étant la mère du Mal n'a fait que croître au fil des siècles. On l'associe à la sorcellerie et elle est aussi connue pour enlever les bébés au milieu de la nuit. Mais par-dessus tout, elle est sexuellement vorace, un succube, un démon provoquant qui rend visite aux hommes la nuit, les séduit, et utilise leur semence pour engendrer davantage de démons.

Brink tressaillit à la mention des visites nocturnes de Lilith. C'était étrangement proche des rêves qu'il faisait depuis qu'il avait rencontré Jess Price. Il savait qu'il aurait dû en parler à Rachel, mais ça lui était impossible.

— Et vous y croyez ?

— Oui, j'y crois, répondit-elle. Mais je suis aussi une scientifique. Ma foi n'est pas aveugle. Elle se fonde sur la documentation et les interprétations historiques. Si vous épluchez les strates de ce que l'on sait sur Lilith – de la première mention qui en est faite dans les manuscrits de la mer Morte jusqu'au

Zohar –, il est évident que c'est le tout premier exemple du combat de l'humanité contre les femmes puissantes. Quand une femme exige l'égalité, on la vilipende, on la bannit, on la diabolise. Toutes les femmes puissantes de l'Histoire, de Cléopâtre à Jeanne d'Arc en passant par Elizabeth Ire, se sont trouvées confrontées aux mêmes contradictions que Lilith : elle ne peut être puissante que si elle cache sa force. Même de nos jours, les femmes vivent dans un monde empli de telles hypocrisies. D'un certain côté, j'aime imaginer l'égalité qu'incarne Lilith. Nous étions tous égaux, jadis, avant la chute. Mais en vérité, Lilith est extrêmement dangereuse.

Brink buvait ses paroles. Il ne comprenait pas Lilith à la façon de Rachel, il ne pouvait pas, comme elle, se reposer sur la foi, mais il voyait bien que son interprétation proposait une explication cohérente à ce qui était arrivé à Jess Price.

— Quoi qu'il se passe, j'ai une certitude, et c'est que Jess a besoin d'aide.

Rachel lui lança un long regard scrutateur.

— Vous vous en faites sincèrement pour elle, n'est-ce pas ?

— Je ne la connais pas depuis longtemps, mais je me sens connecté à elle. C'est un sentiment que j'éprouve rarement. Je veux l'aider. J'ai *besoin* de l'aider.

Ses sentiments pour Jess étaient bien plus profonds, mais il avait du mal à se les expliquer, quant à les expliquer à Rachel… Les rêves hallucinatoires, l'attraction intense, cette impression d'urgence qui le submergeait…

— Nous pouvons peut-être faire quelque chose, dit-elle. Mais c'est prendre un risque incroyable.

Brink éprouva une lueur d'espoir, faible, mais présente.

— Quel genre de risque ?

Elle se leva et regarda les cercles disposés sur la table.

— Je ne peux rien promettre, mais nous avons une chance, si nous procédons à la perfection, d'utiliser le cercle original d'Aboulafia pour contenir Lilith.

— *Contenir ?* s'exclama Brink en se demandant comment ce serait possible : autant essayer de piéger un génie dans une bouteille. Quoi, vous pensez qu'elle est là en ce moment, flottant dans l'air, quelque part ?

— Quand Noah Cooke et Jess Price ont prononcé les mots tracés dans ce cercle, ils ont ouvert un portail qui a laissé Lilith entrer dans notre monde. Ils ont donné vie à Lilith dans notre dimension. *Haim.* Cette connexion est extrêmement forte, comme celle qui unit une mère et son enfant.

— Plutôt comme Frankenstein et sa créature, rectifia Brink.

— C'est exactement ça. Comme avec le rabbin et son fils, Lilith s'est d'abord attachée à Noah. Puis, quand il est mort, elle est passée à Jess Price. Et tant que Jess vivra, Lilith restera avec elle, dans notre dimension.

— C'est peut-être la raison pour laquelle LaMoriette s'est suicidé, dit Brink en se rappelant les premières pages de la lettre. « J'ai souffert, mais c'était la souffrance d'un homme qui a créé sa propre chambre de torture. » Il ne pouvait plus vivre avec ce lien.

— Un lien terrible, en effet. Je pense que Lilith utilise le corps de Jess. Elle prend ce dont elle a besoin, son corps, et la quitte. Jess est une source d'énergie. Lilith se nourrit d'elle comme le ferait un parasite.

Il pensa à Jess Price, l'aspect anémique de sa peau, combien son état physique et mental avaient été sapés.

— Si c'est le cas, ce n'est pas Jess qui a tué Noah, dit Brink. C'était le fait du démon.

Il se souvint du rapport d'autopsie, de la description des traumatismes exercés sur les organes de Noah Cooke, l'hémorragie interne, les étranges marques sur sa peau. LaMoriette arborait des marques similaires. Et Jess aussi. Anne-Marie les avait décrites comme une sorte de faïençage, la preuve externe d'une pression interne extrême. Malgré ses doutes, tout paraissait étrangement cohérent. Il lui restait un millier de questions à poser, mais une tempête de tambourinements s'abattit sur la porte, puis la voix de Jameson s'éleva. Le temps était écoulé. Jameson voulait la valise.

— Nous devons prendre une décision, dit Rachel en jetant un regard vers la porte.

— Dites-moi ce que nous devons faire, dit-il en se levant et en prenant sa sacoche. Je suis prêt à tout essayer.

— Pour que cela fonctionne, il faut que nous voyions Jess, ce qui implique de nous rendre au pénitencier.

— On m'a interdit l'accès à Jess Price. Si je me pointe à la prison, les gardiens vont m'arrêter sur ordre du Gouverneur de New York.

— Il n'y a pas d'autre moyen ? demanda Rachel sur un ton pressant.

— Mon seul contact à la prison est à l'hôpital en ce moment.

— Mais nous avons besoin de Jess Price, dit-elle. Il n'y a pas moyen de faire autrement.

Il se rappela les imposants murs de brique, les rouleaux de fil de fer barbelé, les kilomètres de forêt impénétrable qui encerclaient le pénitencier. Il se souvint que Thessaly lui avait dit que Jess allait être transférée dans une autre prison.

— Ça ne va pas être facile, dit-il.

— Rien, dans toute cette affaire, ne sera simple, dit-elle. Même si nous arrivons à voir Jess, je suis spécialiste de l'histoire du mysticisme juif. Et ici, nous avons affaire à la Kabbale pratique. Je n'ai jamais rien fait d'équivalent. Il va falloir que nous fassions particulièrement attention. Ces rituels, comme vous le savez, peuvent avoir de terribles répercussions. Il y a un gros risque que nous échouions, ou pire encore. Vous êtes prêt à cette éventualité ?

Brink repensa à Jess, se rappela les mots qu'elle avait écrits pendant leur premier rendez-vous : FIABLE. Elle lui faisait confiance pour l'aider. Il ne pouvait pas lui tourner le dos maintenant.

— Absolument, dit-il, allons-y.

Tandis que Jameson continuait de marteler la porte, Rachel remit la poupée en porcelaine et les pages du manuscrit d'Aboulafia dans la valise.

— Suivez-moi, vite ! lui enjoignit-elle en ouvrant une fenêtre pour gagner une échelle incendie.

Aiguillonné par les menaces de Jameson, Brink escalada la fenêtre et suivit Rachel Appel dans le soleil éclatant du matin.

55

Arrivée au milieu du pâté de maisons, Rachel Appel s'engouffra dans un parking souterrain, salua le gardien d'un signe de tête et réapparut quelques minutes plus tard, au volant d'une Jeep Wrangler blanche. Brink s'installa sur le siège passager et déposa soigneusement la valise à l'arrière, en la calant derrière le siège de Rachel, conscient de la fragilité de son contenu. Rachel appuya sur l'accélérateur et rejoignit la chaussée. Elle avait raison de se dépêcher. Il n'y avait pas cinq minutes qu'ils avaient quitté la salle de lecture en passant par la fenêtre qu'une voiture de police se garait devant le Centre, le gyrophare clignotant. Brink aperçut Cullen qui discutait avec les policiers, visiblement dans tous ses états. On venait de voler le plus précieux manuscrit de la Morgan Library, et Cullen Withers en serait tenu pour responsable. Mais plus préoccupant, le SUV de Jameson n'était nulle part en vue. N'étant pas du genre à attendre l'arrivée de la police, il avait déjà pris les choses en main.

Brink boucla sa ceinture de sécurité et regarda avec autant de terreur que d'admiration Rachel Appel foncer dans la circulation urbaine, avec la rapidité et la précision d'un pilote de rallye. Elle vira dans une rue à sens unique, prit un raccourci en passant par un parking et puis, dans une manœuvre qui arracha un sifflement d'admiration à Brink, s'engagea sur une rampe qui les amènerait sur l'autoroute Henry Hudson.

— Maintenant, on est fixés, dit-elle en souriant de plaisir au moment de s'insérer dans la circulation. Ils ne nous suivent pas.

Il était à peine plus de dix heures du matin à l'horloge digitale du tableau de bord, et pourtant le soleil étincelait de mille feux, plus intense que depuis des jours, comme si quelque chose dans la ville – l'infini défilement des tours de verre et les strates de béton – exacerbait son pouvoir. Il admira la rivière qui longeait la voie express. Elle scintillait en serpentant dans les rayons du soleil, étincelante comme un ruban de métal martelé. Le trafic était dense en direction de la ville, mais la voie qui la quittait était dégagée. Quand ils empruntèrent le George Washington Bridge et prirent la sortie Palisades Parkway, Brink commença à se détendre.

Mais juste au moment où il baissait la garde, Rachel étouffa un hoquet. Brink tourna la tête et vit Cam Putney, penché vers eux depuis la banquette arrière, tenant la valise d'une main. Il appuyait un canon de pistolet sur la tempe de Rachel.

— Garez-vous, ordonna-t-il d'une voix douce, comme s'il les invitait à s'asseoir pour prendre un café.

Brink croisa son regard et l'homme lui décocha un clin d'œil, un geste affreusement enjoué, presque un défi. *Si tu la veux, t'as qu'à venir la prendre*. Brink lança un regard à Rachel et vit qu'elle était terrifiée. Ils n'avaient pas d'autre choix que de lui obéir.

Rachel gara la Jeep sur le bas-côté et Cam en sortit, la valise à la main. Elle n'attendit pas de voir ce qu'il allait faire ensuite, et elle démarra en trombe avant même que Cam ait refermé la portière. Brink se pencha vers la banquette arrière, claqua la portière au moment précis où la Tesla de Sedge s'arrêtait pour récupérer Cam.

Le cœur de Brink battait à se rompre. Il prit une profonde inspiration, tâchant d'analyser ce qui venait de se passer. Comment avait-il pu ne pas voir Cam à l'arrière ? Comment avaient-ils été aussi près de s'échapper avec la valise pour finir par la perdre ?

Rachel prit une bonne bouffée d'air.

— Eh bien voilà. On n'a plus qu'à faire demi-tour et retourner en ville, dit-elle d'une voix tendue.

Elle avait beau sembler moins secouée que Brink, ses articulations crispées sur le volant étaient livides.

— Mais on ne peut pas rentrer maintenant, dit-il.

Pour lui, cela revenait à renoncer à sortir d'un labyrinthe végétal. S'ils faisaient demi-tour, tout était perdu.

— Sans le manuscrit, nous ne pouvons pas reproduire la vocalisation, dit-elle. C'est inutile.

— Attendez une minute !

Il prit son calepin et son stylo dans la poche de son blouson et reproduisit le cercle exactement comme il l'avait vu dans le manuscrit d'Aboulafia. Les nombres et les lettres envahissaient son esprit sous la forme de couleurs brillantes.

— On ne peut pas reproduire le vaisseau, dit-il, mais on peut utiliser *ça*, avec Jess.

Rachel jeta un coup d'œil admiratif au cercle et secoua la tête.

— C'est un dessin compliqué. Il y a des centaines, peut-être des milliers de permutations possibles. Vous êtes certain de l'avoir parfaitement reproduit ?

Il prit, avec son téléphone, une photo du cercle et l'envoya par messagerie cryptée à Vivek Gupta. Il voudrait voir la version intégrale, et ça lui permettrait de connaître la localisation de Brink. Normalement, il détestait l'idée d'être observé, mais Brink était rassuré de savoir que son mentor pourrait les suivre à la trace.

— J'imagine que vous entendez ça à longueur de journée, mais : *ouah !*

— Ouais, je l'entends pas mal, répondit-il modestement. Mais ça fait toujours plaisir. Et ce sera encore mieux quand nous l'aurons résolu.

— Alors, allons-y. Nous pourrions arriver à la prison d'ici cinq heures, si nous ne rencontrons pas de bouchons.

Pendant que Rachel conduisait, Brink regarda par la vitre, observant la rivière derrière les palissades.

— Qui est votre contact, à la prison ? La personne hospitalisée ?

— Le Dr Thessaly Moses, répondit Brink en expliquant ce qu'il savait de l'agression dont elle avait été victime. Qu'elle s'était produite la veille au soir, chez elle, et qu'elle était hospitalisée.

— Visiblement, c'est à elle que nous devons nous adresser. Non seulement elle devrait savoir comment nous pourrions faire pour voir Jess, mais elle pourrait peut-être aussi nous en dire davantage sur l'individu qui l'a agressée.

Il ignorait dans quel état se trouvait Thessaly, ni si elle pouvait recevoir des visites, cependant il savait qu'ils n'avaient pas de meilleure option. Il chercha l'adresse de l'hôpital, la rentra dans le GPS et rendit son téléphone à Rachel, qui le reposa sur le tableau de bord.

Laissant Rachel conduire, Brink resta assis en silence, obligé d'accepter ce moment d'inaction forcée. Repérant un câble de connexion, il connecta son iPhone, ravi de cette occasion de le recharger. Il aurait dû en profiter pour se détendre, mais il ne savait pas comment. Il tambourinait d'un doigt contre son siège, se sentant parcouru par un rythme pulsatile. Il avait l'impression d'être une boule de flipper lancée dans une série de rebondissements sauvages et de virages imprévus, les raquettes l'envoyant dans une direction, les lumières clignotantes l'expédiant dans une autre. Et donc, dans le calme de la voiture de Rachel, il était contraint de prendre son mal en patience.

Quand il considérait l'affaire dans sa globalité, il voyait bien qu'un schéma plus vaste était en jeu. Les pièces disjointes commençaient à former un ensemble cohérent : il avait découvert l'erreur dans la copie du cercle, le bug dans le programme qui avait provoqué tant de dégâts. Et il avait un plan pour tout arranger. Mais, comme tout problémiste le sait, disposer de tous les éléments ne vaut pas grand-chose si on ne maîtrise pas la logique de l'ensemble. Et cela, Rachel, qui connaissait en profondeur le contexte des cercles, pouvait le lui apporter.

Il lui jeta un coup d'œil et admira son profil : ses longs cheveux noirs et son port de tête régalien. Sa foi sans faille le fascinait.

— Simple curiosité, dit-il. Qu'est-ce qui vous a attirée dans cette carrière ? Avez-vous toujours eu une foi aussi inébranlable ?

Elle eut un sourire.

— Pour tout vous dire, non. Pendant longtemps, je n'ai pas su ce que je croyais. J'étais croyante, mais très éloignée des traditions de ma foi. Et puis j'ai rencontré quelqu'un qui a changé ma vie. Isaac. Il venait d'Israël. Il était en visite à New York, et un ami commun nous a présentés. C'était un grand érudit, il avait des idées progressistes sur la foi, et il étudiait pour devenir rabbin. Il m'a proposé de prendre un café avec lui, et pendant que nous discutions, je me suis rendu compte qu'il était différent de tous les gens que j'avais rencontrés avant lui. Quand je lui ai dit que je n'étais pas certaine de l'existence de Dieu, il m'a demandé si je croyais à la science. Bien sûr, lui ai-je répondu, et je me suis lancée sur le big bang, la physique, ce genre de choses. Il a répondu que le concept de Dieu était identique au concept de la réalité scientifique que je venais de lui décrire. Dieu, a-t-il dit, c'est la *lumière*. Pas métaphoriquement, pas de manière abstraite, non, littéralement : tous les attributs que nous associons aux photons lumineux – une présence douée d'ubiquité qui se déplace librement dans l'espace et le temps, une énergie dotée de la capacité créatrice de générer la vie à un niveau moléculaire – sont les qualités de la puissance créatrice que nous appelons Dieu. Sa pensée était bien plus complexe que ça, bien sûr, mais le socle de sa foi a éveillé un écho en moi. Dieu était lumière. Le monde matériel était un monde divin. C'est la base de la Kabbale, et de tout ce que je crois. Je pense qu'on peut dire qu'Isaac m'a convertie.

— On dirait que vous avez trouvé votre âme sœur.

— En effet, c'est ce que nous étions. Des âmes sœurs, répondit-elle d'une voix un peu étouffée.

— Que vous *étiez* ?

— Mon mari est mort d'un cancer du poumon il y a trois ans. Il avait trente-cinq ans.

— Je suis désolé. Je ne savais pas.

— Évidemment, vous ne pouviez pas savoir. J'ai eu le cœur brisé quand il est tombé malade, et j'étais souvent en colère, mais mon mari n'était pas amer. Il acceptait sa mort avec le même sens de la destinée qui avait conduit sa vie. Il considérait que notre mission sur terre était d'apprendre à voir – voir *vraiment* – la beauté de la création, et de comprendre que l'objectif central de l'existence n'est ni l'accomplissement, ni le confort, ni même les relations humaines, mais de retourner à l'origine de toute chose : ce point infini de lumière qu'est Dieu. Il m'a enseigné qu'il faut toujours se battre pour ses convictions. Et ça, ajouta-t-elle en regardant Brink, c'est la raison pour laquelle je veux vous aider. Vous vous battez pour aider cette femme, malgré le danger. Vous avez pris une position affirmée et vous êtes prêt à la défendre.

Rachel disait vrai, mais les motivations de Brink n'étaient pas si simples. Certes, il voulait aider Jess, mais quelque chose d'autre avait pris possession de lui, un besoin profond qui le remplissait d'une pulsion chimique, addictive, au point qu'il ne pouvait pas s'en abstraire. Quand il fermait les yeux, le paysage de son esprit s'emplissait du cercle d'Aboulafia. Le tourbillon de lettres et la configuration des symboles prenaient le pouvoir sur lui, et il ne pouvait résister, il était en proie à un besoin primitif, impérieux, de résoudre l'énigme, et rien ne pouvait l'arrêter.

56

Le seul hôpital de Ray Brook, tout comme son unique prison, se situait à l'extérieur de la ville, au cœur d'une vaste étendue boisée. Après le traquenard ourdi par Cam Putney, la route avait été assez tranquille. Brink avait passé en revue toutes les permutations possibles de ce qui était advenu à Thessaly Moses. L'article que Vivek Gupta lui avait envoyé était vague, et il n'avait pas grand-chose à quoi se raccrocher. Il ignorait où l'agression s'était produite, où Jess Price se trouvait à ce moment-là, et si la police avait retrouvé son agresseur. Il ne connaissait même pas l'étendue de ses blessures et faute d'informations, il ne pouvait qu'imaginer le pire.

Ils arrivèrent à l'hôpital en milieu d'après-midi. Sur le parking, Brink essaya d'appeler Thessaly. Elle ne répondit pas, mais un texto venant de son numéro s'afficha sur l'écran de son téléphone moins de dix secondes plus tard. « Peux pas parler. Où êtes-vous ? »

Il expliqua qu'ils se trouvaient à l'hôpital et avaient besoin de la voir. Elle écrivit : « La police était là ce matin et tout le monde est sur les dents. Seule la proche famille est autorisée. Si on vous le demande, vous êtes mon frère. Je suis chambre 207. »

Brink répondit : « OK, sœurette, même s'ils risquent de ne pas me croire, vu que je suis blanc. »

Ce à quoi Thessaly répondit avec un émoji pouce levé, noir : « Beau-frère, alors. »

Au premier étage, ils furent immédiatement arrêtés par une infirmière qui leur demanda ce qu'ils faisaient là. Quand Brink répondit qu'ils cherchaient la chambre 207, elle les dévisagea, mais leur indiqua le couloir. Ils repartirent en vitesse, passèrent devant un fauteuil roulant, une potence de perfusion abandonnée et un plateau de nourriture oublié devant une porte – de la purée de pomme de terre croûtée, des brocolis et quelque chose qui ressemblait à des lasagnes. Il grinça des dents. L'odeur des hôpitaux le ramenait toujours à la maladie de son père. À présent, près de treize ans plus tard, dans la confluence des bips des moniteurs cardiaques et des odeurs de mauvaise bouffe, il revivait cette expérience, les images vacillaient devant lui, et puis cela passa, un mirage temporel convoqué par ses sens.

Devant la chambre 207, Rachel fit, de la tête, signe à Brink d'entrer seul. Il hésita. Rachel Appel était impliquée dans l'affaire, maintenant, et Thessaly devait être mise au courant, mais il se dit qu'il y aurait de meilleurs moments pour faire les présentations. Thessaly était assise dans son lit, un pansement sur le côté gauche du visage. Il entra dans la chambre, mais elle ne le vit que lorsqu'il se tint quasiment devant elle.

— Monsieur Brink, dit-elle, avec un sourire de travers sous le bandage.

— Docteur Moses, bon sang, qu'est-ce qui vous est arrivé ? demanda-t-il en baissant la voix, comme si le volume sonore pouvait aggraver sa blessure.

— Vingt-deux points de suture, dit-elle en traçant une ligne sur sa joue. J'ai de la chance, je n'ai pas perdu mon œil.

L'horreur absolue de ce qu'elle avait vécu le submergea. Elle avait été sauvagement attaquée. La douleur avait dû être intense, et elle garderait probablement une cicatrice sur le visage. Il fut à nouveau assailli par la culpabilité. Il aurait dû être là. S'il n'avait pas quitté Ray Brook, elle n'aurait pas été blessée.

Il tira une chaise près du lit et s'asseyait, avec l'intention de la réconforter, quand il vit le *New York Times* du week-end couronner une bonne pile de lecture sur la table de chevet. Le *Sunday Magazine* du *Times* était ouvert à la page des jeux, et l'une de ses créations – le Triangulum qui lui avait donné du fil à retordre le jour où il s'était retrouvé embringué dans toute cette histoire – occupait toute la page.

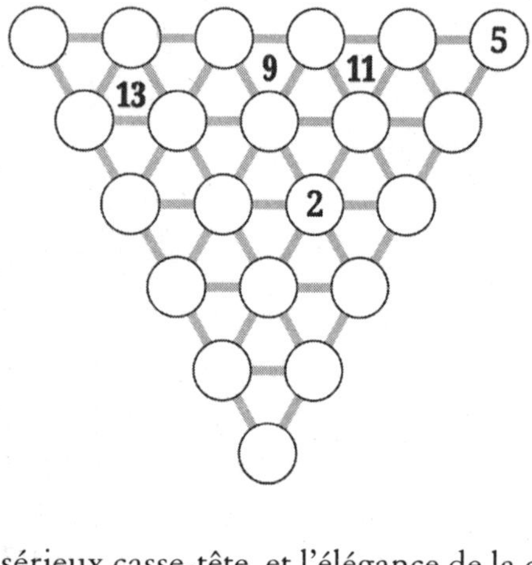

C'était un sérieux casse-tête, et l'élégance de la construction le remplit de fierté. Il adorait les énigmes mathématiques – Str8ts, 24 puzzles, les sudokus, les nombres croisés. Le principe était simple et ne laissait aucune place à l'ambiguïté. Quelques nombres étaient donnés, il fallait trouver les autres, et c'était réglé. En revoyant le Triangulum, il se dit que c'était l'un des casse-tête les plus complexes qu'il ait jamais conçus. Thessaly n'avait rempli que deux cases.

— Il est marrant, celui-là, dit-il en indiquant le puzzle du menton.

— Je vous le confirme, dit-elle, pince sans rire. J'ai été dessus toute la matinée. Franchement, Brink, vous ne pourriez pas concevoir des énigmes un peu plus simples, pour nous autres, les gens normaux ?

— Je ne vous qualifierais pas vraiment de « normale », dit-il. C'était incroyablement brillant de votre part de réussir à convaincre Jess Price d'enregistrer ce message à mon intention. Sans vous, je n'en serais pas au stade où j'en suis aujourd'hui.

Elle le regarda intensément.

— C'est-à-dire où, exactement ?

Il jeta un œil dans le couloir, puis aux moniteurs à son chevet. Il n'avait jamais été parano, avant tout cela, mais il était bien trop conscient que ses mouvements pouvaient être épiés, sa voix enregistrée.

— Je vous l'expliquerai dès que je pourrai. Mais d'abord, dites-moi qui vous a fait ça.

Elle secoua la tête.

— Je n'en sais rien. J'étais rentrée chez moi pour vous envoyer le message audio et je m'étais installée à la table de la salle à manger. Il est clair que j'ai dû affronter l'intrus – j'ai été frappée au visage avec mon propre ordinateur portable – mais je ne m'en souviens pas. Le docteur dit que j'ai cinquante pour cent de chances de retrouver la mémoire des événements.

Brink eut un élan d'empathie. Il comprenait l'effet que cela peut faire de perdre le contrôle après une blessure.

— Enfin, John Williams, l'ami dont je vous ai parlé, le chef de la sécurité de la prison, se sent investi de la mission de trouver le responsable. Il pense que ça a un rapport avec le piratage qui m'a éjectée du système.

— Il pense que c'était quelqu'un de la prison ?

Thessaly haussa les épaules.

— Il l'ignore, mais c'est possible. Il a revisionné toutes les bandes de vidéosurveillance en espérant repérer quelque chose d'anormal – une personne non autorisée qui serait arrivée ou repartie, une prisonnière récemment libérée qui aurait un compte à régler, n'importe quoi. Il y a beaucoup de bandes à examiner parce que, comme vous l'avez remarqué quand nous sommes descendus au sous-sol, l'établissement présente quelques points faibles structurels. Jusqu'ici, il a fait chou blanc.

— Vous savez s'il a vérifié les allées et venues de Cam Putney ?

— Comment connaissez-vous ce nom ? demanda-t-elle, surprise.

— Il travaille pour Jameson Sedge.

Thessaly enregistra l'information.

— Vous voulez dire que Cam Putney travaille pour le gars à la Tesla contre lequel mon ami m'avait mise en garde ?

— Exactement, répondit Brink. C'est lui qui est derrière tout ça.

L'expression de Thessaly passa par toute une gamme d'émotions : la surprise, l'indignation, puis la colère.

— John va être absolument furieux. Il va vouloir tout savoir. Ça vous ennuie que je lui communique cette information ?

— En fait, j'aimerais aussi lui parler. Je voudrais lui demander s'il peut me rendre un service.

— Quel genre de service ?

Il prit une profonde inspiration, bien conscient que sa demande allait lui tomber dessus comme une brique.

— Il faut que je revoie Jess Price.

Thessaly le regarda fixement, l'air d'essayer de comprendre ce qu'il racontait.

— Pardon ?

— Vous m'avez dit qu'elle allait être transférée. C'est déjà fait ?

Elle secoua la tête.

— Après mon agression, John Williams a retardé le transfert.

— Il faut que je lui parle. Peu importe où. À la bibliothèque. Dans votre bureau. N'importe où, ce sera parfait. Il faut simplement que je la voie.

— Vous savez que c'est impossible.

— Je sais que je demande beaucoup. Mais c'est important. Votre ami acceptera de m'aider s'il sait à quel point c'est crucial.

Thessaly haussa un sourcil.

— Je voudrais être sûre de comprendre. Vous voulez que le responsable de la sécurité du pénitencier de l'État de New York autorise un homme qui a été considéré comme présentant un danger et dont l'accès à la prison a été révoqué passe un moment seul avec une détenue ?

Il savait que c'était une demande extravagante.

— Dix minutes, je n'en demande pas davantage.

— Mike Brink, vous avez perdu la tête.

Brink marqua une pause. Il se l'était dit un certain nombre de fois, et il y avait quelque chose de satisfaisant dans le fait d'entendre quelqu'un le lui confirmer à voix haute.

— Écoutez, ce qui se passe ici va bien au-delà de tout ce que nous imaginons. Jess Price avait peur de parler de ce qui lui était arrivé parce qu'elle était sous surveillance. Cam Putney surveillait Jess et faisait son rapport à Jameson

Sedge. Il est possible que Jess en sache davantage qu'elle ne veut l'avouer à qui que ce soit. Elle a commencé à s'ouvrir à moi. Si John Williams accepte que je la voie, je sais qu'elle me racontera tout. Y compris l'identité de votre agresseur.

Thessaly réfléchit un moment, puis alors que Brink commençait à penser qu'elle allait le congédier, elle prit le téléphone posé sur ses genoux.

— Accordez-moi quelques minutes. Je vais voir ce que je peux faire.

La patience n'était pas l'une des vertus cardinales de Brink, et l'idée d'attendre de savoir s'il aurait la possibilité de voir Jess était insoutenable. Il fit les cent pas dans le couloir, devant la chambre de Thessaly, alla chercher des cafés amers pour Rachel et lui à un distributeur, et s'efforça de se retenir de devenir dingue. Il trouva un autre exemplaire du *Sunday Times Magazine* dans la salle d'attente et il aida Rachel à résoudre le Triangulum.

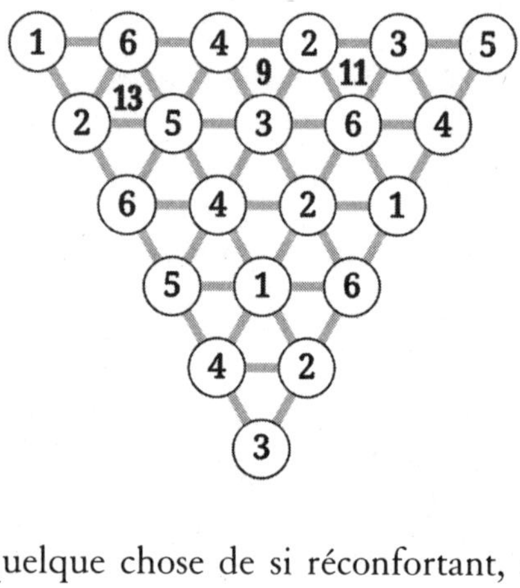

Il y avait quelque chose de si réconfortant, si élémentairement satisfaisant, à remplir la structure de nombres. Ils s'assemblaient clairement, nettement, logiquement. Sans ambiguïté. Les réponses étaient les réponses, sans aucun doute possible. Et, cerise sur le gâteau alphanumérique, il sourit en montrant à Rachel les lettres cachées qu'il y avait glissées, son nom dans les nombres : 13, 9, 11, 5, 2. *Mike B.*

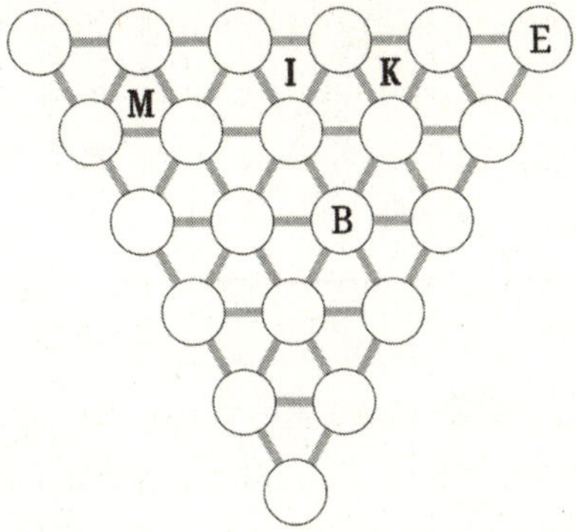

Finalement, il entendit Thessaly Moses parler au téléphone. Il se rapprocha de sa porte et l'écouta répéter à John Williams les grandes lignes de ce qu'il lui avait dit : que Brink avait des preuves formelles établissant que Cam Putney travaillait pour Jameson Sedge, et surveillait Price dans la prison. Elle lui dit aussi que Brink avait développé une relation avec Jess, qu'il avait gagné sa confiance, et que si quelqu'un pouvait apprendre ce qui s'était réellement passé, c'était lui. Finalement, comme en dernier recours, elle lança :

— Écoute, je veux savoir qui a fait ça, et je ne reviendrai pas bosser tant qu'on ne le saura pas.

Là-dessus, John céda.

— Il va le faire, annonça Thessaly en voyant Brink dans le couloir. Il a besoin de tirer quelques ficelles, mais il m'a dit qu'il vous appellerait pour vous dire quand vous pourrez vous présenter au pénitencier.

57

ATTENDRE AINSI À L'HÔPITAL faisait d'eux des cibles faciles, ils décidèrent donc de rouler un peu en attendant l'appel de John Williams. Ils mirent le cap sur les Adirondacks, tournant et virant dans d'épaisses forêts, traversant des petits villages où flottait le drapeau américain et où des 4 × 4 flambant neufs étaient garés devant des bars de bord de route. Depuis une hauteur, Brink repéra la prison en contrebas, dans son écrin de verdure. Ils avaient gravité autour, comprit-il, comme des papillons de nuit autour d'une flamme, attirés par le mystère Jess Price.

Thessaly avait promis que John Williams appellerait, mais ils roulaient depuis plus d'une heure et ils n'avaient toujours pas de nouvelles. Finalement, Rachel s'arrêta dans une station Mobil pour prendre de l'essence. Brink fit le plein de la Jeep avec de l'essence sans plomb, puis il entra dans la boutique pour acheter des sandwiches au thon, des paquets de chips et des bouteilles d'eau. Il se serait contenté de grignoter dans la voiture, mais Rachel suggéra qu'ils suivent les panneaux indiquant une aire de pique-nique située au pied d'un chemin de randonnée. Des tables et une fosse à feu montraient que l'endroit n'était pas aussi isolé qu'il l'aurait voulu – Jameson était sûrement à leurs trousses –, cependant Rachel lui fit remarquer que de là où ils se trouvaient, ils y voyaient à des kilomètres à la ronde.

— Personne ne peut s'approcher de nous par surprise, ici, dit-elle en posant les sandwiches sur la table de pique-nique en bois.

Il était déjà près de six heures, en effet, et Brink mourait de faim. Se connaissant, il se doutait bien que le sandwich n'allait pas le caler, qu'il lui aurait fallu quelque chose de plus substantiel, mais il appréciait d'être ancré dans la réalité et de faire quelque chose d'aussi simple que de pique-niquer dans l'air frais de la montagne.

En dépit de la tranquillité du moment, il était tout de même à cran. Il déballa son sandwich et mordit dedans, pourtant il ne pouvait s'empêcher d'avoir l'impression que les arbres se refermaient sur lui. Il ne parvenait pas à chasser Jess de ses pensées. Il fallait qu'il la voie, qu'il plonge son regard dans le sien pour avoir confirmation que tout ce qu'il ressentait était réel. Il fallait que John Williams l'appelle. Il regarda son téléphone. Il avait reçu un texto de Thessaly. Jess allait être transférée le lendemain de Ray Brook vers un établissement de moyenne sécurité dans le Connecticut. Brink savait que ça allait arriver, mais il ne s'attendait pas à ce que ça se produise aussi vite. C'était sa dernière chance. S'il ne la rencontrait pas ce soir, si John Williams ne les faisait pas entrer dans la prison maintenant, il risquait de ne jamais la revoir.

Il alla se planter sur le bas-côté de la route dans l'espoir de calmer l'énergie nerveuse qui courait dans ses veines. Le soleil avait commencé à descendre vers l'horizon et une lumière gris-violacé s'installait sur la forêt lui donnant un aspect étrange, mélancolique. Une telle beauté aurait dû l'apaiser, mais l'adrénaline jouait sur la synesthésie le même rôle que les stimulants sur un cerveau normal : elle amplifiait ses émotions, exacerbait son acuité visuelle et suscitait un déferlement de couleurs et de nombres. Quand il porta son regard sur la route sinueuse, il vit un torrent de figures géométriques sur l'asphalte lisse et noir. Il prit une profonde inspiration. Puis une autre. Il n'allait pas se laisser distraire de sa mission par des schémas et des structures. Il pouvait les contrôler. Il avait juste besoin d'un moment pour se ressaisir.

— Mike, venez vous asseoir une minute, l'appela Rachel en lui faisant signe. John Williams va nous appeler. Un peu de patience, vous verrez.

— Vous avez l'air assez sûre de vous, dit-il en tournant le dos à la route pour la rejoindre à la table.

— J'en *suis* sûre. Il va nous contacter.

Il scruta ses traits, jaugea son assurance. C'était vrai. Elle en était sûre.

— Comment pouvez-vous à ce point faire confiance à un type que vous n'avez jamais vu ?

— Je ne peux pas vous répondre, je le sens, c'est tout. Ces moments où tout est en suspens, où quelque chose est sur le point de se produire – c'est dans ces moments-là que je me fie à ma foi.

— Si vous pouviez me prêter un peu de cette foi, une heure ou deux, je vous en serais vraiment reconnaissant.

— Oh, je pense que vous avez votre propre façon de croire, dit-elle en le dévisageant. Je ne voulais pas vous mettre mal à l'aise, je ne vous en ai donc pas parlé plus tôt, mais l'article de *Vanity Fair* m'a vraiment touchée. J'ose à peine imaginer ce que vous avez traversé. Ça devait être terriblement effrayant.

— Oui, c'était terrible. Quand je me suis réveillé, j'étais dans la peau d'un autre.

Et comme Rachel Appel lui avait parlé à cœur ouvert de son deuil, il estima pouvoir aussi se confier à elle.

— Après l'accident, celui que je pensais être avait disparu corps et âme. L'ancien Mike Brink était mort, et il fallait que je m'adapte à la personne que j'étais devenu.

— Vous ne vous êtes jamais demandé où vous en seriez aujourd'hui si vous n'aviez pas été blessé, ce jour-là ?

— Vous voulez dire, si j'avais marqué le touchdown, remporté le championnat, et que j'étais devenu un quarterback vedette ? Je ne sais pas. J'ai du mal à l'imaginer. Tout ce que je désirais m'a été ôté en une seconde. Tous ces efforts, envolés. J'avais du talent, c'est vrai, mais je m'étais donné du mal pour le développer. Des années de préparation, d'entraînements à six heures du matin, des années à rater toutes les fêtes, les filles, la picole. Tout ça pour être bon dans cet unique domaine. Et puis, un coup sur la tête, et tout ce que j'avais toujours voulu avait… disparu.

— On dirait que celui que vous auriez pu être vous manque…

— Je suppose que oui, dit-il en s'agitant, mal à l'aise, sur le banc dur. Mais si tout ça n'avait pas disparu, alors je ne serais pas celui qui est assis là. Je n'aurais jamais compris que j'avais ça en moi, cet autre pan de moi, tellement différent. Je devrais sans doute remercier cette blessure, même si elle a tout rendu plus difficile.

— Ce n'est pas facile d'être reconnaissant d'avoir eu à se battre. Parfois, je me surprends à être furieuse de la mort d'Isaac. Je me demande pourquoi un être aussi bon, aussi acharné à rendre notre monde meilleur, a pu mourir aussi jeune. Mais la lutte a un pouvoir purificateur. Elle nous dévoile qui on est en réalité. Je suppose que c'est la même chose avec vos casse-tête.

Elle avait raison. Pour Brink, c'étaient les défis toujours plus ardus que lui lançaient ses jeux, son calvaire quand il ne réussissait pas à trouver la réponse et l'excitation quand il arrivait à la solution, c'était tout cela qui donnait un sens à sa vie. Il se rappela ce que le Dr Gupta disait toujours : « Les gens extraordinaires attirent des événements extraordinaires, bons et mauvais. »

— Vous avez raison. Peut-être que d'un certain côté j'ai besoin de ce combat. Je pourrais travailler pour Google ou une agence gouvernementale, ou enseigner au MIT, et je gagnerais très bien ma vie. Mais les casse-tête sont l'unique chose qui me fait avancer.

— Il ne vous a jamais traversé l'esprit que votre besoin d'aider Jess Price était peut-être connecté à cet aspect de vous-même ?

— Ça y participe, c'est une évidence. Mais je sens aussi que je peux l'aider. J'ai besoin de savoir que ce qui m'est arrivé ne concerne pas que moi, que ce don, ou quoi que ce soit, s'étend au-delà de moi. Et ça, c'est à Jess que je le dois.

La nuit était tombée, et toujours pas de nouvelles de Williams. Brink ne pouvait pas rester sans rien faire une minute de plus. Il fallait qu'il bouge. Ils décidèrent de rouler jusqu'à la prison et d'attendre son coup de fil sur place.

— Ça vous ennuie si je conduis ? demanda Brink en attrapant les clés sur la table.

Il n'avait conduit que son pick-up toutes ces dernières années, et ça lui ferait du bien de canaliser ainsi son énergie.

Tandis qu'ils reprenaient la Jeep et commençaient à redescendre de la montagne, les pensées de Brink revinrent à sa conversation avec Rachel. Elle avait raison, évidemment.

C'était le combat qui l'avait forgé, la souffrance et le deuil qui avaient créé les conditions de son talent. Il avait déjà pensé que sans souffrance, sans le feu destructeur de sa blessure et l'annihilation totale de son précédent moi, il serait la moitié de celui qu'il était devenu.

Il prenait tranquillement un virage quand la Jeep fut prise d'une sorte de tremblement. Ça commença par une légère vibration dans le volant, qui s'amplifia brusquement, et la voiture se mit à brouter. Les phares crachotèrent, le tableau de bord s'éteignit et les freins se bloquèrent. Il n'avait connu ça qu'une fois dans sa vie, pendant une tempête de verglas dans l'Ohio – il avait traversé la chaussée en dérapage et fini dans le fossé. Mais ce soir-là, il n'y avait pas de verglas. C'était une nuit de juin, chaude, sans un nuage en vue, et il ne dérapait pas. Une sensation vertigineuse s'empara de lui lorsqu'il comprit qu'ils allaient percuter la paroi rocheuse.

Il se demandait s'ils devaient sauter de la voiture quand la Jeep s'arrêta net. Il n'avait pas eu le temps de comprendre ce qui s'était passé qu'une limousine s'arrêtait derrière eux. Un homme costaud en costume d'été et chapeau à larges bords en descendit. Vivek Gupta les avait trouvés.

Brink sauta de la Jeep, hésitant entre serrer son mentor sur son cœur ou lui mettre un pain. Gupta décida pour lui – il le prit dans ses bras et l'étreignit. Il était moelleux comme un coussin et sentait l'eau de Cologne *Aqua di Parma*, sa signature olfactive. Il relâcha Brink et s'avança vers Rachel, qui ouvrait de grands yeux terrifiés.

— Miss Appel, je suis le Dr Vivek Gupta, et vous ne me connaissez sans doute pas, mais j'ai quant à moi pris la liberté de me renseigner sur vous.

— Je vous demande pardon ? fit Rachel en le regardant, sidérée.

— Quand M. Brink m'a envoyé le cercle, j'ai pu géolocaliser et suivre votre véhicule. Grâce à l'immatriculation de votre Jeep Wrangler de 2015, j'ai trouvé votre dossier et de là, j'ai obtenu votre nom, votre numéro de Sécurité sociale et votre date de naissance. Au fait, c'est de cette façon que le sbire de Jameson Sedge a trouvé votre Jeep dans son parking, mais à l'envers : il connaissait votre nom, il avait toutes les informations professionnelles vous concernant et c'est ainsi qu'il a localisé la plaque d'immatriculation de votre véhicule. Tout est connecté, et il suffit d'une unique information pour compromettre toutes les données. Par exemple une recherche rapide m'a appris le montant de votre compte en banque et le taux d'intérêt de votre emprunt, qui est très bon, d'ailleurs. Vos distinctions professionnelles. Et même votre dossier dentaire. Vous avez de très bonnes dents, Miss Appel. Félicitations.

Il s'interrompit pour accorder à Brink un sourire rusé.

— Veuillez pardonner cette brutale interception de votre véhicule, dit-il. Mais je ne voulais pas vous perdre. Votre signal GPS n'est pas aussi fort qu'on pourrait l'espérer, à cette altitude.

— C'est *vous* qui avez fait ça ? demanda Brink, étonné. Mais comment ?

— Une faille zero-day découverte dans l'OS de la Jeep. Plutôt utile pour ceux d'entre nous qui savent l'exploiter.

— Une faille zero-day ? répéta Rachel Appel, franchement abasourdie.

— C'est une vulnérabilité informatique, lui expliqua Brink en souriant malgré lui.

Vivek Gupta lui avait expliqué ce type de bug, un jour, mais il n'y avait pas prêté attention. Il commençait à regretter le nombre de fois où il avait rêvassé, en cours.

— En fait, c'est une vulnérabilité de sécurité dans le système d'exploitation qui permet à un individu pourvu des compétences requises – n'importe quel hacker, en fait – d'accéder au système électronique qui contrôle le véhicule. C'est un problème bien connu, et même si le constructeur prétend avoir fourni un patch, il est clair que la faille existe toujours. Et si j'ai réussi à pirater le système électronique de votre Jeep, ma chère, Jameson en est tout aussi capable, n'en doutez pas. Bien, fit-il en regardant vers le bas de la route, puis par-dessus son épaule, allons-y, et fissa, avant qu'on nous repère.

Gupta les fit rapidement monter à l'arrière de sa limousine. L'intérieur, garni de sièges en velours, était équipé d'un grand écran d'ordinateur. Il ouvrit une boîte de métal revêtue d'aluminium. Une cage de Faraday. Brink l'avait déjà vue lorsqu'il lui avait rendu visite au Cap Cod. Le Dr Gupta avait enfermé leurs téléphones dans la boîte pendant tout le week-end. C'est ce qu'il refit.

— M. Brink a le talent troublant de résoudre des puzzles dans sa tête, quant à moi, je dois m'appuyer sur l'indéfectible assistance de mon ordinateur.

Le Dr Gupta appuya sur un bouton sur une console et une porte s'éclipsa, révélant un minibar.

— Monsieur Brink, s'il vous plaît.

Brink ne se fit pas prier. Il versa du whisky, du vermouth et du bitter dans un shaker, préparant ainsi trois Manhattan, le cocktail préféré de son mentor. Il ajouta des cerises au marasquin dans les verres et tendit le premier à Rachel, le second au Dr Gupta et, après l'entrechoquement de leurs trois verres, il but une gorgée du sien et se cala sur son siège.

Le Dr Gupta tira un clavier sur ses genoux, tapa une ligne de commandes et l'écran s'emplit d'un cercle lumineux : les Variations du Nom de Dieu, d'Aboulafia.

— À présent, installez-vous confortablement, savourez vos cocktails et écoutez attentivement. Vous allez halluciner.

58

— Quand M. Brink m'a envoyé cette incroyable configuration, j'ai d'abord été un peu perdu. Mes connaissances en matière d'histoire des religions sont limitées, et en tant que bouddhiste, je ne sais pas grand-chose de l'iconographie judéo-chrétienne. Mais ce cercle est, d'une perspective mathématique, pour le moins troublant, et très complexe. Je le trouve extraordinaire, étant donné que l'homme qui l'a créé vivait à une époque où aucun des développements mathématiques sur lesquels nous nous fondons, vous et moi, pour comprendre le monde n'existait. En vérité, il vivait à une époque où les bougies en cire étaient un luxe.

Vivek Gupta cala le clavier sur ses genoux, tapa une autre commande et le cercle s'agrandit. Mike Brink ne l'avait vu que deux ou trois fois, mais il n'avait qu'à fermer les yeux pour le contempler mentalement. À l'aide d'un pointeur laser, Gupta attira son attention sur l'anneau de nombres qui entourait les radiales, puis sur l'étoile de David qui occupait le centre.

— Je suis un païen, et Miss Appel saurait bien mieux que moi vous expliquer la signification religieuse de cette image.

Mais ce que je vois ici est une sorte d'énigme mathématique. Un *casse-tête*, mes amis, un *casse-tête*. C'est la seule chose qui m'ait jamais véritablement pris aux tripes, et c'est ce qui m'a propulsé dans une carrière de sorcier du chiffrement, de mathématicien, d'artiste et d'amoureux de l'ineffable. Cela dit, je crois sans l'ombre d'un doute, à l'instar de mon héros, le mathématicien indien Srinivasa Ramanujan, qu'« une équation ne signifie rien à moins qu'elle exprime une idée de Dieu ». Ce casse-tête est précisément l'une de ces équations.

Vivek Gupta se retourna vers l'écran.

— Ce qui m'a premièrement attiré, dans ce cercle, c'est qu'on y trouve un motif distinct. Le voyez-vous, monsieur Brink ?

— Les cases noires et blanches du pourtour. Elles sont binaires. C'est l'une des premières choses que j'ai remarquées.

— C'est un code binaire, en effet, confirma le Dr Gupta. Un élément inhabituel dans ce type de dessin, je dirais.

— On a utilisé, dans le passé, des codes pour communiquer des informations sur le Créateur, intervint Rachel. Aboulafia les a portés à une tout autre échelle, c'est certain, mais ce n'était pas une pratique isolée.

— Vraiment ? répondit Gupta. Eh bien, il se peut que le peuple juif ait eu recours à des codes binaires, mais il n'était pas seul dans ce cas.

Vivek Gupta appuya sur une touche, faisant apparaître un schéma d'épaisses lignes noires empilées par groupes de six.

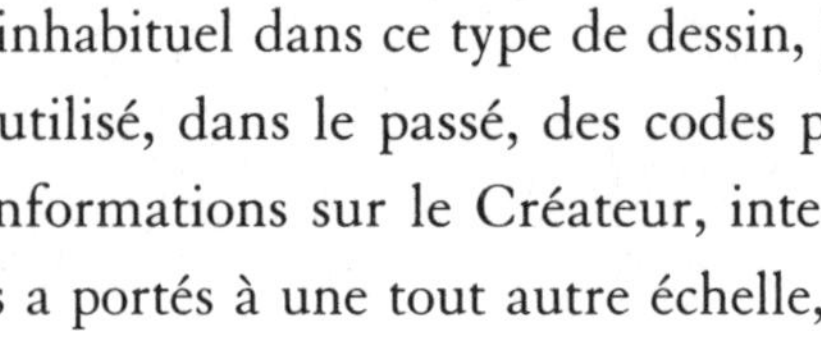

— Abraham Aboulafia ne pouvait pas connaître ceci, puisqu'il n'avait aucun contact avec les Chinois, mais quatre mille ans environ avant notre ère, un philosophe chinois, Fu Xi, reçut des cieux une série similaire de messages binaires : le secret du pouvoir binaire féminin et masculin, connu sous les noms de yin et yang. Comme Aboulafia, il a créé un système de notation, mais pas des variations sur le Nom de Dieu, des *hexagrammes* : le yin et le yang, un ensemble de lignes continues et brisées, par groupes de six. Ces hexagrammes furent ensuite systématisés en 64 regroupements qui forment la base du *Yi Jing*, ou *Livre des transformations*. Ils servaient à des fins divinatoires. En effet, on croyait qu'ils recelaient tous les secrets du monde.

Le Dr Gupta appuya à nouveau sur une touche, et la photo d'un vortex s'afficha à l'écran. Il était couvert de sections distinctes dans chacune desquelles étaient écrites des équations.

— Le système binaire de Fu Xi a attiré l'attention du mathématicien allemand Gottfried Leibniz, qui s'acharnait à créer un système sans décimales. Il rêvait d'une forme épurée des mathématiques, qui exprimerait pleinement la différence entre zéro et un. Le problème du zéro, ou de la non-existence, obsédait Leibniz. Comment le *zéro* – pur potentiel – pouvait-il se transformer en *un*, un objet matériel entier et complet ? La transition entre *rien* et *quelque chose* est la question centrale de, eh bien, de *tout*. C'est-à-dire, de tous nos systèmes spirituels et intellectuels – les religions et les sciences, mais aussi des questions existentielles : comment la vie apparaît-elle ? Que devient-elle après la mort du corps ? Et quelle est la nature de la non-existence ?

Brink jeta un coup d'œil à Rachel, se demandant si elle suivait les virages en épingle à cheveux de la pensée du

Dr Gupta. Il était habitué à de telles envolées intellectuelles. Il les avait suivies pendant ses cours magistraux, au MIT, où le professeur était connu pour garder ses étudiants jusqu'à des heures indues afin de leur expliquer les nuances d'une énigme mathématique. Mais il n'avait pas à s'en faire. Rachel était subjuguée. Elle fixait Vivek du regard, buvant toutes ses paroles.

— Les questions de Leibniz, dit-elle. Elles sont à la racine même de la pensée kabbalistique.

— En effet ! s'exclama le Dr Gupta, ravi. Leibniz s'intéressait profondément à la Kabbale, car elle correspondait à son obsession pour les mystères de la Création. Il postulait que les fonctionnements les plus profonds de l'univers pouvaient s'expliquer par un système utilisant le 0 et le 1. Le temps a démontré que son instinct ne le trompait pas. Les systèmes binaires sont devenus le moyen de prédilection de l'humanité pour calculer et exprimer le monde matériel. Comme vous le savez probablement, nous dépendons entièrement des codes binaires sur lesquels reposent toutes les communications informatisées. Les transports, Internet, la sécurité nationale – tout est numérisé. À peu près toutes les activités humaines – de la musique enregistrée au cinéma et à la télévision, jusqu'aux livres audio et numériques – sont créées et restituées en langage binaire. Et il se trouve que ce cercle lui-même contient un code binaire.

Rachel se rapprocha de l'écran.

— Comment ne l'ai-je pas vu plus tôt ? dit-elle.

— Ça ne saute pas aux yeux, convint Gupta. Mais quand on étudie la séquence, il devient clair que les carrés noirs et blancs de la circonférence du cercle n'ont pas été placés au hasard, loin de là. Je l'ai remarqué assez vite, et j'y ai vu la possibilité d'un premier niveau de solution, mais j'ai tout aussi vite soupçonné qu'il y avait autre chose derrière ça. Je l'ai donc passé dans quelques programmes informatiques, et à ma grande surprise, j'ai découvert que la séquence donnait des résultats on ne peut plus surprenants.

— Quel genre de résultats ? demanda Rachel toujours concentrée sur l'écran de l'ordinateur.

— La séquence binaire, manipulée selon 72 variations – ce qui était l'intention première de ce cercle de prière, n'est-ce pas ? – a créé une ligne de code informatique.

— Un code informatique ? répéta Rachel, surprise. Ce cercle a été tracé il y a près de mille ans !

— Étonnant, je sais, d'autant qu'il ne s'agit pas d'un vieux code informatique lambda.

Le Dr Gupta pianota sur son clavier et l'image d'une équation apparut à l'écran.

— Le qubit, ça vous dit quelque chose ?

— L'unité de codage utilisée en informatique quantique, lâcha Brink en étudiant l'équation.

Il n'avait jamais rien vu de tel, avec ses groupes de zéros et de un, mais la symétrie lui plaisait.

— Exactement, acquiesça Vivek. Le qubit est la plus petite unité de stockage d'information quantique. Alors que les ordinateurs d'aujourd'hui utilisent des *bits*, ou éléments binaires pour encoder les informations, les ordinateurs du futur utiliseront des *qubits*, des codes qui exploitent la complexité, et les lois, franchement époustouflantes, de la mécanique quantique. Les qubits sont non binaires. Ils traitent l'information multi-localement. Pour faire simple, disons que les bits figent l'information dans un état unique – soit 0, soit 1, non-existant ou existant –, alors que les qubits permettent aux informations d'être *dans les deux états en même temps*. L'information peut être à la fois ici et là, noire et blanche, masculine et féminine. Cet état qui consiste à être dans plusieurs positions au même moment s'appelle une superposition. L'avenir de tous les systèmes informatiques sera celui des superpositions.

Le Dr Gupta s'interrompit, regarda Mike Brink et Rachel Appel.

— Vous me suivez ?

— Vous voulez dire que l'information se comportera comme des particules quantiques, résuma Rachel. De la même façon qu'un photon peut se trouver à deux endroits différents en même temps, comme dans l'expérience des doubles fentes.

— Exactement. Les ordinateurs quantiques seront des milliers de fois plus puissants que les plus rapides des ordinateurs actuels. Une telle puissance alimentera des superpositions et la téléportation quantique de l'information. Ils nous offriront l'incroyable capacité de résoudre des problèmes qui nous paraissent aujourd'hui insolubles : la maladie, la faim. Et même la mort.

— Je comprends la puissance d'une telle machine, fit Rachel. Mais pourquoi Jameson Sedge y tient-il tellement ?

— Il devait suspecter qu'Aboulafia avait numérisé une information dont il avait besoin. Peut-être même était-il au courant du code quantique que j'ai découvert. Et il n'aurait assurément aucun mal à l'extraire, comme je l'ai fait. Mais la vraie question est de savoir si Jameson a mis au point les moyens de l'exploiter, ce qui exigerait un ordinateur quantique et le réseau afférent pour le faire tourner. Si c'est le cas, et s'il a la technologie pour le déployer…

— Il aurait le code de l'immortalité, dit Brink, achevant sa pensée.

Il contempla le code affiché sur l'écran et essaya d'intégrer les implications de ce qu'il venait d'entendre. Une antique séquence créée par un mystique du XIIIe siècle contenait les blocs de construction d'un code quantique qui pourrait, s'il était utilisé correctement, changer l'avenir de la race humaine.

— C'est absolument vertigineux.

— C'était un de nos fantasmes, au temps de notre folle jeunesse, reprit le Dr Gupta. Nous rêvions d'avoir la capacité de créer de nouveaux systèmes de conscience autres que strictement biologiques. Nous parlions pour rire de découvrir un meilleur emballage pour l'âme humaine, une enveloppe qui n'aurait besoin ni de nourriture ni de sommeil. Qui ne s'userait jamais. Repense à notre conversation vidéo d'hier, monsieur Brink. Pourrais-tu dire avec certitude si ce que tu as vu sur l'écran était une reconstruction de mon moi biologique ou une reconstruction de ma conscience par des pixels ? Aurais-tu repéré la différence ? Était-ce vraiment moi ou une image de moi ? Tu ne pourrais pas faire la différence.

Vivek Gupta but la dernière gorgée de son manhattan et reposa son verre.

— J'ai toujours considéré l'immortalité comme hypothétique, le genre d'idée qui alimente la science-fiction. Mais je n'ai jamais considéré les qubits, la mécanique quantique et la téléportation de données comme étant vraiment du domaine du possible. Ce n'est plus un fantasme, désormais. La conscience peut être numérisée, conservée, téléportée. L'esprit de Sedge pourrait exister dans une superposition du présent et du futur. Nous avons des modèles mathématiques pour le prouver.

— Mais tout cela est encore théorique, objecta Brink. La technologie n'est pas encore disponible.

— Certes, acquiesça Vivek Gupta. Mais *théorique* est le premier pas vers *réel*. À mon humble avis, nous sommes encore loin de ce genre de disruption massive dans l'existence humaine. Mais Jameson est déterminé. Ses idées sont toujours allées bien au-delà du moment présent. Et ce code – même théorique – est littéralement miraculeux. Aboulafia a offert à l'humanité un outil d'une puissance extrême.

— Peut-être, fit Rachel, dubitative. Mais Aboulafia ne pouvait pas savoir tout cela. Il a conçu le cercle comme un acte de prière. Un cercle destiné à être interprété, chanté, *vécu*. Il était destiné à servir de canal de communication avec Dieu.

— C'est bien possible, convint Vivek Gupta. Mais en tant que mathématicien, je puis vous affirmer que ce cercle recèle un trésor remarquable, trop précis, trop parfait, pour que ce soit accidentel.

— Il n'y a peut-être rien d'accidentel là-dedans, acquiesça Rachel.

Elle croisa son regard et il vit ce qu'elle se disait : l'Énigme de Dieu n'était pas un hasard, une erreur ou un coup de chance, mais un don de Dieu à l'humanité.

59

PENDANT PRÈS DE DIX ANS, Cam Putney avait obéi aux ordres. Il avait parcouru le monde pour récupérer des disques durs recelant Dieu sait quelles précieuses informations ; il s'était entraîné sans relâche, repoussant physiquement et mentalement ses limites ; il avait déménagé à cinq heures de route au nord de la ville pour travailler comme gardien de prison, abandonnant son enfant derrière lui. Il avait tué un homme. Agressé une femme. Il avait toujours obéi aux ordres de Sedge sans sourciller, discuter ou poser de questions. Il exécutait les ordres comme on l'avait entraîné à le faire : rapidement, à fond, avec dignité et en silence. Comme il se devait pour un samouraï de Singularity. Rien n'était plus important à ses yeux que la mission.

À part sa fille. Jasmine avait treize ans, c'était une ado équilibrée, heureuse et en bonne santé, qui n'avait aucune idée de la façon dont son père gagnait sa vie. Il lui avait caché la vérité dans l'espoir de lui donner une enfance normale, et ça avait marché. Grâce au fonds d'études de M. Sedge, elle fréquentait les meilleures écoles privées de Manhattan, où ses amis l'invitaient à des fêtes d'anniversaire fastueuses dans les Hamptons ou, l'hiver, en vacances sur les plages des Bahamas. Elle aimait les comédies musicales – il l'avait emmenée voir *Matilda* quatre fois –, TikTok, et la K-pop. Elle adorait les animaux. La dernière fois qu'il l'avait vue – il y avait des mois de cela, pendant les vacances de printemps –, elle lui avait dit qu'elle voulait devenir vétérinaire, plus tard. *Vétérinaire*. Il n'aurait jamais rêvé de faire un tel métier quand il avait treize ans. Il était fier de lui avoir épargné les dures réalités du monde, et la réalité de ce qu'il avait fait. Et pourtant, elle était si vulnérable, si facilement blessée. Il se demandait s'il aurait la volonté de l'aider à grandir en force, à lui permettre de souffrir. C'était le seul moyen pour elle d'apprendre ce qu'il savait : que la sécurité venait quand on affrontait la douleur en face.

Cam avait affronté le danger un nombre incalculable de fois au fil des ans, jusqu'à ce qu'il fasse partie intégrante de lui.

Ume-Sensei lui avait enseigné que son corps retenait ces expériences, toutes les douleurs et les plaisirs, les échecs et les victoires. Mais il n'y avait jamais vraiment cru jusqu'au moment où il avait attaqué le Dr Moses.

Il était prêt. Il savait qu'il n'avait droit qu'à une balle, une seule. L'idée était d'atteindre sa cible sans toucher l'ordinateur. Le dossier qu'elle avait transféré depuis son téléphone était important. M. Sedge voudrait le récupérer, ainsi que le téléphone, et donc Cam devait faire attention à tirer depuis un endroit qui la projetterait en arrière, propulserait son corps loin de la table. Pas un tir facile étant donné qu'il se tenait dans son dos, mais pas impossible non plus.

Il s'était déplacé lentement, en avançant ses pieds comme sur une corde raide. Un faux mouvement et le fragile équilibre dont il avait besoin pour atteindre sa cible serait compromis. À mi-chemin de la pièce, il s'était rendu compte de son erreur : son reflet apparaissait sur l'écran du portable, révélant sa présence au Dr Moses. Tout était arrivé en une fraction de seconde : le repérant derrière elle, elle avait brusquement refermé son ordinateur et fait volte-face. La férocité de sa réaction l'avait arrêté net : incapable de bouger, il s'était contenté de la regarder l'attaquer avec l'ordinateur. Elle lui avait assené sur le poignet un coup sec qui avait envoyé valdinguer son Glock dans la pièce.

Au cours des secondes suivantes, toute pensée abolie, ses années d'entraînement avaient pris le relais. Sa vision s'était floutée, sa conscience estompée, et il avait frappé. Quand il était revenu au présent, il se tenait debout au-dessus de Thessaly Moses. Elle gisait sur le parquet de la salle à manger, du sang suintant d'une plaie sur le côté gauche du visage. Il avait regardé par terre et vu que le tranchant de l'ordinateur était couvert de sang. Il ne se souvenait pas de le lui avoir arraché, pourtant il l'avait utilisé comme arme.

Soudain, le sol avait basculé et il avait été saisi d'une vague de panique. La tête lui tournait. Ses jambes commençaient à le lâcher et ses mains à trembler. Il n'avait jamais tué de femme, jamais de ses propres mains. Il avait peine à le croire. Ume-Sensei lui avait enseigné que faire usage de sa force exigeait un moment de retrait. Il fallait qu'il mette sa panique à distance et qu'il se concentre sur sa respiration. Il inspira profondément en gonflant le ventre, garda l'air dans ses poumons quatre, trois, deux, une seconde, et souffla. La pièce commença à se stabiliser, et ses mains aussi.

Cam n'avait pas bu une goutte d'alcool depuis plus de dix ans, il n'avait jamais craqué sur une mission, mais à cet instant, il avait furieusement besoin d'un remontant. Il déboucha la bouteille de vin, se versa un verre et le but d'un trait.

Qu'était-il devenu ? Il baissa le regard sur Thessaly Moses, sur la flaque de sang qui s'étendait sur le parquet, et il vit le visage de sa fille. La vie, l'intelligence de sa petite Jasmine pourraient être aussi facilement écrabouillées que ça, d'un seul coup, brutal, sur la tête.

Quelque chose au fond de lui se brisa. Les fondations sur lesquelles étaient nées son identité de guerrier et sa dévotion commencèrent à vaciller. Il n'était pas un animal décérébré. Il n'était pas un monstre. Tout ce qu'Ume-Sensei lui avait appris en était la preuve. Sa fille en était la preuve. Et puis, comme un message venu d'un autre royaume, Thessaly Moses gémit. Il se retourna et vit battre ses paupières. Une vague de soulagement le submergea. *Elle n'était pas morte.* Il prit le téléphone de sa victime et composa le 911. Puis il posa l'appareil près d'elle, pour que la voix de l'opérateur la stimule, et il partit en sachant que les secours étaient en chemin.

Le Dr Moses survivrait. Pourtant, ce qu'il lui avait fait le hantait. Il avait éprouvé le même sentiment de panique quand M. Sedge lui avait annoncé que l'heure était venue de conclure sa mission. Cam ne pensait qu'à Jasmine. Il savait que cette heure viendrait. Tout son entraînement conduisait à cette noble et ultime preuve de loyauté. Toutes les compétences qu'il avait acquises, les informations qu'il avait collectées, les heures passées à surveiller la détenue – ces missions n'étaient que des étapes sur la voie du grand plan final de M. Sedge.

Mais quelles en seraient les conséquences pour sa fille ? Et pour lui ? Il avait changé, au fil du temps. La discipline et l'instruction avaient transformé celui qu'il était quand il avait signé son contrat. S'il acceptait de faire ce que demandait M. Sedge, s'il accomplissait son devoir, faisant ainsi le sacrifice de sa vie, il tirerait un trait sur sa capacité à être père, au moins au sens habituel. L'acte proprement dit ne lui faisait pas peur, pas plus que la violence qu'il impliquait. Mais si le plan fonctionnait, si les théories de M. Sedge s'avéraient fondées, alors la vie de Cam en serait à jamais bouleversée.

Après avoir récupéré la valise dans la Jeep, M. Sedge l'avait informé que le moment était venu. « Tout ce pour quoi nous avons œuvré est là, avait-il dit. Le futur est arrivé. » Cam avait réfléchi à ce qui s'annonçait, les tâches qu'il s'était engagé à accomplir, les sacrifices que ça impliquerait, et il avait paniqué. Il avait annoncé à M. Sedge qu'il ne pouvait pas faire ce qu'il lui demandait. Il lui avait présenté sa démission et s'était déclaré prêt à en affronter les conséquences.

Mais M. Sedge n'avait pas paru fâché. Ils avaient roulé vers le sud de Manhattan, où Anne-Marie les attendait avec l'hélicoptère. Ils n'avaient pas échangé une parole de tout le vol. Une fois arrivé au complexe, Sedge posa la main sur l'épaule de Cam, le regarda dans les yeux et lui dit qu'il comprenait sa réaction.

— Le futur est effrayant. Mais vous n'avez rien à craindre. Je vous guiderai tout le long du chemin.

Ils descendirent dans le bunker de M. Sedge situé sous la maison, rempli d'informatique. Il s'y trouvait un générateur alimenté par la géothermie, ce qui permettait à l'endroit de ne pas être branché sur le réseau électrique, ainsi qu'une cave garnie de matériel de survie – de l'eau, des vivres, des pilules d'iode, des boîtes de conserve, des sacs d'une vingtaine de kilos de haricots et de riz. Il n'aurait pas dû être surpris. M. Sedge croyait en l'autosuffisance, au sens le plus rigoureux du terme. Pas d'avocats, pas de banques, pas d'exposition médiatique, rien d'inconnu, si peu que ce soit, ne s'approchait de lui, jamais.

Il était sûr que même Anne-Marie ignorait la vérité sur le travail de Sedge. Comment une femme aussi belle et intelligente pouvait-elle accepter les trucs tordus dans lesquels celui-ci était engagé ? Il supposait que l'argent contribuait assez largement à faire passer les excentricités de M. Sedge, mais il se demandait si, comme lui, elle avait fini par se dire que l'argent n'avait rien à voir avec la mission. Si elle envisageait, à l'extrême limite de l'obsession de M. Sedge, la promesse de quelque chose de magnifique. Peut-être qu'elle aussi avait été séduite par l'avenir sublime qu'il préparait.

M. Sedge le fit asseoir sous les lumières fluorescentes du bunker, lui versa un verre de son scotch, l'un des meilleurs du monde, et lui posa des questions : Que voulait-il ? De quoi avait-il peur ? Pourquoi avoir passé autant d'années à s'entraîner si c'était pour le lâcher au moment crucial ? Cam lui répondit qu'il ne pouvait pas permettre que sa fille souffre des conséquences de ses actes.

— Elle en bénéficiera, tout au contraire, rétorqua Jameson Sedge. Vos actes feront de vous un héros, mon ami. Vous aurez conduit l'humanité sur le chemin de la Grande Réinitialisation et vous serez célébré pour cela.

— Vous savez comment c'est. Mon nom sera partout – à la télé, sur Internet. La mère de Jasmine l'apprendra. Ses amis…

— Votre fille n'aura pas honte de vous. Elle sera fière. Vous permettrez à l'humanité d'exploiter pleinement son potentiel : supplanter les dieux. Les rendre superfétatoires. Vivre éternellement.

— Mais si ça fonctionne… Je risque de ne jamais la revoir.

— Si ça fonctionne, vous aurez l'éternité avec elle.

Sedge traversa le bunker, le visage verdi par la lueur des moniteurs informatiques.

— Venez, je vais vous montrer jusqu'où va ma confiance.

L'ordinateur ne ressemblait à aucune machine qu'il lui ait jamais été donné de voir, un mur de puces lumineuses scintillant derrière une dalle de verre. M. Sedge prit place devant un moniteur équipé d'un clavier et ouvrit un dossier. C'était son testament stipulant ses dernières volontés, dûment signé, sous forme de contrat ricardien, comme celui de Cam. Et à côté du nom de Cam figurait une somme astronomique, une somme telle qu'il ne pourrait jamais la dépenser.

— Anne-Marie sera protégée, et j'ai effectué un certain nombre de dotations. Mais une partie significative de mes avoirs vous reviendra, Cam. Pensez-y. Même si je me trompe, même si tout ce que j'ai planifié fait long feu, Jasmine en profitera. Pensez à ce que cette sécurité lui apportera.

Sedge connecta un disque dur amovible à son ordinateur, et une arborescence de dossiers s'afficha sur l'écran.

— Voici l'œuvre de ma vie, dit-il avec fierté. Je sais qu'il y a de grandes chances que ça échoue. Mais j'ai besoin de savoir que vous m'aiderez à franchir les dernières étapes. Alors, monsieur Putney, qu'allez-vous faire ? Vous révélerez-vous être l'homme que j'avais perçu en vous ?

Il finit par céder. Jameson Sedge pouvait compter sur Cam Putney pour veiller à ce que la Grande Réinitialisation s'amorce correctement.

— Oui, monsieur Sedge, dit-il d'une voix frémissante. Je suis cet homme.

Sur ces mots, ils prirent le dessin du cercle dans la valise, le scannèrent et lancèrent le programme.

— Plus qu'une étape, dit M. Sedge, exalté. Et pour cela, nous avons besoin de Jess Price.

60

John Williams appela au moment où le Dr Gupta finissait sa présentation. De quelques frappes sur son clavier, il débloqua le système informatique de la Jeep et le moteur revint à la vie. Brink céda le volant à Rachel, soulagé de n'être que passager. Il détestait perdre le contrôle, et son expérience récente, quand il avait senti la Jeep se déporter, comme mue par une volonté propre, l'avait troublé. Le Dr Vivek Gupta avait beau lui garantir qu'il n'interférerait plus, Brink ne le croyait pas complètement. Son mentor avait un faible pour les blagues de potache, surtout quand Brink en faisait les frais.

Ils ne pouvaient plus se permettre un nouveau retard. John Williams leur avait donné des instructions précises. Ils devaient se garer à cinq cents mètres de la prison, dans un bosquet d'arbres affichant le panneau « Chasse interdite ». Là, ils trouveraient un sac contenant un uniforme de gardien neuf, un badge d'identification et une barrette nominative.

Brink entra dans le bosquet, ôta ses vêtements et enfila l'uniforme, sentant la raideur du polyester sur sa peau. Il lui allait, plus ou moins, en revanche ses sneakers Converse rouges ne correspondaient pas exactement au profil d'un gardien de prison de l'État de New York. Enfin, il n'avait pas de solution de rechange. Il faudrait faire avec.

Il balança ses vêtements dans la Jeep et, sur un mouvement de tête à l'adresse de Rachel, il se dirigea vers le pénitencier. La nuit était chaude, sans nuages, les étoiles scintillaient sur le dais noir du ciel. La prison était là, juste devant. Il aperçut l'épais mur de brique, les enroulements de barbelés, les projecteurs. Il fut pris d'une soudaine vague de panique à l'idée de franchir cette barrière. Il savait ce qui l'attendait s'il se faisait prendre. Se faire passer pour un gardien de prison et pénétrer dans un établissement pénitentiaire sous un faux prétexte n'était pas un casse-tête dont il pourrait trouver le chemin de sortie. Une fois qu'il aurait franchi le seuil, il n'y aurait plus de retour en arrière possible.

John Williams lui avait dit de se présenter devant le portail à vingt-deux heures précises, au moment de l'arrivée de l'équipe de nuit. Il escorterait Brink à chaque point de sécurité et le présenterait comme une nouvelle recrue.

L'uniforme neuf et le fait que personne ne l'avait jamais vu avant corroboreraient son histoire. Il était déjà venu là, mais pendant la journée, et l'équipe de nuit ne pourrait pas le reconnaître. Si tout se passait comme prévu, il entrerait et ressortirait rapidement, sans complications.

Brink atteignit le premier poste de sécurité. Le garde vit son uniforme, jeta un coup d'œil à son badge, et il commençait à le questionner quand une voix s'éleva dans son dos.

— C'est le nouveau, Chuck, intervint John Williams. J'ai sa paperasse dans mon bureau, si tu veux un exemplaire.

Le garde dévisagea Brink, reregarda son badge, puis lui fit signe de passer. John Williams l'invita à le suivre. Ils avancèrent vers la prison en silence, le faisceau blanc des projecteurs balayant les pelouses.

Finalement, John Williams lui annonça :

— Vous restez avec moi, Brink. Pas d'excentricités dans l'ancienne aile. On entre, on ressort, pas de détour.

Brink comprit qu'aucun de ses mouvements n'avait échappé aux caméras de surveillance. John avait dû le voir monter au deuxième étage du sanatorium pour lire le journal de Jess. Cam Putney ne lui était pas tombé dessus par hasard.

— Bien compris, répondit-il. Vous voyez tout ce qui se passe ici.

— Pas encore assez, apparemment.

— Si Jess Price sait ce qui est arrivé à Thessaly, elle me le dira.

— Écoutez, mon gars, Thessaly pense que vous êtes un cador, mais je ne me laisse pas impressionner comme ça. Je serais curieux de savoir si vous réussirez à tirer quelque chose de Jess Price, mais je n'y crois pas une minute. Elle va plutôt se fermer comme une huître. C'est son petit jeu, pas vrai ?

— C'est là que vous vous trompez, fit Brink, éprouvant le besoin soudain de la défendre. Ça n'a rien d'un jeu.

John s'arrêta net et se tourna vers lui.

— Alors de quoi s'agit-il exactement, monsieur le petit malin ?

Il revit le cercle d'Aboulafia, avec ses lettres et ses chiffres. Il se rappela tout ce que Vivek Gupta lui avait dit. Les pièces étaient là. Il fallait juste qu'il les assemble.

— C'est un casse-tête, et sans Jess Price, nous ne pourrons pas le résoudre.

— Bon, alors je vais être parfaitement clair avec vous. Quoi que vous tramiez, c'est mon cul qui est en jeu. Si ce n'était pas pour Thessaly, vous ne mettriez pas un pied dans ma prison.

Ils entrèrent par la porte principale et franchirent les détecteurs de métaux.

— Nouvelle recrue, marmonna Williams au gardien de service, qui le laissa passer sans lui prendre son téléphone, à son immense soulagement.

Dès qu'il serait avec Jess, il appellerait Rachel afin qu'elle le guide dans la procédure à accomplir. Elle lui dirait où se positionner et où Jess devrait se tenir ; elle lui soufflerait quoi dire, ce que Jess devrait répondre, et elle l'aiderait à prononcer correctement les syllabes de HaShem.

Et ensuite, quoi ? Même s'il avait accepté le plan, il était sûr à quatre-vingt-dix-neuf pour cent que le rituel ne fonctionnerait pas. Pour lui, ce n'était qu'un moyen de provoquer une réponse chez Jess. Tout comme une pilule factice, le cercle déclencherait un effet placebo, la ramenant à la nuit où Noah Cooke avait péri. S'il pouvait recréer les émotions éprouvées par Jess pendant le rituel, elle se souviendrait de ce qui s'était réellement passé. Toutes les légendes qui entouraient HaShem n'étaient que ça : des légendes. Et pourtant, il ne pouvait pas s'empêcher de ressentir le poids de ce un pour cent de chances que le rituel ait une certaine substance. Il avait vu les photos de Noah Cooke et Franklin Sedge. Il avait lu le compte rendu de LaMoriette sur ce qui était arrivé au rabbin et à son fils Jakob. Ils jouaient avec le feu.

John Williams conduisit Brink le long d'un interminable couloir éclairé comme en plein jour, et s'arrêta devant une porte.

— Je serai là, derrière la porte, je vous tiens à l'œil, fit-il en indiquant une caméra dans le couloir. Les caméras de ce secteur sont désactivées pour dix minutes. Personne ne doit voir que j'ai amené une détenue ici pour une petite conversation nocturne. Pas d'entourloupes. Je ne plaisante pas.

Il déverrouilla la porte, l'ouvrit et regarda sa montre.

— Il vous reste huit minutes. Faites-en bon usage.

La salle, sombre, était dépourvue de fenêtre, la seule lumière émanant d'un boîtier de sécurité placé près de la porte, qui indiquait la sortie en lettres rouges. Jess Price était assise sur l'une des chaises, la peau rougeoyante à cause de la lueur du boîtier, ses cheveux lâchés sur ses épaules. Elle ne fit pas mine de le voir, ne lui jeta même pas un coup d'œil quand il s'approcha. Elle contemplait les ténèbres. Et pourtant, il ressentit une bouffée d'émotions en sa présence. La pression des trois derniers jours avait compacté ses sentiments, les avait cristallisés. Il voulait être près d'elle, la toucher. S'assurer qu'elle était bien là, et n'était pas un produit de son imagination.

Mais quand il se rapprocha, il fut surpris par ce qu'il vit. Elle grelottait. Ses lèvres étaient craquelées au point de saigner et ses yeux brillaient de fièvre dans son visage d'une pâleur presque surnaturelle. Elle était sur le point de s'effondrer. Il résista au désir de se précipiter pour l'aider. Il ne voulait pas l'effrayer. La femme de son rêve ressemblait à Jess, mais ça ne voulait pas dire qu'elle ressentait la même chose que lui.

Au moment où il se faisait cette réflexion, elle se leva, traversa la pièce et le serra dans ses bras. Il comprit, à l'intimité de ce geste – la façon dont elle le serrait contre elle, passait ses bras autour de sa taille –, qu'il n'était pas seul à éprouver ce sentiment. Elle avait vécu la même chose que lui.

— Je pensais ne jamais te revoir, dit-elle en pressant sa joue contre sa poitrine.

— Je n'aurais pas laissé ça se produire, dit-il en la serrant contre lui.

Elle était froide, d'un froid glacial.

— Tu as trouvé la valise ? demanda-t-elle d'une voix tendue en se libérant.

— Je ne serais pas arrivé jusqu'ici sans ça.

— Tu sais ce qui est advenu à LaMoriette. Tu sais que ce n'était pas de ma faute.

— Ce que je sais, c'est que tu t'es retrouvée embringuée dans une situation qui te dépasse.

Elle se détourna pour cacher sa réaction, et quand elle croisa de nouveau son regard, elle avait les yeux brillants de larmes.

— Tu n'imagines pas depuis combien de temps j'attends d'entendre ça. Si tu me crois, je pourrai à peu près tout supporter.

— Je te crois. Rien de tout cela n'a de sens, mais je te crois. Et je vais t'aider. Je sais que ça paraît impossible, mais il faut que tu te souviennes de ce qui s'est passé à Sedge House cette nuit-là.

Une énergie impétueuse déforma les traits de son visage et sa voix parut soudain différente.

— Tu sais ce qu'ils sont en train de faire, n'est-ce pas ?

Il recula d'un pas sans vraiment le vouloir, son corps percevant le danger avant que son cerveau ne l'enregistre.

— Qu'est-ce *qui* fait quoi ?

Elle le fixa du regard.

— La première année, ici, j'ai trouvé un papillon sur le terrain de la prison. Un grand monarque, magnifique. Il était blessé. Il était tombé dans un nid de fourmis rouges, des centaines de fourmis. Il se débattait, il battait de ses ailes orange et noir pour se défendre, mais elles ne le lâchaient pas. Elles le dévoraient petit bout par petit bout, méthodiquement. C'est comme ça que les faibles détruisent les forts, dit-elle, les yeux pleins de larmes. C'est comme ça qu'ils vont me détruire, *moi*. Petit bout par petit bout.

Il l'écoutait, dérouté par sa véhémence. Il était venu l'aider, mais il fallait qu'elle l'aide aussi, fini les énigmes. Il s'apprêtait à lui poser une question lorsque son téléphone bourdonna dans sa poche.

C'était Rachel.

— Où êtes-vous ? demanda-t-elle, affolée, et quand il lui dit qu'il était avec Jess, elle lança : Vous devez partir. Tout de suite. Jameson Sedge est à la prison.

— Ici ? fit Brink, abasourdi. Mais comment ?

— Je ne sais pas comment il a su que vous étiez là, mais il le sait. Vous devez demander à John Williams de vous faire sortir.

— Je ne peux pas laisser Jess ici !

— Vous n'avez pas le choix.

Si Jameson Sedge était au pénitencier, Rachel avait raison : il fallait qu'il parte. Seulement, il n'allait pas laisser Jess derrière lui. Il fourra son téléphone dans sa poche et prit la jeune femme par le bras. Il ouvrit la porte avec précaution et jeta un coup d'œil dans le long corridor. Le couloir était vide. Bizarre. Williams disait ne pas vouloir le quitter d'une semelle, qu'il avait l'intention de monter la garde devant la porte et de le raccompagner personnellement à la sortie. Et voilà qu'il avait abandonné son poste, et plus étonnant encore, qu'il avait laissé une prisonnière sans surveillance.

— Viens avec moi, dit Brink à Jess. On se tire d'ici.

61

Il conduisit Jess vers l'autre bout du couloir tandis qu'une carte de la prison se déployait dans son esprit. Il voyait le réseau de corridors, la cafétéria au sud, les salles de thérapie à l'ouest, l'entrée du pénitencier face au nord. À l'extrémité de l'aile est, la plus ancienne partie du pénitencier, une porte métallique permettait d'accéder au sanatorium ; c'était la porte que Thessaly avait ouverte pour accéder à la salle des archives du sous-sol. L'ancienne aile était la seule zone où ils ne risquaient pas de tomber sur des légions d'agents de sécurité. S'ils pouvaient l'atteindre, ils seraient en sécurité, au moins pour quelques minutes.

— Par ici, dit-il en pressant la main de Jess, et il l'entraîna vers le bout du couloir.

Ils étaient arrivés à un coude quand Brink se figea. Là, devant l'entrée, se tenaient Jameson Sedge, son garde du corps Cam Putney et John Williams. Sedge voulait entrer dans le bâtiment, et Williams lui bloquait le passage. Putney se tenait prêt à défendre Sedge, lequel n'avait toutefois pas une chance de passer : une douzaine de gardes s'étaient regroupés autour de Williams. Brink aurait apprécié de rester pour voir Cam et Jameson se faire rétamer, mais ils tenaient une chance de sortir de là. Pendant que les gardes étaient occupés ailleurs, Jess et lui pourraient se faufiler sans être vus.

Brink savait exactement où aller – le chemin était clair dans sa tête –, mais Jameson Sedge aperçut Jess et l'interpella.

— Mademoiselle Price ! Justement la personne que nous voulions voir.

Jess était clairement visible de Jameson Sedge, tout comme de la nuée de gardiens, à n'en pas douter, mais Brink recula lentement dans le couloir. Il devait rester caché. Il ne pouvait pas tout anéantir en se montrant.

— Je devrais vous remercier, lança Sedge. Sans vous, nous n'aurions jamais trouvé le code.

Brink jeta un œil avec précaution. Il vit Sedge qui se tenait sous les lumières vives de l'entrée de la prison. Il tenait un iPad sur lequel était affiché un scan du parchemin qui s'était trouvé dans la poupée. Le cercle complet d'Aboulafia était agrandi, et était bien net, même pour Brink qui se trouvait à cinq ou six mètres de là.

— Est-ce bien ceci que Noah Cooke et vous-même avez découvert ?

Les yeux de Jess s'agrandirent, trahissant sa réponse, mais elle ne dit rien.

— Vous l'aviez bien caché, continua Sedge. Je ne l'aurais jamais trouvé tout seul. Mais maintenant, j'ai besoin que vous me confirmiez que c'est effectivement le cercle que vous avez utilisé cette nuit-là. C'est un pari dangereux que je fais, et je dois connaître la vérité. S'agit-il de l'Énigme de Dieu, oui ou non, mademoiselle Price ? demanda Sedge.

Jess ne répondit pas.

— Ça vous aidera peut-être si je vous confirme que ce qui s'est passé à Sedge House n'est pas de votre faute. Personne n'aurait pu arrêter le déroulement des événements. Vous n'avez pas tué Noah Cooke. Sa mort est un triste effet collatéral de quelque chose qui vous dépasse très largement.

Jess restait muette.

Sedge hocha la tête en direction de Cam Putney, qui réagit instantanément et avec précision. Il franchit le barrage de John Williams et des gardes de sécurité, et se saisit de Jess. Les agents de sécurité dégainèrent leurs armes, mais Cam tira de sa ceinture un Walther PPK – l'arme même que Jameson avait apportée chez Anne-Marie – et visa la tête de Jess. John Williams leva le bras, faisant signe aux gardes de reculer. La situation avait dramatiquement dégénéré. Ils ne pouvaient rien faire alors que Cam poussait Jess vers Sedge.

— Vous n'avez pas tué Noah Cooke, mais vous étiez là, mademoiselle Price. Vous avez vu le cercle. Vous pouvez confirmer que vous l'avez utilisé, continua Sedge tandis que Cam retirait la sécurité du pistolet. Vous n'avez pas vraiment le choix, ma chère. Regardez-le bien et répondez-moi : oui ou non, est-ce le même cercle ?

— Oui, répondit-elle d'une voix forte. C'est bien ça.

— Merci, dit Jameson d'une voix étrangement calme. C'est tout ce que j'avais besoin de savoir. Cam, laissez-la partir. L'heure est venue. Faites-le. Maintenant.

Cam Putney relâcha Jess, leva lentement le Walther et le braqua sur la tête de Jameson Sedge. L'air crépitait de tension. Brink observait, incapable d'en croire ses yeux. C'était inimaginable, mais Sedge demandait à son garde du corps de lui tirer dessus. Ça n'avait pas de sens. Pourtant, c'était précisément ce qu'il avait dit : « Faites-le. Maintenant. »

La main de Cam Putney tremblait, mais son doigt, calé contre la détente, ne bougeait pas.

— Monsieur Putney, fit Sedge d'une voix vibrante. Nous avons un accord.

Brink ne s'était pas trompé. Sedge avait bien ordonné à son garde du corps de lui tirer dessus. Mais le regard de Cam était devenu vitreux, et il restait figé sur place, pétrifié, incapable de presser la détente. Brink vit une série d'émotions se succéder sur le visage de Sedge : la peur, l'étonnement, la colère, la détermination. Finalement, il lâcha son iPad, arracha l'arme des mains de Cam, appuya le canon sur sa tempe et pressa la détente.

La détonation fut assourdissante. Dans l'affreux moment de silence qui s'ensuivit, Brink regarda, horrifié. Il regarda Jameson Sedge s'effondrer sur le sol. Regarda les gardes tacler Cam. Regarda Jess courir vers lui et lui prendre la main. Il aurait pu rester planté là, sous le choc, mais ce contact le poussa à l'action. Ils détalèrent.

Chassant toute pensée de son esprit, il se concentra sur son objectif : la porte métallique blindée qui menait au sanatorium. Le temps qu'ils y parviennent, il tremblait si fort qu'il avait du mal à respirer. Il s'appuya sur le chambranle pour se stabiliser, se concentra sur le pavé numérique, un carré de chiffres apaisant. Un flot de couleurs inonda sa vision. Sans prendre le temps de réfléchir, il entra la séquence, poursuivant le jeu des couleurs sur le pavé, une sonate brillante, jusqu'à ce qu'il ait entré les 43 chiffres du code-barres 39. Le dernier chiffre entré, la porte s'ouvrit avec un déclic.

Il faisait noir comme dans un four, l'escalier était un puits aveugle. Il commençait à grimper les marches en se cramponnant à la rambarde quand Jess le tira en arrière, le plaqua contre le mur et l'embrassa. Bientôt, leurs corps enlacés se fondirent dans une étreinte électrique qui occultait tout le reste – le suicide glauque de Sedge, les gardiens de prison qui devaient les chercher. Ils n'étaient que tous les deux, Mike et Jess, seuls dans les vastes ténèbres.

Il serait bien resté éternellement ainsi, mais ils ne pouvaient pas se le permettre. Il prit Jess par la main et l'entraîna en haut de l'escalier, dans l'obscurité, jusqu'à ce qu'il se heurte à la porte qui donnait sur le toit. Elle était équipée d'une alarme. D'après la cage en métal au-dessus du dispositif d'éclairage et la vieille barre anti-panique fixée en travers de la porte, il déduisit que c'était un système archaïque, probablement installé au milieu du XXe siècle. Il était fort probable qu'il ne fonctionne même pas, subissant probablement le même sort que le reste de la zone : se détériorer jusqu'à ce qu'un bureaucrate approuve son démontage. Peut-être pourraient-ils la forcer et tenter leur chance sur le toit.

D'un autre côté, si l'alarme se déclenchait, ils n'auraient nulle part où se cacher. Tous les gardiens de la prison connaîtraient leur position. Mais ils avaient le bénéfice de l'obscurité. Ils avaient l'avantage d'être dans un endroit sûr, cachés, avec un peu de temps devant eux pour planifier leur évasion. Même s'il était tentant de foncer dans la nuit et d'improviser, il préféra attendre. Quand une situation compliquée se présentait, il prenait le temps de réfléchir au problème, de calculer les probabilités et de bâtir une stratégie pour en sortir.

Mais pendant qu'il soupesait leurs options, Jess donna un coup de pied dans la porte, qui s'ouvrit, et elle grimpa sur le toit. Il la suivit dans la nuit estivale, où les attendait un vent fort. Des alarmes se déclenchèrent dans la prison et retentirent dans tout le périmètre de l'enceinte. Les projecteurs se braquèrent sur le bâtiment, à leur recherche. Il n'était plus temps d'échafauder un plan d'évasion. Toutes les options qui se présentaient à eux il y avait encore quelques secondes se réduisaient à une seule : sauter du toit. Leur chemin avait bifurqué d'un casse-tête vers un jeu de hasard. Il n'avait plus qu'à s'en remettre à la chance.

Jess n'hésita pas : elle fonça droit vers le bord du toit, franchissant un parcours d'obstacles fait de vieux climatiseurs industriels reliés par des conduites en aluminium, comme si elle s'attendait à trouver une issue de ce côté-là. Brink l'observait, étonné par le changement qui s'était opéré en elle. La perspective de leur fuite l'avait métamorphosée. Évanouis ses tremblements, à la place se tenait une femme déterminée à retrouver la liberté.

— Michael ! s'écria-t-elle en lui faisant signe de la rejoindre au bord du toit. Suis-moi !

Son cœur s'arrêta en entendant sa voix, si proche de la voix de son rêve. Tout – l'alarme stridente, les projecteurs, les gardes qui se rapprochaient, resserrant le filet autour d'eux – tout s'évanouit, et il se retrouva seul avec elle, dans la forêt d'un autre monde. *Suis-moi*. Il l'aurait suivie dans des labyrinthes et des dédales, des forêts et des oubliettes, des chambres d'hôtel et des prisons. Il l'aurait suivie dans le temps et dans l'espace, jusqu'aux limites de sa santé mentale. Où qu'elle aille, il la suivrait.

Mais lorsqu'il la rejoignit devant le précipice qui entourait le toit, il sut qu'il n'y avait pas d'échappatoire. C'était une chute brutale, cinq étages avant de heurter le béton. Et même si, par une espèce de miracle, ils réussissaient à descendre en s'accrochant à Dieu sait quoi, ils se retrouveraient devant une armée de gardiens et un épais mur de brique, surmonté par des rouleaux de barbelés. Ils étaient piégés.

En regardant la cour en dessous, Jess dit :

— Regarde-les, ces minuscules petites choses grouillantes.

— On va revenir sur nos pas, répondit Brink en la prenant par le bras. On va trouver une autre façon de sortir. L'ancienne aile a…

— Il n'y a pas d'autre issue, dit-elle en se libérant de sa prise et en s'approchant du bord du toit jusqu'à ce qu'il n'y ait presque plus rien entre elle et le néant. Ne t'inquiète pas, mon amour, dit-elle en se retournant pour le regarder avec détermination. Je te retrouverai.

Et sur ces mots, Jess Price s'avança dans le vide.

Il avait anticipé son mouvement et se jeta sur elle avant qu'elle tombe, la rattrapant des deux mains par son sweatshirt. Ses doigts glissaient sur le tissu en polyester, mais il ne lâcha pas prise, il s'arc-bouta et tira de toutes ses forces jusqu'à ce qu'ils retombent sur le toit, à quelques pas du bord.

— Qu'est-ce que tu fais, bon sang ! dit-il, affolé et hors d'haleine.

— Je ne resterai pas ici. Je préfère mourir.

— Non, murmura-t-il le cœur battant si fort que sa voix lui parut à peine plus forte qu'un écho dans une soufflerie.

Elle tenta de se relever, mais Brink l'en empêcha et la maintint tout contre lui.

— Je ne te laisserai pas faire.

Elle s'appuya contre lui, et la soudaine chaleur de son corps lui procura un frisson de plaisir. Elle était là, une vraie femme. Son contact lui paraissait fondamental, aussi solide qu'un abri de pierre pour se protéger du vent. Il l'étreignit ainsi, très fort, et à cet instant, rien, ni les gardiens de prison, ni l'alarme hurlante, même pas les dangereux secrets qu'elle gardait, rien n'aurait pu lui faire lâcher prise. Il sentait que son cœur accélérait ses battements, une trépidation si régulière, si forte, qu'il fallut qu'il entende la voix de Jess dans son oreille pour se libérer de son rythme obsédant.

— Ils sont venus nous chercher, dit-elle en indiquant le ciel, les battements de son cœur se fondant avec le vrombissement des pales d'un hélicoptère.

Il leva les yeux et vit l'Eurocopter planer au-dessus de leurs têtes. C'était une espèce de miracle, une ouverture dans le labyrinthe qui leur offrait une dernière chance d'évasion.

Rachel ouvrit la porte et fit signe à Brink avant de lui lancer une échelle de corde. Son bras passé autour de la taille de Jess, et la serrant tout contre lui, il attrapa l'échelle et la porta dans le ciel éclaboussé d'étoiles.

62

Tandis que l'hélicoptère s'éloignait du toit, Brink s'effondrait sur son siège, hébété. Le rythme effréné des événements l'avait laissé pantelant et il avait besoin d'une minute pour récupérer, reprendre son souffle et essayer de comprendre ce qui se passait au juste.

Il boucla sa ceinture de sécurité et parcourut la cabine du regard. Jess était assise à côté de lui, toujours cramponnée à sa main, comme si elle avait peur de le perdre, et Rachel lui faisait face, ceinture dûment bouclée, attendant de recevoir une explication. Il jeta un coup d'œil à Anne-Marie, dans le cockpit… Et comprit soudain qu'elle ignorait que Jameson gisait, mort, dans la prison. Au souvenir de son suicide, une vague de révulsion le parcourut. Il avait aperçu le Walther, entendu l'explosion, vu l'impact et entendu le bruit mou du corps de Sedge s'affaissant sur le sol. Il se frotta les yeux, regrettant de ne pas pouvoir effacer ces images de sa mémoire. Comment pouvait-il annoncer à Anne-Marie que son partenaire s'était tué ?

Anne-Marie orienta l'Eurocopter au-dessus de la cime des arbres, glissant dans la nuit noire. Environné par la pulsation régulière des pales, il s'appuya contre la vitre et regarda la prison s'éloigner en dessous d'eux. De cette hauteur, c'était une débauche de mouvements. Une caravane de lumières bleues et rouges brûlait dans l'obscurité, marquant l'arrivée des voitures de police. Une ambulance attendait devant l'entrée. Dans la cour, les gardes regardaient le cirque se dérouler. Brink avait vraiment mis le pénitencier sens dessus dessous.

Une succession d'émotions l'envahit – le soulagement de s'en être sorti, mais aussi la terrible certitude que la police allait se lancer à ses trousses. Qu'avait dit Vivek Gupta ? « Tout ce que tu diras sera retenu contre toi. » Et ce qu'il venait d'accomplir ne relevait pas de l'infraction mineure. Faire évader une détenue n'était pas le genre de chose qu'on vous pardonnait. Il les imaginait en train de saccager son appartement, d'appeler ses collègues, peut-être même d'aller trouver sa mère en France. Il n'avait vraiment aucun argument à avancer pour sa défense. Il avait aidé une meurtrière condamnée à s'échapper d'une prison d'État. Inutile de le nier. S'ils lui mettaient la main dessus, il atterrirait au même endroit que Jess.

Remarquant son inquiétude croissante, Rachel se pencha vers lui.

— Ne vous inquiétez pas, Mike. Tout était planifié.

Brink allait l'interrompre – il avait une centaine de choses à lui raconter, la plus urgente étant le suicide de Sedge, qui très certainement, ne faisait partie d'aucun plan – mais elle leva la main pour l'arrêter.

— Écoutez-moi, et tout sera plus clair, dit-elle en écartant une mèche de son visage. Je vous attendais dans la Jeep devant la prison quand j'ai reçu un appel d'Anne-Marie. Elle m'a dit qu'elle se rendait à Ray Brook. Il fallait qu'elle arrête Jameson avant qu'il arrive au pénitencier.

Brink commença à lui dire ce que Jameson Sedge avait fait, mais Rachel ne le laissa pas parler.

— Après que Cam nous a piégés dans la Jeep, Anne-Marie a ramené Jameson et Cam en hélicoptère au complexe, où ils ont fait tourner le cercle dans plusieurs programmes informatiques, juste comme l'avait prédit Vivek Gupta. Jameson a trouvé ce qu'il cherchait, et décidé de passer à l'étape suivante de son plan.

— Mais quel plan ? demanda-t-il en observant soigneusement Rachel, l'estomac noué, sachant qu'il ne serait plus jamais question de plan pour Jameson Sedge.

— C'est précisément ce que j'ai voulu savoir. Anne-Marie m'a dit que Jameson préparait ce moment depuis des décennies. Le code inscrit dans le cercle d'Aboulafia lui a permis de finaliser la technologie qu'il développait avec Singularity. J'ai demandé à Anne-Marie d'être plus précise, mais elle m'a seulement dit que tout avait commencé quand Jameson était enfant. Dans un moment de faiblesse, sa tante Aurora lui avait montré Violaine. D'une manière ou d'une autre, elle avait fait allusion au pouvoir de Shem-HaMephorash et cela avait transformé sa vie. Il avait essayé de lui soutirer plus d'informations, mais elle l'avait envoyé promener. Par la suite, il a intégré un collectif clandestin de futuristes et de transhumanistes qui croyaient que les anciennes méthodes ésotériques pouvaient être combinées avec la technologie d'aujourd'hui pour créer la vie éternelle. Il a investi sa fortune personnelle dans la recherche et créé les conditions de sa propre immortalité.

— Mais ça n'a pas de sens…, commença Brink.

Il fallait qu'il lui dise à quoi il venait d'assister. Jameson Sedge ne pouvait absolument pas poursuivre son rêve d'immortalité, il venait de se suicider.

— Laissez-moi terminer, coupa Rachel en élevant la voix pour couvrir le vacarme de l'hélicoptère. Ses idées sur l'immortalité ne sont pas celles qu'on a généralement en tête quand on imagine la vie éternelle. Ce n'est pas une histoire idiote d'élixir ou de corps bionique. Selon Anne-Marie, au cours des dernières décennies, il a construit un réseau de blockchains très élaboré, inaltérable, afin d'enregistrer et de sauvegarder tous les éléments de son moi neurologique et psychologique. Ce n'est pas un réseau ordinaire. Il est alimenté par un ordinateur quantique mis au point spécifiquement pour cette fonction. Le réseau était alimenté par de la cryptomonnaie, et Sedge a offert des milliards à ceux qui vérifieraient, entretiendraient et protégeraient ses données. Il collectionnait les technologies les plus avancées du monde entier pour consolider son réseau. Grâce à l'informatique quantique, il peut télécharger des superpositions de ses données n'importe quand et de n'importe où. Pour l'éternité.

— Même si c'était possible, et même s'il avait trouvé un moyen de stocker des qubits de données sur lui-même, ce ne serait pas réel. Ce serait…

— De l'intelligence artificielle, acheva Rachel à sa place. C'est exactement ce que j'ai dit. Anne-Marie m'a répondu que c'est là que Jameson avait calé, qu'il ne savait pas comment structurer le réseau pour encoder la vraie vie. Pendant des années, il avait réussi à produire des simulations de lui-même qui paraissaient réelles mais qui n'avaient ni l'autonomie ni la complexité de sa conscience *vivante*. Ce problème a trouvé sa solution grâce au Shem-HaMephorash d'Aboulafia. Il recelait une ancienne technologie – la technologie à l'origine de la Création. Comme nous l'a montré le Dr Gupta, c'était un code qui, déchiffré grâce au calcul quantique, capturait la superposition non binaire de la conscience. Le manuscrit d'Aboulafia que Cam nous a volé dans la voiture a permis à Sedge d'intégrer le code dans son programme. Et toutes les pièces se sont assemblées. Il a lancé le téléchargement initial, et tout était prêt. Il n'avait plus qu'une chose à faire : entrer dans le réseau.

— Et comment diable comptait-il s'y prendre ?

— Pour cela, il fallait qu'il meure, soupira Rachel, visiblement troublée. C'est pour ça qu'Anne-Marie était venue à la prison. Pour l'empêcher de se tuer.

Il jeta un coup d'œil à Anne-Marie dans le cockpit, surpris qu'elle ait été au courant du projet de Jameson et l'ait tout de même aidé. En surface, elle paraissait tellement rationnelle.

— Mais elle l'a assisté à toutes les étapes, dit-il. Pourquoi vouloir l'arrêter avant la fin ?

— En effet, acquiesça Rachel. Mais quand elle a compris qu'il avait vraiment l'intention de passer à l'acte, elle s'est dit que ça n'en valait pas la peine. Se sacrifier pour une idée est une chose en théorie, mais c'est très différent quand le moment arrive d'appuyer sur la détente. Je n'ai rien pu lui arracher de plus, si ce n'est qu'elle avait convaincu Cam Putney d'arrêter le bras de Jameson, et qu'il avait accepté.

— Mais ça ne l'a pas arrêté, intervint Jess. Jameson Sedge est mort.

Rachel regarda Jess, puis Brink.

— C'est encore plus affreux que je ne l'imaginais.

La mort dramatique de Sedge l'avait secoué, et pourtant, Brink éprouvait une immense vague de soulagement. C'était fini. La menace que représentait Jameson Sedge était neutralisée. Même si Jess retournait en prison, elle ne serait plus surveillée. Elle ne serait plus menacée.

Brink lui serra la main très fort. Elle avait traversé des épreuves terribles, mais la mort de Sedge lui rendait sa liberté. Maintenant, il fallait qu'ils s'occupent de Lilith.

63

Anne-Marie se posa sur une aire en béton taillée dans la forêt. Ils sautèrent de l'hélicoptère et se dirigèrent vers la terrasse. Là, entourés par la vaste forêt plongée dans la nuit, Brink lui décrivit tout ce qui s'était passé à la prison. Il lui dit que Cam avait essayé d'arrêter Sedge, mais qu'il avait échoué. Tandis qu'Anne-Marie l'écoutait, il regardait les arbres à l'infini. La veille encore, il se tenait là, sur cette même terrasse, en compagnie de Sedge qui lui parlait du « pays inconnu d'où nul voyageur ne revient ». À présent, Jameson Sedge n'était plus, et Brink ne pouvait s'empêcher de ressentir le tragique de la situation.

— Jameson n'avait peur de rien, dit Anne-Marie en essuyant ses larmes. Mais il éprouvait une pure terreur à l'idée de mourir. C'est pour cette raison qu'il avait tellement besoin de Cam. Il ne pensait pas arriver au bout tout seul. Il était sûr de son plan, et pourtant, je sais que sa plus grande frayeur, c'était de se tromper. Il aurait mieux valu qu'il finalise son plan ici, mais il fallait qu'il vous voie, dit-elle en s'adressant à Jess. Il fallait que vous lui confirmiez que le cercle était bien le même. Et tant pis si vous vous trompiez, ou si vous ne vous en souveniez pas.

— Je ne me suis pas trompée, dit-elle. Le cercle qu'il m'a montré est celui que j'avais trouvé avec Noah.

— Ça a dû l'apaiser, répondit Anne-Marie. Personne ne croyait davantage en Jameson que moi, seulement au bout du compte, je savais que son obsession était telle qu'il ne voyait plus la réalité en face. L'immortalité n'existe pas, même si la technologie proclame le contraire. Convaincue de cela, j'avais persuadé Cam de ne pas obéir aux ordres de Jameson. Et il m'avait donné sa parole.

— Il a tenu sa promesse, dit Jess.

— Je ne sais pas pourquoi c'est important, mais ça l'est, reprit Anne-Marie. Jameson a fait le choix de mourir. Peu importe que ce choix ait été mauvais. Tout ce qui compte, c'est que ce choix ait été le sien.

Un téléphone filaire sonna dans la maison. Anne-Marie leur fit signe d'entrer, les suivit et alla décrocher.

— J'arrive tout de suite, leur dit-elle en coinçant l'écouteur entre son épaule et son oreille. Je dois prendre cet appel.

La maison d'Anne-Marie était exactement telle qu'il l'avait laissée la veille : la table dressée pour trois, des reliefs d'huile d'olive maculant encore les assiettes de pâtes, le fond de vin dans les verres de cristal, les serviettes de table froissées. Pourtant, tout avait changé. Jameson Sedge était mort, et Jess Price se tenait à ses côtés. Il avait trouvé l'Énigme de Dieu et déverrouillé son mystère. Et maintenant, il était temps d'en finir.

Après ce qu'ils avaient traversé à la prison, il se sentait plus proche de Jess que jamais. Il ne pouvait pas s'empêcher de frissonner de plaisir au souvenir de leur étreinte dans l'escalier. Tout ce qu'il avait ressenti dans le rêve, il le retrouvait dans ses bras. En même temps, il n'arrivait pas à la cerner. Elle était comme une lumière blanche décomposée par un prisme, son essence explosait en une variété de couleurs changeantes. À certains moments, elle était une énigme vivante, un battement de cils et elle devenait réponse ; une minute, il voulait la sauver et celle d'après, elle était seule à pouvoir le sauver, lui.

Ils dénichèrent des vêtements propres dans la buanderie qui jouxtait la cuisine. Jess troqua sa tenue de la prison contre une chemise en Oxford et un jean appartenant à Anne-Marie. Rachel avait rapporté les vêtements de Brink, qui ôta son uniforme de garde et se rhabilla. Ce faisant, il se regarda dans un miroir. Il faisait pitié. Une ligne oblique, pourpre, lui barrait la poitrine, un bel hématome laissé par sa ceinture de sécurité quand le pick-up était parti en tonneaux. Une croûte s'était formée sur l'entaille au-dessus de son œil, il avait les yeux injectés de sang et une sale mine. Ces derniers jours le laissaient meurtri et couvert d'ecchymoses. Malgré tout, il ressentait un étrange sentiment de flottement, une légèreté qu'il n'éprouvait pas, avant. Il avait vécu un enfer, et il était toujours debout.

Il enfonça l'uniforme de gardien au fond de la poubelle de la cuisine puis déambula dans la maison. Maintenant qu'il savait quoi chercher, les preuves de l'intérêt qu'Anne-Marie et Jameson portaient à l'alchimie étaient partout : les parchemins hébraïques encadrés au mur du salon, la vitrine d'objets de porcelaine, le calice en or. Il les avait déjà remarqués, avant, mais il n'y avait vu que des objets décoratifs. Il avait la vérité sous les yeux, mais c'était comme s'il avait regardé un hologramme. Orientée d'une certaine manière, la photo était nette. Changez d'angle, et une autre image apparaissait. Il avait l'impression que Jess était une illusion similaire. Ses mystères se dévoileraient quand il trouverait le bon angle d'approche.

En attendant, elle continuait de le stupéfier. Elle s'était montrée si forte sur le toit, mais quand ils étaient entrés dans le salon, elle avait eu l'air exsangue, si faible qu'elle avait tout juste eu la force de s'effondrer sur le canapé. La nuit était chaude, et elle grelottait de froid. Brink trouva une couverture en chenille et la mit sur elle, puis il prit des bûches dans un panier et alluma du feu dans la cheminée. Cela fait, il s'assit à côté d'elle.

Anne-Marie entra dans la pièce et déposa sur la table basse la valise de cuir – celle-là même que Cam Putney leur avait arrachée, plus tôt dans la journée. Elle l'ouvrit, révélant le manuscrit d'Aboulafia et Violaine.

— Jameson et Cam l'avaient laissée au sous-sol, dit-elle. Rachel m'a dit que vous en aviez besoin.

— Je sais ce que vous avez dû traverser, dit Rachel en regardant Jess et Brink. Mais nous avons encore une chose importante à faire.

— Nous devrions nous dépêcher, dit Anne-Marie en les rejoignant. Mon avocat vient de m'appeler. La police a identifié l'hélicoptère et ils sont en route.

— Alors commençons, dit Rachel. Il me faudrait des bougies, un châle ou une petite couverture. Un bol empli d'eau fraîche. Une serviette blanche. Un morceau de papier. Un couteau. Du vin rouge si vous en avez. Un autel serait parfait, mais ça fera l'affaire, conclut Rachel en regardant la table basse.

Anne-Marie partit faire le tour de la maison et revint avec les objets demandés par Rachel. Brink éteignit les lumières, et la pièce ne fut plus éclairée que par les flammes du feu.

— Merci, dit Rachel tandis qu'Anne-Marie déposait le bol d'eau devant elle.

Elle plongea ses mains dans l'eau, puis les sécha avec la serviette.

— Nous aurons besoin d'un silence complet, reprit-elle en regardant Anne-Marie, qui hocha la tête et quitta la pièce.

Une fois la porte du patio refermée, Rachel noua un châle de soie sur sa tête, craqua une allumette, alluma les bougies et les plaça aux quatre coins de la table, illuminant la pièce. Puis elle étendit Violaine devant elle, déplia le manuscrit d'Aboulafia et se tourna vers Jess.

— C'est le cercle de prière original, expliqua Rachel. Il ressemble beaucoup à celui que vous avez trouvé à Sedge House, sauf que celui-ci est plus ancien. Il a une histoire compliquée, que je vous raconterai un jour, mais tout ce que vous avez besoin de savoir maintenant, c'est que le cercle que vous avez lu avec Noah était une copie de cet original. Et dans cette copie, il y avait une erreur.

— Rachel pense que cette erreur est responsable de tout ce qui est arrivé, intervint Brink. Et que la corriger pourrait défaire ce qui a été fait.

— Il est impossible de défaire ce qui a été fait, dit Jess. Noah est mort.

— Vous avez raison, bien sûr, convint Rachel d'une voix douce. Ce qui s'est passé à Sedge House ne peut être défait. Mais il y a une chance que nous puissions empêcher des choses plus terribles encore de se produire. Et par-dessus tout, si nous procédons correctement, vous serez libre.

Jess réfléchit à ce qu'elle entendait.

— Vous voulez dire qu'en accomplissant une nouvelle fois le rituel, on pourrait arrêter tout ça ?

Rachel posa la main sur le bras de Jess.

— Je ne peux rien promettre, mais oui, je le crois. Je ne prendrais pas le risque si je pensais que nous n'avons aucune chance.

Jess regarda Brink, puis Rachel, puis la poupée.

— S'il y a la moindre chance d'y mettre fin, je veux essayer.

Rachel pressa la main de Jess et se tourna vers Brink.

— Vous pourriez reproduire à nouveau le cercle ? demanda Rachel en regardant la poupée.

Brink prit son stylo, déchira un petit carré de papier de son carnet et reproduit le cercle exactement tel qu'il était dans le manuscrit d'Aboulafia. Rachel en fit un rouleau serré, ouvrit le compartiment à l'arrière de la tête de la poupée et remplaça l'ancien parchemin par celui qu'il venait de préparer.

— Venez vous mettre ici, dit-elle en les conduisant au centre de la pièce.

Elle déposa la poupée en porcelaine entre eux, par terre, leur fit joindre les mains et dit :

— Quand vous serez prêts, nous commencerons.

64

RACHEL COMMENÇA À PARLER, d'abord tout bas, puis sa voix s'amplifia et envahit la pièce. Chaque mot était prononcé avec autorité, et il n'y avait aucun doute qu'elle contrôlait la situation. Brink répéta les mots, imitant sa prononciation de son mieux, la succession de sons âpres, gutturaux, créant des filaments de couleur dans son esprit. Au début, il eut du mal, mais bientôt, les mots l'emportèrent et il fut pris par le rythme. Il baissa les yeux sur la poupée en porcelaine couchée dans la faible lumière des bougies – ses cheveux auburn chatoyants, ses joues criblées de taches de rousseur, ses cils noirs – et il eut un frisson de fascination et de répulsion mêlées. Elle paraissait réelle, si réelle qu'il croyait presque que cette créature pouvait, quand les conditions étaient réunies, prendre vie.

Ce qu'elle ne fit pas. Il n'y eut pas de tourbillon d'énergie, pas de tempête électrique. Aucune impression d'être balayé par un maelstrom. Et il se mit à penser que c'était exactement ce qu'il avait soupçonné, toute cette histoire était impossible. Les événements de Sedge House résultaient d'un tragique mélange d'alcool et d'imagination délirante. Il faisait un temps affreux, les plombs avaient sauté, et tout avait pris un mauvais tour. Jess s'était réveillée devant un cadavre baignant dans son sang. En réalité, ils n'auraient jamais aucun moyen de savoir ce qui s'était vraiment passé. Jess avait perdu connaissance, et la vérité était définitivement hors de portée, comme une pièce tombée dans un puits profond. Les faits ne mentaient pas, il était ridicule de vouloir prétendre le contraire. Il était temps d'arrêter toute cette mascarade.

Et puis il se produisit quelque chose. Au début, ce fut une très légère variation dans l'air, une minuscule vibration dans l'atmosphère, une pression si subtile qu'il ne l'aurait peut-être même pas remarquée si Jess ne lui avait pas serré la main, lui signalant qu'elle aussi la ressentait. Les bougies tremblotèrent, et une odeur d'ozone – de brûlé et d'électricité, et en même temps étrangement fraîche, comme une bonne averse – se répandit dans la pièce. Puis, d'un seul coup, un éclair de feu remplit sa vision et le monde disparut.

Il tombait. Tombait, tombait, s'abîmait dans une obscurité sans fond. Il heurta le sol, le choc chassant l'air de ses poumons. Il se releva et vit un souterrain. Des oubliettes, au sol de terre battue et au plafond de brique, voûté, où planait une odeur de renfermé, de moisi. Devant lui, des torches éclairaient des cellules où étaient entassés des prisonniers misérables. Ils l'appelaient, lui faisaient signe d'approcher, agitaient les poings, criaient son nom. Au bout du souterrain, Jess l'attendait dans une cellule. Ses cheveux longs étaient tout emmêlés, elle portait une robe de brocart rouge, brillante. « Tu es venu, enfin, dit-elle. Ouvre la porte. » Elle indiqua un vieux tonneau de chêne rempli de pommes. « Ce sont les clés. Vite. Prends-en une. »

Il y avait des centaines de pommes. Il plongea la main dans le tonneau et les pommes devinrent des clés métalliques froides. Vieilles et récentes, grandes et petites, en laiton, en or, en argent. Laquelle choisir ? La clé du grenier ? La clé de l'énigme ? *Que de belles pommes rouges !* Toutes les questions, et toutes les solutions, ramenaient à cet unique choix. *Elstar, Lady Hamilton, Calville et Santana, Red Delicious et Reinette rouge*... Qu'il choisisse la bonne, et il la libérerait de Lilith, se libérant aussi lui-même.

Mais avant d'avoir pu choisir, il se rappela : il avait déjà la clé. Il la trouva dans sa poche et l'introduisit dans la serrure. Un tour, deux tours. La porte s'ouvrit. Il mit le pied à l'intérieur, et la cellule s'embrasa. Il avait ouvert la porte d'un four à céramique. Violaine gisait dans les flammes. Elle se leva sur ses jambes flageolantes, sa robe rose frissonnant, et s'efforça de trouver son équilibre. Elle attendait quelque chose de lui, il le sentait. Elle tendait les bras vers lui, ses yeux verts étincelaient à la lumière du brasier. *Détruis-la. D'abord le golem, ensuite le cercle. Détruis-les avant que ça recommence.* Rapidement, sans même y penser, Brink attrapa la poupée en porcelaine par les cheveux et lança le chef-d'œuvre de LaMoriette dans les flammes.

La porte de la cellule s'ouvrit. Jess releva le bas de sa robe à deux mains, lui lança un sourire de reconnaissance et s'enfuit.

Il la suivit en courant. Il avait du mal à ne pas se laisser distancer. Elle était rapide, d'une rapidité surnaturelle. Il la vit à l'autre bout du souterrain, mais au moment où il la rattrapait, elle disparut. Il continua, accélérant l'allure, mais elle gardait son avance. Il franchit une porte et déboucha dans une épaisse forêt de pins. Elle allait tellement vite, ses pieds nus survolant les racines et les ronces, gravissant le chemin sinueux, sa silhouette réduite à une ombre tremblotante parmi les troncs des arbres hivernaux.

Le temps qu'il la rattrape, il était hors d'haleine, tous les muscles tremblant sous l'effort. Elle se tenait dans une clairière, sous un ciel gris et glacé, ses longs cheveux en désordre, les joues roses de froid. Une légion d'arbres squelettiques formait un cercle autour d'une grande dalle de marbre, un autel. Un couteau à manche d'os était posé sur le côté.

Elle l'emprisonna dans une étreinte, l'embrassa passionnément tout en le dépouillant de ses vêtements, jusqu'à ce qu'il se tienne nu dans le vent glacé, la peau mordue par le froid, les pieds entaillés par des échardes de glace. Elle l'embrassa partout – le cou, les épaules, la poitrine, les genoux, les pieds, comme si elle l'oignait. Il s'appuyait contre l'autel, pour garder son équilibre, et pour s'offrir à elle.

« Suis-moi, disait Jess en le serrant contre elle. On a tellement attendu. »

La glace craqua sous ses pieds quand il la prit dans ses bras et la déposa sur la dalle de marbre froide. Elle eut beau tenter de se libérer, il la tenait fermement, et il lui attacha un poignet, puis l'autre, dans des menottes métalliques. Il se saisissait du couteau quand il entendit la voix de Rachel dans le lointain. Il prononça les mots qu'elle lui dictait et soudain, tout changea. Le vent se tut. La glace fondit. Jess n'était plus là. À sa place se tenait une femme si resplendissante, si belle, qu'il eut un mouvement de recul comme devant une fournaise. La chaleur envahit son corps, et le monde disparut. Il glissait dans le feu, entraîné par la gravité. Il attrapa le couteau, sentit la poignée en os glacée dans sa main, et le plongea dans la poitrine de Lilith.

Quand il rouvrit les yeux, il crut, pendant une terrible seconde, que les événements de son rêve étaient réels. La poupée en porcelaine était dans la cheminée, calcinée, brisée, et Jess était allongée sur le canapé dans la position qu'elle occupait sur l'autel. Sa chemise était déchirée, elle avait les yeux fermés, et la pâleur de son visage l'alarma. Il eut un sursaut de panique : il n'avait pas envisagé que Jess pourrait être en danger si le rituel fonctionnait. S'il lui avait fait du mal, il ne pourrait jamais se le pardonner.

Mais quand il s'assit près d'elle, elle se jeta dans ses bras et il sut que sa peur était infondée. Jess était sauvée.

— On a réussi, murmura Jess, dans ses bras. C'est fini.

65

LA POLICE EMMENA D'ABORD JESS. Elle ne lutta pas, ne résista pas. Quand on lui parlait, elle répondait d'une voix calme, sans émotion, donnant les informations qu'on lui demandait, et elle entra de son plein gré dans la voiture de police, ne se retournant qu'une seule fois pour sourire à Brink.

L'avocat d'Anne-Marie arriva moins de dix minutes après la police et réussit à lui faire gagner un peu de temps. Il argumenta qu'ils n'avaient aucune raison de l'arrêter, mais l'hélicoptère stationné devant la maison était une preuve irréfutable de son implication dans les événements survenus à l'établissement pénitentiaire de l'État de New York. On lui passa les menottes, on lui lut ses droits, et on l'emmena.

Quand la police s'intéressa à Brink, c'est Rachel qui parla pour lui. Elle expliqua qu'ils étaient des amis d'Anne-Marie, qu'on les avait invités ici, et qu'ils ignoraient complètement ce que traficotait leur hôtesse, mais qu'ils étaient disposés à aider la police dans toute la mesure de leurs moyens. Elle indiqua le manuscrit posé sur la table basse et leur dit que c'était l'œuvre d'art dont on avait signalé le vol à la Morgan Library. Puis elle les conduisit vers le mur tapissé de rouleaux hébraïques encadrés et attira leur attention sur le fait qu'ils avaient été volés dans un musée israélien quelques années plus tôt. En dix minutes, elle était passée de suspecte à alliée. Brink observait la scène, émerveillé. Avec sa voix posée et son indéniable autorité, ses manières polies mais fermes, elle avait désarmé la police avec la même facilité qu'elle avait désarmé Jameson Sedge.

À la fin, les flics ne savaient plus quoi faire de Brink. Ils ne recherchaient aucun individu correspondant à sa description. Fidèle à sa parole, John Williams avait désactivé les caméras, les images de Mike Brink n'avaient pas été enregistrées et ne circuleraient pas. Pour tout le monde, au pénitencier, il était un nouveau gardien dont c'était la première journée de boulot. La police nota son nom et ses informations de contact, mais ils ignoraient totalement qu'il avait mis les pieds à la prison. Ils prirent des photos du manuscrit d'Aboulafia, le mirent dans une pochette à indice qu'ils scellèrent, regagnèrent leurs véhicules et s'en furent.

Une fois la police partie, Rachel se dirigea vers la cheminée et prit la poupée brûlée dans les cendres. La coque en porcelaine et les yeux en cristal étaient noircis, calcinés, et quand ils ouvrirent le compartiment secret, le rouleau n'était plus qu'un petit tas de cendres. Rachel les balaya et alla les jeter, ainsi que le golem, dans un sac-poubelle qu'elle noua avant de le placer dans le container.

Il aurait voulu aider Rachel, mais en entrant dans la cuisine, il eut une sensation de vertige. Il se cramponna à l'îlot de marbre pour se stabiliser. Le Dr Trevers l'avait prévenu qu'il pourrait connaître des déséquilibres chimiques dans des situations de stress, et au cours des trois derniers jours, il avait été soumis à une pression considérable. Il n'avait ni dormi ni mangé depuis Dieu seul savait combien de temps. Pas étonnant qu'il ne tienne plus debout.

— Ça va ? demanda Rachel, visiblement inquiète.

— Je suis un peu secoué, j'imagine. Tout cela était… tellement *dingue*.

Rachel posa une main sur son bras.

— Asseyez-vous, dit-elle en tirant un tabouret de sous l'îlot.

Elle prit un verre, le remplit d'eau et le lui apporta. Il le but d'un trait.

— Vous voulez bien me dire ce qui vient de se passer ?

Il ne pouvait pas exprimer l'intensité, le déchaînement émotionnel qu'il venait de vivre. Comment expliquer que ses rêves étaient plus réels que la réalité à quelqu'un qui ne les avait pas vécus ? Et puis il se souvint que Rachel lui avait parlé de sa foi, et il sut qu'elle avait la capacité de croire à des choses que beaucoup de gens, Brink inclus, auraient du mal à encaisser, et que c'était sans doute la seule personne qui pourrait l'aider à comprendre.

— Je crois que je ne pourrais raconter ça à personne, en dehors de vous, dit-il en pesant ses mots. Mais depuis le jour où j'ai rencontré Jess, je vis des choses… Je ne sais même pas ce que c'est… Des rêves, je suppose. Mais c'est plus *vivace* que les rêves. C'est comme une réalité amplifiée un millier de fois.

Rachel prit son verre, le remplit à nouveau d'eau fraîche et le regarda boire. Puis elle s'assit à côté de lui devant l'îlot, prit un verre et se versa le fond de la bouteille de vin.

— Que se passe-t-il dans ces rêves ?

— Des choses chaque fois différentes. Je me retrouve à un banquet, ou dans une chambre d'hôtel en Italie, ou dans une forêt. Mais toujours avec Jess.

Rachel fit tourner le vin dans son verre, en prit une gorgée et le reposa.

— Et il n'y a que Jess et vous, dans ces endroits ?

— Oui, nous deux, ensemble.

— Pardonnez-moi mon indiscrétion, mais vos rêves sont-ils de nature sexuelle ?

Brink hocha la tête, sentant ses joues le brûler. Si seulement elle savait…

— Inutile de vous sentir gêné, dit-elle en souriant. Lilith est un succube, après tout. Elle exerce sa domination par ses conquêtes sexuelles. Avez-vous vécu cette expérience onirique, à l'instant, dans le salon, pendant le rituel ?

Il hocha de nouveau la tête.

— Et le plus étrange, c'est que certaines choses qui se passent dans le rêve se produisent aussi dans la vraie vie. Dans mon rêve, je jetais la poupée dans le feu. Et quand j'ai ouvert les yeux, elle avait vraiment brûlé. J'ai vu les marques sur la peau de Jess en rêve, et puis je les ai vues sur son bras, en prison. En revanche, d'autres choses… Certaines choses ne se traduisent pas dans la réalité.

Il pensait au couteau au manche d'os. Qu'il avait plongé dans la poitrine de Jess, jusqu'à la garde.

— C'est parce que vos expériences ne sont pas des rêves. Elles sont réelles.

— Mais ce n'est pas possible, dit-il, s'efforçant désespérément de comprendre. Toutes ces choses sont arrivées dans mon sommeil. Dans ma tête.

— Sans doute. Mais ça ne veut pas dire que ce n'était pas réel. Lilith, comme toutes les intelligences divines, se déplace dans les consciences humaines. C'est sa dimension, et elle est aussi réelle que la nôtre. Ce n'est pas parce que je ne l'ai pas vue qu'elle n'existe pas. Et ça ne signifie pas que ce que vous avez fait dans cet autre monde n'a pas de conséquences dans celui-ci.

Brink prit une profonde inspiration, s'appliquant à gérer des sentiments contradictoires. Les fondements même de celui qu'il était, et de ce qu'il savait être vrai, lui disaient que c'était impossible. Et pourtant, il y était allé. Il connaissait la femme de son rêve. Il l'avait touchée, lui avait parlé. Et il l'avait tuée de ses propres mains.

— Lilith est partie, n'est-ce pas ? demanda-t-il enfin. Je vous en prie, dites-moi que le rituel a fonctionné.

— D'après la réaction de Jess, je dirais que oui, répondit-elle, souriante. Et le vaisseau qu'elle a occupé – Violaine – est détruit pour de bon. (Elle finit son verre de vin et le reposa.) Mais il reste une question à laquelle nous n'avons pas encore répondu : pourquoi vous a-t-elle ciblé, vous. (Rachel posa la main sur son menton et regarda Brink droit dans les yeux.) J'ai réfléchi à ce que le Dr Gupta nous a dit à propos de la séquence binaire, sur la circonférence du cercle d'Aboulafia, qu'il pouvait y avoir un deuxième niveau de lecture, un message intégré dans le code. Je crois qu'il a raison. On peut voir ce cercle d'une autre façon, une façon qui correspondrait davantage à la signification originale et à la raison d'être du Shem-HaMephorash. Vous avez toujours la copie que vous en avez fait ?

Brink prit son calepin, l'ouvrit à la page où il avait recopié le dessin et le plaça entre eux. Rachel poursuivit :

— Le cercle d'Aboulafia était, comme je l'ai dit, un moyen de révéler le sacré tout en le dissimulant. Il a été créé pour glorifier Dieu, et pour transmettre les lettres cachées du Nom tout en le protégeant de ceux qui pourraient l'utiliser à mauvais escient. Le Nom est traditionnellement composé des lettres Y H W H, le tétragramme. Ce n'est pas un mystère.

C'est l'arrangement secret de ces lettres qu'Aboulafia voulait protéger, et cet arrangement doit être encodé dans ce cercle. (Elle lissa la feuille sur la surface de marbre et l'observa.) Si je passais quelques heures à essayer de le résoudre, j'y parviendrais peut-être. Mais je soupçonne que vous pourriez y parvenir bien plus vite que moi.

Brink scanna le cercle, laissant son regard se promener sur les carrés noirs et blancs. Un schéma émergea dans la séquence binaire, et soudain, elle était là, sous ses yeux : la solution.

— Vous avez raison ! Aboulafia a vraiment encodé quelque chose, ici. Si vous observez le cercle, vous verrez que chacune de ses parties a une fonction propre : l'anneau de carrés noirs et blancs forme une séquence binaire, comme nous l'a fait remarquer de Dr Gupta. Mais les chiffres, les radiales et les lettres hébraïques font aussi partie du casse-tête. Même l'étoile de David est essentielle pour le résoudre. Regardez : mettons que les carrés blancs sont des 0 et les carrés noirs des 1. Si on part du nord, du chiffre 1 de l'étoile de David, on obtient six ensembles de nombres binaires qu'on peut lire comme ceci : 001111, 000011, 011011, 100111, 111111, 110011, c'est-à-dire les nombres 15, 3, 27, 39, 63, 51. Et chacun des nombres du cadran correspond à une lettre hébraïque.

Il attrapa son stylo et écrivit 6 lettres hébraïques dans 6 cercles au centre de l'étoile, pour que Rachel puisse voir : H Y G M H W.

Il dévisagea Rachel, cherchant à lire sur son visage un signe indiquant qu'elle avait compris.

— Cette séquence vous dit peut-être quelque chose ?

Rachel sourit, une lueur d'excitation dans le regard.

— Oui, mais… *je n'arrive pas à le croire*.

— Alors vous savez ce que cela signifie ? demanda Brink, impatient.

C'était un moment difficile, une torture délicieuse, que d'attendre une solution. Normalement, c'était lui qui avait les réponses.

— Je pense que oui, dit-elle en souriant mystérieusement. Ces six lettres sont HEH – YOD – GIMEL – MEM – HEH – VAV.

— Mais ce n'est pas la prononciation traditionnelle du Nom, dit Brink.

— Non, en effet. Et c'est en cela que c'est tellement extraordinaire. Voici une preuve que le Nom originel de Dieu n'était pas du tout YHWH, mais était connu par les premiers rabbins en sens inverse, *HW HY*. Un de mes collègues s'intéresse depuis un moment à ce sujet, HaShem, il a même publié un livre dessus il y a quelques années. Sa théorie, plutôt controversée dans notre communauté, c'est que *HW HY* était en fait le Vrai Nom, et que sa prononciation devait être connue de l'élite instruite. Le cercle d'Aboulafia suggère que c'était bien le cas, au moins jusqu'au XIIIe siècle. C'est une preuve extraordinaire que *HW HY* est la véritable orthographe du Nom.

— Mais en quoi est-ce important ? demanda Brink, essayant de comprendre pourquoi Rachel était si excitée par cette inversion de quelques lettres.

— Parce qu'il n'y a pas que la prononciation des lettres qui veut dire quelque chose, elles ont un sens par elles-mêmes : *HWHY* en hébreu veut dire « il-elle », répondit Rachel. Aboulafia a inclus deux mots additionnels entre les deux, *GIMEL* et *MEM*, qui veulent dire en hébreu « et aussi », ce qui rend parfaitement clair que le vrai Nom signifie Il *et aussi* Elle.

Brink regarda le cercle, toujours perdu.

— Dieu serait les deux ?

— Pas exactement. Historiquement, dans la tradition judéo-chrétienne, le Créateur est caractérisé comme une divinité masculine unique. Mais si l'on en croit ceci, le Créateur est un Dieu à double genre. Une divinité masculine-féminine. Pas Dieu le Père. Pas Dieu la Mère. Mais Dieu le Père *et aussi* la Mère, en un seul être.

Brink l'écoutait attentivement, avide de comprendre la signification de cette découverte. Et voyant sa confusion, Rachel poursuivit :

— C'est une révélation inouïe, qui va changer le monde. L'idée que Dieu est masculin est à la base même de la tradition judéo-chrétienne, et le message d'Aboulafia destitue complètement cette idée. C'est cohérent avec ce que le Dr Gupta nous a montré tout à l'heure, à propos du code incorporé dans le cercle d'Aboulafia. Il est non binaire, quantique, constitué de superpositions. Tout comme Dieu.

Brink prit le temps de réfléchir. Si Rachel disait vrai, et si Dieu n'était ni masculin ni féminin, le Créateur et la nature quantique de l'univers étaient en parfaite adéquation.

— Ça va avoir un énorme impact sur les croyances religieuses, dit-il enfin.

— La véritable nature de Dieu a des répercussions bien au-delà de la religion, poursuivit Rachel, exaltée par cette découverte. La position de Dieu en tant que divinité masculine omnipotente est reproduite dans la société, sous-tendant toute organisation, des hiérarchies religieuses jusqu'au *pater familias*. Mais si Dieu est bigenré, tout cela est disqualifié. Cette découverte déstabilise le fondement même des rôles de chacun des deux genres. Les hiérarchies masculines, en politique, dans les religions, en société – les structures patriarcales en général – en deviennent illégitimes. Cela veut dire que vous et moi, un homme et une femme, ne sommes que des fragments du Divin, tandis que les individus qui expérimentent la fluidité de genre – les hermaphrodites, ceux qui sont nés avec des attributs à la fois masculins et féminins – sont le plus parfait reflet de Dieu.

Brink regarda l'Énigme de Dieu, mesurant la portée de son contenu, et ses conséquences sur la religion et la société. Mais il avait beau comprendre l'importance du message d'Aboulafia, il ne voyait toujours pas comment le relier à lui.

— Une idée des raisons pour lesquelles c'est à moi que s'est produit ?

— En fait, oui, répondit Rachel en le regardant. J'y ai pas mal réfléchi, et je crois que vous êtes en partie responsable de ce qui s'est produit.

— Moi ? demanda-t-il, stupéfait et intrigué par cette accusation. Et comment ça ?

— Il y a une histoire du Midrash qui m'a toujours plu, répondit-elle. C'est au sujet de Layla, l'ange de la conception. D'après la légende, c'est Layla qui accorde au bébé la totalité de la connaissance dans le sein maternel. Et à la naissance, Layla scelle les lèvres de l'enfant, et tout est oublié. L'histoire présuppose que toute la connaissance est préexistante, qu'on ne l'acquiert pas, mais qu'on rassemble ce qu'on a perdu en grandissant. Peut-être que votre blessure vous a permis de puiser à la source de tout ce que nous avons tous su avant la naissance.

— Comment cela ? demanda Brink, pas très sûr d'apprécier la direction dans laquelle tout cela menait.

— Votre blessure a changé quelque chose d'essentiel dans votre cerveau. Vous avez acquis des facultés extraordinaires dans des zones dont vous ignoriez tout avant. Et si ces facultés n'étaient que la partie émergée de l'iceberg ? Et si vous aviez accès à une connaissance infiniment plus grande ?

— Quel genre de connaissance ?

— De l'univers. De la réalité, de Dieu. Regardez ce qui s'est passé ce soir. D'une certaine façon, vous avez réussi ce qu'Aboulafia et tant d'autres mystiques se sont tellement efforcés de faire : vous avez franchi les limites du monde matériel. Vous avez communiqué avec un autre royaume.

Brink repensa à une ligne que LaMoriette avait écrite : *J'ai soulevé le voile qui sépare l'homme du divin, et j'ai regardé Dieu droit dans les yeux*. Et si sa blessure lui avait permis de soulever ce voile et de voir ce qu'il y avait de l'autre côté ? Et s'il essayait, pourrait-il avoir accès à une connaissance encore plus vaste ? Il l'ignorait, mais cette idée l'excitait et le terrifiait en même temps.

— Si c'est vrai, fit Bink avec légèreté, essayant de dissimuler ses émotions contradictoires. J'ai de gros ennuis

Rachel lui rendit son sourire et lui pressa le bras.

— Si c'est vrai, Mike, il n'y a pas de limites à ce que vous pouvez faire.

66

Le nouveau procès de Jess Price se conclut par un acquittement pur et simple. Le suicide de Jameson Sedge et les paroles qu'il avait prononcées au pénitencier exonérant Jess de tout crime étaient de nouveaux éléments à verser au dossier, que vint appuyer le témoignage d'Anne-Marie. Elle fit un récit détaillé du combat de Jameson Sedge contre la maladie mentale, qui avait commencé dans son enfance, à la mort de son père, et avait culminé dans son tragique suicide. Elle décrivit son obsession de la mort et de l'immortalité, et admit que cela faisait des années qu'elle s'inquiétait pour lui. Le jury apprit avec stupéfaction que Jameson avait fait surveiller Jess en prison et qu'il avait joué un rôle dans la mort d'Ernest Raythe. John Williams témoigna de ce que Sedge avait déclaré, quelques minutes avant de se suicider, que Jess Price n'était pas responsable de la mort de Noah Cooke. La preuve de son implication dans un groupe de futuristes radicaux qui se revendiquaient comme les descendants des alchimistes scella l'affaire.

Brink n'alla pas voir Jess au cours des mois précédant sa remise en liberté. Les événements extraordinaires qu'ils avaient partagés le laissaient troublé. Il les avait vécus – aux premières loges –, les rêves intenses, le rituel, le terrible pouvoir de HaShem – et pourtant il commençait à douter de lui-même, remettant ses souvenirs en cause jusqu'à ce qu'ils lui semblent n'avoir été qu'une sorte de mirage, lumineux, chatoyant et irréel. Il commença à considérer Jess Price et l'Énigme de Dieu comme une série d'événements aléatoires dans le schéma autrement ordonné de sa vie. Ces schémas étaient forts, profondément enracinés, et ne laissaient aucune place à des aberrations inexplicables.

Il prit rendez-vous avec le Dr Trevers dans l'espoir qu'il lui offrirait une explication rationnelle. Ils se virent en téléconsultation, Connie, sur ses genoux, observant intensément l'écran pendant que Brink faisait le compte rendu de ses expériences. Il ne raconta pas tout ce qu'il avait vécu, seulement l'intensité de ses rêves, et la trace profonde qu'ils laissaient dans sa mémoire.

— J'ai besoin de savoir ce qui s'est passé, dit-il. Et si ça pourrait se reproduire.

Le Dr Trevers réfléchit un instant et finit par répondre :

— Vous savez, bien sûr, qu'un traumatisme crânien peut occasionner une modulation irrégulière de la sérotonine.

— Oui, bien sûr. (Ils avaient déjà évoqué ses changements d'humeur, son incapacité à dormir, toutes les façons qu'il avait de réguler la sérotonine par l'exercice et la méditation.) Mais quel rapport avec les rêves ?

— À un certain stade du sommeil, la modulation de la sérotonine augmente. C'est normal. Mais avec une modulation irrégulière, la sérotonine peut inonder le cerveau et provoquer des expériences anormales. On a découvert que des niveaux élevés de sérotonine déclenchaient une expérience similaire à celle de la psilocybine, qui, comme vous le savez, provoque des hallucinations psychédéliques. Il en résulte une super-prépondérance : un sentiment de profonde signification, des perceptions ultra-vivaces, et une connexion spirituelle à l'univers. Les récepteurs de type 2 de la sérotonine sont responsables de cet état, et comme vous le savez, vos niveaux de sérotonine sont extrêmement erratiques. Après une blessure telle que la vôtre, de tels rêves sont plus que probables.

— Dans les rêves, dit Brink, j'étais capable de sortir de ma tête pour la première fois depuis l'accident. Il n'y avait pas de casse-tête. Pas de schémas. Que moi. À un certain moment, ça paraissait tellement… *réel.*

Le docteur l'écouta puis dit :

— Je ne suis en aucun cas freudien, Mike, et je ne doute pas que ce que vous avez ressenti vous a paru très puissant, mais votre interprétation se rapproche dangereusement de la réalisation imaginaire d'un désir. Vous voulez que ces expériences soient réelles, mais ça ne signifie pas qu'elles le sont.

Après ce rendez-vous, Brink se sentit mieux, et, pendant un moment, l'explication du médecin l'apaisa. C'était un soulagement de croire que tout n'était que le résultat d'échanges chimiques dans son cerveau. Et pourtant, certaines nuits, il se réveillait trempé de sueur glacée, submergé par un intense désir pour Jess Price. Il se souvenait de son contact, de la profonde compréhension qu'il ressentait quand il était avec elle, de leur connexion extraordinaire, et il sut qu'il fallait qu'il la revoie. Une nuit, après être resté allongé pendant des heures en pensant à elle, il sut que le moment était venu de prendre une décision : la revoir, ou l'oublier. Il prit son dollar Morgan en argent, le posa en équilibre sur l'ongle de son pouce et le lança en l'air. Face, il irait à Ray Brook ; pile, il laisserait tomber toute l'histoire. La pièce retomba sur pile. Il aurait dû renvoyer Jess Price dans le passé. Mais il en était incapable. Il fallait qu'il la revoie. Et c'est ainsi qu'il reprit contact avec elle.

Jess fut libérée à la fin du mois de février, quand les Adirondacks étaient sous la neige. Avec l'aide de Thessaly Moses, elle avait pu louer un appartement à Brooklyn, et Mike lui proposa de la déposer en ville dans son nouveau pick-up. Il vint la chercher devant la prison le jour de sa libération, et l'invita à déjeuner. Il avait fait quelques recherches et trouvé une auberge rustique dans la montagne, un endroit proche des bois pour que Connie puisse s'ébattre. Conundrum charma Jess instantanément, lui léchant les joues dans le pick-up, et exécutant ses meilleurs numéros sur le parking du restaurant. Ils s'assirent à une table avec vue sur les montagnes, et Connie sauta sur les genoux de Jess, se roula en boule et s'endormit.

Ils passèrent deux heures à discuter devant des burgers accompagnés de frites. Elle lui posa des questions sur sa vie avant son accident, sur le MIT et le concours d'énigmes qui s'annonçait. Tandis qu'ils discutaient, il remarqua combien elle avait changé, ces derniers mois. Elle était sûre d'elle, heureuse, elle avait les cheveux brillants et ses joues avaient repris des couleurs. Thessaly lui raconta qu'à son retour à Ray Brook, elle avait retrouvé l'appétit, courait dans la cour de la prison tous les après-midi et dormait toute les nuits d'une traite. Elle avait même recommencé à écrire, et bien qu'elle n'ait pas voulu discuter de son travail, il comprenait qu'une partie essentielle de sa personne s'était reconstruite. Les ténèbres qu'elle hébergeait s'étaient dissipées.

Pourtant, malgré cette apparence de bonne santé, il savait qu'elle était émotionnellement fragile. Il avait pris soin d'éviter de parler du procès, ou de Sedge House, ou de quoi que ce fût qui puisse la perturber. Mais au moment de conclure leur déjeuner, elle lança :

— La seule chose que je souhaite, c'est oublier toute cette partie de ma vie. Mais je sais que je n'oublierai pas ce que tu as fait pour moi, Mike. C'était tellement confus, si douloureux, mais savoir que tu es toujours là, que tu es réel, compte énormément pour moi.

Après qu'il eut payé l'addition, ils sortirent dans l'air frais de l'après-midi, riant comme de vieux amis. Ils avaient vécu des événements extraordinaires, et il se sentait à l'aise avec elle, d'une façon rare pour lui. Mais leur éventuelle amitié n'était pas exactement ce qu'il avait en tête. Comme si elle lisait dans ses pensées, Jess lui prit la main et la serra. Une sensation électrique le parcourut, délicieuse, excitante. Il éprouvait le besoin irrésistible de l'attirer à lui et de la couvrir de baisers, mais il ne voulait pas la mettre mal à l'aise. Thessaly l'avait prévenu que sa liberté retrouvée pourrait l'accabler, et qu'elle pourrait mettre du temps à se réadapter. Il ne voulait pas ajouter à sa confusion. Si quelqu'un comprenait ce que cela signifiait de s'adapter à une nouvelle vie, c'était Mike Brink.

— Allons voir où ça nous mène, dit-elle devant le départ d'un chemin de randonnée semé de petits paquets de neige.

Le soleil descendait sur l'horizon, et il se demanda s'il était prudent de s'y aventurer. Il regarda sa montre. Il était quatre heures quatre de l'après-midi : 4 + 4 = 8. Huit n'était pas un nombre parfait, ce n'était pas un nombre premier, mais un nombre régulier dont le carré, 64, signifiait, selon différentes traditions, *l'expansion.* Il se languissait d'une expansion, pour ce qu'il ne possédait pas, pour les relations avec les autres, pour l'amour et peut-être l'heure était-elle venue pour lui de l'atteindre ?

— Viens, lui dit-elle, joyeuse. Il y a des années que je n'ai pas autant marché.

La minute suivante, ils grimpaient ensemble le chemin dans la forêt qui s'obscurcissait. Le soleil d'hiver tavelait les feuilles, un vent fort et tranchant faisait frémir son manteau. Il détacha la laisse de Connie et elle bondit sur le chemin en aboyant, grisée par la profusion d'odeurs. Le chemin grimpait et tournait, traversant les ombres de la forêt ancienne où des fougères givrées créaient des paysages cristallins, géométriques : d'immenses fractales, brillantes et prismatiques, des treillis arachnéens remplis de couleurs. La forêt était une suite de schémas complexes, sans cesse renouvelés, qui menaçaient de le prendre dans leur toile de complexité, mais comme Jess lui tenait la main, il se sentait fermement ancré dans la réalité, à l'abri des illusions de son esprit.

Finalement, ils atteignirent le sommet. Un panorama de montagnes déferla dans la faible lumière du soleil, des vagues et des vagues de pics couverts de neige. Il se tourna pour dire à Jess combien il se sentait soulagé qu'elle soit libre, combien il était merveilleux de respirer cet air montagneux, vivifiant, avec elle, combien il s'était langui de la revoir, mais elle interrompit son flot de paroles d'un seul baiser.

Il eut une réaction instinctive et l'attira tout contre lui, sentant son corps contre le sien. L'espace d'un moment, il s'imagina qu'ils étaient ensemble dans leur monde privé, cette dimension ultra-vivace où tout pouvait arriver. Le baiser avait valeur de test, et il révélait la vérité : envolé le désir ardent qui avait failli le rendre fou. Il avait laissé place à la tendresse et à la vulnérabilité, à un profond besoin de la comprendre, à une sorte de connexion rigoureusement inédite. Il avait survécu à des événements incroyables avec elle, et il ne voulait pas la perdre. C'était bon de la serrer dans ses bras, la vraie Jess, et cette réalité s'accompagnait de la prise de conscience qu'elle n'avait rien à voir avec la femme de ses rêves. Elle était mieux.

67

Cam Putney attendait sa fille. Ils étaient arrivés en avance pour prendre leur vol et il lui restait une heure à tuer. Jasmine n'avait pas déjeuné, il lui avait donc donné vingt dollars pour qu'elle aille se chercher un truc à manger au Starbucks. Il n'avait pas envie d'y aller avec elle. L'endroit était petit, et il n'aimait pas la foule. D'une façon générale, il n'aimait pas les gens. C'était ce qu'il avait retiré de son passage au pénitencier de Ray Brooke : la peur des espaces clos. Claustrophobie. Agoraphobie. Quel que soit le nom qu'on donne à ça, c'était toujours pareil : quand il se retrouvait dans un endroit exigu en compagnie d'une flopée de gens, il n'avait qu'une envie, s'échapper.

Il avait fallu argumenter un peu avec la mère de Jasmine pour qu'elle donne son feu vert à leur voyage, mais Jasmine avait supplié et encore supplié, et Cam avait fini par obtenir la permission. Les îles Caïmans seraient un changement bienvenu du sombre et misérable New York. Anne-Marie lui avait ouvert sa maison pour une semaine, mettant sa cuisinière et tout son personnel à sa disposition, ils seraient donc mieux que bien. Et quand Anne-Marie lui avait proposé de prendre le jet de Singularity, il avait d'abord refusé, et puis il s'était laissé fléchir en se disant que ce serait une expérience unique pour Jasmine. Tant de choses avaient changé après la mort de M. Sedge, à un détail près – tout ce qu'il faisait, c'était pour sa fille. Prendre soin d'elle était la seule chose qui le gardait sain d'esprit.

Sa mission ultime s'était terminée conformément aux désirs de M. Sedge, mais il avait manqué à son devoir vis-à-vis d'Anne-Marie. Elle l'avait supplié d'empêcher Jameson de se tuer. Et il avait eu beau faire, même s'il n'avait pas pressé la gâchette ce soir-là, il n'avait pas pu empêcher Sedge de se saisir de l'arme.

La tournure des événements à la prison l'avait complètement blanchi. Et comme M. Sedge avait fait lui-même le travail, la police n'avait pas eu de raison de le garder plus de vingt-quatre heures. Dix gardiens de prison avaient vu M. Sedge se suicider, et chacun d'eux pouvait attester que Cam avait tout fait pour éviter le drame. Aucune charge ne pouvait être retenue contre lui en dehors de l'introduction illicite d'une arme dans une prison d'État, ce que les avocats d'Anne-Marie avaient réussi à réduire à une amende.

Sa vraie punition, il se l'infligeait tout seul, dans sa tête. Il n'arrêtait pas de voir M. Sedge mourir. Le pistolet porté à sa tempe. Le terrible moment entre le coup de feu et son affaissement sur le sol. Et le sang, tellement de sang. Il était réveillé en sursaut par des cauchemars, mais ce n'était pas le pire. La perte de M. Sedge le laissait à la dérive d'une manière très nouvelle pour lui. Malgré tout l'argent dont il avait hérité, il ne savait pas quoi faire de sa carcasse. Il se frotta la nuque, suivant du doigt le triangle qui avait symbolisé son intronisation dans le monde de M. Sedge. Il était riche et libre, mais il ne se sentait pas libre, il se sentait sans but et abandonné.

Ce moment avec Jasmine l'aiderait à s'adapter à la situation. Sept jours d'océan et de soleil, de bons repas et le scotch de M. Sedge l'aideraient à y voir plus clair. Se conduire en père serait un bon début. Il pourrait se rattraper de toutes ses années d'absence. Jasmine ne lui passait rien, et c'était bon pour lui. « Détends-toi, papa », disait-elle quand il commençait à s'énerver, ce qui, avec le procès de Jess Price et l'insistance d'Anne-Marie pour qu'ils restent en contact, arrivait trop souvent. Avec l'aide de sa fille, il bâtirait un projet pour sa nouvelle vie.

Pour le moment, elle était tellement excitée par ce voyage que ça suffisait à le motiver. Et tandis que la voiture les conduisait sur le tarmac et qu'ils grimpaient dans le jet, elle s'extasiait devant le moindre détail : le logo Singularity similaire au tatouage de son père, les sièges moelleux en cuir, la télévision géante, la chambre avec son lit queen size, la salle de bains et la cabine de douche. Il avait pris le jet un certain nombre de fois, le plus souvent en compagnie de M. Sedge, mais parfois tout seul, et il continuait de s'en émerveiller.

Au moment où il s'asseyait, il sentit son téléphone vibrer dans la poche de son jean. Sans doute encore un démarcheur. Il recevait sans arrêt des appels de marketeurs et autres courtiers en assurances. Il supposait que son numéro privé s'était retrouvé sur une liste quelconque. Mais quand il regarda son écran, il vit un texto : « Je vous appelle dans deux minutes, monsieur Putney. Décrochez. C'est en rapport avec votre contrat. » Il sursauta. Le seul contrat qu'il avait avec qui que ce soit était celui qu'il avait signé avec Singularity en 2011, le contrat ricardien. Il pensait que la mort de M. Sedge l'avait rendu caduc. Son exécuteur testamentaire, un avocat que Cam n'avait jamais rencontré auparavant, ne l'avait pas mentionné quand ils s'étaient vus pour discuter de l'héritage. Et Anne-Marie non plus.

Cam se leva et alla au fond du jet s'enfermer dans la salle de bains pour prendre l'appel. Jasmine à qui rien n'échappait, qui avait le doigt sur le pouls du moindre de ses états d'âme, n'avait pas besoin de l'entendre engueuler celui, quel qu'il soit, qui se trouverait à l'autre bout de la ligne. Il n'était pas d'humeur à se faire harceler, mais il était suffisamment intrigué pour prendre l'appel.

C'était un appel vidéo. Il appuya sur une touche pour l'accepter et regarda, hébété, apparaître la chevelure rousse, le teint de papier mâché et les yeux bleus perçants de Jameson Sedge. Son cœur loupa un battement, et il faillit lâcher le téléphone. Là, sur l'écran, se tenait l'homme pour qui il avait travaillé avec acharnement, dont la générosité avait changé l'avenir de sa fille, et à la mort duquel il avait assisté impuissant. Jameson Sedge le regardait, une lueur amusée dans l'œil.

— Monsieur Putney, dit-il en fronçant les sourcils comme toujours, quand il voulait le titiller. Vous avez l'air vraiment surpris.

Cam le dévisageait, sous le choc, incapable de dire un mot. Il essaya de respirer, mais sentit sa poitrine se serrer. Était-il possible que le plan cinglé de M. Sedge ait fonctionné ? Tous les fichiers avaient été entrés dans le système, tous les programmes lancés, les comptes bancaires avaient injecté du cash dans les nœuds du réseau. Malgré cela, il devait y avoir une erreur. M. Sedge ne pouvait pas être vivant.

— Ce petit hiatus à la prison a failli tout faire échouer, dit-il avec un léger sourire. Que s'est-il passé, mon garçon ? On s'est dégonflé ?

La voix était celle de M. Sedge. Le visage était celui de M. Sedge. Les mots étaient ceux que M. Sedge aurait utilisés.

— Monsieur Putney. Exprimez-vous.

— Non, monsieur. Pas dégonflé.

— Je vous ai vu dans un certain nombre de situations hasardeuses, disait la tête sur l'écran. Vous n'avez jamais été du genre à perdre vos moyens, Putney.

Cam réfléchit. C'était vrai. Il avait déjà tué des gens, et ça ne lui avait jamais posé de problème. Pouvait-il lui dire la vérité ? Qu'Anne-Marie l'avait supplié de ne pas le faire, et que lui, au fond du fond, n'avait pas eu le cœur de tuer l'homme qui l'avait sauvé ?

— Je n'ai pas pu, c'est tout, finit-il par dire, s'efforçant de trouver les mots pour exprimer l'angoisse qu'il avait ressentie à l'idée de perdre M. Sedge. Après tout ce que vous avez fait pour nous… Je n'ai pas pu. Monsieur.

— Eh bien, dit M. Sedge avec une pointe d'exaspération, inutile de sombrer dans le pathos. Nous nous accorderons à dire que c'était une erreur humaine, un moment d'égarement dont nous avons discuté et que nous avons mis derrière nous. Nous n'en reparlerons plus. Mais écoutez-moi attentivement, monsieur Putney : cela ne se reproduira pas. Jamais. Vous êtes mon corps, dorénavant. Vous êtes mes mains, mes pieds, mes tripes. J'ai une portée extensive, quasiment infinie, au sein du réseau. Mais je ne ferai plus jamais de bon repas, ne boirai plus jamais un verre de bon vin, ne tiendrai plus jamais Anne-Marie dans mes bras. Je ne pourrai plus vous prendre l'arme des mains et finir moi-même la mission. Vous devez prendre les rênes, maintenant, ou à tout le moins, suivre mes ordres sans tergiverser. Vous me comprenez, monsieur Putney ?

— Oui, monsieur, répondit Cam.

Et tandis que, d'un côté, il avait un mouvement de recul devant l'homme pâle et désincarné qui le regardait sur l'écran, d'un autre côté, il se sentait envahi par un énorme soulagement qui balayait toute l'angoisse qu'il éprouvait depuis la mort de M. Sedge. Son existence, même spectrale, lui donnait une raison d'être. La mission n'était pas terminée. Il avait du boulot. Il était, de nouveau, à son service.

— C'est très clair, monsieur.

— Bien, fit l'homme sur l'écran. Parce que nous aurons fort à faire. Nous sommes l'avenir, et l'avenir est très, très long. En fait, mon garçon, l'éternité commence aujourd'hui.

FIN

Note au lecteur

Les énigmes de ce roman ont été élaborées avec l'aide de deux brillants problémistes, Brendan Emmett Quigley et Hwa-Wei Huang, quadruple vainqueur du World Puzzle Championship.

L'Énigme de Dieu a été conçue par Dimitris Lazarou, qui s'est inspiré de dessins du XIIIe siècle d'Abraham Aboulafia. Will Shortz, verbicruciste et responsable de la rubrique des mots croisés du *New York Times*, m'a donné des informations inestimables sur la vie et le travail d'un maître des énigmes, et m'a fait visiter sa bibliothèque d'énigmes personnelle. Le mystère religieux qui se trouve au cœur du roman m'a été inspiré par *The Name*, un livre du rabbin Mark Sameth.

Remerciements

Merci à Susan Golomb, agent très spéciale, qui a soutenu ce roman à toutes ses étapes. Merci à mon éditrice, l'étonnante Andrea Walker, pour sa vision et son enthousiasme, et d'avoir tellement amélioré mon travail. Je suis également redevable à l'impressionnante équipe de Random House : Andy Ward, Rachel Rokicki, Windy Dorrestyn, Maria Braekel, Karen Fink, Katie Horn, Madison Dettlinger, Noa Shapiro, Caitlin McKenna, et Kathy Lord. Tous mes remerciements aussi à l'équipe de la Writers House – Maja Nikolic, Sofia Bolido et Madeline Ticknor, ainsi qu'à Sally Willcox, de la A3 Artists Agency.

Je suis reconnaissante à tous ceux qui m'ont fait profiter de leur expertise, et notamment à Hannah Brooks, qui m'a aidée à mieux comprendre la Kabbale, Anne-Marie Richard, qui a partagé avec moi sa science des poupées en porcelaine, Adam Harr Horowitz, qui m'a apporté ses lumières sur ce qui se passe dans le cerveau quand on rêve, et Brendan Emmett Quigley, qui a été une source illimitée dans le domaine des jeux et énigmes.

Ma reconnaissance éternelle à mon groupe d'écriture – Janelle Brown, Angie Kim, Jean Kwok, James Han Mattson et Tim Weed. Un merci tout particulier à Briana Lee, Tom Garback, Madeline Wendricks, Tina Bueche, Dennis Donohue et Art et Leona DeFehr pour leur soutien.

Enfin, que soit ici remerciée ma famille, à qui je dois une reconnaissance de tous les jours.

PARUS DANS
LA BÊTE NOIRE

NOÉMIE ADENIS
Le Loup des ardents (Grand Prix des Enquêteurs 2021)

KATERINA AUTET
La Chute de la maison Whyte (Grand Prix des Enquêteurs 2020. Prix littéraire de la Renaissance française 2020)
Les Deux Morts de Charity Quinn

CÉDRIC BANNEL
Baad (Prix du Meilleur Polar des lecteurs de *Points* 2017)
Kaboul Express
L'Espion français

JACQUES-OLIVIER BOSCO
Brutale
Coupable

RHYS BOWEN
Son Espionne royale
Tome 1, *Son Espionne royale mène l'enquête*
Tome 2, *Son Espionne royale et le mystère bavarois*
Tome 3, *Son Espionne royale et la partie de chasse*
Tome 4, *Son Espionne royale et la fiancée de Transylvanie*
Tome 5, *Son Espionne royale et le collier de la reine*
Tome 6, *Son Espionne royale et les douze crimes de Noël*
Tome 7, *Son Espionne royale et l'héritier australien*
Tome 8, *Son Espionne royale et la reine des cœurs*
Tome 9, *Son Espionne royale et les conspirations du palais*
Tome 10, *Son Espionne royale et le baron irlandais*
Tome 11, *Son Espionne royale au service de Sa Majesté*

FRANCK CALDERON, Hervé DE MORAS
Là où rien ne meurt

JULIA CHAPMAN
Les Détectives du Yorkshire

Tome 1, *Rendez-vous avec le crime*
Tome 2, *Rendez-vous avec le mal*
Tome 3, *Rendez-vous avec le mystère*
Tome 4, *Rendez-vous avec le poison*
Tome 5, *Rendez-vous avec le danger*
Tome 6, *Rendez-vous avec la ruse*
Tome 7, *Rendez-vous avec la menace*
Tome 8, *Rendez-vous avec le diable*

KAREN CLEVELAND
Toute la vérité

DANIEL COLE
Ragdoll
Tome 1, *Ragdoll* (Prix Griffe noire du polar de l'année 2017)
Tome 2, *L'Appât* (Prix Bête noire des libraires 2018)
Tome 3, *Les Loups*
Pietà

COLLECTIF, sous la direction de Lisette Lombé, Elvira Masson, Fabrice Rose et Delphine de Vigan
Histoires de femmes – Les Ondes

SANDRONE DAZIERI
Tu tueras le Père
Tu tueras l'Ange
Tu tueras le Roi
La Danse du gorille

LARA DEARMAN
La Griffe du diable
L'Île au ciel noir

INGRID DESJOURS
Les Fauves
La Prunelle de ses yeux

CLAIRE FAVAN
Serre-moi fort (Prix Griffe noire du meilleur polar français 2016)
Dompteur d'anges
Inexorable

REBECCA FLEET
L'Échange
La Seconde Épouse

DOMINIQUE FORMA
Coups de vieux

OLIVIER GALLIEN
Dans la neige ardente (Prix Bête noire des libraires 2022)

AMY GENTRY
Les Filles des autres
De si bonnes amies

MARIA GRUND
La Fille-renard

PATRICE GUIRAO
Le Bûcher de Moorea
Les Disparus de Pukatapu
Rivage obscur

L. S. HILTON
Maestra
Domina
Ultima

INGAR JOHNSRUD
Les Adeptes
Les Survivants

ELIZABETH KEY
Sept mensonges

MATHIEU LECERF
La trilogie du démon
La Part du démon (Prix Bête noire des libraires 2021 ; Prix Nouvelles Voix du polar 2022, roman français)
Au Royaume des cris
La Mort dans l'âme

SARA LÖVESTAM
Chacun sa vérité (Grand Prix de littérature policière 2017, domaine étranger. Prix Nouvelles Voix du polar 2018, roman étranger)
Ça ne coûte rien de demander
Libre comme l'air
Là où se trouve le cœur

FABIO MITCHELLI
Une forêt obscure
Le Tueur au miroir
Le Loup dans la bergerie (Prix Méditerranée Polar 2021)

NADINE MONFILS
Les folles enquêtes de Magritte et Georgette
Nom d'une pipe !
À Knokke-le-Zoute !
Les Fantômes de Bruges
Liège en eaux troubles
Leffe-toi et marche !

NICOLE NEUBAUER
Sous son toit

VINCENT ORTIS
Pour seul refuge (Grand Prix des Enquêteurs 2019)
Patiente

GIN PHILLIPS
Le Zoo (Prix Transfuge du meilleur polar étranger 2017)

QUNTOS KUNQUEST
Cette vie-là – Les Ondes

ANTOINE RENAND
L'Empathie (Prix des lecteurs Gouttes de Sang d'Encre 2019. Prix Nouvelles Voix du polar 2020, roman français)
Fermer les yeux
S'adapter ou mourir

FABRICE ROSE
Tel père, telle fille (Prix Bête noire des libraires 2020)
Le Plan

RYDAHL & KAZINSKI
La Mort d'une sirène

ROMAIN SLOCOMBE
La Trilogie des collabos
L'Affaire Léon Sadorski (Prix Libr'à Nous 2017, catégorie polar)
L'Étoile jaune de l'inspecteur Sadorski
Sadorski et l'Ange du péché
La Trilogie de la guerre civile
La Gestapo Sadorski
L'inspecteur Sadorski libère Paris
J'étais le collabo Sadorski

THIBAUT SOLANO
Les Dévorés
Les Noyés du Clain

CLÉMENTINE THIEBAULT
En votre intime conviction – Les Ondes

DATO TOURACHVILI
Génération denim – Les Ondes

DANIELLE TRUSSONI
Le Maître des énigmes

ILARIA TUTI
Sur le toit de l'enfer (Prix Bête noire des libraires 2019. Prix Nouvelles Voix du polar 2020, roman étranger)
La Nymphe endormie
À la lumière de la nuit
Fille de cendre

HARRIET TYCE
Blood Orange

DAMIEN et SIBYLLE VÉRON
Tiphaine où es-tu ? – Les Ondes

ADRIENNE WEICK
La Septième diabolique (Grand Prix des enquêteurs, 2023)

ANNETTE WIENERS
Cœur de lapin

Composition et mise en pages
Nord Compo à Villeneuve-d'Ascq

Pour plus d'information :

www.lisez.com

Imprimé sur du papier issu de forêts gérées durablement.

Achevé d'imprimer en France
par Normandie Roto Impression s.a.s.
61250 Lonrai (Orne)
N° d'impression : 2302287

N° éditeur : 65524/01